Myra Çakan

When The Music's Over

Ein Cyberpunk-Roman

SF - Social Fantasies 2045
Argument/Ariadne

SF - Social Fantasies
Redaktion und Lektorat: Iris Konopik und Else Laudan

Myra Çakans Domain im Internet: www.dardariee.de

In der Reihe SF - Social Fantasies erschienen bisher:

Hartwig Hilgenstein, *Digitale Tänzer*
Social Fantasies 2034; ISBN 3-88619-934-7

Ursula K. LeGuin, *Das Wort für Welt ist Wald*
Social Fantasies 2029; ISBN 3-88619-929-0

Ursula K. LeGuin, *Planet der Habenichtse*
Social Fantasies 2043; ISBN 3-88619-943-6

Maurilia Meehan, *Furie hinter den Spiegeln*
Social Fantasies 2039; ISBN 3-88619-939-8

Florian Nelle, *Kalter Frühling*
Social Fantasies 2032; ISBN 3-88619-932-0

Marge Piercy, *Er, Sie und Es*
Social Fantasies; ISBN 3-88619-452-3

Marge Piercy, *Frau am Abgrund der Zeit*
Social Fantasies/Zweite Reihe 2015; ISBN 3-88619-915-0

John Shirley, *Es werde Licht*
Social Fantasies 2046; ISBN 3-88619-946-0

Sean Stewart, *Die Nachtwache*
Social Fantasies 2044; ISBN 3-88619-944-4

Myra Çakan, *When The Music's Over*
Social Fantasies 2045; ISBN 3-88619-945-6

Sarah Dreher, *Stoner - Der Rat der Schamanin*
Social Fantasies 2047; ISBN 3-88619-947-9

Deutsche Originalausgabe

Eppendorfer Weg 95a, 20259 Hamburg
Telefon 040 / 4018000 – Fax 040 / 40180020
www.argument.de
Texterfassung durch die Autorin
Umschlaggestaltung & Satz: Martin Grundmann
Druck: Alfa Druck, Göttingen
Gedruckt auf säure- und chlorfreiem Papier
ISBN 3-88619-945-2

Für alle, die halfen –
Ganz besonders Blue, Pierce *und* Skadi:
Danke für die Inspiration!

What have they done to the earth
What have they done to our fair sister?
Ravaged and plundered and ripped her and bit her
Stuck her with knives in the side of the dawn
And tied her with fences and dragged her down

Jim Morrison, »When The Music's Over«

Die Nacht, als die Flut kam

Er hörte das Glucksen des Wassers zuerst in seinem Traum. Es war ein schöner Traum. Aus einer längst vergangenen Zeit, als Papa noch seine Arbeit hatte und nicht immer nur den ganzen Tag vor dem Fernseher hockte und ihn anschrie, wenn er nur durchs Wohnzimmer tappte – ganz leise. Den ganzen Tag war er an der Sonne gewesen, hatte Dämme aus schlammigem Sand gebaut und mit Muscheln und Tang verziert. Und die Wellen hatten diese leise glucksenden Geräusche gemacht, so als würden kleine Kobolde lachen, Wasserkobolde.

Im Jahr darauf hatten sie den Strand gesperrt. Er hatte Papa gefragt warum, doch der war nur sauer geworden, wie so oft, wenn er ihn etwas fragte, was er ihm nicht erklären konnte. In der Schule hatten sie dann gesagt, es hätte irgendwas mit durchrostenden Fässern zu tun. Damals ging er noch zur Schule. Aber irgendwie hatten sich die Dinge nach dieser Sache mit den Fässern nur noch zum Schlechten entwickelt. »Politiker. Ist alles Schuld dieser verdammten Politiker«, sagte Papa immer. Mama nickte nur. Sie sagte überhaupt nicht mehr viel in jenen Tagen.

Es waren die Böller, die ihn weckten. Sie schießen Hochwasser, dachte er schläfrig und zog sich die Decke über die Ohren. Er wollte zurück an diesen Ort, wo immer Sommer war und die Wellen kicherten.

Und irgendwann, als er gerade in seinen Traum zurückgleiten wollte, merkte er, dass etwas nicht stimmte. Es waren die Geräusche, die fehlten. Das Klicken des alten Radioweckers auf seinem Nachttisch, das Brummen des Kühlschranks, der hinter der Trennwand seiner Schlafecke stand. Nur das seltsame Glucksen, das so gar nicht in seine Wirklichkeit passen wollte, war zu hören. Er stand auf. Tastete sich im Dunkeln zur Tür, wo der Lichtschalter war. Knipste ihn an, es blieb dunkel. War dies alles vielleicht noch ein Teil seines Traumes? Er lief über den Flur. Die Schlafzimmertür war nur angelehnt. Sein Herz klopfte plötzlich so laut, dass ihn das Geräusch, die Hand an der Klinke, erstarren ließ. Und dann schwang die Tür auf, er konnte sich nicht erinnern, sie angestoßen zu haben.

Sie waren einfach verschwunden, hatten sogar noch Zeit gehabt, ihre Koffer zu packen, wie er an den aufgerissenen Schubladen erkennen konnte. Er war doch erst neun. Viel zu jung, um allein zu sein. Wie konnten sie ihm das antun?

Der Sturm peitschte das angelehnte Fenster auf, fetzte die gebauschten Vorhänge zur Seite und ließ das Mondlicht herein. Er konnte sich in den großen Spiegeln auf der Schleiflackschrankwand erkennen: ein kleiner dünner Junge in einem Garfield-Pyjama. Mutlos sah er an sich hinunter, er trug ja nicht einmal Schuhe, wie sollte er da dem Leben begegnen?

Da erst sah er das Wasser. Der grüne Teppichboden war schon ganz durchgeweicht – hatte patschige, schwarze Flecken. Jetzt wird Papa aber toben, dachte er. Ganz weit entfernt konnte er die Sirenen hören. Das war beim Einkaufszentrum. Er erinnerte sich, dass sie sie vor vier Jahren dort auf dem Dach installiert hatten, das war gewesen, nachdem die »Fremden« gekommen waren. Und dann merkte er, dass er nur an all diese Dinge dachte, weil er die Wirklichkeit nicht wahrhaben wollte. Er schniefte. Jungen weinen nicht. Doch dann fiel er auf die Knie und drückte sein Gesicht in Mamas Kopfkissen und heulte sein ganzes Elend hinein.

Europa unter den Füßen

Es war Sylvester, es war Nacht und es war kalt. Regen und Wind peitschten die Bugwelle zur meterhohen Gischt. Der Kutter bäumte sich auf und knallte auf die Eisschollen in der Fahrrinne. Eispartikel schnitten ihr ins nackte Gesicht. So sah also der Winter auf dem Kontinent aus? Skadi zog sich die Schneebrille vor die Augen. Lügen, nichts als Lügen. Seit sie an Bord gegangen war, hatte ihr der bekiffte Kapitän nichts als einen Sack voll Lügen erzählt.

»Mach, dass du von Bord kommst, 'skimo.« Während der ganzen Überfahrt hatte sie nicht einmal sein Gesicht sehen können und die Angst hatte sie nicht verlassen, dass er die Krankheit haben könnte. Viele auf den Inseln hatten sie. Seit sie auf Reisen gegangen war, hatte es sich Skadi zur Gewohnheit gemacht, ihren ganzen Körper jeden Morgen nach den verräterischen dunklen Malen abzusuchen. »Pest von den Sternen« hatte man die Seuche anfangs genannt. Doch »sie« verboten es und so hieß es nur noch »die Krankheit«, so als wären alle anderen Krankheiten plötzlich bedeutungslos geworden.

Sie hörte das nervende Geräusch von Metall, das sich an Beton reibt. Der Kapitän musste es auch gehört haben, aber er drosselte nicht einmal seinen illegalen Dieselmotor. War er einfach nur gleichgültig oder wieder mal zu von irgendwelchem Vega-Stoff? Wen kümmerte es – sie hatte für die Überfahrt bezahlt, und er hatte sie ans Ziel gebracht.

Plötzlich drehte er sich zu ihr um, und zum ersten und letzten Mal sah Skadi sein Gesicht, sah in ausgewaschene, fahle Augen. Sie schauderte, obwohl ihr nicht kalt war.

Nichts wie weg.

Blind tastete sie nach ihrem Rucksack mit der wasserdicht verpackten Schlafrolle und sprang an Land. Europa unter ihren Füßen, schwankend wie das krängende Boot. Ein wirklich irres Gefühl.

Skadi war in einem der vielen Slums von Longyearbyen aufgewachsen. Ihre Eltern hatten noch off-shore auf den Plattformen vor Franz-Josef-Land gearbeitet, bis sie das Embargo kalt erwischte. Was genau damals abgelaufen war, hatten sie da unten nie so richtig mitgekriegt.

Sie hatten genug damit zu schaffen, sich die ganzen Kommissionen vom Hals zu halten, die sie wieder zurückschicken wollten. Wohin zurück eigentlich? Während der darauf folgenden Unruhen hatte sie ihre Eltern verloren. Nicht, dass sie ihre Leichen gesehen hätte – sie verschwanden einfach. Die Multis ließen eine Menge Leute verschwinden, damals. Personal, das auf den Plattformen den Mund zu weit aufgemacht hatte, Streikposten, Greenpeace-Aktivisten.

Und nun war sie endlich hier, freiwillig und illegal. Die größte Party des Jahrhunderts – und sie war dabei. Auf den Inseln hatte sie noch versucht, eines der alten Hovercrafts nach Amsterdam zu kriegen. Nie vergaß sie den Ausdruck auf dem Gesicht des Reiseagenten, und sein Gelächter. Da musste er doch einer dummen 'skimo-Tussi verklickern, dass keine Hovers mehr nach Amsterdam fuhren, weil es Amsterdam nicht mehr gab. Da war nur noch 'n Haufen Wasser und giftiger Schlamm – Industrierückstände nannten sie es da unten.

Wenn sie 'skimo zu ihr sagten, meinten sie das alles andere als freundlich, diese Insulaner. Doch sie konnten sie damit nicht beleidigen. Ihre Urgroßmutter war eine echte Eskimo gewesen, warum sollte sie gekränkt sein, wenn sie sie an ihre Vorfahren erinnerten?

Die Flut hatte die Stadt geholt. Wenn sie von der Flut sprachen, klang es immer so, als hätte es nur diese eine gegeben. Dabei gab es Jahrzehnte voller Warnungen und gebrochener Deiche.

Klimakatastrophe – auch so ein Wort. Die Europäer waren schon immer gut im Vergeben von Namen gewesen. So als würde ein Name alleine schon genügen, um die Gefahr zu bannen. Ozonloch, ökologischer Kollaps, radioaktive Verseuchung – noch mehr Worte. Und sie hatten ein einfaches Mittel dagegen gehabt: Vorsorge, Entsorgung und Endlager. Worte gegen Worte und übrig blieb nur ein Wort, das schlimmste: die Krankheit. Doch der ganze Planet war krank, und genauso wie man ein brandiges Glied amputierte, ließ man ganze Kontinente zurück.

Hinter ihr fuhr der Kutter wieder zurück in Richtung der Inseln. Sie kniff die Augen zusammen und sah die Heckleuchten erst kleiner werden und dann ganz erlöschen. Anscheinend kreuzte die Küstenwache selbst in dieser verlassenen Gegend oder der Skipper hatte Angst vor Piraten – sie hatte ihn nie nach seiner Fracht gefragt oder warum er sie so bereitwillig an Bord ließ –, aber vielleicht war er auch nur von dem ganzen Stoff, den er sich ständig einpfiff, paranoid geworden. So was geht schnell. Zu Hause kannten sie genug Drogen, um die jahrelange Nacht noch undurchdringlicher zu machen, dazu brauchen sie nicht mal dieses Alien-Zeugs.

Sie schulterte ihren Rucksack und schaltete ihre Sturmlampe ein. Niemand sollte sagen, dass Skadi Gunnarsdottir sich nicht gut vorbereitet hatte für ihren Ausflug ans Ende der Welt.

Noch sieben Stunden bis zum Neuen Jahr, und sie wusste noch nicht mal, wo die Party steigen sollte. Die Gegend sah verlassen aus. Hier sollten Menschen leben?

Schmutziges Wasser, mit Plastikflaschen und halb geöffneten Müllsäcken bedeckt, schwappte träge gegen poröse Betonpfeiler. Eine Brücke, ein Poller? Hier sollte vor Ewigkeiten einmal der Hafen der Stadt gewesen sein, hatte der Kapitän gesagt. Er schien sich hier auszukennen, oder warum sonst redete er plötzlich in ganzen Sätzen zu ihr? »Bin hier oft auf Landgang gewesen. Mann, haben wir damals die Puppen tanzen lassen.«

Hamburg, warum musste es ausgerechnet Hamburg sein? Zufall, wie so vieles im Leben. Vorherbestimmt, wie so vieles im Leben. Das Licht ihrer Sturmlampe spiegelte sich in den Altöllachen wie in den toten Augen eines Fisches. Öl und tote Fische mit Geschwüren und verkrüppelten Kiemen, das kannten sie in Longyearbyen.

Die Flut stieg, saugte an ihren Stiefeln, wollte sie mit der gleichen Nachlässigkeit verschlingen wie damals, als sie die Plattformen vor Spitzbergen begrub und mit ihr viele ihrer Freunde. Doch damals hatte die Flut einen Verbündeten gehabt – Sprengstoff. Es waren Öko-Terroristen, so lautete die offizielle Erklärung der Gesellschaft. Damals hatte Skadi ihnen geglaubt, doch damals lebten ihre Eltern auch noch.

Heute war sie nur eine Durchreisende, ihr Ziel war die Stadt. Sie hatte noch nie eine richtige Stadt gesehen, nur eine Ansammlung von Containern und Wellblechbaracken, wie sie sie von daheim kannte. Auf einer der Inseln hatte es früher eine richtige Mega-City gegeben. London. Doch London zählte nicht mehr. Vor dem großen Brand, der die Aufstände beendete, der alles beendete, ja, da wäre London der richtige Ort zum Feiern gewesen. Jetzt war die Stadt ein einziges Ruinenfeld, der Welt größter Horror-Themenpark.

Sie fand die Stufen, abgesplitterte Fragmente, wie die Zähne eines alten Polarbären, die Letzten ihrer Art, rostig und lückenhaft. Vorsichtig ertastete sie sich den Weg nach oben. Holzbohlen, morsch und verschimmelt, nur von einer Eisschicht zusammengehalten, wie es ihr schien. Einer dünnen Eisschicht und rostigen Schienen, die sich wie Vorläufer der Großen Welle in die Dunkelheit schlängelten.

Langsam drang sie in den Tunnel ein. Das Licht ihrer Sturmlampe flackerte über die Wände, streifte seltsame Bilder und Symbole. Sie erkannte einzelne Wörter, die seltsame Sätze ergaben, wenn man sie laut aussprach: »Tot der Cid« und »Tot den Poliks« und »Tot den Virfings«.

Der Geruch eines offenen Feuers, gedämpfte Stimmen, Lachen und laute Flüche in einer fremden Sprache. Sie schob sich die Schneebrille aus dem Gesicht, dämpfte den Lichtschein der Sturmlampe und lief auf die Laute zu – wohin hätte sie auch sonst gehen können?

Plötzlich verstummten die Stimmen, sie hatten sie gehört. Sie drehte das Licht ganz aus und lauschte mit angehaltenem Atem in die Dunkelheit. Nichts, nur das Rauschen ihres Blutes in den Ohren. Auf weichen Schneestiefeln schlich sie auf den Feuerschein zu.

»Chi ist da?«

»Shut up, stupido!«

»Het brok dich niet verstecken.«

Die Stimme schlug jetzt eine andere Tonart an. Hatten sie gemerkt, dass sie allein war? Was soll's – sie waren so oder so in der Überzahl, warum also wegrennen. Skadi drehte die Sturmlampe wieder hoch und ging forsch auf die Stimmen zu.

Sie waren wohl die merkwürdigste Gruppe, die sie jemals um ein Feuer hatte sitzen sehen. Höflich richtete sie zuerst den Lichtschein auf ihr Gesicht und stellte sich vor: »Skadi Gunnarsdottir.«

»'ne 'skimo-Tussi.«

Ein hohes Kichern drang aus einem Berg Kleider. Ein Mutant, war ihr erster Gedanke, dann sah sie, dass die Person nur durch die vielen bunten Decken so unförmig wirkte. Das Gesicht schien von einer Maske verdeckt zu sein. Eine Hand zuckte vor und klatschte auf den Hinterkopf des Sprechers.

»Vorlauter Bengel.« Eine uralte Frau, auf dem schrumpeligen Mumienkopf einen grellbunten Hut, sah sie lauernd an. »Is l'aqua schon da?«

»Laka?«, wiederholte sie verständnislos. Sie hatte das dumme Gefühl in eine Gruppe Irrer geraten zu sein.

»Sie will wissen, ob das Wasser schon da ist«, übersetzte der, der sie Eskimotussi genannt hatte. »Die Flut«, erläuterte er mit aufreizend deutlicher Aussprache, als sie ihn nur stumm anguckte.

Sie schüttelte den Kopf.

»La Siñorina spreken niet Eurisch?«

Skadi schüttelte wieder den Kopf. Vielleicht waren sie doch nicht verrückt. Schließlich war sie hier die Fremde.

Daheim, sie meinte die bemoosten Felsen, die sie Zuhause nannte, hatten sie sie vor den Europäern gewarnt. »Kannst mir glauben, Skadi, die haben von all dem Alien-Zeugs, das sie sich ständig reinpfeifen, völlig aufgeweichte Hirne.« Sie musste Palle ziemlich perplex angeguckt haben, denn er setzte noch einen drauf: »Sind völlig eingeschrumpft, wie Jakobsmuscheln, brr!« Palle war 'n halber Europäer, also wusste er, wovon er sprach. Allerdings hatte sie den Verdacht, dass er ihr einiges verschwiegen hatte. Eurisch, das musste so eine Mischsprache sein wie ihr Icespeak.

»Wer seid ihr?« Die Neugierde hatte über die Höflichkeit gesiegt.

»Rojalspiertater-Truppe.« Der Junge warf sich in die Brust. »Hast sicher schon von uns gehört?«

»Klar, wer nicht.« Diesmal wollte sie nicht wieder als die dumme 'skimo-Tussi dastehen.

Die unförmige Gestalt hob den Kopf und der Schein des Feuers beleuchtete die unheimliche Maske: eine groteske rote Kugel mit Löchern für die Augen und einem klaffenden, grinsenden Mundschlitz. Das Gesicht hinter der Maske stieß gutturale Laute aus, wühlte sich wie eine Chrysalis aus ihrem Kokon und wuchs zu bedrohlicher Höhe an. Das Grunzen formte sich zu Worten, die von den Tunnelwänden zurückprallten und sie wie Schläge trafen.

»Sein oder nicht sein, und der Regen wird siebzig Tage herunterkommen auf die Sünder und ihre Gesichter mit Schmalzkringeln bedecken.«

Irre, sie hatte doch Recht gehabt, Palle hatte Recht. Dieser Ort war von Jenseitigen bewohnt. Voll Panik griff Skadi nach ihrem Rucksack und stürzte in die Dunkelheit vor ihr.

Echogelächter, verzerrt wie die Schatten hinter ihr, verfolgte sie. Sie stolperte vorwärts. Erst als das Pochen ihres Herzens lauter als das Gelächter wurde, stockte sie. War dies das Abenteuer? Hatte sie dafür alles hinter sich gelassen? Skadi rutschte an der unverputzten Wand nach unten und kramte einen Streifen Dörrfisch, mehrere Planktonkekse und Algenpaste aus ihrem Proviantpaket. Systematisch kaute und schluckte sie die trockene Nahrung. Sie merkte, wie sie der vertraute, salzig-fischige Geschmack sentimental werden ließ.

Daheim begannen sie wohl inzwischen mit den Vorbereitungen für die große Feier. Eine Dekade wurde verabschiedet und Lasse übte seine Rede, und damit die Worte schön rund klangen, ölte er seine Kehle mit Halma Halmasdottirs Selbstgebranntem. Lasse war ihr Sysselman, zumindest nannten ihn alle so. Fremde hätten ihn vermutlich einen alten Säufer geheißen. Aber Fremde verirrten sich noch seltener nach Longyearbyen als die Sonne im Dezember. Und auch sonst schien die Sonne so gut wie nie. Seit vielen Jahren verdunkelten die brennenden Kohleminen den Himmel und schwärzten den Schnee.

Spitzbergen, so hatten die ersten Europäer die Inseln im Polarmeer genannt. Dabei waren weit und breit nur Tafelberge zu sehen. Ein weiterer von vielen Beweisen, dass die Europäer schon immer etwas wirr im Kopf gewesen sind, meinte Palle. Palle hatte auch 'ne Menge Inuit-Blut in seinen Adern, es hieß, seine alte Großmutter hätte ihn mit Robbenblut großgezogen, nachdem seine Mutter an der Krankheit gestorben war. Sie liebten solche Geschichten, schufen sich gerne ihre eigenen Legenden da oben.

Der Regen war inzwischen in Schneeregen übergegangen, und der Wind war zu dröhnendem Sturm geworden. Skadi zögerte, wieder in die Kälte hinauszutreten. Dumpf klangen die seltsamen Worte der alten Frau in ihrem Kopf nach wie die Sturmwarnglocken der Heimat. Schmalzkringel – Skadi versuchte, Sinn in die Prophezeiung zu bringen. Sie wusste nicht, dass Prophezeiungen nie einen Sinn ergeben. Daheim, wenn Åsgård die Runen-Knochen auswarf, schien alles so klar. Hatte sie nicht auch diese Reise vorhergesehen?

»Willst du fliegen, Mensch-Frau?«

Seine hochbeinige Silhouette verschmolz perfekt mit der Nacht. Unversehens griff eine vierfingrige Hand aus dem Schatten nach ihrer Jacke. Ein Veganer. Sicher, sie hatte von ihnen gehört – wer nicht? Die Bilder der Invasion – jetzt nannten sie es nur noch die Ankunft – waren vor dem Zusammenbruch über das Netz zu ihnen gelangt. Doch seine Anwesenheit, so nah und so fremd, verschlug ihr den Atem. Sie versuchte, sich aus seinem Griff zu winden, ohne seine matt glänzende Haut zu berühren, fuchtelte mit den Armen, als wollte sie einen vorwitzigen Welpen verscheuchen, und machte kleine, sinnlose »Kusch, Kusch«-Geräusche. Aber Dealer bleibt Dealer, er packte nur fester zu und hielt ihr eine kleine Phiole vors Gesicht, brach geschickt den Verschluss ab und schwenkte sie unter ihrer Nase hin und her. Die Droge aus einer anderen Welt – auch davon hatte sie gehört.

Skadi versuchte, die Luft anzuhalten – die Zeit fror ein, sie hörte ein lautes Knirschen, fern aus der Vergangenheit, das zerberstende Glas der Phiole, laut und bedrohlich wie ein kalbender Eisberg. Dunkelheit, unendlich fremd, schlug über ihr zusammen, und weit entfernt schrie eine Stimme um Hilfe, voll wissender Verzweiflung, dass niemand da war, um sie zu hören. Einsamkeit erstickte sie wie ein alter, stinkender Mantel und irgendwo in den Taschen lauerte süßer, tödlicher Wahnsinn.

Dann kam Skadi, die Kämpferin hervor. Wild um sich tretend, bis sie eine weiche Stelle unter dem Chitinpanzer des Aliens traf. Plötzlich war sie frei, fiel zu Boden. Sie atmete heftig ein und aus und versuchte dabei, den Kopf klarzubekommen. Sie ließ das Rauschen der Brandung aus ihren Erinnerungen emporsteigen und wieder in sich einsickern.

»He, 'skimo.«

»Hau ab!« Abwehrend schlug sie nach der Stimme, nicht sicher, ob sie Teil der Dunkelheit war oder aus der realen Welt stammte.

»Alles okay, 'skimo?«

Erlerntes Verhalten, dachte Skadi, Sätze bilden, Fragen stellen. Sie lauschte dem Klang der Frage nach, überlegte, ob es die Mühe wert war, die Augen zu öffnen.

»Was willst du?«

»Nimm mich mit nach 'skimo-Land, da krieg ich keinen Sonnenbrand, nimm mich in dein 'skimo-Haus, süße, kleine 'skimo-Maus.«

Die singende Stimme bohrte sich mit der Lästigkeit eines summenden Moskitos in ihr Bewusstsein. Sie drückte das Zentnergewicht ihrer Augenlider nach oben. Es war der Junge aus dem Tunnel. Er tanzte auf einem Bein um sie herum und sang dieses blöde Lied, immer und immer wieder.

»Was willst du?« Die Worte hinterließen ein Echo in ihrem Kopf, Schallwellen, die sich dumpf in ihr Gehirn gruben.

»Mitkommen.«

Es klang selbstsicher und hilflos zugleich. Erstaunt sah Skadi den Jungen an. Er war viel jünger, als sie zuerst gedacht hatte – elf, höchstens zwölf Jahre alt. Neben ihm, auf einem kleinen Mäuerchen, stand eine pinkfarbene Golftasche, die mit grünen und schwarzen Schlägern und Bällen verziert war. Eigenartig. Sie setzte sich auf das Mäuerchen und rieb sich die Stirn.

»Warum willst du mitkommen? Du weißt doch gar nicht, wo ich hin will.«

»Alles ist besser als das.« Lapidar zeigte sein Daumen in Richtung des Tunnels.

Das klang vertraut in ihren Ohren. War es nicht auch der eigentliche Grund für diese verrückte Reise gewesen? Alles andere musste besser sein als die Slums von Longyearbyen. Aber weshalb verspürte sie jetzt diese brennende Sehnsucht nach genau diesem schrecklichen Ort? Vielleicht gehörte das einfach dazu, wenn man auf Reisen ging, dachte Skadi pragmatisch.

»Na, dann komm.« Sie stand auf und sammelte ihre Habseligkeiten zusammen. Es war noch alles da. Wer weiß, womöglich hatte der Junge sogar das Alien verscheucht. Dann wäre sie ihm in jedem Fall verpflichtet. »Wie heißt du eigentlich?«

»Garfield, die Katze.«

Die Krankheit

Zuerst sagten sie es nur leise, dann immer lauter. Doch bevor sie es hinausschreien konnten, wurden sie zum Verstummen gebracht. Dabei war es nur die halbe Wahrheit. Es stimmte schon, die Krankheit trat vor zwanzig Jahren mit dem ersten, lange vertuschten Eintreffen der Besucher auf. Vielleicht hatten einige Alien-Viren als Katalysator gewirkt. Aber es war keine »Seuche von den Sternen«, wie es die Medien so gerne vollmundig aufgekocht hätten, sondern wie alle Katastrophen, die in den vergangenen Jahrzehnten über die Menschheit hereingebrochen waren, hausgemacht und von einigen Mahnern lange vorhergesagt.

Die Krankheit war das Ergebnis vieler Faktoren: das Verschwinden der Ozonschicht, die Umweltverschmutzung, die Resistenz mutierter Bakterien gegen Antibiotika, genetisch designte Nahrungsmittel, Schlamperei und Gewinnsucht und nicht zuletzt auch die Lebensgewohnheiten.

Niemand wusste, wie die Krankheit übertragen wurde oder wie lange die Inkubationszeit war. Fest stand nur dies: Die äußerlichen Erscheinungen der Krankheit waren spektakulär und ihr Verlauf war unweigerlich tödlich.

Die Adresse, die keine war

Wiesel drückte den Laptop fest an sich. Die Ecken des *Cyber3* scheuerten an seinen Rippen, doch um keinen Preis der Welt hätte er losgelassen – der *Cyber3* war die Welt, war der ganze abgefuckte Planet. Er kicherte. Er fühlte sich leicht schwindelig, angenehm berauscht und euphorisch, auf eine völlig neue Art, die überhaupt nichts mit Drogen oder so zu tun hatte. Es war das Wissen, das ihn so fühlen ließ.

Wiesel war Mitglied einer universalen Bruderschaft, der der Überlebenskünstler, doch Wiesel war auch Hacker – der beste, wie er sich versicherte. Am alten Bahnhof sah er sie schon von weitem. Es fuhren längst keine Züge mehr, doch der Treffpunkt war geblieben – ist eben 'ne alte Junkie- und Dealer-Tradition, wie rumhängen und warten, hatte ihm Sunshine erklärt. Sunshine wusste eine Menge nützliche Dinge, und sie erzählte sie ihm alle. Er musste nur erst lernen, die richtigen Infos aus ihrem monotonen Singsang herauszufiltern.

Sunshine war die Hohe Priesterin des Rattenkultes. Um ihren Hals trug sie eine Kette aus aufgefädelten, kleinen, polierten Rattenschädeln – kleine Rattenknochen hatte sie auch an ihren Ohrläppchen befestigt, und das Geräusch, das sie machten, wenn sie aneinander schlugen, verursachte ihm eine Gänsehaut – ihre bloßen Arme waren mit schwarzen Runen bedeckt, die sie sich selbst tätowiert hatte, und an ihrer Stirn und den Schläfen war der Haaransatz ausrasiert. Sie sah richtig cool aus, fand Wiesel, und er war verdammt stolz, dass sie seine Freundin war.

Wiesel war der Neue in der Gang und er hatte noch eine Menge zu lernen. Nur mit seinem *Cyber* war er unschlagbar, aber wem konnte er von seiner Entdeckung erzählen? Sie würden doch alle sagen: »Komm runter von deinem Trip, Mann.« Die ganze Sache war ja auch verdammt gespenstisch, und Wiesel wünschte sich nicht zum ersten Mal seit jener Nacht, dass dies alles nur ein mieser Trip sei.

Doch das Leben war nicht so nett zu ihm, war es nie gewesen. Nicht seit jenem Tag, als er aus dem Heim abgehauen war. Wenn er sich's recht überlegte, war es vorher noch beschissener gewesen. Er hatte es nur fast vergessen – wie der Alte ihn sich immer vorgenommen hatte, wenn er blau war, und seine Mutter immer nur den Fernseher lauter gedreht hatte, weil der Alte doch die Kohle und den Alk nach Hause brachte. Wie er sie hasste – immer noch, nach all der Zeit. Einmal hatte der Alte ihm einen alten Commodore mit Diskettenlaufwerk mitgebracht. Er wusste, für einen eigenen PC würde er fast alles tun. Wiesel hatte dem Alten einen geblasen, aber das hatte ihm nicht gereicht. Hinterher war er so kaputt gewesen, dass er eine Woche nicht richtig scheißen konnte, aber der Commodore gehörte ihm. Zwar sah er aus, als hätte ihn der Alte vom Förderband gezogen, eh die Müllquetsche ihn zermalmte, doch er war sein Ticket in den Cyberspace.

Wiesel hatte ihn in sein Geheimversteck gebracht. Kurz darauf waren welche vom Jugendamt gekommen, und sie hatten ihn in das Heim eingeliefert. Dort würde man sich um ihn kümmern, hatten sie gesagt. Das tat man auch, aber vermutlich hatten sich die Typen vom Amt was anderes unter diesem »Kümmern« vorgestellt. Wiesel war allerdings nicht besonders überrascht.

Und dennoch stellte das Heim in gewisser Weise eine Verbesserung dar. Es gab einfach zu viele wie ihn, und sie konnten nicht alle ständig im Auge behalten. Zuerst hatte er seine Ausflüge auf wenige Minuten beschränkt, seine Möglichkeiten erkundet. Aber als sein Verschwinden ohne Konsequenzen blieb, dehnte er seine Ausflüge immer länger aus. Später sollte er herausfinden, dass viele Kids ständig verschwanden – manchmal tagelang –, um am Flughafen und anderen Stützpunkten der Miliz anzuschaffen.

Er merkte bald, dass der Commodore Schrott war – wie sollte es auch anders sein, schließlich hatte ihn der Alte angeschleppt und von dem konnte ja nur Scheiße kommen. Nur gut, dass er nicht sein richtiger Vater war. Eines Tages, er war noch ziemlich klein und dumm gewesen, hatte er die besoffene Schlampe, die er Mutter nennen musste, nach seinem richtigen Vater gefragt, doch statt einer Antwort kriegte er nur eine gescheuert. Irgendwann hörte er dann auf zu fragen und irgendwann hörte er auf, ein Kind zu sein. Da war er zehn und sein Name war noch Patrick.

Er hockte in seinem Versteck, auf den Knien einen zerknitterten Katalog für Hardware, den er vor ein paar Tagen aus dem Microsoft-

Museum hatte mitgehen lassen. Laut buchstabierte er die magischen Worte: Pentium-Prozessor, Motherboard, Gigabyte. Dann stand er auf und ging zielstrebig zu dem Elektronic-Shop, den er vor ein paar Tagen ausgeguckt hatte. Der Laden gehörte einem alten Opa mit neon-grün gefärbtem Irokesenschnitt, der die meiste Zeit hinter einem Vorhang statt im Verkaufsraum steckte, wo er sich vermutlich zudröhnte. Er hatte sicher nicht die heißeste Hardware, doch Wiesel war recht zuversichtlich, dass er trotzdem einiges nützliche Zubehör für seinen Computer abgreifen konnte.

Er schob gerade eine externe Harddisk unter seine Jacke, als sich eine Art Schraubstock um sein Handgelenk schloss. Wiesel jaulte auf und ließ die HD fallen. Ohne seinen Arm loszulassen, fing sie der Opa auf.

»Zweipunktfünfzig GB. Wozu brauchst du die, Stinker?«

Wiesel war sprachlos. Was für ein Scheißspiel lief hier jetzt ab?

»Willste 'n Quiz machen, eh du die Bullen rufst, Opa?«

»Wow, bist also nicht nur ein dummer Dieb, sondern auch noch ein respektloser Dieb.« Der Opa lachte wie ein Irrer und schubste Wiesel durch den Holzperlenvorhang, der den Verkaufsraum vom Hinterzimmer abtrennte. Und bei jeder seiner Bewegungen entströmte seinen Klamotten ein Wolke Pot-Qualm.

Es lief immer nur auf das eine hinaus, dachte Wiesel, teils erleichtert, weil der Opa nicht die Bullen rufen wollte, teils verbittert, weil er nie entkommen konnte. Er beschloss, ihm tüchtig in die Eier zu treten, sobald er sein Ding rausholen würde oder nach seinem greifen wollte. Doch dazu kam es nicht.

»Hier, sieh dich gut um«, der Opa zeigte mit einer ausholenden Geste auf eine Unmenge Elektronikschrott, »die guten Sachen hab ich alle hier hinten.«

Wiesel war beeindruckt. Das Hinterzimmer war das reinste Cyber-Disney. Hier wurden Wünsche wahr. Auf einen Blick identifizierte er diverse Mac-Klassiker und IBM-Klone – alle zerlegt –, High Speed-Modems und Dutzende CD-ROMs. Außerdem zahlreiche CPU, deren Ursprung und Verwendungszweck er nicht mal erraten konnte.

»Brüder beklauen sich nicht«, erklärte der Opa. »Wenn ich sehe, dass du was von dem Zeug verstehst, kannst du dir deine Teile abarbeiten, okay?«

Wiesel nickte. Zu verdutzt, um Protest einzulegen. Die Alten brachten es immer noch fertig, ihn zu überraschen.

»Also, dann fang mal an. Ordne das Chaos.« Der Opa lachte brüllend und ließ Wiesel allein. Doch nach einer Weile steckte er noch einmal den Kopf durch den Vorhang. »Übrigens, für meine Freunde bin ich der Rabe.«

Und damit begann ihre Freundschaft. Aber bis er das merkte, hatte Wiesel eine Menge Nachmittage damit verbracht, eine noch größere Menge Computerbauteile zu sortieren. Der Rabe hockte derweil auf einer Werkbank und beobachtete ihn. Er hielt den Kopf schief, damit er den Rauch seines Joints nicht in die Augen bekam, und ab und zu ließ er Wiesel ziehen. Meistens hüllte er sich in ein fleckiges schwarzes Cape, das wie eine Requisite aus einem Horrorfilm wirkte. Und irgendwie sah er wirklich aus wie ein großer schwarzer Vogel. Sein Haarkamm leuchtete wie ein Signalfeuer in dem muffig-dunklen Hinterzimmer, und wenn er nicht inhalierte, redete er fast ununterbrochen. Wiesel fand ihn faszinierend, und er beschloss, dass er der erste Erwachsene war, der nicht voller Scheiße steckte.

Der Rabe erzählte ihm von Punk und der »Bewegung«.

»Als die Neo-Punks auftauchten, da wusste ich's, jetzt geht alles den Gulli runter. Machen die doch aus dem alten Johnny so 'ne Messias-Figur. Verfluchte Sklak-Junkies.« Er nahm einen tiefen Zug und zeigte mit dem Joint auf Wiesel. »Das hier ist das einzig Wahre, stammt von Mutter Gaia, direkt aus der Erde gewachsen ist es und nicht von irgendeinem Scheiß-Planeten gekommen.«

Und dann spielte er diese geile Musik für ihn – Sex Pistols, Generation X, Hendrix, Nine Inch Nail und die Bladerunner – Letztere auf Wiesels ausdrücklichen Wunsch, der total auf die Combo abfuhr.

»Seitdem die keinen Drummer mehr haben, bringen die's doch nicht mehr«, erklärte der Rabe kopfschüttelnd. »Sind 'ne richtige Tussi-Band geworden.«

Wiesel schwieg dazu. Er wusste es besser. Und irgendwann, in einem besseren Leben, würde er direkt vor der Bühne stehen, wenn Shell seine irren Riffs durch den Amp peitschte.

Er hörte es zufällig und zuerst konnte er sogar noch ungläubig lachen – sein Scheißalter hatte irgendeinen Antrag eingereicht und ein Haufen Eierköpfe hatten beschlossen, dass der Junge Patrick, Alter 13, in die elterliche Obhut überstellt werden sollte.

Er hatte nicht viel zu packen. Seine Socken und Unterhosen zum Wechseln, ein Sweatshirt und einen Pullover stopfte er einfach mit einigen Comix in seinen Kissenbezug.

Er wartete bis zum Löschen, wartete noch mal zwanzig Minuten und verschwand durchs Badezimmerfenster. Wenig spektakulär, aber umso wirksamer, wie er fand, als er draußen zwischen Mülltonnen und Altglas-Containern die feuchte Nachtluft schmeckte. Für ihn hatte sie den Geschmack der Freiheit.

Der Rabe war nicht begeistert, als er ihn um vier Uhr morgens aus dem Schlaf trommelte. Hätte er vielleicht ein Taxi quer durch die Stadt nehmen sollen?

»Schon gut, komm erst mal rein.« Er schob Wiesel durch die Dunkelheit des Lagers. »Hau dich hin. Wir reden morgen früh.« Ein Bündel Decken flog von irgendwo in Wiesels Richtung.

Am Morgen wurde er von Frühstücksgeräuschen und -düften geweckt. Der Rabe stand in seiner Kochnische und bereitete irgendein körniges Gesundheitszeugs zu. Wiesel hoffte, dass er nicht auch so 'n Zeugs essen musste. Er aß für gewöhnlich nur Sachen, in denen die Worte Schoko oder Pops vorkamen.

»Hier, probier das.« Der Rabe schob ihm einen hohen Becher mit einer grünen Brühe zu. »Davon wachsen dir Haare auf der Brust.«

Wiesel schnupperte vorsichtig und hatte keinen Zweifel, dass der alte Punk die Wahrheit sagte. Er nippte höflich, ohne das Gesicht zu verziehen, und stellte den Becher mit den Worten »Hast du keine Cola?« zur Seite. Kein guter Start. Halbwegs rechnete Wiesel mit dem einen Wort. Doch statt »Raus!« zu brüllen, zuckte der Rabe nur mit den Schultern und kümmerte sich um seinen Kram. Das war ganz schön cool, fand der Junge und bedachte nicht, dass es *sein* Magen war, der leer blieb. Am nächsten Tag aß er, was der Rabe ihm vorsetzte, und es brachte ihn nicht um.

Zuerst hatte er zu jeder Stunde Angst, dass »sie« zur Tür reinkommen und ihn greifen würden oder der Rabe sagen würde, dass es Zeit für ihn wäre zu verschwinden. Doch nichts passierte. Die Furcht blieb. Aber im Hintergrund seines Bewusstseins war sie bereits seit Jahren ein ständiger Gast. Das sollte sich erst allmählich ändern, und da war sein Name schon längst nicht mehr Patrick.

»Brüder haben coole Namen«, sagte der Rabe. »Namen, die zu ihnen passen, Namen, die sie sich verdient haben.«

»Brüder?«

»Hacker, Mann.« Der alte Punk schüttelte den Kopf über so viel Ignoranz. »Du bist einer, Kumpel, auch wenn du's bis jetzt noch nicht weißt.«

Wiesel akzeptierte das ohne Widerrede. Bis jetzt hatte der Opa ihm noch nie Scheiß erzählt, was an sich schon ein Phänomen war, wusste doch jeder, dass die Alten für gewöhnlich voller Scheiße waren.

»Was wäre denn ein richtiger Name für mich?«

»Das musst du schon selbst herausfinden.«

Das klang nun wirklich fast wie Scheiß, fand der Junge. Seine Alte hatte immer in bunten Hochglanz-Broschüren geblättert – das war, bevor sie alles Geld in Alk umsetzte – und Worte wie Karma und Transzendenz benutzt. Ersatzreligion hatte sein Lehrer dazu gesagt, und es klang ziemlich abfällig. Damals war er noch regelmäßig in die Schule gegangen. New Age-Scheiße nannte es der Alte und eines Tages waren die ganzen Heftchen verschwunden. Kurz danach veränderte sich vieles und er hörte auf, sie in Gedanken »Mutter« zu nennen. Ersatzreligion, das war jetzt Wodka mit Tonic und der Wodka ersetzte immer mehr das Tonic-Wasser – seine Mutter ersetzte ihm niemand.

Ja, es war Zeit für einen neuen Namen, Zeit für ein neues Leben. Er war schlau und er war schnell, und er war zuversichtlich, er würde es packen. Sollten sie nur versuchen, ihn zu fangen. Er war flink wie ein Wiesel.

»Wiesel.«

»Ein guter Name«, fand der Rabe. »Du weißt, was das heißt?«

Seit sie zuerst über dieses Thema gesprochen hatten, waren mehrere Monate vergangen. Monate, in denen er sich im Netz rumtrieb und zu dem wurde, was der Rabe seine Bestimmung nannte – ein Hacker. Kurz nach der zweiten Invasionswelle – natürlich nannte es niemand so – wurde das Netz abgestellt. Und da wusste er, er hatte eine Aufgabe. Der Rabe gab ihm eine Adresse – eigentlich war es mehr ein Ort: Bahnhof Zoo, Berlin. Und plötzlich war der Zeitpunkt des Abschieds da. Der Rabe murmelte etwas wie »ist immer ein Platz zum Schlafen da« und drückte ihm etwas Schweres in die Hände.

»Ist 'n Prototyp, ist nie in Produktion gegangen, das Baby.«

Wiesel senkte den Blick. Schwarz, flach und von mattem Glanz. Er kannte ihn aus den alten Magazinen und aus seinen Träumen: Es war der legendäre *Cyber3*. Wiesel klappte ihn auf. Da war es: das holographische Logo, das ultimative Tor zum Cyber-Disney. Und er hatte gerade die Jahreskarte bekommen. Wiesel war überwältigt. Doch bevor er seinen Dank stammeln konnte, fand er sich schon auf der Straße. Und es sollte sieben Monate dauern, bis er wieder irgendwo ankam. In einer fremden Stadt, mit einer Adresse im Kopf, die eigentlich keine war.

Zwölf Millionen Menschen hatten vor der zweiten Welle in Berlin gelebt – zwölf Millionen, die registriert waren. Die Stadt war voller Flüchtlinge und niemand wusste eigentlich so genau, wovor sie flohen – vor der Flut, den Außerirdischen oder einfach vor ihrem beschissenen Leben. Alle drei Gründe waren irgendwie immer gegenwärtig, fand Wiesel. Es regnete die ganze Zeit, mit alles durchweichender Hartnäckigkeit, und die Vierfinger standen an jeder belebten Straßenecke und machten ihre kleinen Deals.

Eines Nachts wurde Wiesel Zeuge, wie eine Gruppe Kids die Aliens mit Molotow-Cocktails bewarf. Ehe die paramilitärische Schutztruppe anrücken konnte, waren sie verschwunden. Zurück blieben drei rauchende Panzer auf dem nassen Asphalt. Wiesel wartete nicht ab, was weiter passieren würde. Er hatte im Laufe der vergangenen Monate gelernt, mit der Nacht zu verschmelzen. Die Kids kannten den Trick auch. Als er ihnen zu folgen versuchte, verlor er sie nach drei Straßen aus den Augen.

Doch man hatte ihn gesehen. Und als er drei Tage später wie schon so viele Male vorher auf dem Platz vor dem Bahnhof rumhing, war es diesmal nicht vergeblich. Denn er traf Sunshine – an der Adresse, die keine war. Aber erst musste er noch die Prüfung bestehen.

»Warum bist du uns gefolgt?«

Eine Hand umklammerte unversehens seinen Arm. Er unterdrückte seinen Fluchtinstinkt, denn er ahnte, wer ihn festhielt. Die

Hand gehörte zu einem Mädchen, zwölf oder dreizehn Jahre alt. Sie hatte blasse, Sommersprossen-gesprenkelte Haut und ihre rostroten Haare waren zu strammen Rasta-Zöpfen geflochten. Von ihren Ohren baumelten kleine Tennisschläger. Ihr dünner Körper steckte in einem viel zu großen Tarnanzug, die Ärmel und Hosenbeine hatte sie umgekrempelt, an den Füßen trug sie pinkfarbene, an den Seiten eingerissene und notdürftig mit Heftpflaster geflickte Badesandalen. Sie sah schnell und zäh aus, und sie wartete auf eine gute Antwort.

»Neugierde –« Er zuckte die Achseln. »Passiert hier ja sonst nie was.«

»Dafür, dass du neu in der Stadt bist, riskierst du 'ne ganz hübsche Lippe.« Sie ließ ihn immer noch nicht los und musterte ihn voller Argwohn.

»Wer sagt denn, dass ich neu bin?« Wiesel hatte jetzt ganz andere Sorgen.

»Los, komm mit. Wir unterhalten uns später.«

Die Stimme hinter seinem Rücken klang befehlsgewohnt und Wiesel setzte sich automatisch in die vorgegebene Richtung in Bewegung. Sie führten ihn nicht in das Versteck, dazu waren sie viel zu vorsichtig. Trotzdem verbanden sie ihm die Augen, kaum dass sie in der verlassenen Bahnhofshalle angekommen waren. Später erfuhr er, dass die Prozedur Teil des Tests gewesen war. Im Augenblick fühlte er sich nur ziemlich unbehaglich.

Sie führten ihn abwärts und er stolperte ausgetretene Stufen hinunter. Wiesel versuchte sich zu merken, wo sie abbogen, doch sehr schnell verlor er völlig die Orientierung.

»Ey, bin ich hier in irgend'nem blöden Film, oder was?« Er versuchte, einen auf Macho zu machen, natürlich hätte er nichts Unklugeres tun können.

»Klappe halten.«

Die Stimme gehörte dem Rotschopf. Später sollte er erfahren, dass sie Dreisatz genannt wurde. Mit sechs war sie eins der Tennis-Wunder-Babys gewesen. Jetzt, mit zwölf, waren ihr nur noch die Erinnerungen an eine kaputte Kindheit, eine verkrüppelte Schlaghand und Verbitterung geblieben. Sie erkannte eines Tages, dass sie die Wahl zwischen Drogen und Gleichförmigkeit hatte, und entschied sich für die dritte Möglichkeit, als sie ihr über den Weg lief: Sie wurde Teil eines Mythos. Doch das wusste sie damals noch nicht – niemand wusste es. Für die Gruppe war sie diejenige, die am besten Molotow-Cocktails werfen konnte. Zehn Würfe, zehn Treffer – Spiel, Satz und Feuer.

Die Regierung, oder besser, was davon übrig war, leugnete die Existenz eines aktiven Widerstands gegen die Besucher. Und wenn irgendwo ein Anschlag bekannt wurde, so nannten es die offiziellen Stellen »eine Tat geisteskranker Terroristen, die mit aller Härte geahndet werden musste«.

Meistens führten die Besucher diese Maßnahmen selbst durch, und sie waren sehr effektiv. Seit dem Zusammenbruch des www hatten sich die wenigen aktiven Gruppen hoffnungslos aufgesplittert. Die Aliens bewegten sich mit dreister Selbstgefälligkeit unter den Menschen, und mit jedem Tag, der verging, wurde ihre Anwesenheit mehr ignoriert. Schließlich nahmen sie niemand den Job weg, oder? Das Leben war hart genug, lohnte es da wirklich, sich über die komischen kleinen Käfer aufzuregen, und sagten sie nicht immer, dass die Besucher ein Segen für die Menschheit seien? Immerhin hatten sie die Kriege beendet, oder war es das sinkende Bruttosozialprodukt oder das ewige Problem mit den Dritte-Welt-Ländern gewesen – war ja auch egal, wenn es nur endlich mal aufhören würde zu regnen.

Es war ein seltsamer Ort, an dem ihm die Augenbinde entfernt wurde. Er hatte den Eindruck, als wären sie immer noch irgendwo innerhalb des Bahnhofes. Und als sich seine Augen an das Halbdunkel gewöhnt hatten, erkannte er, dass sie sich in einem Zug befanden. Die Sitzbänke waren rausgerissen und durch alte Möbel ersetzt worden. Irgendwo brannte ein Feuer, er konnte es nur riechen, nicht sehen, und jemand blies ziemlich daneben auf einer Mundharmonika. Wiesel hatte immer mehr das Gefühl, Mitspieler in einem schlechten Film zu sein, wäre da nicht dieses Mädchen mit den schwarzen Haaren und den tätowierten Runen gewesen. Sie bewegte sich wie eine Königin inmitten des Verfalls.

Sie war die Anführerin der Brandbomben-Werfer. Ihr Name war Sunshine und ihre Miene sagte: »Wehe, du grinst jetzt.« Aber Wiesel hätte nicht im Traum daran gedacht. Sie durchbohrte ihn mit Blicken, doch in ihren Mundwinkeln meinte er ein Grinsen zu entdecken. Und auf einmal war er furchtbar nervös. Sie bemerkte es natürlich, es schien ihr sogar zu gefallen – seltsam.

Dreisatz führte ihn in ein leeres Abteil. Mit einer »Sieh zu, wie du klarkommst«-Geste ließ sie ihn allein. Wiesel ahnte, dass die Gruppe jetzt beraten würde, ob sie ihm trauen sollten.

Er musste eingeschlafen sein, denn er wachte auf, als ihn ihre Hand berührte. Er wusste sofort, dass sie es war. Was er nicht wusste, war, ob dies womöglich ein Test war. Er hielt den Atem an, als sich ihre warme Hand in seine Hose schob. Was folgte, war unbeschreiblich gut. Und Wiesel war es völlig gleich, ob dies ein Test war oder nicht, er fühlte sich einfach großartig. Er hatte noch nie mit einem Mädchen geschlafen – so richtig, in echt. Ausgemalt hatte er es sich schon oft. Doch ab einem bestimmten Punkt hatte ihn seine Phantasie immer im Stich gelassen.

Mit Sunshine war Sex einfach ganz anders. Zum ersten Mal gab es nicht diesen Unterton von Belohnung und Strafe. Und danach erzählte sie ihm von der Organisation und von den Tunnel-Soldaten und ihrer Aufgabe. Er erfuhr nie, ob der *Cyber*3 oder die Erwähnung des Raben seine Eintrittskarte war. Was zählte – er war endlich angekommen, und er war nicht mehr allein.

Die Tunnel-Soldaten nahmen ihn auf. Sicher, bis sie ihn voll akzeptierten, verging eine Weile. Unterdessen gab ihm Sunshine einen Crashkurs im Überleben, er gab ihr sein Herz. Schüchtern, voll Hoffnung und verletztem Vertrauen. Doch sie verstand ihn, ohne dass er etwas erklären musste, denn sie kamen aus derselben Vergangenheit. Wiesel war zum ersten Mal in seinem Leben verliebt.

Sie brachten ihn in ein Auffanglager. Zuerst war er so etwas wie das Lagermaskottchen, nach einer Weile nur noch ein extra Mund, den es zu füttern galt. Er blieb nicht das einzige Kind, das seine Eltern verloren hatte. Doch als die Medien und die verschiedenen Organisationen von den Kindern hörten, wurden viele von ihnen abgeholt. Manchmal fragte er sich, wo sie hinkamen, doch die meiste Zeit starrte er nur vor sich hin und hörte dem Klang der lustigen Wellen zu, der nur in seinem Kopf zu hören war. Und immer kamen tags darauf neue Kinder, verstört und stumm und hungrig wie er selbst. Einige hatten die Krankheit – sie blieben nie lange.

Nachts wurde der Klang der Wellen von den Geräuschen der Welt außerhalb des Lagers übertönt. Sirenen, Schüsse und Schreie. Später erfuhr er, dass es die zweite Welle der Invasion gewesen war.

An seinem zehnten Geburtstag, er glaubte, es war sein Geburtstag, beschloss er abzuhauen. Es war ganz leicht – zuerst jedenfalls, als es nur darum ging, durch die Umzäunung zu kommen. Das Überleben draußen, wo alle langsam den Verstand verloren, dazu brauchte man eine Menge Cleverness und sieben Leben, wie Garfield, die Katze.

Tagsüber verkroch er sich in verlassenen Autowracks, die wie ausgefallene Riesenzähne am Straßenrand standen. Wo wohl die ganzen Leute abgeblieben waren? Es hatte vermutlich was mit den Aliens zu tun, überlegte er. Obwohl nie gesagt wurde, dass sie Menschen umbrachten. Aber Garfield, so nannte er sich jetzt, hatte den Skeptizismus und die Abneigung gegen öffentliche Autoritäten von seinem Vater geerbt. Er beschloss, den Vierfingern auf jeden Fall aus dem Weg zu gehen.

Nach zwei Wochen erreichte er seine alte Gegend. Das Viertel war eine Seenlandschaft, und eine Reihe Verbotsschilder warnte die ehemaligen Bewohner davor, sich ihren Häusern zu nähern. Garfield stand fast eine Stunde lang nur da und staunte. Dann drehte er sich einfach um und ging, ohne noch einen Blick zurückzuwerfen. Jetzt war sein altes Leben endgültig vorbei und es wurde Zeit, erwachsen zu werden und die Verantwortung für sich selbst zu übernehmen, sonst täten es andere, wie die in dem Lager.

Er setzte seinen Weg wie bisher fort, auch die Reiseart war die gleiche. Essen fand er in aufgebrochenen und verwüsteten Autobahn-Raststätten. Erdnüsse, Töpfchen mit Kondensmilch und den einen oder anderen Schoko-Riegel. Keine schlechte Art, sich zu ernähren, wie er fand. Er war auch klug genug, sich eine Art Rucksack zu basteln, und aus einem der stehen gelassenen Wagen nahm er einen Schlafsack, ein Feuerzeug und eine Taschenlampe mit. An seinem Gürtel baumelten stets eine gefüllte Feldflasche und ein Mehrzweckmesser. Er hatte genug Action-Filme gesehen, um sich auszukennen. Nur eines hatte es in diesen Filmen nie gegeben: einen Helden, der ganz unten in seinem Rucksack einen Garfield-Pyjama hatte. Aber er war ja auch kein Held, sondern nur ein einsamer kleiner Junge, der sich nachts manchmal in den Schlaf weinte.

Irgendwann kam er an einen Ort, wo das Wasser zurückgegangen war. Eine graugrüne Schlammschicht bedeckte die Straßen. Wie eine außerirdische Riesenqualle war sie Kantsteine und Treppen hochgekrochen, hatte sich unter Türen durchgezwängt und hockte auf aufgeplatzten Sandsäcken. Das Wasser war fort, doch der Geruch war geblieben. Und es würde wiederkommen, irgendwann, und dann würde es nicht mehr ablaufen, das wusste er. Vorerst war er sicher in dem verlassenen Haus hinter dem neuen Deich, das so schmerzlich seinem verlorenen Zuhause glich. Er hatte es sich in der Mansarde gemütlich gemacht. Schleppte was ihm irgendwie nützlich schien die steile Stiege hoch. Er machte den Weg unzählige Male, denn zehnjährige Jungen halten eine Menge Dinge für nützlich.

Er lebte seit fast einem Jahr in dem Haus. Aus den umliegenden Häusern versorgte er sich regelmäßig mit allem Nötigen. Eines Tages fand er einen Gameboy, er steckte ihn ein, obwohl ihn das Spiel schon vor Jahren gelangweilt hatte. Nachts stülpte er sich die Kopfhörer eines alten Radiorecorders über und spielte Abba- und Roxette-Kassetten. Er hasste beide Gruppen, doch die Stimmen vertrieben die Einsamkeit, und die Radiostationen hatten schon längst ihren Sendebetrieb eingestellt. Wenn die Batterien alle waren, wollte er seine Reise fortsetzen, das war beschlossen.

Manchmal überlegte er, ob er ein Tagebuch führen sollte, so wie Robinson Crusoe. Und noch viel öfter fühlte er sich wie auf einer Insel, umgeben von Wasser und Nebel. Aber das lag nur an der Jahreszeit. Und als im November die ersten Winterstürme losbrachen, hockte er stundenlang am Fenster und starrte beschwörend auf den nahen Deich, so als könnte er sein Bersten mit reiner Willenskraft verhindern.

Mit den kürzeren Tagen kam die Langeweile und aus purer Verzweiflung spielte er stundenlang auf dem albernen Gameboy, bis das Spielen zur Besessenheit wurde und er in eine Art Trance geriet. Seltsam – früher, da hatte er jede Menge Pläne gehabt und stattdessen musste er zur Schule gehen. Und jetzt, da er alle Zeit der Welt hatte, schien die Verwirklichung all dieser schönen Pläne weiter entfernt als je zuvor. Es gab so viel, was er vermisste, alberne Sachen wie sein Pausenbrot und die kleinen Abziehbildchen, die er immer aus seinen Frühstücksflocken angelte, wenn die Packung noch ganz frisch war. Seine Mutter schimpfte immer mit ihm – nicht schlimm, mehr im Scherz –, weil er die ganzen Flocken dabei zerbröselte. Er vermisste sogar Frau Schröder-Hintergassner, seine Geschichtslehrerin, die immer nur rote und lila Sachen anhatte und von der alle sagten, sie sei eine Neo-Sanjassin – was auch immer das heißen mochte.

Eines Nachts hörte er Geräusche. Er war davon aufgewacht, und ihm war, als wäre er in der Zeit zurückgereist bis zu jener Nacht, als die Flut kam. Es dauerte eine Weile, bis er merkte, dass es diesmal nicht das Glucksen des eindringenden Wassers war, sondern menschliche Stimmen. Er fürchtete sich deshalb nicht weniger. Leise suchte er seine Habseligkeiten zusammen und tappte zu der kleinen Tür in der Wandschräge, die auf den kalten Dachboden führte. Den Rest der Nacht verbrachte er am Fuße der Leiter, in seinen Schlafsack gehüllt und mit weit geöffneten Augen in die Dunkelheit starrend, bis sie nur noch aus grauen, lauernden Schatten bestand.

Irgendwann musste er eingeschlafen sein. Er wachte auf, als ihm die Sonne in die Augen schien. Das Licht kam von oben durch die kleine Dachluke und er brauchte eine ganze Weile, ehe er sich erinnerte. Die Stimmen, Fremde waren ins Haus gekommen. Hatte er nur geträumt? Nein, er konnte sie immer noch hören, laut und unbekümmert schallten unverständliche Wortfetzen zu ihm herauf.

Als er auf Zehenspitzen durch sein Zimmer bis an den Treppenansatz huschte, wurden die Stimmen deutlicher. Verstehen konnte er die Worte aber immer noch nicht. Er lehnte sich vor und versuchte, ins untere Stockwerk zu spähen. Da roch er es, ein wunderbarer, vertrauter Geruch – heiße Suppe mit Einlage.

Wie war es den Eindringlingen nur gelungen, den Küchenherd anzustellen? Es gab doch seit Monaten weder Strom noch Gas in dem Haus. Die Neugierde siegte über die Angst. Und immer noch barfuß und in seinen Schlafsack eingewickelt, stieg er die Treppen hinunter.

Sie hatten Feuer in dem Kamin gemacht und einen Kochtopf auf einen improvisierten Grill gestellt. Der Junge wurde ärgerlich, sie taten ja gerade so, als ob das Haus und alles darin ihnen gehörte.

»He, das dürft ihr nicht!«

Seine Empörung trug ihn ins Wohnzimmer, mitten in eine Gruppe bunt gekleideter Leute. Seine eigene Stimme schrillte fremd in seinen Ohren. Sie sahen ihn nur an, drei Männer und eine unglaublich alte Frau.

»Mon petit chico, vitte, vitte.« Die alte Frau winkte ihn mit ihrem knochigen Zeigefinger zu sich.

Garfield fand, dass sie fatal an die böse Hexe aus dem Knusperhäuschen erinnerte. Er wich langsam zurück und stolperte natürlich über seinen Schlafsack. Niemand versuchte ihn aufzuhalten, stattdessen hielt ihm einer der Männer einen Teller hin.

Wahrscheinlich war es ein ganz übler Trick. Doch Garfields Magen hatte den Befehl über seine Beine übernommen. Er streckte die Hand aus. Und weil sie alle auf dem staubigen Teppichboden hockten, setzte er sich einfach dazu.

Er hatte überhaupt nicht gemerkt, wie sehr er richtiges warmes Essen vermisst hatte, bis zu dem Augenblick, als er den dampfenden Teller auf den Knien balancierte. Und er beschloss, sollten die Fremden ihn auffordern, mit ihnen zu gehen, würde er zustimmen. Er war lange genug allein gewesen. Aber noch war nichts entschieden, und was, wenn sie eine Familie von Massenmördern waren und er ihr nächstes Opfer? Garfield kaute heftig und dachte noch angestrengter nach. Denken machte ihn hungrig, das war schon immer so gewesen.

Automatisch hielt er den Teller hin, um sich noch einen Nachschlag zu holen.

»Du, kleiner Junge, allein?« Der Mann, der ihm den Teller gefüllt hatte, sah ihn neugierig an.

»Na ja, ich bin auf der Durchreise, sozusagen.« Garfield war doch nicht blöde und band den Typen auf die Nase, dass niemand auf ihn wartete. »Meine Alten«, er umfasste das Zimmer, das Haus mit einer großzügigen Geste, »sind schon mal vorgefahren.« Garfield redete sich langsam warm. Er fand, dass er unheimlich cool klang. »Mein Alter hat 'nen Job gekriegt, unten in München, da sind sie hin. Ich mach hier nur noch den Laden dicht, dann kommt meine Tante Ulla und bringt mich runter –«, eine weitere ausdrucksvolle Geste folgte, »nach Süden eben«.

»Aha.«

Garfield wurde schlagartig klar, was dieses »aha« bedeutete, sie hatten ihm nicht ein Wort geglaubt. Er löffelte stumm seinen Teller leer. Ihm war etwas schwindelig, so viel zu überdenken hatte er schon lange nicht mehr gehabt. Ob sie es zugeben würden, wenn sie eine Mörder-Bande waren? Schließlich, was hätte er schon zu verlieren, wenn er sie danach fragte?

»Wer seid ihr?« Da war es ihm auch schon rausgerutscht.

»Rojalspiertater-Truppe.«

Das klang ziemlich harmlos, fand Garfield, der allerdings nicht die leiseste Ahnung hatte, was dieses Genuschel bedeuten sollte. Er machte ein interessiertes Gesicht und fragte: »Und was macht denn so eine Rosapie-Truppe so?«

»Royal Shakespeare Theater Truppe. Stupido!«

Das war das erste und letzte Mal, dass er die komische alte Frau etwas deutlich aussprechen hörte. Die drei Männer schienen über das Ereignis noch verwunderter zu sein, schließlich kannten sie die Alte ja auch besser. Sie konferierten eine ganze Weile miteinander – Garfield verstand nicht ein Wort, ahnte aber, dass es um ihn ging. Dann kam der Mann, der ihm die Suppe gegeben hatte, auf ihn zu, hockte sich vor ihm hin und sagte: »Wir einig, du klein, du mit uns, wenn wollen.«

Diesmal war die Reihe an Garfield, »aha« zu sagen. Dann sprang er auf, lief die Treppen hoch und rannte in seine Kammer. Er hatte schnell gepackt. Und genauso schnell rannte er die Treppen wieder runter. Die Schauspieltruppe erwartete ihn mit lachenden Gesichtern. Und sollte er noch Zweifel gehabt haben, dann waren sie jetzt verschwunden. Es würde gut sein, wieder unter Menschen zu sein.

Er blickte sich einmal kurz um und nahm Abschied von dem Ort, der in den vergangenen Monaten sein Zuhause gewesen war. Plötzlich rannte er noch einmal zurück. Aus irgendeinem dummen Impuls heraus griff er sich den blöden Gameboy und steckte ihn in seine Anoraktasche. Er holte seine neue Familie noch in dem verwilderten Vorgarten ein.

Tante Clara-Susanna Della Rosa faszinierte ihn. Ihr seltsames Kauderwelsch, das er im Laufe der folgenden Monate zu interpretieren lernte, ihre abergläubischen kleinen Rituale und ihre bunte Kleidung. Und irgendwie wurde die alte Frau die Großmutter für ihn, die er nie gehabt hatte. Sie war es auch, die letztendlich den Ausschlag gegeben hatte, dass er sich der Truppe anschloss. Es sollte allerdings noch eine ganze Weile vergehen, bis ihm bewusst wurde, welch ein Glück er gehabt hatte, dass er der reisenden Schauspieltruppe begegnet war.

In London – damals, als die Stadt noch nicht zerstört war – war die »Royal Shakespeare Theater Truppe« regelmäßig auf den Festivals aufgetreten. Einmal hatten sie sogar einen Preis gewonnen, erzählte Paolo, der bis zu Garfields Ankunft immer die weiblichen Rollen gespielt hatte. Sie hatten viele solche Geschichten, die sie sich abends am Feuer erzählten. Sie hatten auch viele dieser Feuer unter offenem Himmel. Nicht immer spielte der Zufall ihnen ein verlassenes Haus zu, und oft war es nur einfach sicherer, im Freien zu übernachten.

Jetzt, fünf Jahre nach dem Großen Brand, hatte Tante Clara-Susanna beschlossen, dass die Truppe mit *Hamlet, Prinz von Dänemark* in England auf Tournee gehen sollte. Alfredo, ihr ältester Sohn, meinte, dass das Ensemble für dieses Stück zu klein sei. Ein Einwand, den Tante Clara lässig zur Seite wischte, schließlich beherrschte sie sowohl die Königinmutter als auch den Geist.

Garfield, der sich für gewöhnlich aus den Streitgesprächen der Truppe heraushielt, musste grinsen. Ein Publikum, das »Eurisch« verstand, verfügte wohl kaum über den Kunstverstand, Shakespeare zu würdigen. Und wenn er ehrlich war, als Frau Schröder-Hintergassner das Thema durchgenommen hatte, war er viel zu beschäftigt gewesen, unter dem Pult in Comix zu blättern. Inzwischen hatte er, in den langen, einsamen Wochen in dem Haus, die Kurzfassung sämtlicher Klassiker der Weltliteratur gelesen – so hießen die Bücher mit dem Kunstledereinband, die in der massigen, eichefurnierten Schrankwand standen. Fürs Leben, wie sie immer so schön sagten, hatte er allerdings nichts gelernt. Das tat er auf der Straße.

Er empfand nur eine vage Beunruhigung bei dem Gedanken, in ein fremdes Land zu reisen, doch die Neugierde überwog. Und zuerst lief alles ganz großartig. Sie spielten in Gemeindehäusern, Sporthallen und Schulen. Draußen auf dem Land, wo die Zerstörung an den Menschen vorübergegangen war. Es hatte zumindest den Anschein. Nur die Besucher waren auch hier immer gegenwärtig.

Einmal führten sie *Romeo und Julia* sogar für die Vierfinger auf. Sie hatten die Bühne auf dem Handballfeld einer Sporthalle ohne Dach aufgebaut. Er war die Julia und die meiste Zeit vergaß er seinen Text oder verpasste seine Einsätze, so fasziniert war er von den fremden Wesen, die da auf den rissigen Plastikbänken hockten. Tante Clara spielte natürlich die Amme, was ihr die Möglichkeit gab, den Jungen öfter zu kneifen, wenn er patzte. An jenem Abend kam Garfield der Gedanke, dass die Schauspielerei vielleicht doch nicht sein Ding war.

Nach der Vorstellung schlenderte er die stille Dorfstraße entlang. Wegen der Energie-Verknappung herrschte Verdunkelung, aber er hatte keine Angst vor den Schatten. Seit jener Nacht, als ein kleiner Junge barfuß und allein im schlammigen Hochwasser gestanden hatte, trugen seine Schreckgespenster andere Gesichter. Ohne es zu bemerken, ließ er die Häuser hinter sich. Er hielt erst an, als er vor sich eine kahle, weite Fläche sah. Am Horizont war der Nachthimmel mit einem rötlichen Streifen versehen, dort lag die Große Stadt. Jetzt hieß sie nicht mehr London, sondern nur noch die Speerzone. Im Dorf gaben sie ihr gar keinen Namen, sie hatte einfach aufgehört zu existieren.

Der Junge lief nun über das Brachland, bückte sich und hob etwas Erde auf. Sie fühlte sich seltsam leicht und krümelig an, er hatte so etwas noch nie zuvor gesehen. Gedankenverloren steckte er die Brocken in die Tasche. Mittlerweile enthielt sein Anorak Erinnerungsstücke an jedes bedeutsame Ereignis in seinem Leben. Doch dass diese Nacht bedeutsam war, wusste er noch nicht. Er lief nur immer weiter in die Nacht und ließ seine Gedanken wandern.

Garfield hätte gerne gewusst, ob noch Menschen in der Stadt lebten und woher das rote Leuchten rührte. Aber weder Alfredo noch Luciu kannten die Antwort. Und noch etwas war seltsam – es gab in dem ganzen Ort keine Kinder. Garfield fragte sich, ob sie von ihren Verwandten versteckt gehalten wurden. Und wenn ja, wovor – vielleicht vor den Vierfingern?

Dem Jungen wurde plötzlich bewusst, wie wenig er eigentlich über die Besucher wusste. Aber wer wusste überhaupt etwas über sie? Putzige kleine Kerlchen, die in einer putzigen Sprache schnatterten. Anscheinend wusste niemand so genau, wo sie herkamen. Irgendein Witzbold brachte den Begriff Veganer auf – und der blieb dann hängen –, bis man einen genaueren Blick auf sie werfen konnte. Von da an hießen sie Vierfinger.

In der Schule hatten sie »den Tag der Ankunft« in der Aula übertragen. Eine Menge wichtiger Leute redeten von wichtigen Dingen. Doch da sie es auf die umständliche, verschlüsselte Art der Erwachsenen taten, hörte Garfield schon bald nicht mehr richtig zu. Ob er einmal mit Luciu über die Vierfinger sprechen sollte? Und während er immer weiterlief, bekamen seine Schreckgespenster auf einmal ganz neue Gesichter.

Sie kamen auf ihn zu, materialisierten mitten aus der Nacht. Zerlumpte Zombies, ja, das waren sie. Garfield kannte sie aus Filmen, die anzuschauen ihm immer verboten worden war und die er natürlich heimlich angekuckt hatte. Zur Strafe hatte er dann prompt fürchterliche Alpträume bekommen und alles gebeichtet. Und nun waren sie da, drangen in seine Welt ein und streckten die fleckigen Hände nach ihm aus. Er wusste es nicht, aber er sah zum ersten Mal in seinem Leben Opfer der »Krankheit« im dritten Stadium, dem letzten, vor dem tödlichen Koma.

Er schrie und rannte und schrie. Die Gespenster schrien auch, gurgelnde Laute drangen aus ihren verfaulten Mündern. Garfield hatte nur einen Gedanken, als er über den holprigen Acker rannte: »Bitte, lass mich nicht stolpern, wenn ich hinfalle, kriegen sie mich.« Immer und immer wieder sagte er stumm seine Bitte auf. Sie wurde zu seinem Mantra und seine Füße klopften verbissen den Rhythmus dazu: »Bitte, lass mich nicht stolpern, wenn ich hinfalle, kriegen sie mich.«

Doch noch sollte er nicht erfahren, wozu verzweifelte Menschen fähig sind. Alfredo und Luciu waren ihm gefolgt, und sie trugen Waffen. Sie schimpften nur gutmütig mit ihm. Und als er die Zombies wegrennen sah, weinte er vor Erleichterung.

Vier Tage später hatten sie Tickets für die Überfahrt auf einem alten Hover in der Tasche, ihr Ziel war Hamburg. »Noch knapp drei Monate, dann kommen die Stürme und diesmal passiert's«, sagte der Steuermann des Hovers. Und Garfield wusste, er sprach von der Flut.

Eine fiebrige, erwartungsvolle Stimmung hing über der Stadt. Die Straßen waren voller Menschen, hektisch und unsicher zugleich – Hochwassertouristen –, die sich vor den Tarot-Buden und den Devotionalien-Läden drängten. Alle wollten schnell noch Geschäfte machen, Wanderprediger, fliegende Händler und die Vierfinger. Durch die Gassen von Spauli, dem Vergnügungsviertel der Stadt, flitzten kleine Vaporettos und drückten die behäbigeren Tretboote und Schuten zur Seite. Der Gestank und der Lärm waren unglaublich, und stündlich stieg der Wasserpegel. Alle redeten über die Große Flut, den ewigen Regen und die Vorzeichen, die allerorts sichtbar waren. Und dann wurde der Regen zu Schnee und das Wasser zu Eis und schon bald würden die Stürme kommen. In den Fenstern hingen Votiv-Bildchen von Chief Brody, dem Schutzheiligen der Meere, der die Bestie besiegt hatte – für die Seefahrer und Küstenbewohner dieser Welt, dadam, dadam.

Auf dem öligen Wasser, zwischen den undefinierbaren Brocken aus organischem Abfall, Plastikmüll und zerdrückten Bierdosen, schaukelten kleine Totenlichter in roten Plastikschälchen für die Opfer der letzten Flut. Nachdem es bei der letzten Flutwarnungsfeier zu einer spontanen Verpuffung der chemischen Rückstände auf der Wasseroberfläche gekommen war, waren die Kerzen verboten. Doch niemand hielt sich daran.

Hamburg. Das war als Tante Clara-Susanna anfing, immer seltsamer zu werden. Sie unterlief eine Metamorphose, in der sie sich von einer Schauspielerin zur Prophetin verwandelte. Was eigentlich gar kein so großer Unterschied sei, meinte Alfredo einmal. Garfield musste ihm zustimmen. Und als dieses seltsame Mädchen mit dem großen Rucksack und der Schneebrille durch den alten U-Bahntunnel auf sie zukam, schien dies ein Signal für ihn zu sein, wieder einmal weiterzuziehen. Schließlich war es Neujahrsabend, die einzige Nacht im Jahr, in der man Vorsätze fasste, nur um sie später wieder zu brechen – völlig ungestraft, versteht sich. Und wollte die Welt da draußen ihn nicht haben – nun, dann wollte er sie auch nicht.

Die rasende Johanna

Es geschah ganz unmerklich. Irgendwie hatte das sinkende Bruttosozialprodukt damit zu tun, so genannte gute Beziehungen waren allerdings auch schuld. Es wurde immer schwieriger, Gesetzesvorlagen zum Flut-Schutz durchzubringen, und ein kleines Land wie Holland hatte nur geringes Mitspracherecht in der EU. Seit einigen Jahren galt da, was bissige Wirtschafts-Journalisten »das Faustrecht der Prärie« nannten. Nachdem die Nordseeküste mit schöner Regelmäßigkeit von den Herbst-, Winter- und Frühjahrsstürmen heimgesucht wurde, hofften die Anrainerstaaten auf Zuschüsse der EU. Stattdessen wurde die Idee einer Gruppe experimentierfreudiger Wissenschaftler erneut auf die Tagesordnung gesetzt. Da der Leidensdruck der Niederländer am größten war, sollten sie es sein, die als Erste in den zweifelhaften Genuss des Projektes »Steel-Sand« kamen. Was die innovativen Wissenschaftler mit guten Beziehungen zur damaligen Regierung nicht bedachten, war die Verseuchung des Bodens und des Grundwassers durch emsige Tulpen- und Tomatenanbauer. Die Dünger- und Pestizidrückstände gingen eine interessante Verbindung mit den Bakterien von Projekt »Steel-Sand« ein, und der zunächst erfolgreich »aufgeschäumte« Sand fiel wie ein Soufflé zusammen. Das Ergebnis konnten rund dreihunderttausend Hochwassertouristen bei der nächsten Sturmflut bewundern. Es war das Letzte, was sie in ihrem Leben sehen sollten. Der Name des Sturmes, der die Flut auslöste, war Johanna gewesen. Doch es kamen neue Touristen, im Winter, als das Wasser zu Eis wurde und ganz Holland eine gigantische Eisbahn. Mit Speedslidern rasten sie um die Wette, und es gab in jeder Woche mehr Tote als früher zur Urlaubszeit auf Deutschlands Autobahnen.

Beam mich hoch, Scotty

Das Erste, was in sein Bewusstsein drang, war die kühle Feuchtigkeit zwischen seinen Schultern. Zuerst glaubte Blue, es sei der Luftzug der Klimaanlage, dann bemerkte er, dass er schwitzte. Es war ungesunder Schweiß, er ließ alle Energie aus seinem Körper strömen.

Der Traum, er hatte wieder diesen Traum gehabt, einen Traum, der immer wiederkehrte und jedes Mal diese Leere in seinem Kopf zurückließ. An jenen seltenen Tagen, an denen er einigermaßen klar war, dachte er, dass dieser Traum und die damit verbundene Leere eine Metapher für sein jetziges Leben sei. Zum Glück kamen diese drogenfreien Tage nicht oft vor, und meistens hielt er den Traum und sein körperliches Schwächegefühl für die Folgen des Entzugs. Doch gegen dieses Gefühl gab es ein einfaches und immer griffbereites Mittel, und das gleiche Mittel verhinderte auch, dass er über die andere Seite des Traumes nachdachte.

Tonia schnarchte, er konnte nur ihre schwarzen Locken sehen, die die Kissen und ihr Gesicht bedeckten. Er wusste, ihr Mund würde halb geöffnet sein, er versuchte sich vorzustellen, dass sie irgendwie unschuldig aussah, wie ein kleines Mädchen, aber das Bild wurde unscharf, die Ränder zerflossen vor seinem inneren Auge und er gab auf.

Sie war stoned und, wenn er Glück hatte, für diese Nacht befriedigt. Sie war gleichzeitig prüde und unersättlich und sie hatte ihn gekauft.

»Blue erledigt seine Auftritte immer mit vollem Körpereinsatz.« Lachende Stimmen, spöttisch und neidisch zugleich – die Mitglieder seiner Band.

Es dauerte eine Weile, bis er die Schüsse hörte. Drogen, solange er es noch kontrollieren konnte – »lass die Finger von diesem Alien-Zeug«. Pierce. Gedankenfetzen, die eine Geschichte ergaben, deren Ende er nicht kennen wollte. Wieder Schüsse, Geschrei, sein Instinkt überwand die Kokslethargie und er rollte sich vom Bett. Wieder Schüsse, dann Schreie – Stille. Unsicher verharrte er, halb sitzend, halb liegend. Ein Summen war in seinem Kopf, das Summen der Stille. Er kroch wieder auf das breite Bett. Koksparanoia. Lässt einen Dinge hören, Dinge sehen, die nicht da sind, Dinge, die sich aus dem Drogenuniversum in die reale Welt materialisieren wollen.

»Beam mich hoch, Scotty.« Er lachte leise und dann, gerade als es im Haus wieder laut wurde, schlief er ein. Bis ihn ein weiterer Alptraum in die reale Welt zurückkatapultieren würde.

»Ich bin dein Fan Nummer eins, Blue.« Worte wie aus einem billigen Roman, wie von einem billigen Groupie. Aber Tonia Sakamoto war nicht billig. Sie wollte ihn und sie kriegte ihn – und die ganze Band dazu, wie es Teil des Deals gewesen war. Das war vor vielen Wochen gewesen. Und seine Hoffnung, dass sie seiner bald überdrüssig werden würde, hatte sich nicht erfüllt. Er war ihr Gefangener, ihr Lustsklave – so hatte sie ihn einmal im Scherz genannt, und er war noch nie so dicht dran gewesen, eine Frau zu schlagen. Hätte er es nur getan. Vielleicht wäre dann alles zu Ende gewesen, auch wenn zu Ende bedeutete, von Tonias Bodyguards zu Brei geschlagen zu werden. Er überlegte, ob er die Schmerzen überhaupt spüren würde – was waren schon körperliche Schmerzen, sie gingen irgendwann vorbei. Doch die Schmerzen, die tief in ihm waren, die hörten nie auf. Und jetzt kannte er nur noch eine Art, mit ihnen umzugehen – die Drogen, die Tonia so großzügig für ihn bereithielt und die für ihn immer wichtiger wurden: um zu schlafen, um aufzuwachen, um zu überleben. Scheiße, jetzt haben sie dich auch, kleiner Bruder. Willkommen, lachte Pierce.

Sie taten so, als würden sie Songs für ein neues Runners-Album einüben, Tonia hatte versprochen, ihnen Studiozeit und die anschließende Promotion-Tour zu finanzieren. Stattdessen saßen die Jungs den ganzen Tag in der Sonne und ließen sich von Tonias Bodyguards Drogen und Groupies ins Haus bringen. Und keiner wusste besser als Blue, dass es keine neuen Songs zum Einspielen gab.

Sie war in seine Garderobe gekommen, kaum dass die Band von der Bühne runter war. Er hätte um seine Gage gewettet, dass sie sich nicht mal die Show bis zu Ende angesehen hatte. Warum auch, es ging ihr nicht um die Musik, sie wollte ihn, den vergessenen Helden der Cyber-Generation – diesen zweifelhaften Titel hatte ihm vor langer Zeit ein Musikjournalist, der besonders einfallsreich sein wollte, verliehen.

Ihre schwarzen Haare waren sorgfältig zu einem Lockenturm hochgekämmt. Um den Hals, an einer großgliedrigen Platinkette, trug sie eins von diesen sagenhaften Alien-Schmuckstücken, und ihr schlanker, fast schon hagerer Körper war in schwarzes Echt-Leder eingeschweißt. Er fand, dass sie wie eine aufgetakelte Sado-Maso-Braut aussah.

»Blue? Was für ein seltsamer Name.«

Ungezwungen ließ sie sich in den einzigen Sessel in der engen Künstlergarderobe fallen, schlug die langen Beine übereinander. Sie musterte erst ihn – die Schlange nahm Maß an ihrer Beute –, dann die schimmeligen Wände mit den halb abgerissenen Plakaten – Namen von Bands, die nur noch Insider der Szene kannten – und füllte zwei dieser Plastikgläser zum Zusammenstecken mit Champagner, der in einem Kühler neben ihr stand. Sie war vorbereitet.

Es war schon eine Weile her, dass Blue nach einem Gig Champagner angeboten worden war. Die Runners hatten schon lange keinen Hit mehr gehabt, und mit ihrer nachlassenden Popularität war auch die Qualität der Clubs gesunken. Bald würden sie nur noch die lausige Vorgruppe für irgendein heißes Kid aus der Provinz oder einen dieser schmierigen Kult-Priester machen. Wenn er nach der Show erschöpft im Tourbus saß und nicht einschlafen konnte, stellten sich unweigerlich solche Szenarien ein.

Er lehnte an der Wand und hielt seine schwarze Gibson wie einen Schutzschild vor sich. Fremde Menschen, besonders Frauen, machten ihn oft unsicher und auf eine gewisse Art wehrlos. Er wollte keine Feindschaften, aber er wollte auch nicht noch mehr von sich preisgeben, als er es mit seinen Songs schon tat. Früher hatten sie ihn oft gefragt, wie persönlich seine Songtexte seien, und er hatte immer ausweichend geantwortet. Heute fragte ihn niemand mehr danach. Seit einigen Jahren, seit dieser Kult aufgekommen war, hatten sie fast nur noch alte Elvis-Nummern im Programm. Es war Ironie, doch der King sorgte dafür, dass sie nicht verhungerten.

Als sie noch ihren Deal mit der Plattenfirma hatten, kümmerte sich Jeffrey, ihr Manager, um alles. Er ließ nur Leute in seine Garderobe, die »wichtig« für ihn waren. Andererseits, diese Frau sah

»wichtig« aus. Doch sie war ein Vampir, er wusste, wenn er ihr nachgab, würde sie ihn aussaugen. Sie verströmte diese untrügliche Mischung aus Einfluss, Hysterie und Geilheit. Und jetzt suchte sie jemanden, der es ihr besorgte. Einen »echten verlorenen Helden«. Scheiße.

Vor fünf Jahren, als er und die Bladerunner ihren ersten Hit hatten, war ihre Welt voller Partys, die von Vampiren wie dieser Frau für sie gegeben wurden. Sonst war er immer nach höflichen dreißig Minuten verschwunden, um in seinem Hotelzimmer ein Buch zu lesen, Gitarre zu spielen oder an neuen Songs zu arbeiten. In jenen Tagen war es so leicht, einen guten Song zu schreiben. Er brauchte nichts weiter zu tun, nur den Geschmack der Einsamkeit, die tief drinnen in ihm wohnte, hervorholen und in Worte und Akkorde umzuformen. Jetzt war da nur diese Leere. Vielleicht hatte auch Pierce die Leere gefühlt, und sie war schuld daran, dass er sich mit Frauen wie Tonia Sakamoto eingelassen hatte und versuchte, die Leere mit Sex und Drogen zu füllen. Blue wusste genau, dass es so nicht funktionieren würde – nicht für ihn. Hatte er das nicht schon alles hinter sich? Vielleicht holte einen die Vergangenheit immer dann ein, wenn man ganz tief unten ist. Pierce hatte diesen Satz immer gesagt – und Pierce war auch Vergangenheit.

»Shell, unser Lead-Gitarrist, hat ihn sich ausgedacht«, sagte er. Es war ein höflicher Versuch, die Konversation auf einer belanglosen Ebene zu halten, bis er sich entschieden hatte, wie er sie einordnen sollte.

»– und er fand, dass Blue gut zu dir passt wegen deiner blauen Augen und weil du immer so traurige Lieder singst.«

Großer Gott, sie war Leserin von Fan-Magazinen. Fast hätte er laut herausgelacht. Er wandte sich ab, kniete sich auf den Boden und legte die Gibson in das abgestoßene Flightcase mit den vielen verblassten Aufklebern von diversen, längst Pleite gegangenen Fluglinien. Erinnerungen an zahllose Orte, Musikclubs, namenlose Hotels und gesichtslose Groupies mit gierigen Augen und Silicon-Titten. Heute war Fliegen ein Luxus, den sich die Runners längst nicht mehr leisten konnten. Und nachdem irgendeine selbst ernannte Bürgerwehr vor einigen Tagen ihren Tourbus konfisziert hatte, saßen sie hier fest.

Der fettarschige Besitzer des Clubs hatte Blue zu verstehen gegeben, dass er die besten Kontakte zur Bürgerwehr hätte, und sollte Blue ihm gefällig sein, würde sich wegen des Tourbusses sicher was machen lassen. Blue hatte ihm ganz freundlich vorgeschlagen, es doch bei Toto, dem Bassisten der Runners, zu versuchen. Toto hatte den Charme eines Dead-Heads auf Speed. Blue erinnerte sich gerne an das Gesicht des Clubbesitzers. Als er sicher war, dass das Grinsen aus seinem Gesicht verschwunden war, stand er auf.

Sie plapperte immer noch. Fan-Geschwätz, so bedeutsam wie das Hintergrundrauschen seines alten Fender-Amps und fast genauso leicht zu ignorieren.

»... finde auch, dass Blue gut zu dir passt.«

Auffordernd hielt sie ihm ihr Glas hin. Offensichtlich wollte sie mit ihm anstoßen. Ihm fiel auf, dass ihre Stimme leicht undeutlich klang. Sie hatte wohl schon eine Flasche Champagner zum Anwärmen getrunken und sich ein paar Straßen reingezogen.

Er schüttelte den Kopf. »Danke, ich trinke nicht.«

»Ha!«

Sie schien höchst befriedigt über diese Auskunft, vermutlich hatte sie auch das irgendwo gelesen. Mit albernen kleinen Schlucken trank sie erst ihr Glas leer, um dann das andere zügig wegzukippen. Das Ergebnis war ein Schluckauf.

Wo blieben nur die Jungs? Eigentlich teilten sie sich die Garderobe. Seine Blicke irrten zur Tür.

Sie merkte, dass er nach einem Fluchtweg suchte, und kam zur Sache. »Ich habe wirklich schlechte Manieren. Komme einfach hier rein –«

Blue zuckte die Achseln. Er war müde und verschwitzt. In dem miesen Club gab es nur eine Dusche hinter der Küche, fürs Personal, doch er konnte sich in diesem Augenblick keinen Ort auf der Welt vorstellen, wo er lieber wäre. Selbst wenn ihm der schwule Clubbesitzer wahrscheinlich durch ein Loch in der Wand zusah und sich dabei einen runterholte. Wo war der Unterschied zu dieser Frau, die ihn mit ihren hungrigen Blicken abgrabschte? Beide begegneten ihm immer wieder – ihre Namen änderten sich, nicht jedoch der Ausdruck in ihren Augen. Also blieb er. Ein weiterer Fehler von vielen, vermutlich. Doch was änderte es jetzt noch?

Sie ließ sich von seinem Schweigen nicht irritieren. Mit einem leichten Lachen füllte sie die peinliche Pause.

»Ich habe dir noch nicht mal gesagt, wer ich bin. Tonia Sakamoto – du hast von Sakamoto Industries gehört.« Das war eine Feststellung, keine Frage.

Er hatte richtig vermutet. Sie war also »wichtig«. Aber der Umstand, dass die Frau zu den reichsten Leuten dieser Stadt, ja wahrscheinlich im ganzen Land gehörte, machte sie ihm auch nicht sympathischer. Sakamoto Industries hatte vor knapp drei Jahren das Label gekauft, bei dem die Runners zuletzt unter Vertrag gewesen waren. Und im Zuge einer »Neuorientierung« hatten sie ihnen den Deal gekündigt, und er hatte nicht mal mehr das Geld gehabt, um sich irgendeinen lausigen Anwalt zu besorgen. Jetzt saß diese Frau, die ein gut Teil der Verantwortung dafür trug, dass es mit den Runners nur noch bergab ging, in seiner Garderobe und versuchte ihn aufzureißen. »Verdammt, ist eben Showbusiness, Junge«, sagte er sich, »sei nett zu ihr, vielleicht ist sie dann auch nett zur Band.« Doch er wusste, dass er sich nur etwas vormachte, wieder einmal. Pierce wusste, wie man nett zu wichtigen Leuten war.

»Muss den Jungs beim Abbauen helfen«, murmelte er und bewegte sich wieder in Richtung Tür. »Hat mich gefreut, dich zu treffen.« Noch nie war ihm eine Lüge so glatt über die Lippen gegangen.

Draußen, auf dem engen Gang mit der kaputten Glühbirne, holte er einmal tief Luft. Irgendwie musste er den Jungs jetzt gegenübertreten. So tun, als wär dieser Gig das erste Anzeichen dafür, dass es mit der Band wieder vorwärts ging, schließlich waren sie für drei weitere Shows verpflichtet worden. Und irgendwie würde es damit enden, dass sich alle gegenseitig in die Tasche logen. Klar, es war nicht einer der Sahneclubs, aber es war immerhin in Europa und nicht in einem dieser Animierschuppen in einem namenlosen Boomstaat in Südostasien, oder? Doch bereits am nächsten Abend brach der Himmel über ihnen ein.

Er sah es kommen. Kaum standen sie auf der Bühne, spürte er sie. Es waren diese unterschwelligen Schwingungen, die er nur zu gut zu deuten gelernt hatte. Blue stand isoliert in der Lichtinsel des Punktscheinwerfers – Jeans, weißes T-Shirt und schwarze Lederjacke, das berühmte Loner-Outfit. Und sang mit diesem verlorenen Gesichtsausdruck, der keine Masche war, die Eröffnungsnummer: »Running Wild« – das Mantra der Bladerunner.

Tonia Sakamoto war auch da. Den Backstagepass wie eine Trophäe an einem der zahlreichen Reißverschlüsse ihres Latex-Overalls befestigt. Sie sah aus wie der teuerste Fick in der Stadt. »Und du bekommst mich ganz umsonst«, sagte ihr Körper, als sie seine Blicke bemerkte. Blue tänzelte zur anderen Seite der kleinen Bühne, es war Zeit für Shells Solo. Auch er hatte Tonia gesehen – wer hätte es nicht – und spielte nur für sie. Toto bleckte die Zähne zu einem Grinsen und schlenderte zu Blue.

»Wer ist sie?«

»Sakamoto, die Firma, die unseren Vertrag gekauft hat.«

»Scheiße.«

Blue ging zum Mikro und sang:

»Don't leave me tonight
Don't leave our love behind,
Lie to me, darling, but please don't go.
Wrap yourself around me,
Velvet shadow, hold me tight«

– die Schlusszeilen ihres ersten Hits. Pierce hatte den Text mit ihm zusammen geschrieben. Shells Stratocaster dehnte das »hold me tight« zu einem kreischenden Aufschrei nach Liebe in Cmaj7 und E-Dur. Es war immer noch ein verdammt starker Song, nach all den Jahren. Warum nur, Pierce – warum musstest du immer den ganzen Weg gehen, dich für immer in die samtschwarzen Schatten einwickeln?

Der erste Set war zu Ende. Früher wären sie jetzt hinter die Bühne, in ihre Garderobe gegangen. Doch früher gab es auch noch Roadies, die auf das Equipment aufpassten. Früher hatten sie auch das Digital Sound System von Sony und einen Power-Mac 20100 zum Lichtmischen und einen Drummer, keine billige Maschine, die den Sound versaute. Früher, da hatten sie Erfolg – und ihr Drummer hieß Pierce.

»– und hat sie auch die Band gekauft, Blue, und du hast vergessen, es uns zu erzählen?« Toto zeigte mit dem Kinn auf die Frau.

»Ja, sag an, Mann, hat sie?« Shell leckte sich die Lippen, ohne den Blick von Tonia Sakamoto abzuwenden. Sie erwiderte gleichgültig seinen Blick, drehte sich dann um und verließ mit ihren drei Bodyguards den Saal.

Blue zuckte die Schultern, er sah, wie sich eine schmale Gestalt hinten im Saal vom Mischpult löste. Jaki, Shells Mädchen und die Ton- und Lichtfrau der Runners, drängte sich durch die Menge und kletterte auf die Bühne.

»Bad Vibrations, Mann, da draußen gibt's jede Menge bad Vibrations.« Sie klang atemlos und knetete nervös ihre Rasta-Zöpfe.

»Weiß ich.« Jetzt konnte er fast nach ihnen greifen, aggressive Schwingungen, die wie eine stumme Drohung im Saal hingen. Sollte er den Gig abbrechen? Dann saßen sie nicht nur ohne Geld fest, sondern wurden obendrein vertragsbrüchig. Keine gute Basis, um den Tourbus wiederzukriegen.

Er wartete, bis Jaki wieder hinter ihrem Pult stand, gab der Band Zeichen und zählte die erste Nummer ihres zweiten Sets an: »Heartbreak Hotel«, ein Zugeständnis an die vielen King-Kulter im Publikum.

Sie kamen durch die Küche herein. Blue ahnte ihre Anwesenheit mehr, als dass er sie durch die Lichtschranke der Scheinwerfer sehen konnte – Neo-Punks, sechs oder sieben. Einer sprang auf die Bühne und stürzte sich auf ihn. Erst als die magere Gestalt, in Kunstleder und Metallfolie geschweißt, ihren Körper an seinem rieb, merkte er, dass es sich um ein Mädchen handelte. Als er sie von sich schob, schien er damit ein Signal gegeben zu haben. Übergangslos vermischten sich King-Kulter und Neo-Punks zu einer Explosion von Körpern, Eisenketten, Geschrei und Blut.

Und dann, plötzlich geeint, erkannten sie ihr Feindbild und sprangen auf die Bühne. Ein Springerstiefel malmte sich durch die Membrane des Fender-Amps. Der Drum-Computer flog wie ein Ufo durch den Saal und bohrte sich in das Mischpult. Für einen kurzen Moment empfand Blue bei dem Anblick Genugtuung. Der Gestank von verschmorendem Gummi mischte sich mit den Sklak-Dämpfen, die aus den Klamotten der Neo-Punks aufstiegen. Die veraltete Berieselungsanlage des Clubs schaltete sich ein und ruinierte, was die Schläger von dem Equipment der Band übrig gelassen hatten.

Shell war irgendwo im Saal unterwegs, um Jaki rauszuhauen. Blue sah, wie Toto seinen Bass wie eine Keule schwang und sich rückwärts zum Bühnenausgang bewegte. Er wollte ihm folgen, als das magere Groupie kreischend auf ihn losging. Ihre Augen waren wie zwei weiße Billardkugeln, ausgeblichen von hoch dosiertem Sklak, ihre Hände mit Stahl-Spikes auf den Fingerspitzen zuckten vor. Er tauchte unter ihnen weg, direkt zwischen die Beine eines fetten King-Kulters, der ihm seine Gitarre aus den Händen kickte. Auf Knien rutschte er über die Bühne, und für einen irren Augenblick wollte er sich auf die Gibson werfen, sie mit seinem Körper decken. Diese sinnlose Geste schien ihm um so vieles wichtiger, als seine Hände oder sein Gesicht zu schützen.

Hinten im Saal war es ruhig. Den Leuten gefiel die Show. Heute konnten sie sehen, wie ein gefallenes Idol Prügel bezog. Der Punktscheinwerfer war immer noch auf ihn gerichtet. Blue fühlte sich auf eine alberne Art heroisch und wusste, gleich würde er etwas Dummes tun. Doch er kam nie dazu, seine Faust in die johlende Fresse des Neo-Punks zu rammen.

Willkommen zum Weltuntergang

Der Schneeregen war wieder mit Eis gemischt. Skadi kniff die Augen zusammen und versuchte, den Jungen in der Dunkelheit auszumachen. Sie fühlte sich leicht benommen und setzte ihre Füße mechanisch einen vor den anderen. Dieses Europa war so ein seltsamer Ort, wie hatte sie nur jemals glauben können, hier allein zurechtzukommen? Zu Hause sagten sie immer, wer einen Winter bei uns durchsteht, überlebt alles. Doch allmählich begann sie zu zweifeln. War Palle wirklich so welterfahren wie er sich gerne gab? Und machten einen die Slums von Longyearbyen wirklich straßenschlau? Sicher, in ihrem rechten Stiefelschaft trug sie ein Messer, und sie würde nicht davor zurückscheuen, es auch zu benutzen. Dennoch war sie, kaum dass sie am Ziel ihrer Reise angekommen war, in den größten Schlamassel geraten und ausgerechnet ein halbwüchsiger Junge hatte ihr herausgeholfen. Doch niemand sollte sagen, Skadi Gunnarsdottir wüsste nicht, was eine Verpflichtung war.

Der Junge war vorausgelaufen und sah sich jetzt ungeduldig nach ihr um. Er schlenkerte mit der komischen Tasche, schwang sie um sich herum und atmete nicht einmal schwer. Vermutlich war er an die verseuchte Luft gewöhnt.

»He, warte!« Keuchend holte sie ihn ein. »Wo ist denn die Party?«

»Na, da.« Er zeigte in die Dunkelheit und schien überhaupt nicht überrascht, dass sie nach der Party fragte.

Skadi fiel auf, dass das Dunkel irgendwie kompakt war. Vor ihr ragte ein schwarzer Gebäudekomplex auf. Sie legte den Kopf in den Nacken. War dies ein Monument, ein Symbol? Sie konnte keine Fenster sehen. Die schmale Gestalt vor ihr wurde plötzlich von der Schwärze verschluckt, und Skadi beeilte sich, ihr zu folgen. Sie befand sich in einem Gang, vor ihr flackernde Lichter, grün, blau und weiß. Als sie auf die Lichter zustolperte, hörte sie den seltsamen Gesang.

Strob-Blitze huschten über die Decke, brachen sich an den Ecken und Säulen, rasten hektisch die hohen Wände hinauf und strichen wie Leuchtturmfinger über den Betonboden. Der Gesang war verstummt. Schwarz gekleidete Gestalten bewegten sich zuckend zu einem lautlosen Rhythmus. Nur das Schlurfen ihrer schweren Stiefel war zu hören. Plötzlich öffneten sich die Münder in den weiß geschminkten Gesichtern.

»Der King is dett bat not vor gatten«, intonierten sie.

»Wow, was ist das denn?« Skadi war fasziniert.

»Neo-Punks, was denn sonst.« Der Junge zuckte gleichmütig die Schultern, winkte ihr und arbeitete sich zu einer improvisierten Bar durch. »Hier, trink das, ist echte Cola.«

Skadi schaute sich neugierig um und sah direkt in die schiefergrauen Augen eines unglaublich gelangweilt und gut aussehenden Europäers. Um die Dramatik des Augenblicks zu unterstreichen, schlug eine unsichtbare Uhr zwölf Mal. Skadi beschloss, dass sie Europäer wahnsinnig faszinierend fand.

»Ist das nicht großartig?« Skadi strahlte ihr Gegenüber an. »Wieder beginnt ein neues Jahr und alles ist möglich.«

»Was soll denn daran so großartig sein?« Der Europäer starrte zurück, als hätte sie etwas besonders Ekliges auf ihrer Nase sitzen.

»Na, eben alles!« Begriff denn hier niemand, wie wichtig das alles war? Jetzt war Europa wieder dran, mit Kultur und Fortschritt und allem, was noch so dazugehörte. Nordamerika, Asien und der Rest der Welt hatten es zweihundert Jahre lang versucht, und alle konnten schließlich sehen, was daraus geworden war.

»Wir brauchen eine Neue Bewegung!« Skadi fand, dass sie es ziemlich gut auf den Punkt gebracht hatte.

»Hundert Krediteinheiten«, sagte der Europäer und es klang fast widerwillig. »Willst du es gleich hier?«

Skadi grübelte, ob er ihr Drogen oder seinen Körper verkaufen wollte, als von draußen plötzlich ein unbeschreiblicher Lärm hereindrang. Der Junge knuffte sie auffordernd.

»Komm, 'skimo, verschwinden wir!«

Sie trank aus. Dieses Cola-Zeug – da könnte sie sich vielleicht dran gewöhnen – und folgte dem Jungen nach draußen.

»He, willst du nun oder nicht?«, rief der Europäer.

Skadi warf ihm einen letzten bedauernden Blick zu – er sah wirklich umwerfend aus. Und dann verschwand er aus ihrem Blickfeld und sie wurden von der nachdrängenden Menge in die Nacht geschwemmt.

Ein heftiger Sturm war aufgekommen. Kanonenschläge und Sirenen dröhnten, Rauchschwaden verdunkelten die Suchscheinwerfer. Brandgeruch überdeckte den Abfall- und Fäkaliengestank. Menschen hasteten vorbei, die Gesichter vor Erregung verzerrt. Skadi hatte diesen Ausdruck schon oft gesehen: Angst, Sensationsgier und – nur hauchdünn von der Realität überdeckt – Irrsinn.

»Sie schießen Hochwasser, es ist so weit.«

Zitternd drückte sich der Junge an sie. Sie legte ihm die Hand auf die Schulter, und er hockte sich zu ihren Füßen auf seine Tasche und ihren Rucksack, das Gesicht zwischen den Knien verborgen.

Skadi merkte, wie die Erregung auch sie erfasste. Sie wollte mit der Menge rennen, wohin war ihr egal. Dies war der Untergang der letzten autonomen Küstenstadt – und sie war dabei.

Plötzlich spürte sie zwei Hände, sie wanderten an ihrem Körper auf und ab. Er war es. Er stand hinter ihr, sein Atem in ihrem Ohr. Sie lehnte sich zurück und seine Hände krochen unter ihren Parka und tasteten sich bis zu ihrer Haut vor. Seine Handflächen waren heiß und seine Griffe geübt. Das war so viel besser, als durch die Dunkelheit zu rennen. Sie bog sich noch weiter zurück und nun strichen ihre Hände über seinen Körper, umfassten seinen Hintern. Er drehte sie herum und hob sie hoch. Sie umklammerte ihn mit ihren Schenkeln und dann drang er in sie ein, während Sirenen und Geschrei ihr Stöhnen übertönten und der Sturm sie nur noch dichter aneinander presste. Und als es vorbei war, schien es genau das Richtige gewesen zu sein – in dieser Nacht, nach der alles anders sein würde.

»Genug Neue Bewegung, Süße«, flüsterte er und grinste sie selbstzufrieden an. »Das nächste Mal bezahlst du.«

Sie wollte etwas sagen, doch ein schriller Schrei – wütend und entsetzt zugleich – schraubte sich über den Lärm. Skadi glitt zu Boden und setzte sich ziemlich unsanft hin. Daher sah sie es als Erste – eine Gruppe Vierfinger bildeten einen inneren Kreis und keckerten und zischten in ihrer putzigen Alien-Sprache. Es klang, als hätten sie eine Menge Spaß.

Dann wich die Menge zur Seite und alle konnten es sehen – in einer Blutlache lag eine Ratte. Die Eingeweide hingen aus ihrem aufgeschlitzten Bauch und sie zuckte mit den Beinen.

»Sie haben Sid ermordet«, schrie die gleiche Stimme anklagend und hallte in der plötzlich eingesetzten Stille über den Platz.

Die Außerirdischen bewegten sich unruhig und versuchten, sich durch die Menge abzusetzen. Wahrscheinlich wäre es ihnen auch gelungen, hätten sie nicht drohend gezischt und nach ihren Waffen gegriffen.

Skadi vermutete, dass es Waffen waren. Bis vor kurzem hatte sie die Besucher nie als direkte Bedrohung empfunden. Für sie fügten sich die Vierfinger genauso ins Straßenbild ein wie die Wahrsager und fliegenden Händler. Ein exotischer Anblick, gewiss, aber dies war schließlich Europa, nicht? Erst die Begegnung mit dem rabiaten Dealer hatte sie vorsichtig werden lassen.

Und dann geriet alles völlig außer Kontrolle. Eine johlende Gruppe Neo-Punks rannte den Vierfingern nach, bewaffnet mit Ketten und Eisenstangen. »Long liff Jonny Rotten«, brüllten sie und stürzten sich auf die Außerirdischen. Skadi konnte in dem Knäuel aus Körpern nichts erkennen. Doch irgendwo unter ihnen war der Europäer mit den grauen Augen.

»He, 'skimo, he, 'skimo.« Beharrlich zerrte der Junge an ihrem Arm.

Unwirsch schüttelte Skadi ihn ab. Würde das jetzt immer so sein? Sie hatte keine Brüder oder Schwestern, und sie hatte nie das Gefühl gehabt, dass ihrem Leben dadurch etwas fehlte. Ein quengelnder Halbwüchsiger war jedenfalls nicht ihr Erste-Wahl-Reisegefährte. Er schien immer dann »'skimo« zu schreien, wenn sie ihre Gedanken ordnen musste – und ihre Kleidung, gestand sich Skadi mit einem halben Lächeln ein. Was für eine verrückte Nacht.

Dann löste sich die schreiende Gruppe auf. Abgerissene Gliedmaßen und leere Körperhüllen flogen durch die Luft. Eine zuckende Greifhand fiel Skadi direkt vor die Füße, trommelte einen abgehackten Beat in den Schlamm. Jemand bückte sich nach einem Ziegelstein und warf ihn auf die Käferkralle. Dieser Vierfinger würde keine zahmen Ratten mehr abmurksen, so viel stand fest. Langsam legte sich der Tumult. Bis auf eine Gruppe johlender Neo-Punks, die die Chitinpanzer über den Platz kickten.

Und dann schien die Szene vor ihr einfach einzufrieren. Ihre Ohren knackten und sie merkte, dass der Luftdruck plötzlich gefallen war. Ein gigantischer Schatten fiel auf sie und sein Sog verschluckte jedes Licht, jedes Geräusch, sogar den Sturm. Die kompakte Schwärze wurde von lautlosen Helikoptern eskortiert. Natürlich machten die Motoren Lärm, aber er wurde von dem gleichen Phänomen aufgesogen wie alles andere. Dann war da noch etwas. Skadi fühlte es mehr, als dass sie es hörte – dieses dumpfe, rasende Dröhnen – allgegenwärtig und doch nicht fassbar, von hypnotischer Bedrohlichkeit. Ihre Ohren knackten und irgendetwas drückte ihr die Luft ab.

Alle standen reglos, die Blicke nach oben gerichtet. Die Szene hätte aus einem Spielberg-Film stammen können. Nur kam von oben keine Erlösung. Es war der »Todesstern« und sie waren die unschuldigen Bürger von Alderan. Lautlos sank das Mutterschiff herab und gerade, als Skadi glaubte, dass es sie alle zermalmen würde, löste sich ein kleineres Segment ab und landete nur wenige hundert Meter entfernt. Eine Luke öffnete sich in der scheinbar fugenlosen Außenhaut des Schiffes, und wie Darth Vaders Sturmtruppen rannte eine Hundertschaft rostrot gepanzerter Aliens eine Rampe herunter. Bei ihrem Anblick begriff Skadi endlich, dass auf der Erde eine Invasion stattgefunden hatte, begriff es mit ihrem Herzen und nicht nur mit ihrem Verstand. Dies war Krieg – eine andere Art Krieg als damals gegen die Gesellschaft –, und in diesem Moment spürte sie es ganz deutlich: Diesmal musste sie sich entscheiden.

Auf einmal geriet Bewegung in die Gruppe Neo-Punks – die eigenartige Lähmung wich kreischender Panik – und sie rannten zurück in das hohe Gebäude. Skadi wusste, das war ein Fehler, doch es gab nichts, was sie jetzt noch daran ändern konnte. Sie konnte nur hoffen, dass sie sich geirrt hatte.

Hektisch zerrte der Junge wieder an ihrem Parka und zeigte auf den Eingang. »Komm doch, wir müssen da rein.« Er weinte vor Wut und Panik. »Da drinnen können wir uns verstecken.«

»Da drinnen sitzen wir in der Falle.« Sie zog den Jungen in den Mauerschatten. »Hoffen wir nur, dass sie uns nicht beachten.«

Zum Glück schien der Junge zu verstehen, denn er rührte sich nicht mehr. Gemeinsam versuchten sie, mit der Dunkelheit und der Mauer zu verschmelzen. Sie schienen recht erfolgreich damit zu sein – niemand beachtete sie.

Die Vierfinger drangen in den Bunker ein, und sie hörte ein hohes

Pfeifen, dann hörte sie die Schreie. Und dann nur noch Stille. Sie hätte nie gedacht, dass Stille so grauenvoll sein konnte.

Nach einer Weile kamen die Aliens wieder heraus. Sie stießen komische kleine Laute aus, und schaudernd erkannte Skadi, dass sie lachten. Ohne einen Blick zurück kletterten sie wieder in ihren seltsamen Raumtransporter und wurden von dieser unglaublichen Schwärze über ihnen verschluckt, so als wären sie niemals da gewesen. Auch das dumpfe Dröhnen war verstummt, und die Geräusche der Nacht – die Sirenen, das Heulen des Sturmes, die Schüsse und das Knattern der Rotoren – waren wieder zu hören. Skadi fühlte sich benommen und schwindelig. Sie steckte ihre Finger in die Ohren, blies die Backen auf und redete sich ein, dass es half.

Dem Jungen schien es richtig mies zu gehen. Skadi stieß ihn an, doch alles, was er hervorbrachte, war ein leises Wimmern. Nach einer Weile merkte sie, dass er anscheinend immer den gleichen Satz wiederholte. Sie beugte sich zu ihm und versuchte ihn zu verstehen.

»Ich will nach Hause«, weinte der Junge. »Und ich hab doch keins.«

»Mach dir nichts draus«, sagte Skadi und wiegte ihn in den Armen, »ich auch nicht.«

»Aber was wolltest du denn überhaupt hier?« Er starrte sie mit aufgerissenen Augen an.

»Spaß«, sagte Skadi achselzuckend, obwohl dies bei weitem nicht die ganze Wahrheit war. »Wer hält schon vier Monate Dunkelheit aus?« Sie stand auf und zog den Jungen auf die Füße. »Komm, wir müssen wissen, was passiert ist.«

Und sie sollte es erfahren.

Zuerst schien alles unverändert, die bunten Lichter und das Strob. Doch dann war da dieser Geruch. Skadi kannte ihn nur zu gut. Drei Jahre und unzählige Alpträume war es her, das Große Feuer auf Esso/Nordoil 3. Achthundertdreißig waren verbrannt. Achthundertdreißig Männer und Frauen aus Longyearbyen, Freunde und Verwandte. Wie könnte sie jemals diesen Geruch vergessen? Und mit der Erinnerung kamen die Gefühle zurück, und es waren die gleichen wie damals – Hilflosigkeit und Wut. Die Toten in dem Gebäude waren Fremde, aber machte das wirklich einen Unterschied? Sie hörte den Jungen. Er erbrach sich laut und keuchte angestrengt.

Er hatte geglaubt, so taff zu sein, meinte, schon alles gesehen zu haben, und jetzt wollte er nur noch zurück – zurück zu einem Zuhause, das es schon längst nicht mehr gab.

Langsam ging Skadi durch das verwinkelte Gebäude. Still zählte sie die Toten – es war ihre Art, nicht zu vergessen. Einer von ihnen war der Europäer. Er lag auf dem Rücken und aus seinen verbrannten Kleidern stieg immer noch Rauch auf. In seinen weit aufgerissenen Augen sah sie den Widerschein der Strobs. Es war so traurig – sie war auf einmal so unendlich traurig – und sie wusste nicht einmal seinen Namen.

Doch die Nacht war noch nicht zu Ende.

Garfield hatte gedacht, dass er all dies hinter sich gelassen hatte in jener Nacht – die Angst vor dem Verlassenwerden und die Panik, die ihn ergriff, als das Wasser seine Füße umspülte. Aber auf einmal war er wieder da, der kleine, furchtsame Junge im Garfield-Pyjama.

»Los, beweg dich!« Jemand zerrte an seiner Hand. »Wir müssen nach oben. Komm schon, du dummer Junge.«

Skadi zog den widerstrebenden Garfield zu den eisernen Stufen, die sich endlos ins Dunkel der oberen Stockwerke erstreckten. Hinter ihnen schwemmte die Flut Unaussprechliches in die Räume. Keuchend zog sich das Mädchen die Stufen hoch, den Jungen vor sich her schiebend. Er schniefte leise vor sich hin, an einem Kloß aus Angst und Einsamkeit würgend. Skadi murmelte Beruhigendes, so als spräche sie zu einem Welpen, der zum ersten Mal über eine Eisscholle kriecht. Schließlich gelangten sie an eine Klapptür. Sie stemmten sich mit dem Rücken dagegen. Die Klapptür öffnete sich, zäh wie Sirup gegen den Wind. Skadi und der Junge krochen auf das Dach, krallten sich mit den Fingernägeln in die poröse Dachpappe. Im Windschatten eines abgebrochenen Kamins hielt Skadi inne. Sie klinkte die Kletterleine an ihrem Rucksack aus und schnürte alles Bewegliche zusammen: sich selbst, den Jungen und seine alberne Tasche. Durch das Brummen des Sturmes versuchte sie ihn zu erreichen, flüsterte tröstende Worte in sein Ohr. Und irgendwann schliefen sie sogar ein.

Die blecherne Stimme weckte sie. Sie krochen zum Rand des Vorsprungs und spähten in die Tiefe. Alles war grau. Der Himmel über ihnen und der Boden. Nein, es war nicht der Boden, sondern eine endlos scheinende Wasserfläche. Und irgendwo am Horizont begegneten sich die Graus.

Ein einsames Boot glitt über das Wasser. Es hatte Segel gesetzt. Skadi kniff die Augen zusammen und versuchte die Schrift auf dem Segel zu entziffern. »ERWACHET«.

Die blecherne Stimme war eine Bandaufnahme. Immer und immer wieder schepperten die gleichen Phrasen zu ihnen herüber. »Apokalypse, Armageddon, Allmächiger« – lauter vollvokalige Worte, flach geklopft durch eine schlechte Lautsprecheranlage und den Nebel.

Skadi schrie, bis sie heiser war. Doch die blecherne Stimme ignorierte sie. Gravitätisch glitt das Boot über das endlose Grau.

Der Junge begann zu quengeln: »Ich will hier weg« und »Ich hab Durst«. Es schien fast so, als hätte Skadis Anwesenheit ihn wieder zu dem gemacht, was er eigentlich war – ein Kind. Die Jahre des schnellen Erwachsenwerdens um des Überlebens willen waren vergessen.

Was sollte sie nur mit ihm anfangen? Sie war doch selbst noch damit beschäftigt herauszufinden, was es mit dem Erwachsenwerden auf sich hatte. Daheim in Svalbard wurden die Kinder, wenn es um Fragen des Überlebens ging, sehr schnell erwachsen. Doch ihr Geist war immer noch wie ein Schwamm, der alles Neue aufsog.

Quengelnd hatte der Junge ihren letzten Planktonkeks verdrückt. Er weigerte sich, das Dörrfleisch zu essen, nachdem sie ihm gesagt hatte, dass es Robbenfleisch war. Was hatte er denn erwartet? Als sie gegessen hatten, erzählten sie sich ihre Geschichte. Es war wie ein zaghaftes Sich-kennen-Lernen. Skadi erfuhr, dass er sich über Monate fast ausschließlich von Schokoriegeln ernährt hatte und wie er Tante Clara-Susanna Della Rosa und den reisenden Schauspielern begegnet war. Garfield wiederum lauschte kopfschüttelnd ihren Geschichten über Palle, Åsgård und die anderen Bewohner von Longyearbyen.

Als am Nachmittag das diffuse Winterlicht verblasste und es so aussah, als würden sie noch eine weitere Nacht auf dem Dach festsitzen, trafen sie eine Übereinkunft – immer vorausgesetzt, es gelänge ihnen, sich aus ihrer derzeitigen Lage zu befreien. Erstens, bis auf weiteres als Team zusammenzubleiben, und zweitens, das nächste Ziel ihrer Reise den Zufall bestimmen zu lassen.

Stunden später kam wieder ein Boot. Sie hörten es mehr, als dass sie es sahen. Es war ein Speedboat der Wasserpolizei. Es ankerte direkt vor dem Gebäude, Taucher sprangen ins Wasser und ließen sich in die Dreckbrühe sinken. Die ganze Aktion wurde von einem VID-Team aufgenommen. Skadi vermutete, dass sie von dem Angriff der Vierfinger gehört hatten und womöglich nach Überlebenden suchten. Nun, Überlebende sollten sie finden: einen heimatlosen Jungen namens Garfield und eine junge Frau aus Spitzbergen auf der Suche nach dem großen Abenteuer.

Das VID-Team schloss die beiden ins Herz. Energiedrinks wurden im Tausch gegen Infos angeboten. Skadi gab das erste Interview ihres Lebens. Sie fand, dass sie ihre Sache recht gut machte, besonders was den dramatischen Teil ihres Berichtes anbelangte. Schließlich hatten die Grönländer das Geschichtenerzählen über Jahrhunderte als Überlebenswerkzeug gegen Perlerorneq – so nennen die Eskimos die Winterdepression, wenn es von November bis Februar dunkel ist – entwickelt.

Der VID-Operator erzählte, ihre nächste Station sei Berlin. Skadi und Garfield wechselten Blicke des Einvernehmens. Also – Berlin sollte es sein.

Das Speedboat setzte sie auf einem provisorischen Deich im Hinterland ab. Der Sturm war mit Einzug der Ebbe abgeflaut, doch niemand rechnete damit, dass das Wasser so weit zurückgehen würde, dass die Stadt wieder bewohnbar wäre. Genauso wenig rechneten die offiziellen Stellen allerdings damit, dass ihnen eine komplette Evakuierung der überfluteten Gebiete gelingen würde. In wenigen Wochen wäre Hamburg, oder was davon übrig war, endgültig in der Hand der Schwarzmarkt-Dealer, Erlösungssekten und Aliens – wozu sich also noch groß Stress machen?

Skadi und der Junge schlossen sich einem Flüchtlingstreck ins Landesinnere an. Wie inzwischen überall auf der Welt, machte die Flut die Bewohner der Küstenregionen zu Nomaden wider Willen. Einzig Skadis Vorfahren bekamen, nachdem die diversen Stützpunkte geräumt worden waren, mehr Land, als sie haben wollten. Und zusätzlich radioaktive Endlager und andere Hinterlassenschaften der diversen Militärbasen wie Thule, verschrottete Atom-U-Boote der Nordmeerflotte, die aus dem Packeis auftauchten. Und irgendwann würde auch das Schiff der Vierfinger, das vor rund fünfzig

Jahren im ewigen Eis verschollen war, wieder zum Vorschein kommen. Damals lautete die offizielle Version des Absturzes natürlich, in dem Gebiet sei ein Meteorit niedergegangen. Die Eskimos, die sich in der Nähe zur Robbenjagd aufhielten, hätten allerdings eine andere Geschichte zu erzählen gehabt. Doch sie sollten nie in ihr Dorf zurückkehren.

Der Treck bewegte sich mit ermüdender Langsamkeit. Doch Skadi sah niemals zurück. Eines wusste sie, sie würde so lange in Bewegung bleiben, bis sie das Ende des Horizonts erreicht hatte.

Zwischenspiel

Sie hatten den taktischen Sprengkopf zum zehnjährigen Jubiläum abgeschossen. Er hatte die Sprengkraft von zwanzig Hiroshima-Bomben und er machte aus Nord-Italien ein atomares Niemandsland. Sie wollten den Moslems zuvorkommen – dachten sie. Irgendjemand – eine irre Gruppierung, die sich Propheten der Apokalypse nannte, bekannte sich später dazu – hatte im Internet die Falschmeldung lanciert, dass die Moslems eine Lieferung atomarer Sprengköpfe übers Mittelmeer abfangen wollten. Doch die hatten ihre Waffen längst aus dem Iran erhalten, dem sie wiederum von Glaubensbrüdern oder der Atom-Mafia – bei der Definition kam es auf den jeweiligen Standpunkt an – aus der ehemaligen Sowjetunion geliefert worden waren. Als Antwort auf den Angriff über Norditalien vernichteten sie auf einen Schlag das, was in den Medien immer als Rest-Jugoslawien bezeichnet worden war.

Der Fall-out wurde durch den Mistral über das Mittelmeer und Südfrankreich verteilt. Doch selbst an der Ostküste Nordamerikas konnte man den radioaktiven Niederschlag noch messen. Es sah so aus, als wäre die Menschheit recht erfolgreich in ihren Bemühungen, sich selbst zu vernichten. Und dann, rund zwanzig Jahre später, kamen die Aliens.

20 000 Meilen unter dem Meer

Pierce prüfte die Anzeigen des Tanks. Er hatte noch Luft für drei Stunden. Zeit genug, murmelte er mit einem Halblächeln, Zeit genug zum Sterben. Irgendwo hatte er diesen Satz schon einmal gehört, in einem anderen Film, in einem anderen Leben. Pierce machte da keinen großen Unterschied mehr. Nicht, seit er Sklak-süchtig war. Doch heute war er seit langer Zeit zum ersten Mal wieder klar. Bedächtig, einem Ritual gleich, zog er den Neopren-Anzug an und legte sich den Zylinder mit komprimiertem Atemgemisch zurecht.

Er schwenkte die Maske in dem grünen Wasser des Atlantiks. Er hatte mal gewusst, ob das Grün von dem erhöhten Algenwachstum herrührte oder nur eine chemische Reaktion auf irgendeine illegale Verklappung war. Am Horizont konnte er die behäbige Silhouette eines Planktonschleppers erkennen, vermutlich fuhr er unter nordamerikanischer Flagge. Pierce griff unter das Armaturenbrett und holte sein Fernglas hervor. Er wusste gerne, mit wem er es zu tun hatte. Hier draußen, außerhalb der Dreißig-Meilen-Zone vor der westafrikanischen Küste, war selbst sein veraltetes SunCo-Boot noch eine lohnende Beute für Piraten. Manchmal versteckten sie sich im Schatten eines Planktonschleppers – kleine wendige Speedboats mit geringer Reichweite –, und sobald die Sonne unterging, schossen sie wie gierige Raubfische aus ihrem Versteck. Sie machten keine Gefangenen. Frischfleisch jedweder Art war eine begehrte Ware in den Aids-Ländern.

Der Planktonschlepper hatte Anker geworfen. Folgte er dem Schema, würde er erst am nächsten Morgen wieder Fahrt aufnehmen. Pierce zuckte die Schultern. Ob er nun noch ein paar Stunden abwartete oder gleich tauchte, würde vermutlich keinen Unterschied machen. Seit er auf Sklak war, lebte er sowieso mit geliehener Zeit. Pierce grinste zynisch. Früher hätte er nicht mal in Klischees gedacht, jetzt lebte er sie.

Pierce wartete noch eine viertel Stunde, bis die Sonne untergegangen war. Das grüne Wasser vertiefte seine Färbung und sah gleichzeitig geheimnisvoll und verlockend aus, und bis auf den Schlepper blieb der Horizont ruhig. Hätte sein Radar noch funktioniert, vielleicht wäre ihm das kleine Boot aufgefallen, das sich aus dem Schatten des gigantischen Schleppers löste. Doch so wässerte er noch mal seine Maske, schnallte den Tank um und ließ sich rücklings von der Tauchplattform fallen.

Direkt unter ihm lag der Friedhof. Von der UNO versenktes Kriegsmaterial aus Somalia, Angola und wie die ganzen afrikanischen Staaten sich damals genannt hatten. Die meisten waren in der Großen Moslemischen Republik aufgegangen. Zurück blieben mehrere hundert Quadratmeilen geschmolzener Sahara-Sand – atomares Niemandsland, wie so viele Orte auf diesem Planeten. Nicht zum ersten Mal fragte sich Pierce, was die Aliens ausgerechnet an diesen Ort des Untergangs gelockt hatte. Dabei kannte er die Antwort längst – Geschäfte.

Alles drehte sich um Geschäfte, sie waren auch der Grund dieses Tauchgangs. Nur wusste Pierce zu gut, wohin der Gewinn dieser Aktion, sofern er fündig wurde, gehen würde.

Aus irgendeinem verrückten Grund liebten sie Kriegsrelikte. Vielleicht gaben sie ihnen das Gefühl, die Erde doch noch irgendwie im Kampf unterworfen zu haben. Eine verrostete Panzerfaust, eine bunt beschriftete Abwehrrakete bedeuteten für Pierce, dass er seinen Drogenvorrat auffüllen konnte. In Zeiten wie diesen blühte der Tauschhandel. Nur gab es für die dummen Eingeborenen diesmal keine Glasperlen und verseuchten Wolldecken. Die Vierfinger wussten, wie man eine Spezies ausrotten konnte und dabei noch Profit machte.

Gemächlich ließ er sich sinken. An dieser Stelle war er schon öfter fündig geworden. Er ließ seinen Scheinwerfer über die Metallgerippe einiger ineinander verkeilter Leopard streichen. Der ockerfarbene Tarnanstrich ließ die Panzer wie eine Kolonie sich paarender Riesenschildkröten aussehen. Pierce konnte neben dem blauen UNO-Logo die Farben Schwarz-Rot-Gold erkennen. Stimmt, der Leopard war ein deutsches Modell gewesen.

Deutschland, da waren die Runners oft auf Tournee gegangen – Hamburg, Berlin, Düsseldorf. Sie hatten dort auch auf Festivals gespielt, und einmal hatte Blue von der Bühne aus ein Mädchen angemacht, und später war sie mit ihnen in den Tourbus gestiegen. Sie hatte kurze rote Haare gehabt und war eigentlich überhaupt nicht

Pierce' Typ gewesen. Aber er hatte sie Blue ausgespannt, einfach weil er es konnte. Blue hatte ihn nur angesehen und irgendwie war ihm dieser Augenblick als der Anfang vom Ende im Gedächtnis geblieben. Er konnte sich nicht mehr erinnern, ob das vor oder nach Louisa gewesen war.

In die Fahrzeuge zu steigen, um sie nach etwas Wertvollem abzusuchen, schien ihm zu riskant. Zu leicht konnte sich sein Atemschlauch an den durchgerosteten Kanten verfangen oder der ganze Aufbau über ihm zusammenbrechen. Schade. Er ließ den Scheinwerfer noch einmal über die Panzer wandern und störte eine Fischschule auf.

Deutschland, ob's das überhaupt noch gab? In diesem Jahrhundert wurden die Landkarten alle fünf Minuten neu geschrieben. Verrückt, sogar auf dem Mars hatten die Großmächte schon ihre Territorien markiert – kurz bevor die Aliens kamen. Jetzt waren die Sterne so weit entfernt wie der Rand der Milchstraße.

Nach dreißig Minuten stieg er wieder nach oben. Er hatte die restlichen seiner selbst eingeteilten Planquadrate abgesucht – vergeblich. Nun saß er unter Deck und starrte auf seine abgegriffenen Seekarten. Hier unten hätte er nicht mal ein Navigationsprogramm in den Bordcomputer eingeben können, sofern er einen gehabt hätte, da die entsprechende Technologie nie bis hierher gelangt war. Doch es störte ihn nicht. Das zerknitterte Papier zwischen den Fingern zu fühlen und sich seinem Kompass und den Sternen anzuvertrauen hatte etwas Verwegenes, so wie sein ganzes Dasein. Vom Rockstar zum Schatzsucher, wer konnte schon solch einen Lebenslauf vorweisen?

Er überlegte, ob er weiter rausfahren sollte, um an anderer Stelle noch einmal abzusteigen. Doch bei Nacht war das Risiko zu groß, dass er Piraten oder dem Planktonschlepper zu nahe kam. So griff er sich seine Hängematte, einen Joint und den Walkman mit der letzten CD der Runners. »Running Nowhere« – was für ein passender Titel für den Schwanengesang einer Band.

»I'm lost in time,
Like a child in the dark
Why should you care?
Searchin' and dreaming
And running nowhere.«

Heute Nacht war er in einer seltsamen Stimmung, schwankend zwischen Sentimentalität und Selbstzerstörung. Was war da passender als eine Nacht unter südlichen Sternen und Blues Stimme, die von verlorener Liebe und Vergänglichkeit sang?

Am nächsten Morgen wachte er mit zitternden Händen auf und hinter seinen Augäpfeln kribbelten eine Million Ameisen. Der Sklak-Entzug. Er hatte von Süchtigen gehört, die sich im Entzug die Augen aus dem Kopf gerissen hatten. Und jeden Morgen prüfte er im Spiegel, ob die Droge seiner Iris bereits die Pigmente entzog. Bis jetzt hatten ihm immer Blues Augen entgegengeschaut. Er wusste nicht, was ihn mehr beunruhigte, die unweigerlich sichtbar werdenden Begleiterscheinungen seiner Sucht oder auf ewig Teil seines Bruders zu sein.

Am Horizont verdeckte eine Nebelwand den Planktonschlepper. Pierce warf den Motor an. Die alten Siemens-Kollektoren hatten sich während der vergangenen Tage aufgeladen, er würde genug Energie haben, um den Schlepper weiträumig zu umschiffen. Er trommelte auf das Ruder, stolz darauf, immer noch zu dieser Umsicht imstande zu sein. Plötzlich erstarrte er. Er kannte den Beat, es waren die Eingangstakte zu »Running Wild«, dem letzten Hit, den er zusammen mit Blue geschrieben hatte. Ein verlorenes Lächeln umflackerte seine Mundwinkel. War es ein Wunder, dass er Sklak nahm, in dieser Welt voll Gespenster?

Die Nebelbank war tiefer, als er geschätzt hatte. Ein sonores Dröhnen umgab ihn von allen Seiten – die Verarbeitungsmaschinen des Planktonschleppers. Er wusste, wenn die Bugwelle des Kolosses sein SunCo erwischte, gab es kein Entkommen. »Alternder Rockstar zu Protein-Keksen verarbeitet« – was für ein geile Schlagzeile. Pierce lachte hysterisch. Er hatte schon immer gewusst, dass Promotion das Wichtigste für den Erfolg der Band war. Und dann war nur noch sein Gelächter zu hören. Der Nebel lag hinter ihm und auch die Gefahr. Gute Textzeile, dachte er automatisch. Früher waren ihm so immer die besten Einfälle gekommen. Einfach entspannen und auf das emsige Wispern seiner Gedanken lauschen – so hatte er es einmal Blue zu erklären versucht, der ihn daraufhin nur verständnislos angesehen hatte.

Er rauchte noch einen Joint, den vorletzten, um die Entzugserscheinungen so weit abzuschwächen, dass er noch einen Tauchgang machen konnte.

Unten, dort war seine Welt. Tauchen war seine Flucht, sein Zen und sein geheimer Ort. Seine Schatzinsel, 20 000 Meilen unter dem Meer.

Das Korallenriff war mit dem Giftmüll und den Nuklearabfällen eines ehemaligen Boom-Staates eine tödliche Verbindung eingegangen. Milliarden Kleinstlebewesen, über Jahrzehnte unbekannten chemischen Prozessen ausgesetzt, mutierten über mehrere Generationen, um schließlich in die Nahrungskette aufgenommen zu werden.

Pierce unterzog das abgestorbene Riff einer flüchtigen Untersuchung. Hier gab es nichts, was das Interesse der Vierfinger wecken konnte. Dennoch fühlte er sich seltsam von diesem Ort berührt. Es war die gleiche Faszination, die ihn vor den Balearen beim Anblick eines abgeschossenen Linienflugzeugs der »Air Marocco« ergriffen hatte. Die Maschine lag knapp dreihundert Meter unter Wasser, mit ihren sechshundert Passagieren – Flüchtlinge –, die immer noch auf ihren Sitzen angeschnallt waren. Er hatte längst vergessen, wovor sie geflohen waren – der ganze Planet schien sich seit einigen Jahren auf der Flucht zu befinden –, doch der Anblick der Leichen hatte Bilder von suggestiver Eindringlichkeit in sein Hirn gebrannt. Bilder, die so surreal waren, dass er sie manchmal seiner Einbildung zuschrieb.

Langsam ließ er sich tiefer sinken und um das tote Riff treiben. Es war eine Welt, die der Phantasie eines irren Malers entsprungen sein konnte. Oder eines irren Musikers auf einem LSD-Trip, wie Pierce sich mit einem Lächeln eingestand. Zuerst hatte Blue ihn auf all seinen Reisen in den Inneren Raum begleitet, war sein gelehriger Schüler gewesen – sein kleiner Bruder, der so viel mehr Talent besaß. Er konnte ihn nicht mal mehr hassen, so ausgebrannt fühlte er sich. Manchmal, wenn die Ansätze eines Songs durch seinen Kopf huschten, fragte er sich, wo er wohl steckte. Vermutlich immer noch auf Tournee mit den Runners, einer Tournee, die niemals endete. Vielleicht hatte er ein Mal im Leben das Richtige getan, als er die Band verließ. Nein, vermutlich nicht. Blue hatte wenigstens ein Ziel und sei es nur der nächste schäbige Club in der nächsten schäbigen Stadt.

Und da sah er es. Es war wie ein teurer Science Fiction-Film mit schlechten Special Effects. Die Welt der Kreaturen aus James Camerons *Abyss*. Doch es war real.

Es sah aus wie ein gigantischer Hut, ein Zauberhut, denn die Oberfläche der Kuppel schien alles Licht in sich aufzusaugen. Als sich seine Augen darauf eingestellt hatten, sah er jedoch durch das Schwarz. Zuerst fühlte er überhaupt nichts, doch dann wuchs ein unbeschreiblicher Zorn in ihm. Sie hatten ihm seine letzte Zuflucht geraubt. Den einzigen Ort auf dem ganzen verdammten Planeten, an den er noch hatte gehen können, ohne sich ständig zu erinnern.

Als Kind hatte er in einem alten Science Fiction-Magazin einen hübsch illustrierten Artikel gelesen, die Menschheit auf dem Weg ins nächste Jahrtausend, überkuppelte Siedlungen auf dem Mond und auf dem Grund des Ozeans. Unermessliche Ressourcen, von mutigen Pionieren erschlossen. Und nun war es gebaut worden, von den verdammten Vierfingern, und niemand hatte es bemerkt. Nein, das stimmte nicht mehr. *Er* wusste davon, ein ausgebrannter, drogensüchtiger Musiker auf Schatzsuche.

Im selben Moment, als der Gedanke Form annahm, überfiel ihn Panik. Er war Zeuge von etwas Ungeheuerlichem, was würden sie mit ihm anstellen, wenn sie ihn fanden? Pierce hatte die Bilder von dieser Stadt in Deutschland noch gut vor Augen, sie waren monatelang im Netz gewesen. Ein Schiff war durch einen Anschlag so beschädigt worden, dass die Aliens es aufgegeben hatten. Zur Vergeltung hatten sie eine mittlere Großstadt in der Nähe von Berlin eingeäschert.

Es gab Augenblicke in seinem Leben, dem Leben nach den Runners, da hatte er ernsthaft überlegt, ob er sich einer dieser Untergrundbewegungen anschließen sollte. Aber mit steigendem Drogenkonsum war die Angelegenheit in Vergessenheit geraten. Außerdem war er immer ein Feigling gewesen. Oder weshalb sonst versteckte er sich auf einem alten SunCo-Boot und tauchte nach Militärschrott? Vielleicht, wenn er heil aus dieser Sache herauskam, sollte er noch mal darüber nachdenken. Und sei es nur, damit der Ozean wieder ihm gehörte, stellvertretend für die Menschheit des nächsten Jahrtausends, sozusagen.

Pierce ließ sich treiben. Er wagte nicht mal zu paddeln, aus Angst, die Vierfinger würden etwas Ungewöhnliches auf ihrem Sonar, oder was sie sonst benutzten, entdecken. Für einen irren Moment sah er sogar winzige schwarz-silberne Bathyskaph, die mit stecknadelkopfgroßen Torpedos auf ihn zielten, aus der schwarzen Kuppel auf sich zuschießen. Es war nur eine verstörte Schule Zebrafische. Schließlich erfasste ihn eine gnädige Strömung und trug ihn langsam zurück in den sicheren Schatten des Riffs. Er kauerte so lange unter den Felsen, bis sein Sauerstoff knapp wurde.

Die Dekompression dauerte bis zum Nachmittag. Und zeitweilig schien es ihm, als sollte er die Sonne nie wieder sehen. »Das ist es doch, was du immer sein wolltest, ein Geschöpf der Nacht«, sagte Blue. Pierce meinte so etwas wie Neid in der Stimme seines kleinen Bruders zu erkennen, weil er der Vampir sein konnte, voll dunklem Charisma und Macht. Blue wollte, dass den Leuten die Show der Runners gefiel und dass seine schwarze Gibson wie flüssiges Silber und Eiswasser klang. Pierce wollte den Ruhm und die Mädchen, und er wollte keine Grenzen.

Blues Stimme war nicht die einzige, die während seines endlos scheinenden Aufstiegs zu ihm sprach. Da war Jaki, die »Es tut mir so Leid« sagte, und Shell, der ihn anbrüllte. Und dann war da wieder Blue. »Du musst alles zerstören, was gut ist.« Das stimmte doch gar nicht, widersprach er hitzig, jeder wusste, dass die Runners am Ende waren. Ohne Platten-Deal konnte die Band doch einpacken. Er würde sein Talent jedenfalls nicht an abgegriffene Elvis-Nummern vergeuden. »Dann gehst du wohl am besten, viel Glück.« Das waren die letzten Worte, die er von seinem Bruder hörte.

Und nun sprach Blue wieder zu ihm. Fast war er bereit zu glauben, dass dieser Stimme eine tiefere Bedeutung innewohnte, dass es Vorsehung war und nicht der Sklak-Entzug. »Wir warten auf dich«, sagte sein kleiner Bruder. »Wir brauchen dich bei den Runners, eine Rockband ohne Drummer taugt doch nichts.« Und was ist mit eurem scheiß Drum-Computer? »Der ist abgehoben wie ein Ufo, schwusch, weg war er.« Er hatte Blue noch nie so irre lachen hören. Und plötzlich wusste er: Sein Bruder war in Schwierigkeiten und er rief ihn.

Früher hatte oft diese Verbindung zwischen ihnen bestanden. Eine telepathische Telefonverbindung hatte er es einmal scherzhaft genannt, zu verwundert über das Phänomen, um ernsthaft damit umzugehen. Seit drei Jahren hörte er die Stimme zu ersten Mal wieder. Und noch nie hatte er sich so hilflos gefühlt. Was konnte er schon für seinen Bruder tun?

Die Sonne stand bereits über dem Horizont, als er neben seinem Boot auftauchte. Der Planktonschlepper war mit bloßem Auge kaum noch auszumachen. Er zog sich hoch auf die Tauchplattform und warf seine Ausrüstung aufs Deck. Er fühlte sich völlig ausgelaugt und wollte nur noch schlafen, doch etwas ließ ihn in seinen Ausguck klettern und das Fernglas in die Hände nehmen.

Irgendetwas war da draußen, kam direkt aus dem Sonnenuntergang auf ihn zu. Pierce hatte das Gefühl, als würde er unversehens Zeuge eines mystischen Ereignisses, und das hatte nichts mit dem, was er auf dem Meeresgrund entdeckt hatte, den Stimmen in seinem Kopf oder dem Entzug zu tun. Aber es war der Beginn von etwas, daran bestand nicht der geringste Zweifel, auch wenn er keine Ahnung hatte, was es war. Er starrte immer noch über das Wasser und allmählich nahm das da draußen eine bekannte Form an.

Er musste im Schatten des Konvois gefahren sein. Sein Boot war so lächerlich klein und er kauerte unter einer Plane, als würde er Schutz vor einem Gewitter suchen. Er trug eine Brille, die vom Salzwasser verkrustet war, und seine Kleidung bestand aus einem schwarzen Star Wars IX-T-Shirt und 501-Jeans. Pierce grinste. Ein echter Ami war da von der Bugwelle des Planktonschleppers angespült worden.

Die andere Art

Doc blinzelte. Ohne seine Brille war seine Fernsicht nahezu null. Er versuchte die Nationalität des Bootes zu entziffern, doch da war nur ein seltsamer Schriftzug an den Bug gepinselt. »ZORRO« – nein, Doc rieb sich die Augen – »ZACA« und darunter »San Francisco«. Es war verrückt. Aber am Bug stand ein Mann mit einem Fernglas, der wie die idealisierte Ausgabe eines Piraten aussah. Doc rieb hektisch an den salzverkrusteten Brillengläsern, entweder hatte er Halluzinationen oder er war hundert Jahre in der Zeit zurückgereist. Obwohl ihm der letztere Gedanke ausnehmend gut gefiel – schließlich war er in einem anderen Leben Science Fiction-Autor gewesen –, war es besser, seine Phantasie zu bremsen. Die Realität war schließlich verrückt genug.

Früher schrieb er SF-Romane, jetzt lebte er in einem. Anna hatte immer seinen Sarkasmus und seinen schrägen Sinn für Humor gemocht. Ob sie auch über den größten Witz von allen gelacht hätte? Sie, die, als sie seinen größten Traum lebte, von den Aliens aus diesem Universum gesprengt worden war.

Es war die Voyager-Crew gewesen, die die Alien-Flotte entdeckt hatte. Die Shuttle-Mission hatte dem Aussetzen eines Beobachtungssatelliten gedient. Welch eine Ironie. Während sich die Nationen auf der Erde gegenseitig ausspionierten, hatte der Feind längst auf der erdabgewandten Seite des Mondes Position bezogen und keiner hatte es bemerkt. Wirklich nicht? Diese Frage nagte an ihm, und würde sich jemals ein Weg zeigen, die Antwort zu bekommen, er würde ihn ohne zu zögern gehen. Und vielleicht war seine Flucht nichts weiter als der erste Schritt auf diesem Weg.

»He, fang auf, Mann!«

Der Pirat warf ihm ein Tau zu. Vergeblich versuchte Doc, danach zu greifen. Seit jenem fatalen Augenblick vor neun Tagen, als ihm ein Brecher sein Paddel aus der Hand geschlagen hatte, war jede Kraft von ihm gewichen. Noch nie zuvor hatte er seine eigene Sterblichkeit so deutlich vor Augen gehabt. Und nun sah er sich, unfähig sich selbst zu retten, an dem Boot vorbeitreiben.

»Das war schon ganz gut. Versuchen wir's noch mal.«

Und wieder flog das Tau auf ihn zu. Diesmal klatschte es auf die Reling und Doc griff zu und befestigte es in der Halterung für das verlorene Paddel.

Der Mann, der ihn mit einem kräftigen Griff an Bord holte, hätte allerdings gut ein Filmstar sein können, wenn nicht exzessiver Drogenkonsum sein Gesicht aufgeschwemmt hätte. Und irgendwie kam er ihm sogar bekannt vor, nicht nur, weil er wie eine Mischung aus Errol Flynn und dem King aussah. Doc hatte vor vielen Jahren seiner Leidenschaft für alte Piratenfilme ein Denkmal gesetzt. *China Sea* war kein kommerzieller Erfolg gewesen. Aber Mann, hatte er einen Spaß gehabt beim Schreiben.

»Hi, Landsmann.« Sein Lächeln war entwaffnend.

Da wusste er es. »Running Wild – sieben Wochen auf Platz eins, stimmt's?«

»Ein Fan – der Himmel steh mir bei!« Pierce legte den Kopf auf die Seite und taxierte den Fremden. »Du hast nicht zufällig 'n bisschen Stoff dabei, oder?« Er schüttelte den Kopf und gab sich selbst die Antwort. »Na, mach erst mal, dass du unter Deck kommst. Irgendwo sollte es da auch was zu essen geben. Bedien dich einfach.« Und nach einem weiteren Blick: »Da unten ist auch 'ne Notapotheke, guck mal, ob du was für dein Gesicht findest. Hast 'nen Sonnenbrand, der sieht echt legendär aus, Mann.«

Ohne den Mann weiter zu beachten, ließ er den Motor des SunCo an. Wurde Zeit, dass er nach Freezone kam, sonst würde er das Boot nicht mehr in die Mole manövrieren können, und der Ami sah nicht unbedingt wie ein begnadeter Seemann aus. Pierce sah ihm nach, wie er ungeschickt das Fallreep hinunterkletterte. Irgendetwas an diesen ungelenken Bewegungen kam ihm vertraut vor. Nein, das konnte nicht sein. Hier draußen, hundertsiebzig Meilen vor der westafrikanischen Küste, hüpften einem keine alten Bekannten ins Boot.

»He, Mann, wie heißt du eigentlich?«

Der Fremde kam nach einer Weile an Deck. Seine Nase war mit weißer Paste beschmiert. In der einen Hand hielt er eine Büchse mit Pfirsichen, er kaute heftig.

»Die sind wahrscheinlich so kontaminiert, dass du wie 'ne alte Uhr leuchten wirst, Mann«, grinste Pierce.

»Weiß ich.« Der Mann kaute ungerührt weiter, schluckte und

streckte Pierce dann seine Rechte entgegen. »Meine Freunde nennen mich Doc.«

Pierce schüttelte seine Hand und überlegte, wie weit er ihm wohl trauen konnte. Seit der Blockade wusste niemand so genau, was in diesem großen Land vor sich ging, und immerhin war sein Passagier aus dem Windschatten eines Planktonschleppers in sein Leben getreten, sozusagen. Nun, das sollte nicht seine größte Sorge sein. Freezone würde sich schon um ihn kümmern – auf die eine oder andere Weise, so war es schon immer gewesen. Die Enklave nahm die Menschen und formte sie um – zu etwas Neuem oder, im schlimmsten Fall, zu etwas Totem. Und wer dazugehörte, den versorgte sie mit allem, was er brauchte.

Pierce warf einen Blick auf den Autopiloten. »Ich hau mich für 'ne Weile in die Koje, okay?«

Doc machte eine unbestimmte Geste aus dem Handgelenk, die wohl Zustimmung oder was Ähnliches signalisieren sollte. Pierce zuckte die Achseln und kletterte nach unten. Wenn er noch eine Valium schmiss, konnte er vielleicht weitere ein, zwei Stunden durchhalten. Ihm fiel ein, dass er die letzte Valium vor drei Tagen genommen hatte. Scheiße. Fröstelnd rollte er sich in der Koje zusammen und schloss die Augen.

Sie hatten ihn zwangsrekrutiert, irgendeine windige Regierungsstelle, von der er noch nie zuvor gehört hatte. Eines Abends standen sie vor seiner Haustür, dunkel gekleidete Männer mit lächerlichen Ray-Bans und Schulterhalftern. Joni Mitchells »Hejira« dröhnte durch das leere Haus, Jaco Pastorius' satte Bassläufe brachten die Fensterscheiben zum Vibrieren. Anna war ein Fan der Folkrock-Heroine gewesen. Jetzt war »Amelia« – Jonis Hymne an die verschollene Pilotin Amelia Erhardt – zu ihrem Requiem geworden. Er hatte darum gebeten, dass sie es auf der Gedenkfeier für die Voyager-Crew spielten. »She was swallowed by the sky or by the see, like me she had a dream to fly.«

Seltsam, seit Annas Tod war es für ihn nur noch das leere Haus. Früher war es ihr Heim gewesen, der Ort, an dem er seine Bücher schrieb und wo er an seinem Schreibtisch zu unbekannten Dimensionen durchbrach. Und nachts hatten sie gemeinsam durch das Teleskop gesehen, er mit schwärmerisch verklärtem Blick und sie mit dem Sachverstand der Astronomin. Da war der Himmel über den Oakland-Hills noch sternenklar gewesen, und die Bay-Bridge lag unter ihnen wie die Lichter einer gigantischen Halskette. Die Lichter verloschen, lange bevor sie das Verbot von Privatfahrzeugen erließen. Und nach dem so genannten Vergeltungsschlag hatten die wenigen Überlebenden die Stadt verlassen.

Die Aliens hatten auf dem ehemaligen Navy-Stützpunkt »Nimitz Field« auf Alameda ihre Basis eingerichtet. Die Bay-Area hatte ihr kreatives Potential verloren, und manchmal kam ihm der Gedanke, dass es seine eigene Regierung gewesen war, die intellektuelle Abweichler auf diese Art hatte loswerden wollen.

Anna hatte auf Haight-Ashbury in einem Tattoo-Shop gejobt und er hatte sich aus lauter Verliebtheit eine Spiralgalaxis auf den Bizeps tätowieren lassen. Drei Wochen später waren sie zusammengezogen. Hätte sie ihn zappeln lassen, würde er jetzt vermutlich wie ein Yakusa aus einem Science Fiction-Universum aussehen. Sie lebten vier Jahre in einem kleinen Gartenhaus, das auf dem Grundstück einer Sekte in Twin Peaks stand. Dann verkaufte er den ersten Roman seiner *Wasser-Welt*-Serie. Und als Hollywood die Filmrechte erwarb, zahlten sie damit ihr Haus in den Bergen an. Das war drei Jahre bevor die Aliens kamen – drei Jahre vor Annas Tod. Sie sollte nicht mal mehr den fertigen Film sehen. Vielleicht hätte sie sogar über diesen üblen Action-Schinken gelacht. Die Ethik-Kommission hatte einen Monat vor Drehbeginn noch darauf bestanden, dass das Drehbuch total umgeschrieben wurde. Schließlich wollte man die außerplanetarischen Besucher nicht verärgern. Doch Institutionen wie die Ethik-Kommission waren nur der Anfang gewesen – und vermutlich genauso unvermeidlich wie die Erlösungskirche auf dem Ufo-Landeplatz in Roswell. War es wirklich das gewesen, worüber sie all die Jahre spekuliert hatten?

»Glaubst du, dass es sie da draußen irgendwo gibt?«, lautete ihr immer gleiches Spiel, bei dem es den jeweiligen Standpunkt zu vertreten galt. Er war für gewöhnlich recht hitzig im Verteidigen seines Science Fiction-Traums. »Wieso hat man dann SETI eingestellt?«, hielt Anna kühl dagegen. Verschwörung lautete seine unlogische Erwiderung – damals war sie jedenfalls unlogisch gewesen. Mit Annas Tod und dem Eintreffen der Besucher wurde selbst das Unwahrscheinlichste plötzlich denkbar. Noch nie hatte er so schmerzlich Recht behalten.

Und jetzt waren sie hier, schmierige, vierfingrige Drogendealer, die den Amerikanischen Traum mit Füßen traten, als er schon längst tot am Boden lag. Es war zu lächerlich, lächerlich und pathetisch. Und irgendeine Regierungstelle war auf die verrückte Idee verfallen, alle SciFi-Schreiber zusammenzukarren und – zwecks Brainstorming – in ein Camp zu sperren. Passenderweise wählten sie dafür die alten Unterkünfte von Area 51 aus. »Dreamland«, wie Area 51 früher genannt wurde, war einst ein streng gesichertes Versuchsgelände des Militärs gewesen. Unter Ufo-Gläubigen hielt sich hartnäckig die Ansicht, dass hier Alien-Technologien erforscht wurden. Wer weiß, nach dem Auftauchen der Vierfinger war es kein Quantensprung, die Existenz kleiner grauer Männchen für wahrscheinlich zu halten. Jetzt war Area 51 nur noch eine Ansammlung vor sich hin rottender, leerer Hangars und einiger Militärbaracken.

Es war fast wie auf einer SF-Convention gewesen, nur die Fans fehlten. Ihren Platz nahmen diese schwarz gekleideten Typen von dieser namenlosen Regierungsstelle ein. Und wenn es darum ging, dumme Fragen zu stellen, schlugen die Regierungstypen einen Hardcore-Fan noch um Längen. Sogar völlig zerlesene Taschenbücher ließen sie sich signieren. Zusammen mit den anderen SciFi-Schreibern entwickelte Doc Close-Encounter-Szenarien, die sich wie Story-Outlines für eine koreanische Space-Soap lasen. Es war alles so surreal.

Dylan Jackson brachte den Zirkus auf den Punkt – eines Abends, während sie einen Joint kreisen ließen. »Es gibt schlimmere Orte, um die Welt vor die Hunde gehen zu sehen. Und, he, Außerirdische, wenn man drüber nachdenkt, ist es doch schon irgendwie cool.« Jackson sprach genauso unzusammenhängend wie er schrieb. Er nannte es Neo-Cyberpunk, und wie alles mit dem Label »Neo« verkaufte es sich wie blöd. Doc tat nicht viel in jenen Wochen und Monaten im E.T.-Camp – diesen Spitznamen hatten sich ihre milchbärtigen Aufpasser ausgedacht –, er beobachtete nur und wartete. Worauf, wusste er nicht. Seit Annas Tod hatte er sich ziemlich treiben lassen, war ausgebrannt, hatte den berüchtigten *writer's block*. Doch es kümmerte ihn nicht sonderlich. Er glaubte nicht, je wieder etwas Vernünftiges schreiben zu können, wollte es auch gar nicht. Worüber sollte ein verdammter SF-Schreiber, der in einer verdammten SF-Welt lebte, auch schreiben? Also hockte er mit den anderen wie ein Stamm vertriebener Hippies vor dem nächtlichen Lagerfeuer und zog Joints durch.

Eigentlich war Doc schon immer ein Besucher gewesen, ein Surfer auf den unzähligen Strömungen des Zeitgeistes. Er roch und schmeckte die Straße, aber er lebte nicht mehr dort. Er sog ihre Vibrationen auf und formte sie zu eloquenten Geistesblitzen, die ihm von den Redakteuren der Feuilletons aus den Händen gerissen wurden. Später kamen die ganz Großen zu ihm – Hollywood. Erhofften sich hippe Kicks – oder wie sie sich ausdrückten – von ihm, dem Zeitgeist-Guru. Sie zahlten gut. Ihm war zu diesem Zeitpunkt schon längst gleich, welche Label sie ihm aufpappten, Hauptsache die Kohle stimmte. Ja, Hollywood hatte ihn schnell zum Zyniker gemacht, besser gesagt: zu einem verdammt reichen, zynischen Arschloch.

Plötzlich hatte man sich mit den Besuchern arrangiert. Das war, nachdem die neuen Drogen, Sklak, Greff und wie sie alle hießen, die Mega-Citys der Ostküste überschwemmt hatten, und es war nach den Präsidentschaftswahlen. Ein Protegé Rush Limbaughs schaffte es ins Weiße Haus und mit ihm Bigotterie und Engstirnigkeit. Das SF-Team, wie sie sich immer spöttisch genannt hatten, wurde nicht mehr gebraucht.

Area 51 wurde geräumt, und die Mitglieder des SF-Teams sollten am nächsten Morgen in ein Internierungslager gebracht werden. Die neue Regierung hatte erkannt, welche zersetzenden Tendenzen gerade von den SF-Autoren ausgingen. Freigeister waren in der Neuen Weltordnung unerwünscht. Doc beschloss, dass ein Europa mit Vierfingern auch nicht schlimmer sein konnte als eine Rechts-Diktatur. Er verschwand noch in der gleichen Nacht. Doch nicht ohne zuvor in die schlampig gesicherte Verwaltungsbaracke eingestiegen zu sein. Erst hatte er sich betrunken und dann war er leichtsinnig geworden. Ein Rückfall in die Vergangenheit, sozusagen.

Sie hatten den Abend mit einem klassischen Besäufnis beschlossen. Das E.T.-Camp war zur SciFi-Convention erklärt worden. Und am letzten Tag, auf der Dead-Dog-Party, wurde traditionsgemäß ordentlich die Sau rausgelassen.

Zuerst war er unsicher gewesen, wie er die Alarmanlage kurzschließen sollte. Doch dann übernahmen seine Finger die Führung, und die Erinnerungen an jene dunklen Tage, wie Doc sie nannte, kamen zurück und mit ihnen die Erfahrung. Kein besonders ausgeklügeltes System, fand Doc. Trotz aller Militär-Paranoia hielten die Männer mit den albernen Ray-Bans eine Bande von SciFi-Schreibern für harmlos. Offensichtlich hatten sie Docs Autobiographie *Straßenschlau, verliebt und völlig durchgeknallt* nicht gelesen. Damals gehörten Junkies, Nutten und Daten-Diebe zu seinen besten Freunden. Wieder ganz in der Vergangenheit, hatte es nur unwesentlich länger gedauert, das Netz zu hacken und die Codes der »Men in Black« zu knacken, als das Türschloss mit einem gebogenen Draht zu öffnen.

Was genau er auf die altmodischen Disketten kopierte, wusste Doc nicht. Er wollte sich nicht unnötig mit dem Auswerten der Daten aufhalten. Der Verweis »Top Secret« genügte ihm als Anreiz. Doch dann wurde ihm auf einmal klar, mit was er es zu tun hatte. Anna hatte mit ähnlichen Zahlensystemen gearbeitet. Es waren Raum-Koordinaten. Irgendetwas war da oben – befand sich im Orbit der Erde. Etwas unglaublich Großes. So gut es ging, verwischte er seine Spuren im System und verschwand in der Nacht.

Die ersten Tage schaute er ständig über die Schulter, er wusste, sie würden nicht zulassen, dass er so einfach verschwand. Er kannte ihr Geheimnis, und das machte ihn gefährlich. Er war über eine ungeheuer wertvolle Information gestolpert, aber sie hatte nur einen Wert, wenn man das Wissen nutzen konnte. Doch wem konnte er sich anvertrauen?

Freunde, Fans, halfen ihm über die Grenze nach Mexiko. Von dort aus schlug er sich weiter nach Guatemala durch. In Porto Valdez ergriff er die erste sich bietende Gelegenheit, den Kontinent in Richtung Europa zu verlassen: Er heuerte als Hilfskoch auf einem verrotteten Kreuzfahrtschiff an. Gerade noch rechtzeitig erfuhr er, dass die »Coral Princess« von ihren Eignern, einem Konsortium aus Peru, auf hoher See versenkt werden sollte, damit sie die Versicherung kassieren konnten. Doc wollte die Mannschaft warnen, doch die hatte das Schiff schon längst verlassen. Als Abschiedsgeschenk für ihren Hilfskoch hatten sie die verbliebenen Rettungsboote leckgeschlagen. Stunden später ruderte Doc in einem notdürftig reparierten Dinghi in Richtung Osten. Er hatte für einige Tage Proviant und mehrere Wasserflaschen an Bord. Abschließend warf er noch eine Seekiste mit allerlei Krempel ins Boot – zur Stabilisierung, nicht weil er es brachte. Große Hoffnung, das Ziel seiner Reise zu erreichen, hatte er allerdings nicht.

Allmählich kehrten Docs Gedanken in die Gegenwart zurück. Er sah nicht mehr auf eine scheinbar endlose Wasserfläche – in der Ferne zeichnete sich ein Stück Land ab. Das musste wohl Freezone, sein ursprüngliches Reiseziel, sein. Seltsam, wie sich manche Dinge fügten. Er sah auf das Ruder, das wie von Geisterhand bewegt wurde. Der Autopilot, erinnerte er sich. Dann fiel sein Blick auf die Datumsanzeige in der Instrumentenkonsole – heute war der Jahrestag des Voyager-Abschusses. Vielleicht war das ein gutes Omen. Was hatte er schon zu verlieren?

Der Reisende

Chaos verleiht Anonymität – ein gutes Mantra für einen Reisenden, fand Draco. Er reiste viel, und er liebte es, unerkannt zu bleiben. Chaos verleiht Anonymität. Jeder hastet durch die Straßen, hat etwas zu verbergen, sucht seinen Vorteil, hat Angst. Angst war wie eine aromatische Beigabe, er liebte ihren Duft. So wenige Dinge verströmten heutzutage einen angenehmen Duft, dachte er. Nein, eigentlich müsste es anregend heißen. Angst regte ihn an, versüßte seine Nächte.

Draco war nicht sein richtiger Name, doch er hatte den richtigen Klang, und darauf kam es im Leben an, dass die Dinge richtig schmeckten, rochen und klangen.

Vor einer Woche war er noch durch die Ruinen Londons geschlichen, hatte das Schattenspiel von Mondlicht und Nachtschwärze genossen. Doch London war unergiebig gewesen. Die Angst war hier zu einer Konstante im Bewusstsein der Überlebenden geworden. Sie schmeckte fad. Draco fühlte sich betrogen. Er war mit so viel Hoffnung in die Stadt gekommen und fand nichts weiter als den banalen Kampf ums Überleben vor.

Wie sollte da noch Raum bleiben für die delikaten Schwingungen echter Todesangst?

Er erinnerte sich noch genau an den Augenblick, als aus der Faszination Sucht geworden war, als er zum ersten Mal die herbe Süße menschlichen Blutes auf den Lippen geschmeckt hatte.

Dreihundertsiebzig schreiende, brennende Körper. Wie hysterisch zuckende Wajang-Puppen tanzten sie vor den brennenden Trümmern des Airbus. Explodierendes Kerosin spritzte auf die Verletzten, brannte sich in die Wunden. Es war großartig, Charles Manson, Oliver Stone und Francis Bacon waren auferstanden und schufen hier ihr Meisterwerk. Und er – er war ihr begieriger Schüler geworden.

Zwei Triebwerke waren beim Anflug auf Saigon ausgefallen. Der Pilot hatte eine Notlandung versucht und dabei den Bug der Maschine in ein Reisfeld geschraubt. Welch eine Poesie lag in dem Anblick. Draco stand in stummer Bewunderung und starrte auf das Tableau. Die Löschfahrzeuge bewegten sich wie unter Wasser, wurden Teil des Todesballetts. Die Schreie und das Geräusch berstenden Metalls vereinten sich zu der Symphonie, nach der sie alle tanzten.

Er schaltete das Kehlkopfmikro an und versuchte seine Empfindungen in Worte zu fassen. Doch die Worte, die er brauchte – sie waren noch nicht erfunden worden. Das würde er später tun – sie würden Teil der Legende werden.

Die junge Frau kam aus der Rauchwand auf ihn zugetaumelt. Ihr brennender Hochzeits-Sarong umwehte sie wie ein tödlicher Nebel. Sie fiel genau vor seinen Füßen in den Schlamm. Er beugte sich zu ihr, senkte den Kopf und küsste ihren blutenden Mund. Er war der Rote Tod, und er saugte das letzte bisschen Leben aus ihr und es schmeckte so unvergleichlich bitter und süß.

Er schnitt den Beitrag noch mit dem Geruch von Feuer und Blut auf seinen Lippen. Er schnitt ihn hart und rhythmisch und legte den neuesten Hit der Masters of Pain darunter. Über Satellit wurden die Bilder noch in der gleichen Stunde in die Wohnzimmer der Lieben daheim gestrahlt. Der Sender feuerte ihn noch in der gleichen Nacht. Doch ebenfalls noch in der gleichen Nacht rief der Manager von Masters of Pain bei ihm an. Die Jungs hatten seinen Beitrag gesehen und fanden seinen Stil total geil. Ob er ihr nächstes Video machen wollte?

Er wollte. Die Masters waren eine völlig kranke Truppe, und so fuhr er mit ihnen ins kranke London. Sein Video zu »Twisting Zombies« gewann den MTV-Music-Award. Und er war auf einmal scheißberühmt.

Es war kurz danach, dass er beschloss, Hannibal Lecters würdiger Vertreter im Land der lebenden Toten zu werden. Er musste nur noch seinen eigenen Stil finden und vervollkommnen.

Seit einigen Tagen war er wieder unterwegs. Er war mit Hover nach Hamburg gekommen, hatte einige interessante Aufnahmen von Opfern des »Stummen Dröhnens« – so nannte die ahnungslose Bevölkerung die Waffe der Aliens – gemacht und war dann weiter ins Landesinnere gereist. Draco war frustriert, er hatte die Flut nur um wenige Stunden verpasst. Welch ein apokalyptischer Momen und er war nicht dabei gewesen. Seine Wut wurde rot glühend, als er die Bilder des VID-Teams sah. Sandrine, die kleine Nymphomanin, plapperte über die Bilder von trister Schönheit. Sie verdarb alles. Ein Anruf beim Sender – er hatte immer noch seine Kontakte – verriet ihm den nächsten Auftrag des Teams: Berlin. Gut, also würde er auch nach Berlin fahren und der Schlampe den Hals umdrehen.

Tunnel-Soldaten

»Du musst es versprechen, du musst!« Wiesel hockte vor Sunshine auf den Fersen und legte ihre Rechte auf den *Cyber3*. »Schwör es, okay?«

Sunshine gab seinen beschwörenden Blick mürrisch zurück. Wiesel sah nach Ärger aus, und den konnte sie heute nicht brauchen. Vergangene Nacht hatte die Gruppe das »Ritual« verlangt und sie war noch nicht dazu bereit gewesen. Eine neue Gruppe Vierfinger war in die Stadt gekommen, und Dreisatz machte Panik und erzählte jedem, dass sie wegen ihnen gekommen wären.

»Es war einfach zu leicht.« Dreisatz rang die Hände wie eine bekümmerte alte Frau. »Sie wissen jetzt, dass wir hier sind, und was dann passiert ...«

»Kusch«, machte Sunshine und zu ihrer Befriedigung verstummte Dreisatz schuldbewusst.

Niemand durfte jemals von der Strafe reden, niemals. Obwohl sich Sunshine selbst eingestehen musste, dass es fast zu leicht gegangen war. Sie trat gegen den Haufen alter Körperpanzer, die neben dem Eingang ihres Tunnels aufgeschichtet waren und schnatterten wie die Rasseln einer Klapperschlange. Dreisatz zuckte zusammen, ihre Lippen bewegten sich wie in einer stummen Beschwörung. Sunshine bückte sich, griff nach einem Panzer und warf ihn Dreisatz in den Schoß.

»Das ist alles, was von ihnen übrig bleiben wird. Ein Haufen Käferscheiße. Klar?«

Vor drei Tagen waren die Panzerfäuste eingetroffen. Besorgt durch eine Untergrund-Connection, bezahlt mit Informationen über das Schiff.

Soweit Sunshine wusste, war es das einzige Raumschiff, das jemals von den Aliens aufgegeben worden war. Doch es war mehr als nur ein Transportmittel zwischen den Welten, es war gleichzeitig Stützpunkt und Vorposten gewesen. Jetzt versank es langsam im Schlamm der Deponie vor der Totenstadt. Und nur sie wusste, wie man hineingelangen konnte. Sie sprach jedoch niemals darüber, warum das so war.

Sie hatten sie abgefangen. Dreiundzwanzig Monate war es jetzt her. Sechs davon hatte sie auf dem Schiff verbracht – als Versuchsobjekt. Und irgendwann waren die Fremden sorglos geworden – kurze Zeit später waren sie tot. Und dann starb die Stadt und mit ihr drei Millionen Menschen. Und in Sunshine war nur noch Platz für unsagbare Schuld, Trauer und Rache, bis sie Wiesel traf.

In ihm erkannte sie das Spiegelbild ihrer Wut und ihrer Verzweiflung, aber auch ihrer Hoffnung. Und jetzt sah es so aus, als hätte Wiesel die Antwort auf alle ihre Probleme, Wiesel und sein *Cyber*3. Sie wusste, dass sie schweigen musste. Wiesel hätte ihr kein Versprechen abzupressen brauchen. Die Informationen waren zu bedeutsam, als dass sie leichtsinnig weitergegeben werden durften.

Erst gestern hatte sie wieder den Traum gehabt: Sie ging durch die Totenstadt und aus den Ruinen stiegen wallende Nebel auf wie in einem Horrorfilm. Hinter den zerborstenen Fenstern tauchten fleischlose Gesichter auf, winkten ihr zu. Keine Feindschaft, Sunshine. Du hast uns ermordet, aber was bedeutet das Leben schon. Und dann war sie plötzlich in dem Schiff, und sie taten wieder diese Dinge mit ihr. Und irgendwann, Ewigkeiten vergingen, wachte sie von ihren eigenen Schreien auf.

Wiesel wiegte sie so lange in seinen Armen, bis sie nur noch leise schluchzte.

»Wieder die Träume, he?« Ihm waren Sunshines Tränen unheimlich, er fühlte sich gleichzeitig hilflos und zornig. Für gewöhnlich war es gerade Sunshine, die wusste, wie man diesen Zorn kanalisierte, ihn zur tödlichen Waffe machte. »Du willst wohl nicht darüber reden?«

»Ich kann nicht. Es ist so, als wäre alles versiegelt, und nur in meinen Träumen bricht dieses Siegel auf, ob ich will oder nicht!« Sie schrie die letzten Worte heraus.

Doch sie sagte nicht die ganze Wahrheit. An alles, was passierte, nachdem sie die Hypnose oder was auch immer es gewesen war abgeschüttelt hatte, erinnerte sie sehr genau. Und diese Erinnerungen waren das Kapital, mit dem sie die Panzerfäuste und Handgranaten für die Tunnel- Soldaten bezahlte.

Sunshine nannte es die dunkle Seite. Und diese dunkle Seite umfasste die Lücken in ihren Erinnerungen, ihre Erlebnisse auf dem

Schiff. Und dann war da noch die Dunkelheit, die ihre Welt wie grau schimmelnder, stinkender Schleim umhüllte. Gegen diese verschiedenen Arten der Dunkelheit gab es nur ein Mittel – tödlichen, finsteren Zorn. Und mit genügend Feuerkraft würde es ihnen vielleicht gelingen, Löcher in diese Dunkelheit zu sprengen. Nein, noch besser, sie würden Löcher in den Himmel sprengen und den Menschen die Sterne zurückgeben. Seltsam, früher hatte sie sich Dinge wie neue Klamotten oder einen CD-Player gewünscht, jetzt wollte sie nur noch nachts den Kopf in den Nacken legen und ohne Angst zu den Sternen sehen.

Die Tunnel-Soldaten sahen sie abwartend an. Wie lange hatte sie stumm dagesessen? Seit sie in dem Schiff gewesen war, hatte Sunshine manchmal diese Blackouts. Sie reckte ihren linken Arm, schob den Ärmel zurück und alle konnten die Narben sehen. Es war Zeit für das Ritual.

»Narben, nichts weiter als Reste von Schmerzen«, sagte Sunshine. Sie griff nach einem Messer und schnitt sich langsam und tief in den Unterarm. Blut floss, doch ihre Miene blieb undurchdringlich. »Narben, Schmerzen – wenn sie verheilen, sind die Schmerzen nur noch Erinnerung. Doch es gibt andere Schmerzen«, sie schlug sich mit der Faust auf die Brust, »die sind hier drinnen und die vergehen nie, sie sagen dir jeden Tag und jede Nacht, dass du noch am Leben bist, und du weißt, dass du eigentlich tot sein solltest. Narben sind auch da drinnen, und sie sind zu deinem Hass geworden.« Sunshine sah in die Runde, sie hatte ihre ungeteilte Aufmerksamkeit. »Schmerzen und Narben – sie sind der Grund, warum wir sie vernichten müssen.«

»Schmerzen und Narben – sie sind der Grund, warum wir sie vernichten müssen«, wiederholten die Tunnel-Soldaten.

»Gut«, sagte Sunshine und stand auf. Sie schritt die Front ihrer Kämpfer ab wie ein General vor der Entscheidungsschlacht. »Ein VID-Team ist in der Stadt«, sagte sie dann unvermittelt. »Dies ist unsere Chance, allen zu zeigen, dass wir keine geisteskranken Terroristen sind.« Sunshine holte tief Luft. »Wir werden eine Aktion durchführen, vor laufenden Kameras.«

»Aber wenn sie wieder so etwas wie mit Frankfurt machen oder wie vor drei Wochen in Hamburg?« Dreisatz sagte es, und die Zweifel aller standen in ihrem Gesicht.

»Opfer des Krieges«, sagte Sunshine. Und dann sah sie jedem in die Augen. »Oder zweifelt hier jemand, dass dies ein Krieg ist?«

Sie schüttelten die Köpfe, jetzt hatte sie sie wieder.

»Und ihr könnt mir glauben, sie wissen, dass wir da sind, und sie haben Angst vor uns. Zeigen wir es den verdammten Vierfingern!«

»Zeigen wir es den verdammten Vierfingern!«, brüllte die Gruppe.

Sie machten sich fertig. Stumm, voll verbissener Ernsthaftigkeit. Kinder, die Krieg spielten. Doch diese Kinder spielten schon längst nicht mehr.

Schlechte Nachrichten

Sandrine McMillan fluchte ausgiebig. Sie fand eigentlich ständig etwas, worüber sie fluchen konnte, sei es ein abgebrochener Fingernagel, schlechtes Licht oder ein unpassender Hintergrund. Unpassend war alles, was ihrem Äußeren nicht zum Vorteil gereichte. Diesmal fluchte sie über ihre zerstörte Frisur.

Das Publikum mochte Sandrine, sie mussten ja auch nicht jeden Tag mit ihr zusammenarbeiten. Faizul wühlte verbissen in ihren Unterlagen. Sie hatte nie begriffen, weshalb sie als Producerin die Launen einer dummen Ansagerin ertragen musste. Denn mehr war Sandrine in ihren Augen nicht. Seit drei Tagen hockten sie jetzt in der Lobby des »Kempi« und warteten auf das Kamera-Team. Alle Zimmer in der Stadt waren belegt, da half auch kein »Wir sind das VID-Team von Kanal 7«. Ali und Brad waren seit Tagen hinter der Story her, ohne auch nur einen Schritt weitergekommen zu sein.

Am ersten Tag war es ihnen noch gelungen, ein paar verbrutzelte Panzer aufzunehmen, doch ehe sie auf Sendung gehen konnten, hatte die Miliz ihr Tape beschlagnahmt. Irgendwo ging etwas vor, sie konnte es förmlich riechen. Und niemand sollte ihr erzählen, die Brandbomben-Attacke wäre die Tat eines geisteskranken Einzeltäters. Nein, in dieser Stadt gab es eine Widerstandsbewegung, und die machte den Besuchern ziemlich Feuer unter ihren kleinen Ärschen.

Faizul hasste die Besucher, obwohl es nicht PC war. Aber was war das für eine Welt, in der man nicht mal mehr seine eigene Meinung haben durfte?

»Ich muss mir unbedingt die Haare waschen. Wieso gibt es in diesem verdammten Hotel kein fließend Wasser?«

»Weil Wasser und Strom rationiert sind.« Woher nahm sie nur die Geduld, dieser dummen Kuh stündlich das Gleiche zu erklären.

»Dann besorg mir endlich ein Zimmer.«

Wütend trommelte Sandrine auf die Armlehnen des abgewetzten Ledersessels, der seit ihrer Ankunft ihre einzige Schlafmöglichkeit gewesen war. Faizul und das Kamera-Team hatten auf dem Boden geschlafen. Ein Umstand, der Sandrine nicht weiter erschütterte, schließlich war sie der Star der Show.

»Hörst du nicht, ich will ein Zimmer!«

»Halt endlich die Klappe, McMillan, sonst gibt's nichts zum Frühstück.«

»Wann fahren wir wieder zurück?« Sandrine hatte ein neues Thema gefunden. »Ich halt's in dieser Scheiß-Stadt nicht mehr aus.«

»David Bowie hat's hier immerhin zwei Jahre ausgehalten«, sagte Faizul bissig, wohl wissend, dass die hohlköpfige McMillan von der Pre-Punk-Kultur der siebziger Jahre keine Ahnung hatte.

»Na und, der ist ja auch in so 'ner Scheiß-Westernrevue aufgetreten.« Sie sprang auf und begann hektisch an ihrer Frisur zu zupfen. »Wenn ich mir nicht bald die Haare waschen kann, dreh ich noch ab. Und dann dieses ganze Mistzeug, das wir immer mitschleppen müssen.« Anklagend deutete sie auf die Kameraausrüstung. »Ich hab doch immer gesagt, wir müssen den Trailer nehmen.« Sie stand jetzt vor einer der eingeschlagenen Schmuckvitrinen und versuchte sich in dem Hintergrund zu spiegeln. »Diese Stadt macht mir Pickel.«

Damit hatte sie vermutlich sogar Recht, überlegte Faizul. Nur hundertfünfzig Kilometer entfernt hatten die Besucher vor einem Jahr ein Atomendlager eingeschmolzen. Niemand hatte sich je die Mühe gemacht und nachgemessen, wie hoch die Strahlung war – genauso wenig wie jemand fragte, was sich die Aliens dabei gedacht hatten. Zufällig waren die oberen Luftschichten genauso radioaktiv belastet wie in den fünfziger Jahren des vergangenen Jahrhunderts, als die USA ihre Atomtests machten. Faizul fand, dass schon eine fast lyrische Ironie in diesem Umstand lag.

»Nichts.« Hinter ihrem Rücken knallte eine Tasche mit Ausrüstung zu Boden. »Nichts außer zwei Stunden Footage, Schwarzmarkt und Streetlife.«

»Oh, hi, Brad.« McMillan setzte ihr Flirtgesicht auf. »Ich wär ja soo gerne dabei gewesen.«

»Glaub ich nicht – kein fließend Wasser.«

»Oh, na ja.« Sie blinzelte irritiert. »Und wo ist – wie heißt er noch gleich?«

Faizul biss sich auf die Lippen. Sandrine bemühte sich nicht einmal, ihren Rassismus zu verstecken. Subtilität war keine ihrer Stärken.

»Ich wünschte, Erg wäre noch im Team. Mit ihm hatten wir immer eine Menge Spaß«, seufzte Sandrine und verdrehte albern die Augen. Immer wenn sie proportional zu dem üblichen Blabla noch mehr Unsinn redete, lag es an den Entzugserscheinungen.

»Klar, wenn man Schizos mag«, murmelte Brad.

»Das hab ich gehört.«

Wortlos drängte sich Faizul an ihr vorbei. Sie brauchte unbedingt Luft. Sobald der Name des ehemaligen Anchor-Mannes fiel, hatte sie diese Atemnot – Hysterie, Post-Trauma, wie auch immer man es bezeichnen mochte. Der Tag, an dem Erg Alonquin verschwand, war zugleich der furchtbarste und der befreiendste Augenblick in ihrem Leben gewesen.

Sie stand hinter der Absperrung des Kempi und sah auf den Kurfürstendamm. Zerschmettertes Glas lag auf den Gehwegen und geplünderte Schaufenster gähnten auf die Straße wie gelangweilte Primadonnen. Verblichener blauer Samt, ehemals die Unterlage für Halsketten und Armreifen, flatterte träge im Wind.

»Ola, Faizul.« Ali kam mit dem gemieteten Sicherheitsmann des Hotels durch die Schranke.

Sie waren aus Hamburg gekommen, wo sie das Feature »Untergang einer Stadt« gemacht hatten. Faizul hätte gerne gewusst, was aus dem kleinen Jungen und der jungen Frau aus Spitzbergen geworden war, die die WaPo aus dem Bunker befreit hatte. Doch in dieser Welt verschwanden die Menschen von einem Tag auf den anderen und niemanden schien es zu kümmern. Hatten sie nicht gesagt, dass sie auch nach Berlin wollten?

Der unvermeidliche Nieselregen setzte ein. Manchmal fragte sie sich, ob die Sonne überhaupt noch existierte, so lange war es schon her, dass die ewig triste Wolkendecke einmal aufgerissen war. Faizul ging ins Kempi zurück, nur um festzustellen, dass Sandrine ihrer Lieblingsbeschäftigung nachging: den Rest des VID-Teams zu nerven.

»Und – wann fahren wir endlich weiter?« Sandrine ließ gerade ihre Blicke durchs Foyer schweifen. »Sind unsere Reservierungen schon bestätigt worden?«

»Wir sind hier, um eine Story über die Terrorbanden zu machen, schon vergessen, Schätzchen?«

»Wie könnte ich, wenn du es mir ständig unter die Nase reibst«, schnappte sie.

Brad stand auf und streckte sich. »Ich gehe noch mal kurz raus, kommt ihr mit?«

Ali schüttelte den Kopf. »Ich treffe mich nachher noch mit einem Kontaktmann.«

»Ich komme.« Faizul bemühte sich, ihre Begeisterung darüber, Sandrines Gemecker zu entkommen, nicht allzu deutlich zu zeigen.

»Warte«, sagte Brad, kaum dass sie auf der Straße waren. »Wir warten noch auf Ali.«

»Aber ich dachte ...«

»Wir gehen alle zusammen. Ali hat seinen Kontaktmann schon heute Nachmittag getroffen.«

Ali, der mit der Kamera angelaufen kam, ergänzte: »Für heute Nacht ist wieder ein Anschlag geplant, und wir sind live dabei.«

Faizul fröstelte. Unwillkürlich sah sie zu den beiden Männern der Bürgerwehr hinüber, die an der Straßensperre vor dem Hotel patrouillierten. Nein, ihr gefiel diese Welt nicht besonders. Sie hakte sich bei Brad unter, und wie Verschwörer liefen sie in den Regen.

Jailhouse Rock

Die Zelle schien fast eine Verbesserung zu sein, dachte Blue. Wenigstens hingen die Wände nicht voller verblichener Größen, abgestürzt, vergessen wie er. Vor einer ganzen Weile – er hatte jedes Zeitgefühl verloren – war jemand gekommen und hatte Jaki und den Rest der Band abgeholt. Er war gerade zu sich gekommen und hatte noch ein paar Worte mit ihnen wechseln können, doch niemand wusste, ob das Equipment die Prügelei überstanden hatte. Was für ein elendes Ende für eine klasse Band wie die Bladerunner.

Blue rieb sich den Kopf und zuckte schmerzhaft zusammen, jemand hatte ihm ein ziemliches Ding verpasst. Kein Wunder, dass die Zellenwände und der Zementboden ständig Wellen schlugen. Er verzog den Mund zu einem schiefen Grinsen. Wäre es nicht toll, wenn das alles nur ein mieser Trip war und er immer noch dösend im Tourbus saß, unterwegs zum nächsten Gig? Spielte das Schicksal nicht manchmal diese linken, kleinen Spielchen mit ihm? Nein, es war nicht das Schicksal, es war immer nur Pierce. Hätte er die Runners nicht im Stich gelassen – hätte er ihn nicht im Stich gelassen. Wie hatte es angefangen – es gab doch immer einen Anfang, einen Grund.

Diesmal war es ein schwuler Clubbesitzer mit guten Kontakten zur Bügerwehr, oder waren es ein paar Neo-Punks auf Sklak? Die schwarzhaarige Frau war es, flüsterte Pierce und sogar sein Flüstern klang spöttisch. Sie bedeutet Unglück, wie konntest du das bloß übersehen, kleiner Bruder?

Stunden später wurde er wieder wach. Sein Kopf dröhnte nicht mehr so schlimm, und er hörte auch keine Stimmen mehr. Wenigstens was zu essen hätten sie ihm bringen können. Er war hungrig, und sein Mund fühlte sich an, als hätte er mit Sand gegurgelt. Er taumelte zu dem dreckigen Ausguss und versuchte den Wasserhahn zum Laufen zu bringen. Scheiße, hier war ja alles rationiert – nur nicht die Drogen. Als Antwort auf sein stummes Fluchen verlosch das Deckenlicht. Das hieß wohl, dass es wieder Nacht war. Blue kroch auf die harte Pritsche zurück und rollte sich fröstelnd zusammen. Sie hatten ihm nicht mal eine Decke gegeben. Wussten die etwa nicht, dass er ein scheißberühmter Rockstar war? Blue bebte vor unterdrücktem Gelächter – nur wärmer wurde ihm davon auch nicht.

»He, Punk. Besuch für dich.« Die Ankündigung wurde mit einem Tritt unterstrichen.

Tonia Sakamoto. Angewidert und gleichzeitig völlig unberührt stand sie vor ihm und verströmte Überheblichkeit, wie es nur die ganz Reichen können.

»Blue, Blue. Das ging ja ziemlich schnell.«

Ihm war klar, dass sie von seinem Abstieg sprach und nicht von dem vorzeitigen Ende der Tournee.

»Wo sind die Jungs?«

Sie zuckte die Schultern und musterte ihn gleichgültig. »Du stinkst.«

Hinter ihr stand ein Typ in einem albernen Jump-Suit, mit einem Aktenkoffer – ein Anwalt. Na, großartig, besser hätte es doch überhaupt nicht kommen können.

»Los, sag's ihm.« Sie winkte den Anwalt heran.

»Sakamoto Industries macht Ihnen folgendes Angebot ...«

»Verpisst euch – alle beide!«

»Komm, gehen wir.« Sie drehte sich um, ohne dass ihrem ebenmäßigen Gesicht eine Regung anzusehen war.

Er war wohl wieder weggetreten, denn als er das nächste Mal die Augen aufschlug, blendete ihn das Deckenlicht. Kurz darauf wurde ein Teller mit klumpiger, lauwarmer Suppe in seine Zelle geschoben. Er löffelte sie heißhungrig runter, nur um sie gleich darauf auf die Pritsche und den Boden zu kotzen. Zähneklappernd drückte er sich an die Wand und umklammerte seine Knie. Noch nie zuvor war er in so einer beschissenen, aussichtslosen Lage gewesen.

Wäre dies alles Teil eines schlechten Films, würde jetzt wohl ein stiernackiger Wärter kommen und ihn mit einem Schlauch abspritzen. Nein, berichtigte Blue das Szenario, er würde ihn mit dem Gesicht in die Kotze pressen und es wäre kein stiernackiger Wärter, sondern der geile Besitzer des Clubs. Er würde diese alberne Uniform der Bürgerwehr tragen, und dass Blue stank, wäre ihm völlig egal, denn er wollte sowieso nur seinen Arsch.

Er musste wieder eingedöst sein, denn als er aufsah, stand ein Becher mit klebrig süßem Saft neben der Pritsche. Diesmal musste er nicht kotzen, stattdessen schlief er sofort wieder ein.

Später sollte er sich fragen, welche Drogen sie mit dem Süßstoff überdecken wollen. Aber da hatte er längst seine Unterschrift unter irgendeinen Knebelvertrag von Sakamoto Industries gesetzt. Von da an war er wie in Trance, und es dauerte eine Weile, bis er merkte, wie weit er gegangen war. Alles, sie hatte ihm alles genommen. Seine Integrität, seinen Stolz. Alles nur auf das vage Versprechen eines neuen Plattenvertrages hin. Und sie war so unglaublich klug vorgegangen, hatte jeden Schritt im Voraus genau geplant. Und er, er war nur die dumme, kleine Spinne, die sich in ihrem Netz verfangen hatte. Und wenn die große Spinne genug mit ihm gespielt hätte, würde sie ihn einfach fressen.

Ihre Bodyguards schleppten ihn mehr, als dass er selbst ging. Sie zogen ihn aus und steckten ihn unter die Dusche. Der Genuss, endlich den Gestank von Erbrochenem und Schweiß abzuwaschen, machte ihm sogar das Demütigende seiner Lage erträglich. Danach brachten sie ihn in ein Schlafzimmer und warfen ihn auf ein breites Bett. Irgendwann kam jemand, der ihm in die Augen leuchtete und ein paar Injektionen verabreichte. Doch das Letzte, was er sah, bevor ihn die samtweichen Drogen zärtlich umhüllten, war Tonia Sakamoto. Sie sah auf ihn herab, Triumph im Gesicht. Endlich hatte sie ihre Trophäe.

Er wurde wach, merkwürdige Träume und Gefühle vermischten sich mit einer undeutlichen, dämmerlichten Realität. Da war Tonia, ihre schwarzen Augen waren wie Fixpunkte in einem Endlosband. Sie kniete über ihm. Sie war nackt – sie waren beide nackt – und ihre schwarzen Haare züngelten wie Schlangen über seinen Körper. Sie ritt auf ihm und sein Schwanz war in ihr. Sie hatte Sex mit ihm – zumindest ließen ihre Verrenkungen darauf schließen. Blue lag nur passiv auf dem Rücken, die Kopfschmerzen waren verschwunden, weitere Signale empfing er nicht von seinem Körper.

Anscheinend hatte er sich bewährt. Als er wieder zu sich kam, lag seine schwarze Gibson neben ihm. Ein weitaus erfreulicherer Anblick als die Frau, fand Blue. Vorsichtig setzte er sich auf. Der Schwindel blieb aus. Erstaunlicherweise hatte ihm Tonias Doktor Feelgood auch einige nützliche Chemikalien verabreicht.

Auf einem Beistelltischchen stand Frühstück. Doch Blue verging der Appetit, als er feststellte, dass sein ganzer Körper nach Tonia Sakamotos aufdringlichem Parfüm, ihrem Schweiß und ihrer Möse stank. Er brauchte dringend eine Dusche – kaum anzunehmen, dass das Wasser in diesem Haus rationiert war. Seine Vermutung bestätigte sich, und nachdem er ausgiebig geduscht hatte, ging er, immer noch weich in den Knien, auf Erkundungsgang. Er musste unbedingt wissen, wo der Rest der Runners steckte. Nur sie konnten ihm sagen, was hier eigentlich abging und wie er in diese absurde Lage geraten war.

Das Haus musste riesig sein. Blue suchte sich seinen Weg durch ein Labyrinth von Zimmerfluchten. Wo zur Hölle war er? Die Aussicht aus den französischen Fenstern verriet ihm nichts – nur der übliche graue Winterhimmel. Was so viel hieß wie, dass er noch auf dem europäischen Kontinent war. Irgendwo hörte er Stimmen. Er folgte ihrem Klang bis vor die angelehnte Tür eines verrotteten Wintergartens.

»... und dann bring ihn runter, Flyp.«

Eine gebieterische Stimme. Tonia. Blue stieß die Tür auf und trat ein. Es machte keinen Sinn, die Dinge unnötig aufzuschieben.

»Da bist du ja endlich.«

Tonia lag auf einem wild gemusterten Diwan, gestützt von einem Berg seidener Kissen mit albernen Troddeln an den Ecken, neben sich einen runden Messingtisch mit einem ansehnlichen Häufchen Koks. Blue wurde schwindelig, als er den Straßenwert überschlug. Sie machte eine einladende Geste.

»Frühstück?«

Blue schüttelte den Kopf.

»Wo ist deine Gitarre?« Auffordernd winkte sie einem gut gebauten Typen im Muskel-Shirt, der sich gelangweilt in einem Rattansessel fläzte. Blue erkannte in ihm einen von Tonias Bodyguards. »Nun geh schon und hol sie, Flyp.«

»Wo sind die anderen?«

»Im Studio, was dachtest du denn?«

»Im Studio«, echote er dümmlich.

»Blue, Blue«, tadelte sie milde. »Hast du etwa unseren kleinen Vertrag vergessen?«

Blue stockte der Atem. Wovon redete diese Frau? Erinnerungsfetzen stürzten auf ihn ein: Tonia, wie sie mit ihrem Anwalt vor ihm stand, und er, Blue, schickte die beiden zum Teufel. Er hatte keinen Vertrag unterschrieben. Nie im Leben!

Dramatisch zog sie einen Umschlag zischen den Kissen hervor und warf ihn Blue vor die Füße.

»Deine Kopie, mein Schatz.«

Blue griff nach dem Umschlag, er spürte ihre lauernden Blicke und versuchte, das Zittern seiner Finger zu unterdrücken. Er zweifelte jetzt nicht mehr im Geringsten, dass seine Unterschrift unter diesem Vertrag stand. Und im gleichen Augenblick wurde ihm klar, sie hatte dieses Szenarium schon viele Male für sich durchgespielt, doch er würde ihr nicht die Genugtuung geben, ihren Triumph voll auszukosten.

»Das sehe ich mir später an«, sagte er beiläufig und registrierte stolz den kühlen Ton in seiner Stimme. Achtlos warf er den Brief auf das Messingtischchen, der Koks stäubte auf. In Tonias Augen glomm kalte Wut. Fast war er gespannt, was sie als Nächstes tun würde. Da kam der Muskel-Typ mit seiner Gibson.

»Los, spiel was für mich.« Ihr Tonfall machte klar, dass sie keine Ausflüchte dulden würde.

Er schlug ein paar zusammenhanglose Akkorde an. Als sie das Scheppern der Saiten hörte, verzog sie unwillig das Gesicht.

»Wenn du nicht richtig spielen kannst, dann sing. Sing ›Cryin' Alone‹ für mich, Blue.«

»Ohne Verstärker klingt sie nicht, tu nicht so, als ob du das nicht wüsstest«, sagte er unwirsch.

Plötzlich hatte Blue eine unerfreuliche Vision seiner Zukunft – so würde es jetzt immer sein, sie würde befehlen und er würde springen. Und alles auf die vage Hoffnung hin, dass sie den Runners die versprochene Studiozeit geben würde.

»Dein Amp ist hin. Was dachtest du denn?« Sie schnippte mit den Fingern, und der Bodyguard stand auf. »Bring ihm die Gitarre, Flyp, du weißt schon, die, die hier noch vom letzten Mal rumliegt.«

Blue überhörte die Andeutung. Flyp kam mit einer Lego-Doppel X zurück und warf sie Blue vor die Füße.

»Ich spiele nicht auf Plastik.«

»Du spielst auf Plastik oder du spielst überhaupt nicht.«

Blue warf einen kurzen Blick auf Flyp, dessen Ausdruck an gebrochene Finger denken ließ, und nahm die Gitarre.

»Spiel ›Cryin' Alone‹ für mich«, wiederholte Tonia. Und jetzt hatte er keine Ausrede mehr.

Blue hatte den Song vor langer Zeit für ein Mädchen geschrieben – sie hatte ihn verlassen, und als der Song ein Hit wurde, stand sie eines Tages vor seiner Tür. Er schlief mit ihr, doch danach verstand er überhaupt nicht mehr, warum er jemals diesen Song für sie geschrieben hatte. Vielleicht war es sein Lebensstil, der jede normale Beziehung für ihn unmöglich machte.

Pierce hatte solche Probleme nie gehabt. Er nahm sich, was ihm gefiel – Menschen, Dinge –, und wenn sein Interesse nachließ, drehte er sich einfach um. Blue hatte nie verstanden, warum er die Runners verließ. Sicher, sie hatten sich immer öfter gestritten, um Arrangements, Auftrittsorte und Verträge. Pierce hätte ihn vermutlich vor Tonia Sakamoto gewarnt und dann hätte er sie mit auf sein Hotelzimmer genommen und durchgevögelt, und am nächsten Morgen wäre er, ohne sich umzusehen, in die Limousine zum Flugplatz gestiegen.

»She left me, my baby left me the other night.
I wonder why it still hurts in the daylight.
My baby left me, now I'm cryin' alone«, sang Blue.

Seine Stimme war vor Erschöpfung belegt und flach. Und die Lego XX klang genauso furchtbar, wie er erwartet hatte. Sehnsüchtig dachte er an seine alte Martin D35, aber die hatte er vor einem Jahr zuletzt in einem Pfandhaus in Manila gesehen. Er wechselte von C auf Dm7. Der Akkord erinnerte ihn an das Scheppern der Türklingel, und die Wirbel sahen so billig aus wie die Zähne des Pfandleihers.

Damals waren die Runners in Asien schon so out, dass er die Martin nicht mal mehr als Rock-Memorabilia hatte verkaufen können. Irgendwie, auf eine traurige Weise, war die Gitarre mit seiner Karriere verbunden gewesen. Er hatte sie von dem Vorschuss seines ersten Plattenvertrags gekauft – schon damals war sie eine fast unbezahlbare Antiquität gewesen. Pierce war wütend geworden, als er es herausfand. Er wollte in eine bessere Gegend ziehen, ein neues Auto kaufen. Blue erinnerte sich noch gut, wie er sie zum ersten Mal aus dem Flightcase gehoben hatte. Wie ein seltenes Juwel lag sie auf dem blauen Samt. Und jedes Mal, vor jedem Auftritt, im Studio, hatte er das gleiche Gefühl – Ehrfurcht und unbändige Freude, dass sie ihm gehörte. Auf ihr schrieb er alle Songs – vielleicht war das der Grund, dass ihm nichts Vernünftiges mehr einfiel – er hatte seine Stimme verloren – in einem Pfandhaus in Manila. Himmel, wie pathetisch!

Tonia zog laut eine Nase Koks hoch und winkte ihm ungeduldig weiterzuspielen. Blue fragte sich, wie hoch die Kaution für ihn und die Bandmitglieder gewesen sein mochte. Andererseits war es wohl egal, für Frauen wie Tonia Sakamoto war alles käuflich. Und so spielte er, bis sie ihn mit einer huldvollen Geste entließ.

Er hatte die Wahl gehabt, falsche Versprechungen oder ein Kehlkopfimplantat. Seit einigen Jahren war es ziemlich verbreitet, sich einen Stimm-Modulator einsetzen zu lassen. Blue verabscheute die Dinger, er war ein richtiger Sänger mit eigenem Gesangsstil und kein High-Tech-Imitator.

»Etwas plastische Chirurgie, dazu den Modulator und ihr seid wieder im Geschäft«, hatte ihr Manager gesagt. Das war auf der Krisensitzung, kurz nach der »Reorganisation« ihres Labels gewesen.

»Hey, stimmt, Mann.« Toto fletschte die Zähne zu einem Furcht erregenden Grinsen. »Dann siehst du mehr wie der King aus als der alte Elvis.«

»Scheiße, Mann!« Blue war aufgestanden und rausgegangen.

Vielleicht hätte er damals auf Jeffrey hören sollen, immerhin hatte der später die Masters of Pain aufgebaut. Doch womöglich war der große Erfolg für die Runners schon gelaufen, nur dass es niemand so richtig wahrhaben wollte. Würden sie sonst ständig einem Comeback hinterherlaufen? Und wohin hatte dieses Gerenne sie gebracht –

»Reg dich ab, Blue«, sagte Toto philosophisch. »Es hätte viel schlimmer kommen können.«

»Immerhin hat sie unser ganzes Equipment bei diesem arschgesichtigen Clubbesitzer ausgelöst«, meinte Shell.

»Ach ja, und hat sie dir auch noch einen Satz Saiten draufgelegt?«

»Du musst nicht gleich so sarkastisch sein, Blue.« Jaki sah ihn vorwurfsvoll an.

»Merkt denn keiner, was hier abläuft?« Blue sah seine Freunde völlig entnervt an. »Ich meine, das ist doch hier die Twilight Zone, Rock'n'Roll Hell.«

»Du spinnst doch, Mann.«

Shell griff sich seine Stratocaster und spielte ein paar Riffs. Er lauschte mit selbstzufriedenem Grinsen. Er war noch nie so schlecht gewesen, fand Blue, doch niemand sonst schien es aufzufallen. Er drehte sich um und ging auf sein Zimmer. Er musste unbedingt allein sein, in Ruhe nachdenken, eine Lösung finden, wie er sich und die Jungs zurück auf die Straße bringen konnte.

Shells Strat dröhnte durch das Haus, der Klang folgte ihm, sie alle folgten ihm.

»Coole Bude, Mann.« Toto schnalzte anerkennend, warf sich auf das breite Bett und wippte auf und ab.

Blue ignorierte ihn. Er starrte aus dem Fenster in den ewigen Regen. »Der ewige Regen«, früher hätte ihn dieser Gedanke zu einem neuen Song inspiriert – früher. Früher wäre auch Pierce da gewesen, der genau wusste, auf welcher emotionalen Welle sein kleiner Bruder gerade surfte.

»Worüber beklagst du dich eigentlich die ganze Zeit?«, unterbrach Shell seine Grübeleien.

»Hab ich was gesagt?« Blue merkte, wie er die Fäuste ballte, und atmete tief durch. Würde es jetzt immer so sein, er gegen den Rest der Band?

»Mitkommen.« Flyp stand in der offenen Tür und winkte auffordernd. »Sie will dich sehen.«

»Pack dein Zeug zusammen.« Tonia schenkte ihm nur einen flüchtigen Blick. In Blue flackerte Hoffnung, war sie seiner schon überdrüssig? »Wir fliegen zur Hazienda.«

Das Flackern erlosch. Sie hatte schon von ihrer Hazienda gesprochen. Irgendein Anwesen – irgendwo. Blue hatte damals nicht zugehört, es interessierte ihn auch jetzt nicht. Auf einmal hatte er eine Ahnung, wie es mit seinem Leben weitergehen würde: Irgendwann würde er die angebotenen Drogen nicht mehr ablehnen, ganz einfach weil ihm nichts mehr wichtig wäre. Was er jedoch nicht wusste – hatte er noch die Wahl oder hatte er sie bereits gehabt und falsch gewählt?

Freezone

Es kam genau so, wie Pierce befürchtet hatte: Er war voll auf Turkey, als sich das SunCo-Boot dem Atoll näherte. Das Sonnenlicht ätzte seine Augäpfel weg, er konnte keine Konturen mehr erkennen, ahnte die Hafeneinfahrt mehr, als dass er sie sah. Seine Hände zitterten und er schaffte es gerade noch, den Autopiloten auszuschalten. »Gas wegnehmen und einparken.« Mit diesen Worten drückte er Doc das Ruder in die Hand und ließ sich zu Boden gleiten. Sollte das Ende der Welt doch kommen, ihn kümmerte es nicht.

Der Betrieb vor der Mole war unbeschreiblich. Nachlässig zusammengezimmerte Flöße mit dampfenden Garküchen, grellbunte Drachenboote, von denen laute Musik schallte, schnittige Jachten mit gelangweilt blickender Besatzung und dazwischen, wie hungrige Barrakudas, kompakte, wendige Jet-Boote. Doc kniff die Augen zusammen und manövrierte das Boot durch das Gewimmel. So hatte er sich Freezone immer vorgestellt. Bunt, aufregend und einfach überwältigend. Er atmete die Mischung aus exotischen Gewürzen, altem Fett, Dope und salziger Meeresluft ein. Er wusste nicht, wie sein Leben in den nächsten Tagen oder Stunden aussehen würde, und er fühlte sich einfach großartig. Endlich gerieten die Dinge in Bewegung. Was mit seiner planlosen Flucht aus dem E.T.-Camp begonnen hatte, zeichnete sich immer mehr als ein vorbestimmter Weg ab. Doc wusste sehr wohl, wie man Zeichen deutete, er war ein Kind des New-Age-Zeitalters. Außerdem war er viel zu sehr in einem SciFi-Universum verhaftet, um ein pralles Abenteuer nicht zu schätzen zu wissen. Und Freezone verhieß Abenteuer pur.

Freezone war eine künstliche Insel vor der afrikanischen Küste. Schlampig zusammengeschweißte Bohrplattformen hockten über dem Krater, den Big Boy 1 hinterlassen hatte. Big Boy 1 war eine Art Entwicklungshilfe an Somalia gewesen, ein Geschenk der UN-Friedenstruppen mit einer Sprengkraft von dreihundert Hiroshima-Bomben. Durch einen Stromausfall, eigentlich nichts Ungewöhnliches in Somalia, hatte der Computer sein Ground-Zero-Programm gestartet.

Weil kein Ziel eingegeben war, landete Big Boy 1 dreihundert Meilen vor der Westküste im Meer, kontaminierte alle noch lebenden Fischbestände und verseuchte die Kapverdischen Inseln. Aber wozu brauchte man die Inseln, wenn man Freezone hatte?

Zuerst war Freezone eine ausgeflippte Künstlerkolonie gewesen – unterhalten von gelangweilten Mäzenen. Einige Künstler lebten immer noch in der Enklave, doch sie legten keinen Wert auf Publicity. Den Künstlern folgte eine bunte Mischung aus Dealern, Neo-Hippies, reichen Müßiggängern und typischen Dropouts. Sie alle waren Puzzleteile des Gesamtbildes, welches Freezone ausmachte. Nur die Vierfinger fehlten, und das war gut so.

Über die Jahre hatte sich der Ort über den Kern der Ölplattformen hinaus ausgedehnt: in die porösen Kraterwände gesprengte Kavernen, zahllose Hausboote und Hans Gottschalks schwimmende Wohnblasen – je beengter der Lebensraum umso größer schien der Wunsch nach Expansion.

Rashalas berühmte Klangskulpturen standen seit Jahren unbeachtet in der Hafeneinfahrt. Bei Ostwind erzeugte das durch die Seeluft erodierte Metall schrille Disharmonien. Den Gesang der Furien, so hatte es einmal ein VID-Journalist beschrieben, der sich nach Freezone verirrt hatte, um eine ambitionierte Reportage über die exzentrische Bildhauerin zu machen. Doch Rashala gab schon längst keine Interviews mehr, niemand wusste, ob sie überhaupt noch auf Freezone lebte – diese Auskunft erhielt zumindest der frustrierte Journalist. Nach zwei Wochen reiste er ab. Länger als zwei Wochen hielten es die wenigsten auf der Insel aus. Wer länger blieb, blieb gewöhnlich für immer – so wie Pierce.

Die Insel war seit Jahren der Heimathafen des SunCo-Bootes. Nachdem Venedig endgültig im radioaktiven Morast versunken war, fand Pierce, dass es keinen passenderen Ort gab als diesen, um seine letzten Jahre zu verbringen. Auf Freezone konnte man alles kaufen, Drogen, Sex und jede andere nur denkbare Art von Unterhaltung. Es war ein großartiger Ort zum Geschäftemachen. Man musste nur ständig damit rechnen, ein Messer in den Rücken zu kriegen. Pierce liebte die atemlose Hektik und flüsternde Paranoia, die in den künstlichen Gassen zwischen den Pontons und den Hausbooten herrschte.

Nach der Trennung von den Runners – von Blue, verbesserte er sich in Gedanken – hatte er sich ein Hausboot gekauft. Es hatte früher einem Ölprinzen gehört, der sich mit einer Überdosis Greff ins Nirwana befördert hatte. Ganz in der Nähe lag auch die Hazienda von Takaheshi Sakamoto, dem Medienmogul, doch meistens hielt sich seine Nichte Tonia mit ihren hübschen Bodyguards auf dem Anwesen auf. Takaheshi hatte er schon lange nicht mehr gesehen. Es hieß, er hielte sich in seinem Haus in Antarctica auf – nur hatte ihn auch dort seit Monaten niemand zu Gesicht gekommen. Vielleicht spielte Takaheshi auch nur ein wenig Howard Hughes, um sich interessant zu machen. Pierce konnte es egal sein. Solange Jason wie ein liebeskranker Kater um sein Hausboot strich und ihm anstatt toter Vögel eine Auswahl aus Tonias »Apotheke« brachte, war seine Welt in Ordnung.

Kahia wartete am Pier. Ihre knallroten Haare bildeten einen interessanten Kontrast zu ihrer braunen Haut. Stolz stand sie da, aufrecht, zäh und energiedurchdrungen. Kahia hatte ihren Platz in der Welt gefunden, und sie war jederzeit bereit, ihn zu verteidigen. Vor knapp zwei Monaten war sie bei ihm eingezogen. Sie war als Rucksacktouristin nach Freezone gekommen – und sie hatte noch nie etwas von den Runners gehört. Nun räumte sie sein Haus auf, und wenn er nicht zu zugedröhnt war, schlief er mit ihr. Sie und Jason hassten sich inbrünstig, was Pierce sehr amüsierte.

Nun kletterte sie an Deck und kniete sich neben Pierce. Wortlos nahm sie seinen Arm, suchte die Vene und setzte ihm einen Schuss. Er merkte es nicht mal. Erst als sich die wohlige, entspannende Wärme in ihm ausbreitete, hob er den Kopf. An Kahia war wirklich eine erstklassige Krankenschwester verloren gegangen, fand er. Doktor Feelgoods talentierteste Assistentin.

»Hi, Baby.« Er blinzelte sie an. »Wie schön, dich zu sehen.«

Er zog sich an der Reling hoch und sah sich um. Das SunCo-Boot lag an seinem gewohnten Ankerplatz. Wie hatte der Ami das bloß geschafft? Na, egal. Das Ergebnis zählte.

»Ich sehe, du hast einiges da draußen gefunden.« Kahia deutete auf Doc.

Für ihr Alter verfügte sie über einen fein getunten Sinn für Ironie, fand Pierce, der die beiden miteinander bekannt machte: »Das ist

Doc, er ist ’n echter Ami und Schriftsteller, stell dir vor, er schreibt ausgerechnet Science Fiction.«

»Hallo, ausgerechnet Science Fiction«, begrüßte Kahia Doc.

Pierce murmelte: »Hab noch was zu erledigen«, und schwang sich den Niedergang hinunter. Nach Kahias Medizin fühlte er sich erstaunlich fit.

Fast verstohlen entfernte er die Wandverkleidung hinter seiner Koje und zog ein schmales Buch hervor, schlug es auf und las die letzten Eintragungen. »Blue hat geweint. Er hat versucht, es zu verbergen. Mein kleiner Bruder ist so sentimental. Verdammt, warum fühle ich mich jetzt schlecht? Er wusste doch, dass es so kommen musste – mit Louisa, mit mir. Er sagte: ›Louisa ist tot.‹ Unausgesprochen blieb: ›Und jetzt lässt du mich auch im Stich.‹ Erklärungen helfen da nicht. Wie könnte ich auch etwas erklären, was ich selbst nicht verstehe?«

Das war gewesen, als er beschlossen hatte, bei der Band auszusteigen. Pierce erinnerte sich noch gut daran. Es hatte damit angefangen, dass ihm alles egal wurde. Wichtig war einzig, wo er den nächsten Sklak-Trip herbekam.

Die letzte Eintragung – er musste sie ungefähr vor zwei Jahren gemacht haben – lautete: »Die Abwärtsspirale dreht sich jetzt so schnell, dass ich nicht mehr abspringen kann.« Pierce fand, dass er sich gar nicht mal schlecht gehalten hatte. Er nahm einen roten Marker und trug die Koordinaten der Unterwassersiedlung auf der letzten Seite ein. Dazu schrieb er – dick unterstrichen und mit Ausrufezeichen: »Abyss«.

Die Antwort, die eine Frage war

Skadi rannte durch die Nacht. Der Rucksack schlug ihr schmerzhaft in den Rücken. Hinter sich hörte sie den Jungen keuchen. Seltsam, immer wieder lief es auf das eine hinaus: weglaufen. Und – da dies die Nacht der ehrlichen Gedanken war – ihre Reise nach Europa war auch nichts anderes gewesen.

Es schien der richtige Zeitpunkt zu sein. Kein Geld, keine Bindungen und schon längst kein Zuhause mehr. Sie hätte bleiben und kämpfen sollen. Hatten ihre Eltern ihr so wenig vererbt? Nun, vorhin war sie geblieben, und sie hatte gekämpft. Doch was hatte es ihr gebracht?

Sie wollte den Mann nicht verletzen. Aber nun war es passiert. Sie hätten bei dem Treck bleiben sollen, aber Skadi wollte schneller vorwärts kommen. Sie hatten sie gewarnt, aber sie wusste es besser. Dumme 'skimo-Tussi, die sie einmal war.

Sie hatten in einem verlassenen Gebäude übernachtet – erschöpft von ihrer langen Wanderschaft –, in einer der vielen namenlosen Städte. Kein Feuer, nichts, was auf ihre Anwesenheit hingewiesen hätte. Und doch hatte er sie gefunden: Spider-Man. Er musste außen an dem Gebäude hochgeklettert sein. Die Treppe hatte sie vor dem Schlafengehen mit einer Stolperfalle gesichert. Skadi wachte auf, als seine fahrigen, klebrigen Hände ihren Körper entlangglitten. Sie bewegte sich nicht, hielt sogar den Atem an. Dann, unendlich langsam, tastete sie nach ihrem Häutemesser. Der Griff aus Walrosshorn schmiegte sich vertraut in ihre Hand – sie stieß zu. Stieß nach der stinkenden Fratze, nach den ekligen Händen. Stieß einfach zu.

Es war so leicht gewesen. Er hatte nicht einmal geschrien. Nur ein erstauntes Grunzen, als er schwer auf sie fiel. War es wirklich so einfach, einen Menschen zu töten?

Sie sah auf ihre Hände, das Messer und das Blut, dunkel und glänzend. Entsetzen schüttelte sie. Sie hatte sich doch nur verteidigt! Mechanisch rieb sie die Klinge ab und säuberte ihre Hände mit Sand, der den Boden bedeckte, hereingeweht durch die zerbrochenen Fensterscheiben. Saharasand. Hereingeweht wie sie in diese seltsame Welt.

»Was is'n los?«

Der Junge. Er war aufgewacht. Skadi sah seine Silhouette, als er sich aufsetzte und sich verschlafen die Augen rieb.

»Schlaf weiter, alles in Ordnung«, zwang sie sich zu sagen. Zum Glück hörte er auf sie und rollte sich wieder unter seiner Decke zusammen.

Skadi wartete einen Moment, bis seine Atemzüge wieder tief und regelmäßig waren. Was mochte er wohl träumen? Skadi konnte sich nur selten an ihre Träume erinnern. Doch manchmal wachte sie in der Nacht auf, und die Luft schmeckte nach Eis und Neuschnee. Dann wusste sie, ihre Seele war um die halbe Welt gereist, und sie verspürte einen scharfen, stechenden Schmerz. So fühlte sich wohl Heimweh an.

Skadi schleifte den Körper durch den Raum. Dann tastete sie sich auf den Knien weiter und räumte die Stolperfallen aus dem Weg. Sie ging vollkommen konzentriert vor. Wusste, wenn sie nur einen Gedanken an das verschwendete, was sie im Begriff war zu tun, würde sie von Panik überrollt werden. Sie zog den Körper bis an den Treppenabsatz und ließ ihn dann die schiefen Stufen hinunterrollen. Sie meinte, noch nie ein so grauenvolles Geräusch wie das des fallenden Körpers gehört zu haben.

Am Treppenabsatz blieb er hängen, die Gliedmaßen grotesk verkrümmt. Die aufgeworfenen Lippen über fauligem Zahnfleisch, die trüben Augen weit aufgerissen, sah er sie vorwurfsvoll an. Skadi zerrte und zog und hörte Holz splittern, oder waren es von der Krankheit porös gewordene Knochen? Endlich bewegte sich der Körper und polterte in die Dunkelheit. Vorsichtig folgte sie ihm. Fast rechnete sie damit, dass eine Hand nach ihrem Knöchel greifen würde, um sie direkt in die Hölle hinabzuziehen.

Skadi fühlte sich unendlich schuldig. In ihrer Heimat erwies man den Toten Respekt, wollte man nicht von ihren Geistern heimgesucht werden. Und dieser Mensch war schon im Leben eine Alptraumgestalt gewesen. Sein Geist konnte sie vernichten – ganz einfach.

Doch sie wusste, was zu tun war. Åsgård hatte es ihr gezeigt. Sie war es auch gewesen, die ihr beim Abschied den Beutel mit heiligen Kräutern zugesteckt hatte. Vielleicht bestand noch Hoffnung.

Und so ging Skadi, nachdem sie die Leiche in einem der hinteren

Zimmer im Erdgeschoss mit Gerümpel bedeckt hatte, wieder an den Ort, an dem das Grauenvolle seinen Ausgang genommen hatte. In den Händen hielt sie sorgfältig ausgewählte Hölzer – aus allen vier Himmelsrichtungen des Hauses zusammengesammelt.

Sie kniete vor den dunkeln Flecken auf dem sandigen Boden. Dann schichtete sie die Holzstückchen auf, streute einige Kräuter hinein und zündete sie an. Sie führte die rituellen Gesten aus und betete um Einsicht und Vergebung, wohl wissend, dass Vergebung unmöglich war. Sie hatte ein Leben genommen.

Als ihm der Rauch in die Augen stieg, beschloss Garfield, dass dies ein guter Zeitpunkt wäre, um »wach zu werden«. Er rollte sich herum und setzte sich blinzelnd auf. Was er sah, erstaunte ihn mehr als der Umstand, dass seine exotische Reisebegleiterin in der Nacht einen Einbrecher abgestochen und sich irgendwie der Leiche entledigt hatte.

Die 'skimo-Tussi kniete dumpf murmelnd vor einem qualmenden Holzhäufchen – sie hatte mitten auf dem Fußboden ein Feuer angezündet, das musste man sich erst mal geben! – und fächelte sich den stark duftenden Rauch über ihren gebeugten Kopf. Dazu stimmte sie einen merkwürdig monotonen Singsang an. Garfield glotzte fassungslos: Skadi war eine Hexe! Bis jetzt hatte er geglaubt, Tante Clara-Susanna Della Rosa sei das seltsamste Wesen auf diesem Planeten. Mann, da hatte er sich aber geirrt! Angst hatte er keine. Im Gegenteil, er fand's richtig cool.

Doch nun stellte sich die Frage, sollte er ihr sagen, dass er wusste, was vorgefallen war? Er hatte auf die harte Tour gelernt, dass die Erwachsenen es nicht mochten, wenn man hinter ihre Geheimnisse kam. Aber war Skadi eine Erwachsene? Schwierige Entscheidung. Und schwierige Entscheidungen schob man besser bis nach dem Frühstück hinaus. Auch das gehörte zu den Dingen, die Garfield schon früh gelernt hatte.

Wo war überhaupt das Frühstück? Er stand auf, streckte sich und beschloss, einen kleinen Erkundungsgang zu machen. Im Laufe ihrer gemeinsamen Reise waren sie übereingekommen, dass sich Garfield um den Proviant kümmern sollte – immer vorausgesetzt, die Gegend schien sicher –, schließlich hatte er in den Jahren seiner Wanderschaft einige nützliche Erfahrungen auf diesem Gebiet sammeln können. Es wurde jedoch zunehmend schwieriger, Essbares zu finden. Oft waren die verlassenen Häuser schon mehrmals von Plünderern durchsucht worden und dumm, wie manche Menschen waren, hatten sie nur die Wertsachen mitgenommen, die Lebensmittel jedoch achtlos auf dem Boden ausgekippt. Skadi hatte ihm gezeigt, worauf er besonders zu achten hatte: getrocknete Bohnen, Reis und Konserven, deren Haltbarkeitsdatum noch nicht allzu lange abgelaufen war.

Seit zwei Tagen hatten sie nun schon nicht mehr richtig gegessen. Garfield spürte ein großes, unruhiges Tier in seinem Bauch, es knurrte und war gereizt. Skadi war da ganz anders: Sie konnte tagelang laufen, ohne müde zu werden, und sie konnte tagelang fasten, ohne Hunger zu verspüren. Sie hatte ihm von den Hungersnöten während des Embargos erzählt. Von den toten Babys und Menschen, die von ihren Hunden angefallen worden waren, einfach weil sie zu schwach waren, um sich zu wehren. Sie klang völlig unbeteiligt, doch Garfield spürte den Schmerz, der tief in ihr vergraben war. Sie sprach selten von daheim.

Die Morgenluft machte ihn richtig munter. Es hatte über Nacht geschneit und Frost lag in der Luft, die so frisch und klar schmeckte, wie er es sonst nur aus seinen Erinnerungen kannte. Ein gutes Zeichen, fand er. Skadi hatte ihn gelehrt, auf Zeichen zu achten und sie richtig zu deuten. Und nun wusste er auch, woher sie das alles konnte, schließlich war sie eine Hexe.

Der frisch gefallene Schnee hatte natürlich auch den Vorteil, dass er sehen konnte, ob jemand in der Nähe war. Und natürlich – Schneebälle. Wie hatte er vergessen können, wie toll es war, mit Schneebällen zu werfen? Und auf einmal war er wieder da: der kleine Junge, der wusste, wie man sich eine gute Zeit macht. Laut lachend rollte er sich im Schnee, schleuderte Schneefontänen in die Luft, warf Schneebälle durch das Fenster, hinter dem er Skadi vermutete. »He, 'skimo-Maus, komm aus deinem 'skimo-Haus«, brüllte er keck, tanzte ausgelassen und war einfach nur glücklich.

Ausgerechnet in dem Haus, in dem sie übernachtet hatten, fanden sie eine fast unberührte Vorratskammer. Zu Garfields Erstaunen zögerte

Skadi. »Das darf ich nicht annehmen«, sagte sie leise. Doch der Junge schaltete auf stur. Schließlich hatte er die Kammer entdeckt, also durfte er auch über ihren Inhalt bestimmen. Skadi gab nach, aber sie bestand darauf, ein weiteres seltsames Ritual auszuführen. Sie nannte es »aus den Runen lesen«.

»Von jetzt an müssen wir uns sehr genau überlegen, welche Straße wir einschlagen wollen«, erklärte sie.

»Aber ich dachte, wir wollen nach Berlin?« Garfield war verblüfft. Hatte er denn hier überhaupt nichts mehr zu melden?

»Ich meine die Straße, die uns allen vorbestimmt ist.« Skadi bückte sich und rollte ihren Schlafsack zusammen. »Mach dich fertig.«

Stumm und mit mürrischer Miene packte Garfield seine Sachen. Würde es von nun an immer so seltsam sein?

Sie waren ungefähr eine Stunde gelaufen, als sie an eine Wegkreuzung kamen.

»Hier ist es«, sagte Skadi und kramte einen länglichen Beutel aus ihrem Rucksack. Wieder entfachte sie ein Feuer

»Was soll das Ganze?« Ungeduldig wippte der Junge auf seinen Fußballen. Ihm war kalt, und er wollte weiter.

»Stör mich nicht, dummer Junge.«

Garfield starrte sie an, verletzt und irgendwie wütend. Sie hatte kein Recht, ihn einfach auszuschließen, immerhin waren sie Reisegefährten, das hatte doch was zu bedeuten – oder etwa nicht? Als er noch mit den Schauspielern rumzog, war es nie so gewesen, und dabei hatten die nicht mal seine Sprache gesprochen. Ob es daran lag, dass sie ein Mädchen war? Mädchen waren seltsam, egal aus welcher Ecke der Welt sie kamen. Sollte sie doch. Er hockte sich auf einen Meilenstein, holte den Gameboy aus seiner Tasche und fing an zu daddeln. Mittlerweile war er so gut, dass er sich mit Lichtgeschwindigkeit von Level zu Level bewegte. Allmählich wurde das Ganze eine ziemlich öde Angelegenheit. Zu blöde, dass überall der Strom abgeschaltet war, sonst hätte er sich stundenlang in einem der VR-Läden amüsieren können. So konnte er nur vor den stummen Automaten stehen und so tun als ob, dabei war er für so etwas eigentlich viel zu alt. Das Leben war schon unfair, grübelte er. Früher hatte er nie Geld für die VR-Maschinen gehabt und jetzt, wo niemand mehr da war, der Geld von ihm wollte, standen die Dinger nur unnütz rum. Dabei glaubte er, dass er mittlerweile richtig gut wäre – unschlagbar gut. Mist, Mist Mist!

Vielleicht sollte er einfach schon ein Stückchen vorgehen. Er schaute zu Skadi. Sie sah nicht aus, als würde sie sich so bald von der Stelle rühren. Also drehte er sich um und stapfte hinein in den dicken Winternebel. Vielleicht fände er etwas, was sich als Unterschlupf für die Nacht eignete. Da würde die 'skimo-Tussi schön gucken, wenn er ...

Plötzlich hielt er inne. Vor sich sah er einen anderen Ort, eine andere Zeit, gar nicht so lange her. Er spürte ein kaltes Kribbeln der Angst. Was wäre, wenn sie auch hier wären – versteckt im eintönigen, wabernden Grau –, die »Zombies«, die ihn schon einmal verfolgt hatten? Den Fuß schon umkehrbereit in der Luft, hielt er inne und lauschte – nicht auf keuchenden Atem oder schwere Schritte, nein, auf das Pochen seines Herzens. »Es ist kein Zeichen von Mut, keine Angst zu haben«, hatte ihm Skadi einmal gesagt. Das war, als er sie gefragt hatte, ob sie Angst vor dem Vierfinger gehabt hatte, der sie auf Sklak bringen wollte. Skadi war klug. Er hatte wissen wollen, ob sie alle so klug waren da oben im Norden. Sie hatte gelacht, aber fröhlich hatte sie dabei nicht geklungen.

Der Nebel riss in dicken Fetzen auf und er konnte am Horizont einige Gebäude ausmachen. »Man soll auf das Unbekannte zugehen und nicht vor ihm davonlaufen, doch es ist ratsam, vorsichtig zu sein. Wenn man die Stärke des Eises nicht kennt, muss man es prüfen, ehe man es betritt. Aber wenn man vor ihm ausweicht, kommt man nie auf die andere Seite.« Er schüttelte sich und merkte, wie die Panik von ihm wich. Das sah doch alles richtig gut aus!

Die Runen waren ihre Vertrauten. Doch oft waren sie launische, spitzbübische Trolle, machten sich über sie lustig und gaben ihr Rätsel auf, wenn sie ihren Rat am meisten brauchte. So wie heute. Skadi erinnerte sich, was Åsgård sie über das Orakel gelehrt hatte. »Sei vor allem ehrlich zu dir selbst, sei ehrlich in deinen Fragen, dann sind die Stäbe auch ehrlich zu dir.«

Und nun saß sie schon seit einer Stunde da und starrte auf das Rätsel. Sie spürte die Kälte nicht, für eine Spitzbergenerin war der Winter in Europa wie ein milder Frühlingstag. »Wohin führt mein Weg?«, hatte sie gefragt. Und nun sah sie die Antwort, eine Antwort, die eine Frage war: »Wohin willst du gehen?«, fragte das Orakel. Sie flehte, bat um Erkenntnis und schimpfte. Doch jedes Mal, wenn sie die Runen aufs Neue warf, lautete die Antwort: »Wohin willst du gehen?« Entnervt gab Skadi auf. Was wusste sie schon. Warum hatte Åsgård sie nicht auf so etwas vorbereitet? Es war einfach nicht fair. Oder war es das, was die alte Schamanin gemeint hatte, als sie einmal warnte: »Versuche niemals das Orakel zu betrügen. Es spielt dir sonst boshafte Streiche.« »Lebt ein Troll in den Runen?«, hatte Skadi damals wissen wollen. Åsgård sagte nur: »Die Runen sind die Runen, sie sind unveränderlich. Du bist es, die sich ändert.«

Sie holte den Jungen an der Stadtgrenze ein. Die Gebäude, die Garfield am Horizont ausgemacht hatte, waren die Überreste eines Rangierbahnhofs, und nun benutzten sie die geborstenen Schienen als Wegweiser. Bei den zwei ungleichen Weggefährten hatte sich freudige Erwartung eingestellt: eine neue Stadt, ein neues Ziel und vielleicht ein neues Abenteuer. Ein nettes Abenteuer natürlich, darin stimmten beide überein.

Die Unterwelt

Wiesel hörte ein leises »Plop«, und der Junge, der eben noch neben ihm gelaufen war, sackte unvermittelt zusammen. Er hatte ihn nie richtig kennen gelernt. Alle nannten ihn immer nur Bingo, weil das sein Lieblingswort war. Keiner kannte seinen richtigen Namen, womöglich hatte auch Bingo selbst ihn vergessen. Er hatte ein hageres Gesicht und leicht vorstehende Zähne, doch am bemerkenswertesten waren seine unglaublich strahlend blauen Augen gewesen, die weit aufgerissen in den Himmel starrten, als stünde dort eine Antwort, und die sich nun langsam mit Regen füllten – oder waren es Tränen? Können Tote weinen?

Plötzlich sah es Wiesel ganz deutlich vor sich: Auch er würde sterben, einfach so. Er fühlte sich auf eine seltsame Art erleichtert. Eben noch war Bingo neben ihm gelaufen, hatte ihm aufmunternd zugegrinst, und jetzt war er tot. Er hatte nicht einmal mehr Zeit gehabt, Angst zu haben.

»Komm schon«, Dreisatz zerrte an seinem Arm, »wir müssen weiter.« Ihre Stimme war ganz flach und ihre Augen so weit aufgerissen, dass sie wie zwei weiße Murmeln aussahen.

Die MP im Anschlag, kauerte Sunshine hinter einem umgeworfenen Container, dem Überrest irgendeiner Straßenblockade. Sie sah so ungeheuer mutig und kämpferisch aus, doch Wiesel wusste, dass ihre Munition so gut wie verbraucht war. Sie hatte keine Angst. Seit jenen Wochen im Raumschiff der Fremden war Sunshine jenseits der Angst.

Sie waren voll in die Falle gelaufen. Dabei schien ihr Plan so perfekt. Sie würden das Überraschungsmoment auf ihrer Seite haben. Während die Gruppe um Dreisatz ein Ablenkungsmanöver an dem Kontrollpunkt inszenieren würde, wäre der Rest des Teams längst dabei, den Stützpunkt der Aliens auf dem alten Militärflughafen plattzumachen. Sie hatten sich mit einem VID-Team getroffen, die den Einsatz der Tunnel-Soldaten aufzeichnen und dann ungeschnitten ins Netz einspeisen wollten. Das war vor wenigen Stunden gewesen. Seit Wochen hatten sie die Aktion vorbereitet. Sie würden ein

Zeichen für alle anderen Gruppen setzen und die Regierung von der Ernsthaftigkeit und Entschlossenheit der Tunnel-Soldaten überzeugen – wer auch immer diese Regierung war.

Doch schon früh hatten sich die Vorboten der Katastrophe gezeigt. Die Panzerfäuste taugten einen Scheiß. Ein Wunder, dass sie sich nicht als Erstes selbst in die Luft gesprengt hatten. Nachdem zwei von den Dingern mit der Sprengkraft von Wunderkerzen verpufft waren, flogen die restlichen wie ferngezündet in die Luft und rissen einen manntiefen Krater in den Asphalt – rund hundert Meter vor der Straßensperre der Vierfinger – wirklich ungeheuer wirkungsvoll.

Die Tunnel-Soldaten zogen sich daraufhin erst mal zurück. Doch es war ein Rückzug voller Panik und Verluste. Dass sie in dem Durcheinander den Einstieg zu einem der Tunnel fanden, war mehr als nur Glück. Fast war Sunshine bereit, an ein Wunder zu glauben.

Da hockten sie nun und lauschten besorgt auf die verzerrten Geräusche, die durch die Dunkelheit zu ihnen drangen. Die VID-Leute hatten die Köpfe zusammengesteckt und redeten mit gedämpften Stimmen aufeinander ein. So hatten sie sich den Verlauf ihrer Riesen-Exklusivstory bestimmt nicht vorgestellt. Besonders die schwarzhaarige Frau, Faizul, sah recht ängstlich aus, fand Sunshine. Mitleid verspürte sie allerdings nicht. Die Leute waren schließlich freiwillig mitgekommen, hatten sich den Tunnel-Soldaten förmlich aufgedrängt.

Sunshine hatte schon längst gewusst, dass ein VID-Team in der Stadt war und versuchte Kontakt zu einer der Widerstandsgruppen herzustellen. Sie hatte Käppi vorgeschickt. Käppi mit seinen unschuldigen großen blauen Augen, verwuschelten blonden Haaren und niedlichen Sommersprossen. Der Junge kam durch jede Straßensperre, ab und zu steckte ihm einer von der Bürgerwehr sogar einen Schokoriegel zu. Die standen auf blonde kleine Jungen. Käppi kannte seine Wirkung genau. Ehe er zu den Tunnel-Soldaten gekommen war, hatte er seinen Körper an Pädophile und Schwule verkauft. Manchmal fiel ihm ein, dass er irgendwo in der Stadt noch zwei Schwestern hatte. Seine Eltern waren schon lange tot oder hatten das Weite gesucht, für Käppi gab es da keinen großen Unterschied.

Als Ali, Brad und Faizul zu dem vereinbarten Treffpunkt gekommen waren, hatte Käppi sie erst mal eine halbe Stunde beobachtet. Es amüsierte ihn, wie sie durch die Absperrung gekrochen waren und nun auf den Trümmern des Brandenburger Tors herumkletterten und verstohlen kleine Steinbrocken einsteckten. Touristen, sie waren doch alle gleich. Sunshine hatte gesagt, die drei wären okay – keine linken Regierungstypen oder so, sondern echte Medientypen. Wenn Sunshine etwas sagte, tat man besser daran, es zu glauben. Sie hatte immer Recht und sie wusste alles. Die Vierfinger hatten irgendetwas mit ihrem Kopf angestellt, was sie irgendwie »anders« gemacht hatte. Sie sprach nie darüber, aber das war schon okay, fand Käppi. Er ahnte, dass er es eh nicht kapiert hätte.

Als Ali sich umdrehte, stand Käppi direkt vor ihm, so als wäre er genau in diesem Augenblick aus dem Boden gewachsen, die strahlenden blauen Augen fest auf ihn gerichtet.

»Sie sagt, ihr seid okay.«

»Wer –?«

Ali gab Brad einen Stoß, und er verstummte abrupt. Jetzt nur keinen Fehler machen. Dies war ihre Chance zu beweisen, dass sie auch ohne Erg Alonquin ein hochklassiges VID-Team waren, das dem Sender heiße Storys liefern konnte und hochprozentige Hit-Zahlen einfuhr. »Untergang einer Stadt« hatte gute Quoten gebracht. Faizul fand, ihre Hamburg-Story war eigentlich okay gewesen – bis auf MacMillans unerträglich manieriertes Gesülze. Ali hatte sich schon öfter gefragt, wen sie aus der Chefetage bumste. Als er einmal Brad darauf ansprach, meinte dieser nur lakonisch: »Alle, was dachtest du denn?«

Käppi forderte die drei auf mitzukommen. Er hatte genaue Instruktionen erhalten, wie er vorgehen sollte. »Wenn dir etwas verdächtig vorkommt, brich sofort ab«, hatte Sunshine ihm eingehämmert. »Was meinst du mit verdächtig«, hatte er dumm gefragt. »Na, du weißt schon, dieses Kribbeln, das dir verrät, dass der Freier ’n Bulle ist.« Das hatte er verstanden. »Halt einfach die Augen offen, okay?«

Er sollte Dreisatz und Bingo am zweiten Einstieg treffen. Dort würden den VID-Leuten die Augen verbunden werden – das war die übliche Prozedur.

Die Augenbinden gefielen ihnen überhaupt nicht. Und sie dachten, sie könnten sie ihnen ausreden. Dreisatz machte jedoch kurzen Prozess. Sie hielt der Frau eine Knarre an den Kopf und fragte: »Wer will sich hier noch beschweren?«

Bingo und Käppi unterdrückten schnell ein Grinsen, als sie sahen, wie die drei richtig blass wurden. Hatten die etwa gedacht, die Tunnel-Soldaten wären eine Ansammlung von Erstklässlern? Typisch Dreisatz. Die wusste, wie man am schnellsten zum Ziel kam. Glatter Dreisatz-Sieg.

Sunshine hatte das Hauptquartier der Tunnel-Soldaten vorübergehend verlegt. Sie war zwar durchaus bereit, den Leuten zu trauen, doch sie wusste, wie weit der Feind gehen würde, sie hatte es erlebt.

Wenn Käppi im Zeitplan blieb, musste die Gruppe in fünfzehn Minuten am letzten Checkpunkt sein. Dort würden Wiesel und Danuta warten.

»He, was soll das?«

Brad sprang fast einen Meter in die Höhe, als zwei Hände fachgerecht seinen Körper abtasteten. Vor ungefähr fünf Minuten waren sie plötzlich stehen geblieben – dem Geräusch ihrer Schritte und der abgestandenen Luft nach zu urteilen, befanden sie sich immer noch unter Erde –, er hörte seine Begleiter, oder sollte er sagen »Bewacher«, leise miteinander reden. Worauf warteten sie? Lautlos verfluchte er Ali. Der und seine tollen Kontakte zur Widerstandsbewegung. Was, wenn sie nur einem blöden Kinderstreich aufgesessen waren?

»Ganz ruhig«, murmelte eine unbekannte Stimme, »wollen nur auf Nummer sicher gehen, dass ihr uns kein Ungeziefer einschleppt.«

»Was?«

Die Stimme gehörte Ali. Also wurde er auch abgetastet. Brad fühlte sich schon etwas besser. Geteiltes Leid und so weiter.

»Hast du die Kamera schon gecheckt?«

»He, Hände weg von dem Equipment!«

Das war Faizul.

»Ruhe da. Wir wissen, was wir tun.« Das klang nach der Rothaarigen mit der Waffe.

»Danuta, ist die Frau sauber?«

»Alles okay.«

»Gut. Gehen wir.«

Die unbekannte Stimme schien in der Rangordnung am höchsten zu stehen, es gab keine Widerworte von den anderen, und Brad wurde mit einem kleinen Schubs wieder in Bewegung gesetzt.

Endlich, er hatte längst jedes Zeitgefühl verloren, hielten sie erneut an. Dann wurde ihm die Augenbinde abgenommen. Blinzelnd versuchte er seine Umgebung zu erkennen.

Sie befanden sich in einer Art Lagerraum. Bis unter die Decke reichende, unter dem Gewicht ihrer Last sich durchbiegende Regale, dicht mit staubigen, vergilbten Akten und Manuskripten bepackt – irgendein Archiv. In die senkrechten Spalten zwischen den Regalen waren stark rußende Fackeln geklemmt. Mein Gott, was taten diese Kinder hier? Der Ort war eine einzige Feuerfalle!

Faizul stand mit besorgter Miene neben ihm, während sich Ali ganz ruhig mit dem Jungen mit dem albernen Baseballcap unterhielt – seinem Kontaktmann.

»Hältst du das hier immer noch für so eine gute Idee?«, wisperte Faizul in sein Ohr.

»Haben wir jetzt noch die Wahl?« Brad zuckte die Schultern. Wollte sie etwa, dass er ihr versicherte, alles sei in Ordnung? Das konnte er beim besten Willen nicht. Er hatte schon manchmal den Verdacht gehabt, dass die kleine Faizul in ihm ihren edlen Ritter sah. Unter anderen Umständen wäre das recht schmeichelhaft gewesen und er hätte so eine Gelegenheit sicher nicht ungenutzt verstreichen lassen.

»Also, ihr wollt uns berühmt machen.« Eine spöttische, abgeklärte Stimme – klar und unheimlich selbstbewusst drang sie aus dem Schatten des Gewölbes. »Oder ist es vielleicht anders herum, wir machen euch berühmt, hm?«

Sunshine kam auf die Gruppe zugeschlendert. Im Vorbeigehen klatschte sie mit Käppi und Danuta hoch-fünf ab. Sie wollte für die VID-Typen ein Zeichen setzten: Die Tunnel-Soldaten dachten wie ein Gehirn, funktionierten wie ein Körper und zusammen waren sie einfach unschlagbar.

»Ich denke, dies hier wird ein Deal auf Gegenseitigkeit.«

Brad trat vor. Die Verhandlungen waren soeben eröffnet worden. Er musterte die junge Frau, die jetzt langsam auf ihn zukam. Vermutlich sechzehn oder siebzehn Jahre alt, schwer zu sagen. Da war etwas in ihren Augen, das er schon einmal gesehen hatte: bei Überlebenden einer Katastrophe.

»Du stellst Bedingungen, VID-Mann?« Sie grinste ihn anerkennend an. Sunshine schätzte einen starken Gegner.

»Exklusivrechte heißt das Zauberwort.« Brad erwiderte das Grinsen.

»Gut«, sie nickte, »aber ich persönlich gebe frei, was ihr ins Netz speisen könnt.«

»Das kommt überhaupt nicht in Frage.« Faizul konnte sich nicht länger zurückhalten. »Ich bin die Producerin der Show, und ich entscheide, was gesendet wird.«

»Und wir machen die Show, und deshalb entscheide ich.«

»He«, Faizul wollte gerade Luft holen und loslegen – von dieser überheblichen Punkerin ließ sie sich doch nichts sagen –, als Brad sie anstieß.

»Überlass das mir.« Er wandte sich an Sunshine. »Was genau bezweckt ihr mit eurer Aktion? Nein, sag nichts, lass mich raten. Ihr wollt ernst genommen werden, ihr wollt ein Zeichen setzen, und ihr wollt nicht länger als wahnsinnige, menschenverachtende Terroristen bezeichnet werden. Stimmt's?«

Sunshine und die anderen nickten zustimmend. Auf dem Gesicht von Sunshine zeichnete sich Verstehen und Anerkennung ab.

»Dachte ich's mir.« Gut, das war schon mal ein Fortschritt. »Sehen wir es mal so: Ihr seid im Widerstandsgeschäft, wir sind im Mediengeschäft. Ich rede euch nicht rein und ihr uns nicht. Wenn ich euch jetzt sage, dass wir genau wissen, wie man eine gute Story macht und wie man sie am besten unter die Leute bringt, so glaubt ihr uns das, und zwar einfach weil das unser Job ist und wir wissen, was wir tun. Und würdet ihr etwas anderes glauben, wären wir jetzt nicht hier.«

Das war vermutlich die längste Rede, die Brad je aus dem Stegreif gehalten hatte, und er fand, dass er seine Sache recht gut gemacht hatte. Sunshine fand das auch. Sie sah die Tunnel-Soldaten abwartend an. Die nickten zustimmend. Brad und Ali sahen es – beide atmeten tief durch.

»Das sind die Regeln: Ihr dürft bei unserer Aktion dabei sein, könnt alles aufzeichnen, doch wenn ich sage ›lauft‹, dann lauft ihr, und wenn ich sage ›springt‹, dann springt ihr. Kein Gerede, kein ›nur noch diesen einen Shot‹. Sind wir uns einig?«

Die drei sahen sich an und nickten ihr Einverständnis. Wie Brad schon gesagt hatte, die Wahl hatten sie längst nicht mehr.

»Ich würd gern ein paar Kurzporträts von euch allen machen.« Jetzt war Faizul mitten in der Arbeit. »Ali, könntest du –«

»Ich brauche mehr Licht.« Die übliche alte Beschwerde des Kameramannes.

»Ich will aber diese Authentizität.«

Faizul fand, dass sie jetzt furchtbar überspannt klang, und sie hasste sich dafür. Und sie hasste sich noch mehr, als sie sah, wie ein kleines Lächeln in Brads Mundwinkeln aufzuckte. Und dann wurde sie auch noch wütend auf sich. Wann würde sie endlich aufhören, wie ein verliebter Teenie auf jede seiner Reaktionen zu achten? Sie wusste, würde sie jetzt den Mund aufmachen, würde sie zu allem Überfluss dumm daherreden und womöglich über eben diese dummen Worte stolpern. Welches blöde Programm lief da bloß in ihr ab? Für einen kurzen Moment trafen sich ihre Blicke. Ja, toll, jetzt las er womöglich noch ihre Gedanken.

»Nimm den Lichtverstärker«, schlug Brad vor. »Die Körnung fliegt in der digitalen Nachbearbeitung eh raus.«

»Danke für den Hinweis, Boss.«

Faizul lachte laut auf. Was wäre der Job ohne Brads und Alis kleine Wortgefechte?

Und dann wurde es auf einmal ernst. Auf ein Zeichen ihrer Anführerin griffen die Tunnel-Soldaten zu ihren Waffen. Worte waren jetzt nicht mehr nötig, zu oft schon waren sie in dieser Situation gewesen: den letzten Minuten vor einem Einsatz. In loser Formation tauchten sie in die Unterwelt Berlins ab. Das VID-Team folgte zögernd, aber als sie merkten, dass sie dabei waren, den Anschluss an die Gruppe zu verlieren, passten sie ihre Schritte denen der Tunnel-Soldaten an.

Faizul spürte, wie ihr Herz bis zum Hals schlug – ihr war übel. »Das ist nur die Dunkelheit und die schlechte Luft«, redete sie sich gut zu, sie würde doch jetzt nicht schlappmachen, wo die größte Story ihrer Laufbahn direkt vor ihr lag.

Doch erst mal lagen die verrosteten Schienen der U-Bahn vor ihnen. Die Gruppe bestieg eine Draisine, und von da an näherten sie sich ihrem Ziel viel schneller, als Faizul lieb war. Als sie unterhalb des Pladelu waren, stiegen sie aus und gingen durch einen der zahlreichen Geheimtunnel weiter.

Am Ausstiegspunkt verteilte Sunshine die Ohrstöpsel. Jetzt konnten sie sich nur noch durch Zeichen verständigen. Ein eher symbolischer Schutz gegen das »Stumme Dröhnen«, jene Schwingungen im Infraschallbereich, die den Puls beschleunigten, Angstzustände erzeugten und nach einer gewissen Zeit zum Kollaps führten. Sie hatten ungefähr hundert Sekunden Zeit, ehe die Vibrationswellen ihre Körperzellen zerstören würden. Hundert Sekunden, um das Schiff der verfluchten Vierfinger zu sprengen.

Doch sie kamen gar nicht erst auf das Flugfeld. Eine Straßensperre der Stadtmiliz und schlechtes Material sollten ihnen zum Verhängnis werden. Dreisatz hatte keine Chance, ihre Show abzuziehen. Hilflos musste sie mit ansehen, wie die Tunnel-Soldaten ins Kreuzfeuer genommen wurden. Sunshine signalisierte »Rückzug«, und vergeblich nach Deckung suchend hetzten sie durch die Straßen. Johlend und schießend folgte ihnen die Miliz, so viel Spaß hatten die schon lange nicht mehr gehabt. Auf echte, blutende, schreiende, bewegliche Ziele zu ballern, dafür machten sie schließlich den Job.

Und dann wurde Bingo getroffen. Dreisatz sah, wie der Hacker-Typ sich über ihn beugte. »Komm schon«, sie zerrte an seinem Arm, »wir müssen weiter.«

Doch wohin sollten sie sich wenden? Bingo hatte sie vorhin erst durch ein Abrisshaus geführt und durch einen versteckten Einstieg in dessen Hinterhof in den Untergrund. Bingo konnte sämtliche Einstiege zu U-Bahnschächten, Kanalisation und Geheimtunneln der Stadt wie eine Landkarte vor seinem inneren Auge abrufen. Doch nun war Bingo tot.

»Was sollen wir nur tun?« Danuta klang zaghaft und vorwurfsvoll zugleich.

Sunshine fuhr zusammen. Für einen kurzen Augenblick war sie versucht, »Was fragt ihr mich?« zu schreien, doch der Augenblick verging. Sie war verantwortlich, sie traf die Entscheidungen.

»Sie wissen, dass wir hier sind. Wir haben jetzt zwei Möglichkeiten«, Sunshine hob die Hand und zählte ab, »keine von beiden ist besonders gut, und ich möchte, dass ihr euch genau überlegt, was ihr als Nächstes tun wollt.«

Die Tunnel-Soldaten starrten sie überrascht an. Sie sollten entscheiden? Aus den Augenwinkeln sah Sunshine, wie die Kamera die Gruppe abfuhr. Genau, heute Nacht würde in Berlin Geschichte geschrieben werden.

»Sie wissen, dass wir hier sind, und uns auszuräuchern wird diesen Typen ein Festessen sein. Endlich können sie einmal ihre Daseinsberechtigung demonstrieren, indem sie ein paar Kinder abschlachten.«

Brad gab Ali ein Zeichen, auf Sunshines Gesicht zu zoomen. Er war beeindruckt, die Punkerin hatte die Rhetorik eines altgedienten Politikers und den Fanatismus eines wahren Gläubigen. Selbst er war in dieser Minute bereit, ihr alles zu glauben und ihr überallhin zu folgen – sogar bis auf das schwer bewachte Areal des Tempelhofer Flugplatzes.

»Was werden wir also tun? Abwarten, bis sie kommen?«

»Nein!«, brüllte die Gruppe.

»Oder gehen wir wieder raus und machen sie fertig?«

»Ja!«

Vergessen war die Angst. Die Tunnel-Soldaten waren bereit.

Diesmal wählten sie eine andere Taktik. Dicht an den Boden gepresst, krochen sie zu den alten Hangars. Dicke, vor sich hin rostende Rollen NATO-Draht konnten sie genauso wenig aufhalten wie die trägen Suchscheinwerfer, die regelmäßig die Dunkelheit durchstachen. Sie verständigten sich nur durch Handzeichen. Sunshine hoffte, dass die Miliz nicht mit einem zweiten Angriff in der gleichen Nacht rechnete.

Plötzlich wurde Dreisatz von den rotierenden Scheinwerfern erfasst. Die Augen in Panik aufgerissen, stand sie regungslos da. Ali schlug ihr hart in die Kniekehlen, und sie ging zu Boden. Doch zu spät. Schrille Sirenen gellten über das Flugfeld, klickend sprangen hunderte gleißender Scheinwerfer an. Von den Hangars näherte sich eine Meute Milizjeeps und schnitten den Rückzug ab. Jetzt blieb ihnen nur noch ein Weg offen.

»Wir greifen an. Vorwärts, Tunnel-Soldaten. Tod den Vierfings!«

»Tod den Vierfings!«

Adrenalingeladen stürmten sie vorwärts. Da vorne stand das Raumschiff der Aliens, ihr Angriffsziel. Viel zu schnell wurden seine bedrohlichen Umrisse größer. Und dann waren sie in Angriffsreichweite und feuerten alles, was ihnen verblieben war, auf den Feind ab.

Das Schiff war riesig. Der Anblick traf Sunshine physisch, wie ein Faustschlag, nahm ihr für einen Augenblick den Atem. Ihr wurde auf einmal bewusst, dass sie es in ihren Erinnerungen kleingedacht hatte.

Wie durch einen Zoom sah sie jede Einzelheit: das tiefe Schwarz der äußeren Hülle; die ausgefransten, verschmorten Ränder des Hitzeschildes; die versenkten Waffenschächte, die sich nur allzu bald öffnen würden, um ihre tödlichen Geschütze auf die lächerlich kleine Gruppe zu richten; die untere Einstiegsluke, die sich soeben nach oben schob, und die Rampe, die sich auf das Flugfeld senkte.

Sie wussten, dass sie da war. Und sie würden kommen, um sie zu holen, um zu beenden, was sie damals begonnen hatten. Sie hatten etwas mit ihrem Kopf gemacht damals in dem Raumschiff. Es gab viele Begriffe für Schmerzen. Sie hatte es verdrängt, ignoriert, nicht wahrhaben wollen – sie waren in ihrem Kopf gewesen und sie hatten mit ihren Instrumenten in ihren Gedanken gestochert. Und jetzt war sie für immer ein Teil von denen, und es gab nichts, was sie dagegen tun konnte, und das war schlimmer als Schmerzen.

Sie würden kommen, sie zu holen. Sie würden sie alle holen. Alles war zu Ende, alles war vergeblich, sie hatten versagt. Die Tunnel-Soldaten waren fertig. Da sah sie Dreisatz – sie rannte direkt auf das Schiff zu.

Dreisatz rannte. Sie legte ihre ganze Seele in diesen Lauf. Eine Stimme schrie laut und völlig rau vom vielen Schreien: »Tu's nicht, tu's nicht, tu's nicht!« Sie konnte nicht ausmachen, ob es Sunshine war, die sie aufhalten wollte, oder ob die Stimme in ihrem Kopf war. Es spielte auch gar keine Rolle mehr, sie hatte sich längst entschieden.

Das Gewicht der Handgranaten und des Sprengstoffs zog sie nach unten, die Beine wurden ihr schwer. Das Klatschen ihrer Badelatschen auf dem rissigen Beton klang, als würde sie durch tiefen, zähen Teer laufen, so als würde das Flugfeld versuchen, sie in sich einzusaugen. Doch das würde sie nicht zulassen. Sie hatte ein Ziel.

Dreisatz lief wie in einer Zeitblase. Um sie herum bewegten sich alle so schnell – ihre Freunde, der Feind, sie waren verwischte Schemen –, sie konnte sie kaum noch erkennen. Irgendwo sagte jemand etwas unglaublich Kluges: »Das ist die Wirkung des Stummen Dröhnens. Deine Zeit ist fast abgelaufen.« Es war eine Stimme, die sie sehr gut kannte, ihre eigene.

Und dann war sie da, lief die Rampe zum Mutterschiff hoch, konnte die offene Luftschleuse nur schemenhaft erkennen. Sie spürte Feuchtigkeit auf ihrem Gesicht, das war das Blut, das aus ihrer Nase und ihren Augen tropfte. Dreisatz machte sich nicht die Mühe, es fortzuwischen. Flauschiges blaues Frottee lag immer auf dem Court für sie bereit, um sich den Schweiß von Gesicht und Händen zu wischen. Ihre Hand war ganz ruhig: Matchball – sie holte tief Luft und zog die Handgranate ab.

»So ist es wohl, wenn man ein Held ist«, dachte sie noch – ein bisschen stolz und auch ein bisschen eitel. Dann verging alles in einem riesigen Feuerball – das Schiff und der letzte Funke ihres Bewusstseins.

Der große Crash

Es war genau so gekommen, wie alle es seit vielen Jahren vorhergesagt hatten – Futurologen, Ökonomen und Cyber-Gurus: Das große Beben legte Tokyo in Schutt und Asche und mit ihm die Weltwirtschaft. Doch nicht nur die Börsen crashten, auch das völlig überlastete Internet brach zusammen. Beides war gewissen Parteien nur recht. Den Aliens, weil sich so eine bessere Basis für ihre Art der Geschäftemacherei bot, und den Regierungen, weil das unkontrollierbare www nicht mehr existierte. Und mit dem Internet auch die lästigen Hacker verschwunden waren – so dachten sie zumindest.

Die Privilegierten bauten sich ihr eigenes Kreditsystem und ihr eigenes Netzwerk auf, der Rest der Menschheit besann sich auf den Tauschhandel. Erstaunlicherweise funktionierten beide Systeme recht gut.

Neu in der Stadt

Am Mittag des gleichen Tages: Die Stadt haute Skadi um. Von Hamburg hatte sie ja nicht viel zu sehen bekommen, nur Schneeregen, Wasser, wieder Regen und überall nur dieses Grau. Doch Berlin – für diesen Anblick war sie nach Europa gekommen.

Bevor sie ins Zentrum konnten, wurden sie an einer Straßensperre aufgehalten. Keck gab sie den Blick der finster auftretenden Bürgerwehr zurück und zog mit strahlendem Lächeln ihren »Freie Bürgerin von Svalbard«-Ausweis hervor. Vergeblich versuchte der Junge sie zu bremsen, er hatte schließlich seine Erfahrungen mit den Behörden gemacht.

»Grund des Besuchs?«

»Ferien.«

Ein irritiertes Blinzeln, ein erneuter Blick auf ihren Ausweis.

»Und der Junge?«

»Mein kleiner Bruder, ist noch minderjährig.« Lässig und unglaublich selbstbewusst klang das aus ihrem Mund. Garfield stockte der Atem. Minderjährig, das bedeutete nach nordländischem Recht, er brauchte noch keinen eigenen Ausweis. Das hatte Skadi ihm vorher erklärt.

»Weitergehen.«

Geschafft. Skadi war ja so cool. Innerlich hüpfte er, als er an ihrer Seite durch die Absperrung ging.

»So, jetzt werden wir erst mal ausgiebig essen, und dann suchen wir uns eine Unterkunft.« Skadi war voller Tatendrang.

Essen und Unterkunft – das klang gut, fand Garfield, der selbst nach Jahren der Wanderschaft den geregelten Tagesablauf seiner Kindheit vermisste. Baden, Zähneputzen, zu Bett gehen und unter der Decke noch ein halbes Stündchen in den Comix schmökern – wie lange war das her? Was seine Leute wohl gerade machten, diese Frage erlaubte er sich allerdings nicht, zu sehr fürchtete er sich vor der Erkenntnis, dass ihn die Eltern im Stich gelassen hatten. Garfield spielte seit Jahren ein Spiel, in dem er der Held in einem großen

Abenteuer war, und wenn er keine Lust mehr zum Spielen hatte, würde er ganz einfach nach Hause gehen.

»Hier, das sieht ganz gut aus«, riss Skadi ihn aus seinen Gedanken.

Er war schon eine ganze Weile neben ihr hergelaufen, ohne auf die Umgebung zu achten. »Hardy's Gasthaus – fünf Liter frei« stand auf dem handgeschriebenen Schild, das in einem Fenster auf Straßenniveau hing.

Sie stießen die schwere Eingangstür des Mietshauses auf – der übliche Gestank aus Rattenkot, vergammelten Essensresten und Urin empfing sie. Skadi hielt den Atem an und klopfte energisch an die Wohnungstür, die ihrer Meinung nach zu »Hardy's Gasthaus« gehören musste. Von drinnen waren schleifende Geräusche zu hören, dann wurde eine Sichtklappe geöffnet und gleich darauf wieder zugeschlagen. Skadi und Garfield sahen sich ratlos an.

»Habt ihr Tausche?«

»Wer will das wissen?« So leicht würde sich Skadi nicht von einem dieser Städter austricksen lassen.

Hinter der Tür war ein Kichern zu hören. Dann wurden zahlreiche gut geölte Schlösser gedreht und Riegel zurückgeschoben. Die Tür öffnete sich einen Spaltbreit und etwas, das wie eine futuristische Waffe aussah, wurde bedrohlich auf sie gerichtet. Garfield schluckte. Da hatte die 'skimo-Tussi ja wieder was Schönes angerichtet.

»Zum Jruße, Sternenreisende«, sagte eine Stimme aus dem Dunkel des engen Flures. »Wie lautet die Losung?«

»Ist noch ein Zimmer frei?«

»Tretet ein, tretet ein.«

Die Tür schwang jetzt weit auf, die seltsame Waffe hingegen blieb stur auf sie gerichtet. Skadi beschloss, diesen Umstand erst mal zu ignorieren, winkte Garfield und trat ein. Ein mechanisches Klicken. Der Junge fuhr wieder zusammen, doch außer dass ein trübes Licht aufglomm, passierte nichts weiter. Jetzt konnten sie ihr Gegenüber erkennen.

Der Mann trug eine Uniform, wie Skadi sie noch nie gesehen hatte: eine abgetragene rote Jacke, weiß abgesetzt am Kragen und an den Ärmeln, mit seltsamen Rangabzeichen, dazu enge schwarze Hosen und hohe Stiefel aus rissigem, altem Leder – echtem Tierleder, wohlgemerkt.

»Wow, echt cool! Captain Kirk!« Garfield erkannte einen Helden, wenn er ihm gegenüberstand.

»He, hab' ick's doch jeahnt. Ihr zwee beeden seid jenau die richtjen Jäste für die Suite.«

Die Waffe verschwand und stattdessen wurden sie von einer trüben Stablampe angeleuchtet.

»Ihr seid wohl nich von hier, wa?«

»Auf der Durchreise«, antwortete der Junge wichtigtuerisch.

Der Mann stieß eine weitere Tür auf. »Die Suite. Nur für besondre Jäste.« Er kniff ein Auge zusammen und gab Garfield einen kleinen Knuff.

»Na ja.« Skadi stellte ihren Rucksack ab, schaltete ihre Sturmlampe an und sah sich in der muffigen Kammer prüfend um. Sie meinte das Trappeln kleiner Nagetierfüße zu hören. Wenn das hier das beste Zimmer in Hardy's Gasthaus war, dann wollte sie die anderen gar nicht erst sehen. »Fünf Liter frei –« Sie drehte sich zu dem Mann um. »Gemeint ist doch wohl Klasse zwei?«

»In dieser Jejend könnta froh sein, wenna Klasse fümf bekommt.« Der Mann warf Skadi ein Tütchen mit einigen gelblichen Kügelchen zu. »Damit machta aus Brauchwasser Klasse sechs super Klasse eins Trinkwasser. Bekommt ihr dazu. Ick bin heute in Jeberlaune.« Ein weiteres Blinzeln und Knuffen an Garfields Adresse folgte. »Hab da hinten 'n echt coolet Modell der alten NCC 1701, willste ma sehn?«

»Später«, entschied Skadi. »Was ist die Tausche für, sagen wir, zwei Tage?«

»Du bist 'ne echte 'skimo, wa? Wir wär's mit'n bisschen Pulver – sagen wa vier Gramm?«

Skadi lachte laut auf. Für wie dumm hielt sie der Mann? Für vier Gramm, sofern sie es besäße, könnte sie das ganze Haus eintauschen. Sie griff in ihren Rucksack und zog zwei Konservendosen hervor.

»Schildkrötensuppe und Labskaus«, las sie die verkratzten Etiketten vor. »Beide noch nicht abgelaufen.«

»Schildkrötensuppe – det soll man essen?« Der Mann klang abfällig, doch Skadi entdeckte einen gierigen kleinen Speichelfaden an seinem Kinn. »Und Labskaus. Woher weeß ick, dass de mir keen Hundefutter andrehn wills?«

»Weißt du nicht«, beschied Skadi kühl. »Aber das ist mein Angebot.«

»Na jut.« Die Dosen wurden Skadi blitzartig aus den Händen gerissen. Sie unterdrückte ein Grinsen. Wichtig bei einer Tausche war, dass beide Seiten in dem Glauben blieben, ein gutes Geschäft gemacht zu haben.

Sie beschlossen, sich vor Einbruch der Dunkelheit etwas in der Stadt umzusehen. Skadi entschied, dass sie ihre Sachen mitnehmen sollten. Sie traute dem Mann in der komischen Uniform nicht.

Zwei Querstraßen von »Hardy's Gasthaus« waren sie mitten im Leben. Hier ging es ähnlich laut und bunt zu wie in Hamburgs Hafenviertel. Garfield rannte von einem fliegenden Händler zum nächsten, überwältigt von dem reichhaltigen Warenangebot und voll dem Konsumrausch erlegen. Hektisch kramte er in seiner Golftasche nach Tausche – er hatte ein Computerspiel entdeckt, das er noch nicht kannte. Der Verkäufer war ein alter Mann, der sich sichtlich schwer von seinem Besitz trennte. Garfield und er tauschten lange, abschätzende Blicke.

»Was soll das sein?«, tastete sich der Junge an das Objekt seiner Begierde heran. »Sieht irgendwie ziemlich einfach aus.«

»In der Einfachheit liegt die Würde«, sagte der Mann schlicht. »Es ist Schach, das Spiel der Könige. Bist du es wert, ein König zu sein, mein Junge?«

»He, Skadi, kuck dir das hier an«, krähte Garfield. »Kennst du ein Spiel, das Schach heißt?«

»Nimm es«, beschied Skadi. »Es wird dich lehren, nicht immer so unüberlegt vorwärts zu stürmen.«

»Wer ist hier unüberlegt?«, murrte Garfield, der bereits seine Tausche vor dem alten Mann ausbreitete. Dieser entschied sich nach gründlichem Nachdenken für ein Paar gefütterte Handschuhe und einen Dosenöffner.

Inzwischen war die trübe Sonne fast untergegangen. Es wurde merklich kälter, und die Händler packten eilig ihre Waren zusammen. Berlin bei Nacht war kein Ort, an dem man auf offener Straße verweilen wollte.

»Komm, es wird dunkel, wir müssen zurück«, drängte Skadi.

»Es gibt noch so viel zu sehen. Können wir nicht noch bleiben?«, bettelte er.

Das hörte ein Rikscкafahrer, der die Menschenmenge auf der Suche nach potentiellen Kunden absuchte.

»Berlins Straßen in der Abenddämmerung«, lockte er die beiden. »Die Sehenswürdigkeiten des Ost-Marktes in nur einer Stunde.«

»Au ja.« Garfield war begeistert. »Können wir, Skadi? Nur eine Stunde, bitte!«

Skadi beugte sich zu ihm hinunter und flüsterte in sein Ohr: »Hast du nicht seine Augen gesehen?«

Garfield starrte sie verdutzt an.

»Na, sieh doch.«

Verstohlen warf er dem Mann einen Blick zu. Dieser stand mit verschränkten Armen und selbstsicherem Grinsen vor seinem Gefährt. Er war sich seiner neuen Kunden ganz sicher.

»Er schielt, meinst du das?«

»Ein schlechtes Omen«, sagte Skadi ernst. »Sei klug und steig nicht ein.«

Doch Garfield war bereits übermütig in die Rikscha gesprungen. »Kommst du? Das wird bestimmt lustig.«

Wider besseres Wissen folgte sie ihm. Sie wusste, keine zehn Schlittenhunde konnten den Jungen jetzt noch von seinem Vorhaben abbringen. Und sie fragte sich nicht zum ersten Mal, wie sie so leicht in die Rolle der großen Schwester hatte schlüpfen können.

Zuerst schien nichts Skadis Befürchtungen zu bestätigen: Der Rikschamann fuhr die üblichen Sehenswürdigkeiten ab – er umkreiste den großen Bahnhofsplatz, dann ging es an einem Gebäude vorbei, das wie ein abgebrochener Backenzahn aussah, doch schon bald darauf schlug er sich in dunkle Seitenstraßen und verlassene Gässchen. Skadi hatte auch den Eindruck, als würde er das Tempo tüchtig erhöhen.

»He!« Sie lehnte sich vor und schlug dem Fahrer auf den Rücken. »Wir wollen umkehren, sofort.«

Die Rikschamann trat nur noch verbissener in die Pedale und legte an Tempo zu. Skadi überlegte, ob sie abspringen sollten, doch das würde vermutlich bedeuten, dass sie ein Großteil ihrer Habseligkeiten zurücklassen mussten.

Plötzlich schwenkte die Rikscha in eine Toreinfahrt. Das Tempo verlangsamte sich, dann standen sie still. Garfield machte protestierend den Mund auf, doch die Worte bleiben ihm im Halse stecken, als sie von einer Gruppe Vermummter umringt wurden. Straßenräuber! Sie waren fiesen, gemeinen Straßenräubern in die Hände gefallen. Hätte er doch nur auf Skadi gehört, jetzt würde er alles verlieren. Hilfe suchend sah er sich nach seiner Reisegefährtin um, aber die war längst aus dem Fahrzeug gesprungen und tänzelte kämpferisch und zu allem bereit – er konnte die Messerklinge in ihrer Faust aufblitzen sehen – auf die Bande zu.

Die lachten und spotteten – bis Blut floss –, dann rannten sie nur noch. Die 'skimo-Tussi hatte es wieder geschafft! Garfield legte den Kopf in den Nacken und stieß ein triumphierendes Wolfsgeheul aus. Dann verstummte er abrupt und warf Skadi einen schrägen Blick zu. War sie böse auf ihn? Schließlich hatte er ihnen den Schlamassel eingebrockt. Doch die junge Frau war damit beschäftigt, die Klinge ihres Häutemessers zu reinigen. Ohne aufzusehen, sagte sie nur: »Das nächste Mal hörst du auf mich, verstanden?«

Garfield konnte nur nicken und kleinlaut »ja, ich hab verstanden« murmeln.

Sie versuchten, den Weg zurückzuverfolgen, doch sie waren noch keine drei Straßen weit gelaufen, da hatten sie sich auch schon hoffnungslos verfranzt.

Sie mussten wohl Stunden gelaufen sein, die Gegend sah immer verlassener aus. Zu verlassen. Eine nervenkratzende Spannung schien in der Nacht zu liegen. Aus einer der Parallelstraßen drang das Geräusch quietschender Reifen, laute Schreie folgten. Instinktiv zog Skadi den Jungen in den Eingang eines Abbruchhauses. Jetzt nur nicht auffallen!

»Wo sind wir bloß?«, flüsterte Garfield verzagt.

»Wir können nur warten, bis es wieder hell wird. Gut, dass wir unsere Sachen dabei haben.«

»Ich hab Hunger.«

»Ich auch.« Die wütenden Schreie setzten wieder ein. Motoren jaulten auf. »Psst. Jetzt sei leise.«

Zwei, nein, drei Jeeps der Miliz jagten laut hupend an ihnen vorbei. Dann – Stille.

Zuerst sahen sie die Explosion. Ein greller Lichtschein von unechtem Neon-Blaugrün, dann folgte die Erschütterung. Der Asphalt schien sich unter ihren Füßen zu krümmen, kam in einer Welle auf sie zugerollt.

»Lauf, lauf, lauf«, schrie Skadi und dann warf sie der Druck auch schon zu Boden.

Ein unirdisches Heulen war zu hören, als sich das Vakuum wieder mit Luft füllte. Ein eisenharter Regenschauer aus Trümmern folgte. Es war, als hätte die Stadt beschlossen, genau in dieser Sekunde, an diesem Ort, auseinander zu fallen. Skadi presste ihre Fäuste auf die Ohren und rollte sich zusammen. Explosionen, Feuer, Schreie und Rauch – so waren ihre Eltern gestorben. War es auch ihr vorbestimmt, so zu enden? Skadi spürte, wie tief in ihr ein Schluchzen aufstieg.

Dann, sie wusste nicht, wie viel Zeit vergangen war, rüttelte sie eine energische Hand an der Schulter.

»He, 'skimo, willst du hier übernachten?«

Sie sah auf. Die Stadt war noch da – irgendwie. Doch alles sah verändert aus. Ehemals zugemauerte Eingänge waren jetzt freigelegt. Es war Garfield, der unter all dem Schutt den Einstieg zur U-Bahnstation entdeckte. Wie passend, dachte Skadi, als sie ihm folgte, schließlich hatte ihr gemeinsames Abenteuer in einem anderen Tunnel, in einer anderen Stadt, in einer anderen Zeit, seinen Ausgang genommen.

Brot und Spiele

Takaheshi Sakamotos gänzlich unerwartete Ankunft auf Freezone sorgte für eine Menge Tratsch unter Künstlern und Möchtegerns. Vor Jahren war er einer der großzügigsten Mäzene der Clique um Rashala gewesen. Er war es, der die berühmten klingenden Skulpturen in Auftrag gegeben hatte. Was hatte seine Rückkehr zu bedeuten? Wollte er das künstlerische Milieu auf Freezone erneut beleben?

Kahia berichtete Pierce genüsslich von der ganzen Aufregung. Für sie waren die Bewohner der Kolonie an der Nordflanke bizarre, exotische Wesen. Exaltiert in ihrem Auftreten und maßlos in ihrer Eitelkeit.

»So sind sie eben.« Pierce zuckte mit den Schultern. Wie kam es nur, dass Kahia manchmal so schrecklich reif wirkte und dann wieder so naiv war? Er hatte gehört, dass Tonia ebenfalls auf der Hazienda eingetroffen war. Sehr gut, dann würde wohl bald Jason mit Geschenken aufkreuzen.

Doc hingegen hörte Kahias treffenden Beschreibungen amüsiert zu. Sie erinnerten ihn an die Zeit, als er noch aktiv in der SF-Szene war und mit anderen Autoren in stilvollem Zynismus über die korrupte Literaturszene in ihrem Land abgelästert hatte. Überhaupt genoss er die Tage auf Pierce' romantisch verfallenem Hausboot. Es war so einfach, auf der Veranda zu sitzen, in den Sonnenuntergang zu schauen und Joints durchzuziehen. Pierce hatte ihm ein altes Powerbook zur Benutzung angeboten. Doch wollte er wirklich wieder mit dem Schreiben anfangen? Noch vermisste er es nicht, dieses High, das sich einstellte, wenn die Sätze aus seinem Kopf über die Schnittstelle Tastatur zu Charakteren mit Gesichtern und Emotionen, zu Welten und zu Geschichten wurden.

Pierce war ihm ein Rätsel. Woran lag es, dass sich dieser intelligente Mann gezielt und anscheinend völlig sinnlos mit diesen Alien-Drogen zuknallte? Doc erinnerte sich, dass er ihn vor Jahren auf irgendeiner Hollywood-Party getroffen hatte. Ihn und seinen jüngeren Bruder Blue. Blue war eine seltene Erscheinung in diesem Jahrhundert voller Mittelmäßigkeiten und billigen Imitatoren mit

Stimmimplantaten. Blue war einzigartig, seine Stimme und sein Gespür für gute Songs und Rock-Lyrics. Niemand konnte Zerrissenheit, Einsamkeit und Sehnsucht nach Liebe so beschreiben wie er. Damals schien es, als könnten die Runners nur einen Hit nach dem anderen produzieren. Doch kurze Zeit später stieg Pierce aus der Band aus, ihr Label wurde aufgekauft, und der Abstieg begann. Doc bedauerte diese Entwicklung sehr. Seit er damals Blue und Pierce getroffen hatte, betrachtete er sich als Fan der Combo. Ob Pierce gegenüber der Musik die gleichen Gefühle hegte wie er zum Schreiben?

»Takaheshi will ein Festival veranstalten«, sagte Kahia. »Einen Event, der live ins World Net gehen soll.«

Pierce blinzelte in die Sonne. Er fühlte sich auf eine angenehme Art träge. Er hatte einen guten Preis für den Schrott bekommen, den Doc in seinem Dinghi gehabt hatte, und sein Dealer hatte ihn großzügig versorgt. Es war sogar genug übrig geblieben, um eine gebrauchte Navigationsanlage für das Boot und einen fast neuen Rebreather für sich zu besorgen.

Kahia stand jetzt hinter ihm, und er spürte ihre Brüste an seinem Rücken. Langsam strichen seine Hände an ihren Oberschenkeln auf und ab. Sie presste sich fester an ihn, stellte sich auf die Zehen und blies ihren warmen Atem in sein Ohr. Er nahm ihre Hand, grinste Doc zu und ging mit ihr zu seinem SunCo-Boot.

Später: Kahias tiefe, regelmäßige Atemzüge hatten eine fast hypnotische Wirkung. Dicht an ihn gedrückt lag sie neben ihm auf der Koje. Sie war eine zärtliche und einfallsreiche Geliebte, und in diesem Augenblick liebte er sie ganz aufrichtig.

Pierce dachte an nichts, ließ sich einfach treiben. Da hörte er es: Blue. Sein kleiner Bruder rief nach ihm. Ihre telepathische Telefonverbindung, laut und deutlich war sie in seinem Kopf. Blue war in der Nähe. Er war auf Freezone.

Vorsichtig löste er sich von Kahia und setzte sich auf. Ihm schwirrte der Kopf. Wie konnte das geschehen? Wusste Blue denn nicht, dass er noch nicht bereit war, ihn wieder zu sehen? Er lauschte in sich hinein: Die Stimme war verstummt. Hatte er sich das Ganze nur eingebildet, war es nur ein drogenbedingter Flashback? Erleichtert ließ er sich zurücksinken. So musste es sein. Blue durfte einfach nicht hier sein, er passte nicht hierher in dieses seltsame Universum. Doch irgendwann würde sein kleiner Bruder vor ihm stehen und seine Schulden einfordern.

Am nächsten Abend kam Jason vorbei. Wie immer brachte er Geschenke mit, weißes Pulver und mehrere Glasphiolen mit Sklak-Derivat.

»Sie ist unruhig.«

»Sie« war Tonia Sakamoto. In Jasons zweidimensionaler Welt drehte sich fast alles um das Wohlbefinden seiner Arbeitgeberin.

»Dann musst du sie dir eben mal so richtig vornehmen«, grinste Pierce.

Jasons angewiderte Miene ließ ihn laut auflachen. Das Leben konnte einem schon seltsame Streiche spielen. Als er neu auf Freezone war, stand Tonia Sakamoto eines Nachts in der Mainframe-Bar vor ihm. Sie hatte sich toll herausgeputzt: zwei Bodyguards und enger schwarzer Lack, durch den sich ihr Intimschmuck abzeichnete. Pierce verabscheute Frauen, die sich Löcher in ihre Körper stanzen ließen.

»Du bist Pierce, der Drummer der Runners.« Sie war völlig zugedröhnt, ihre Aussprache undeutlich, aber ihr Ton duldete keinen Widerspruch.

»Irrtum, Schätzchen.« Er grinste sie an, ohne sie wahrzunehmen. Frauen wie sie ignorierte man, oder man vögelte sie erst und ignorierte sie anschließend. Eine weitere Option gab es nicht, es sei denn, man wollte viel Ärger. Das hatte er bereits nach dem ersten Hit der Runners gelernt.

Sie blinzelte irritiert. Dann lachte sie auf. »Ich verstehe, du bist Pierce, der Ex-Drummer der Runners.«

»Wenn du meinst.«

Pierce langweilte das Gespräch, und er gab sich keine Mühe, es zu verbergen. Er entdeckte einen Bekannten am anderen Ende der Bar und ließ die Frau stehen.

»Du kennst Tonia Sakamoto?« Ennis war beeindruckt.

»Wen?«

»Du hast doch eben mit ihr geredet.«

Pierce hatte die Frau in dem Augenblick vergessen, als sie sich aus seinem Sichtfeld entfernt hatte.

»Sie lebt oben auf der Hazienda. Sie ist die Nichte von Takaheshi Sakamoto.«

Ennis klang wichtig, als er seine banalen Informationen vor ihm ausbreitete.

»Ich habe übrigens genau das Richtige für dich gefunden. Du hast doch von Mahubs kleinem Problem gehört?«

Noch mehr Belanglosigkeiten. Pierce nickte abwesend. Mahub hatte Schulden bei seinem Dealer gehabt, hohe Schulden, und seit zwei Wochen war er verschwunden.

»Gestern hat ihn Lillith gefunden.«

Ennis holte tief Luft. Pierce wusste, jetzt kam die Pointe.

»Es sieht so aus, als hätte er sich eine Überdosis von diesem neuen Alien-Stoff verpasst. Wer hätte gedacht, dass er wirklich pleite war und nicht nur so tat?«

»Das Leben steckt eben voller Überraschungen«, meinte Pierce philosophisch.

»Eben. Und das Gute ist, ich habe erst vor einer Woche die Hypothek für sein Hausboot günstig erworben. Deinem neuen Heim.«

»Glaub nicht, dass ich den vollen Preis zahle.«

»He, he, hab ich jemals versucht, dich zu übervorteilen?«

»Ich kann kaum noch zählen, wie oft.«

»Ja, aber du bist mir doch immer draufgekommen.«

»Und deshalb zählt es nicht, was?«

»He, wir sind doch Freunde.« Er hob die Stimme und winkte dem Barkeeper. »Noch eine Runde für mich und meinen Freund, den weltbesten Schatztaucher.«

Eine bange Schrecksekunde lang fürchtete er, Ennis würde »weltbesten Drummer« sagen. Hier auf Freezone wusste niemand, wer er mal gewesen war, und das sollte auch so bleiben.

Das Hausboot war ein guter Kauf gewesen. Ungefähr ein Jahr später hatte Ennis versucht, den Falschen reinzulegen. Fischer fanden ihn eines Morgens mit durchgeschnittener Kehle am Westpier. Pierce vermisste den kleinen Gauner irgendwie.

»Ich geh jetzt wohl besser.« Unschlüssig federte Jason auf seinen Fußballen. »Die rothaarige Schlampe ist wohl noch nicht abgereist?« Das klang gleichzeitig boshaft, hoffnungsvoll und resigniert.

»Kahia geht es gut, danke«, sagte Pierce amüsiert.

»Na, dann.« Wie immer kündigte Jason seinen Aufbruch an, um sich dann begeistert auf ein neues Thema zu werfen. »Wann fährst du wieder raus?«

»Weiß ich noch nicht.«

»Du hast sicher schon von dem Festival gehört –«

»Wer nicht?« Pierce gähnte und raffte sich dann zu einem halbwegs höflichen »Warum fragst du?« auf.

»Vielleicht solltest du mal mit dem Alten reden. Kann sein, dass er einen Job für dich hat.«

Bei Pierce schrillten sämtliche Alarmglocken. Was konnte der alte Sakamoto von ihm wollen? Reichte es nicht, dass dieses Miststück von Nichte die Runners abgeschossen hatte? Oh ja, Pierce hatte schon bald herausgefunden, wer Tonia Sakamoto war. Und er wünschte, er wäre damals in der Bar wenigstens genauso zugedröhnt gewesen wie sie. Dann hätte er ihr vermutlich mit Freuden den Hals umgedreht.

»... für die Stage-Show.«

»Was?«

»Du hast mir überhaupt nicht zugehört.« Jason sah ihn vorwurfsvoll an.

»Und wenn schon –« Pierce trat an das Geländer seiner Veranda und pisste ins Wasser.

»Der alte Mann hat sich in den Kopf gesetzt, die Leopards, von denen du mal erzählt hast, hochzuholen, und ...«, Jason bemühte sich tapfer, das laute Plätschern zu ignorieren, »da dachte ich, dass du ...«

»Den Reichen soll man ihre Launen lassen, sofern sie bereit sind, einen anständigen Preis dafür zu zahlen. Das war schon immer meine Devise.« Pierce wechselte fließend von gelangweilter Arsch zu Geschäftsmann. »Was will Sakamoto denn für die Panzer abdrücken?«

»Er will die Dinger, alles klar?«

»Alles klar.« Pierce klatschte mit ihm hoch-fünf ab.

»Ich geh dann mal ...«

»Schätze, ich komme in den nächsten Tagen mal vorbei.«

Pierce drehte sich um und ging über die Laufplanke zu seinem

Boot. Er wollte ganz in Ruhe durchrechnen, wie viel er dem Alten für die verrotteten Panzer abnehmen konnte. Wenn alles gut lief, würde ihn dieses Geschäft über den Winter bringen. Zwar gab es auf Freezone keine Jahreszeiten, aber Pierce dachte gerne in stehenden Begriffen. Wenn nur endlich diese Stimme in seinem Kopf verstummen würde, dann wäre alles bestens – die Stimme seines kleinen Bruders, der seine Schulden einforderte.

In der toten Stadt

»Wo sind wir hier?« Skadi leuchtete mit ihrer Sturmlampe gekachelte Wände ab.

»Hier, hier steht's.« Aufgeregt deutete Garfield auf ein weißes Schild mit schwarzer Schrift. Er wischte den Dreck ab und las laut vor: »Platz der Luftbrücke.«

»Wir können genauso gut bis morgen früh hier bleiben«, entschied Skadi. Sie fegte einige zerknüllte Zeitungen und Blechdosen von einer Bank und rollte ihren Schlafsack aus.

Garfield, der fand, dass er einiges wieder gutzumachen hatte, suchte Holz für ein Feuer zusammen. Auf sein Abendessen würde er wohl heute verzichten müssen. Dabei knurrte sein Magen unüberhörbar. Er fragte sich, was es wohl in »Hardy's Gasthaus« gegeben hätte. Kohlsuppe, versuchte er sich zu trösten.

Doch Skadi hatte ein Herz. Als das Feuer richtig brannte, machte sie eine von ihren Spezialsuppen. Was bedeutete: Alles, was ihr unter die Hände kam, ob Gemüse- und Fleischkonserven oder Dauerbrot, landete in einem Topf und wurde gut durchgekocht. So hatte es schon ihre Großmutter gehalten. Dabei konnte es allerdings schon mal passieren, dass sie bei der Bestimmung des Inhaltes Obst und Gemüse durcheinander brachte. Aber was konnte man von einer 'skimo-Tussi schon anderes erwarten, dachte Garfield, der sich mittlerweile an das manchmal seltsame Aroma von Skadis Eintöpfen gewöhnt hatte.

Dann, gesättigt und müde von den Aufregungen des vergangenen Tages, rollte sich Garfield unter seinen Decken zusammen.

»Meinst du, wir sind hier sicher?«, fragte er noch.

»So sicher wie überall«, lautete Skadis Antwort. Womit sie gleichzeitig Recht und Unrecht haben sollte.

Sunshine schaffte es, die Gruppe zusammenzuhalten, bis sie den Eingang zur Pladelu-Station erreicht hatten. »Jetzt nur noch überleben«, das war alles, woran sie dachte. Zeit zum Trauern würde es später geben. Dreisatz und Bingo waren tot, und Danuta, die immer fröhliche Danuta, war so schwer verletzt, dass sie nicht mehr aus eigener Kraft laufen konnte. Ali und Wiesel schleiften ihren blutenden, bewusstlosen Körper die Stufen hinunter.

Da sahen sie es: den flackernden Schein eines herunterbrennenden Lagerfeuers. Sie stolperten, so abrupt verhielten sie ihre Schritte.

Skadi war sofort wach und griff nach ihrem Messer, noch ehe sie die Augen geöffnet hatte.

»Keine Bewegung.« Sunshine drückte der in einen dicken Kokon eingerollten Person ihre MP an den Kopf. »Sonst muss ich dich erschießen.«

»Mit leerem Magazin? Ich bin wirklich beeindruckt!«

Skadi steckte das Messer wieder ein und rollte sich auf die Seite. Sie hatte an diesem Tag schon genug Aufregungen gehabt, um sich von ein paar Kindern um ihre Nachtruhe bringen zu lassen.

»Verstehst du etwas von Schusswaffen – Schusswunden?«, verbesserte sich Sunshine.

Skadi öffnete widerwillig die Augen. »Warum willst du das wissen?«

»Ich kenn dich doch«, behauptete eine männliche Stimme. Eine Taschenlampe wurde auf Skadi gerichtet und leuchtete ihr in die Augen.

»Das glaube ich nicht. Sonst wärst du nicht so unhöflich.«

»'tschuldigung.« Die Lampe wurde ausgeknipst. »Wir brauchen wirklich deine Hilfe, jede Hilfe – bitte.«

Plötzlich roch sie es, süß, scharf und stechend zugleich und voll böser Erinnerungen: Blut. Skadi setzte sich auf. Dies war keine Zeit für Spielchen und gekränkte Eitelkeiten.

»Da drüben«, sagte Sunshine nur. Und diese zwei Worte waren zugleich Ausdruck ihrer Hilflosigkeit.

»Wir brauchen mehr Licht.« Skadi beugte sich über das bewusstlose Mädchen. »Gib mir mal die Lampe.«

Sie fühlte Danutas Puls, legte ihre Hand an die kalte, blasse Wange und leuchtete in die weit geöffneten Augen. Die Pupillen reagierten nicht. Das war keine Bewusstlosigkeit, das war ein Koma, hervorgerufen durch Schock und hohen Blutverlust. Sie spürte die angstvollen Blicke der Gruppe, sah die irrationale Hoffnung in ihren Mienen.

»Sie muss unbedingt warm gehalten werden«, sagte sie daher, wohl wissend, dass Wärme das Mädchen auch nicht retten würde. Doch während die anderen losgingen, um mehr Holz für das Feuer zu sammeln, konnte sie wenigstens versuchen, die Blutungen zu stillen. Allerdings hatte Skadi solche Verletzungen schon zu oft gesehen, um nicht zu wissen, dass sie tödlich waren. Da konnte nicht mal mehr ein studierter Arzt etwas ausrichten.

Zwei Stunden später war Danuta tot. Erst Bingo, dann Dreisatz und jetzt sie, dieses Mädchen, zwölf oder dreizehn Jahre alt – Sunshine fühlte sich schuldig, nicht weil Danuta tot war, sondern weil sie sie nie richtig kennen gelernt hatte. Sie spürte, wie Tränen über ihr Gesicht liefen, ein komisches Kribbeln, dazu eine Enge im Hals – sie hatte vergessen, wie Weinen sich anfühlte. Hatte es sich nicht erlaubt seit jenen Monaten in dem Schiff. Nur keine Schwäche zeigen.

Die schwarzhaarige Frau weinte auch. Nicht um Danuta oder die anderen, sie weinte um sich. Sunshine spürte die wohlvertraute Wut in sich aufsteigen, jene Wut, aus der sie ihre Stärke gewann. Die Stärke, die sie jetzt brauchte, um die Tunnel-Soldaten aus diesem Schlamassel herauszubringen.

»Sei still«, fuhr sie Faizul an. »Ich muss nachdenken.«

Skadi fing ihren Blick auf – ein stummer Austausch verwandter Seelen. Das seltsame Mädchen mit den hohen Wangenknochen und den schrägen Augen war an dem gleichen Ort gewesen wie Sunshine. Kein Raumschiff der Vierfinger vermutlich, nur ein weiterer Ort des Verlustes, des Terrors und des Schmerzes.

Sie bedeckten Danuta mit vergilbten Zeitungen. Da hatten sie nun alle Geschichte schreiben wollen – doch um welchen Preis, dachte Brad. Er setzte sich zu Faizul und Ali. Faizul weinte jetzt lautlos und warf Sunshine, die sich mit dem fremden Mädchen unterhielt, verstohlene Blicke zu. Sie sah völlig fertig aus, fand Brad.

Ali beugte sich zu ihm und fragte mit gesenkter Stimme: »Was nun?«

Brad zuckte die Schultern, dann sagte er mit einem schiefen Grinsen: »Duck and cover. Darin haben wir beide doch Übung.«

Wir beide, ja, sagte Alis Miene, doch was ist mit ihr?

Brad legte Faizul leicht die Hand auf die Schulter. »Hältst du noch durch?«

Sie sah ihn dankbar an und nickte – nicht sehr überzeugend. Er stand auf und ging zu den Tunnel-Soldaten. Er fand, es war an der Zeit, für die Zukunft zu planen – sofern sie alle noch eine Zukunft hatten.

»... in die Seitentunnel«, sagte Sunshine gerade. »Sie werden bestimmt bald kommen.«

»Und da ist es sicher?«

»Die ganze Stadt ist von Tunneln durchzogen, die auf keinem Plan verzeichnet sind.«

Warum das so war, wusste Sunshine auch nicht, und Bingo, der Einzige, den sie hätte fragen können – »Du musst dich zusammenreißen«, sagte sie sich immer wieder – sagten Wiesels Blicke. Er wusste, wie ihr zumute war, und konnte doch so gar nichts für sie tun, außer da zu sein. Aber ob das genug war? Für ihn war nie jemand so richtig *da* gewesen, bis er Sunshine getroffen hatte.

Skadi fragte gar nicht erst, warum sie mitkommen sollten. Sie wusste, mit welch irrationaler und tödlicher Logik Organisationen wie die Miliz vorgingen. Wer da zur falschen Zeit am falschen Ort war, hatte eben Pech gehabt. Und der Junge und sie waren definitiv am falschen Ort und in der falschen Gesellschaft. Allerdings hatte Skadi auf einmal das starke Gefühl, irgendwie zu dieser Gruppe dazuzugehören. Sie war sich noch nicht im Klaren, ob sie das eigentlich wollte, aber später wäre immer noch Zeit, die Runen zu befragen.

Sie weckte Garfield, der die Aufregungen der letzten Stunden verschlafen hatte und nun die Tunnel-Soldaten und das VID-Team mit großen Augen bestaunte.

»Euch kenn ich doch.« Er zeigte auf Ali und Brad. »Ihr habt uns gefilmt.«

Skadi erinnerte sich – wie lange war das her? Hamburg, das riesige Raumschiff der Vierfinger, die verbrannten Leichen. Da wusste sie es auf einmal!

»Ihr seid diese Terroristen, ihr ...«

»Wir sind Freiheitskämpfer«, sagte Käppi mit Stolz in der Stimme. »Wir befreien die Erde von den außerirdischen Invasoren.«

Das klang nun wirklich wie aus einem dieser billigen Invasions-Filme aus den fünfziger Jahren, fand Brad, doch er hörte auch die tiefe Überzeugung in diesen Worten.

»Diese mordsmäßige Explosion vorhin, wart ihr das?«, fragte Garfield.

Käppi nickte. »Haben das Schiff der verdammten Vierfings in die Luft gejagt.«

»Boa!«

»Ich hasse die Aliens auch«, sagte Skadi schlicht.

Sunshine tauschte einen Blick des Verständnisses mit ihr, sie wusste, dass sich mehr hinter diesen Worten verbarg. Aber sie wusste auch, dass Skadi noch nicht bereit war, eine Entscheidung zu treffen.

»Los, los. Gehen wir.«

Sunshine musste sich zwingen, nicht noch einen abschließenden Blick auf den Körper zu werfen, der einmal Danuta gewesen war. Keine Vorwürfe, keine Selbstanklage, sie alle kannten das Risiko. Entschlossen ging sie voran und führte die Gruppe in den Geheimtunnel.

Die Nacht war längst vorbei. Sie hatten abwechselnd gewacht und geschlafen. Faizul fror. Es war nasskalt und dunkel in den Tunneln. Sunshine hatte nicht erlaubt, dass Feuer gemacht wurde. Doch es war sowieso die Angst und die Ungewissheit, die Faizul zum Frieren brachte. Brad schlief. Er hatte seinen Arm um sie gelegt, und sie merkte, dass es ihr gefiel, sehr sogar. Bisher war er immer so unerreichbar für sie gewesen – der Starreporter von Kanal 7. Na ja, sie waren nicht bei World-Net-News, doch mit dieser Story konnten sie alles erreichen – wenn sie die nächsten Stunden überlebten.

Der Junge, der Wiesel genannt wurde, saß neben Sunshine und redete ernsthaft auf sie ein. Hoffentlich diskutierten sie darüber, wie sie alle heil aus der Sache herauskommen konnten. Sie mussten doch wissen, dass der Anschlag auf den Stützpunkt nicht ohne Folgen bleiben würde, oder? Gott, das waren fast noch Kinder. Faizul sah zu Ali. Er war wach und erwiderte ihren Blick, und sie erkannte in ihm das Spiegelbild ihrer eigenen Besorgnis. Und dann schlief sie irgendwann doch noch ein.

Wiesel hatte sich in der Nacht davongeschlichen. Er wollte zurück zur Basis, um seinen *Cyber*3 zu holen. Sunshine erklärte ihn für verrückt. Doch er hatte sich nicht davon abbringen lassen. Die ganze

Nacht redeten sie sich die Köpfe heiß, wie sie das Wissen aus dem Netz nutzen sollten.

»Wir müssen erst mal heil aus der Stadt rauskommen«, sagte Sunshine pragmatisch. »Vorher können wir überhaupt nichts entscheiden.«

»Du willst doch nicht aufgegeben?«

»Komm zu dir, Mann. Wir haben immerhin ein Raumschiff der Vierfings gesprengt. Glaubst du ernsthaft, dass ich jetzt aufgeben will?«

Er schüttelte den Kopf. Es war Sunshines Kampf, doch er gehörte zu Sunshine – so einfach war das. Und nun tastete er sich durch den dunklen Tunnel und lauschte angestrengt auf jedes Geräusch. Und Geräusche hörte er viele: das Rascheln und Quieken von Ratten und anderen Tunnel-Bewohnern, das Echo seiner Schritte und seines Atems, irgendwo tropfte Wasser, und dann war da noch ein lautes, hämmerndes Klopfen. Erstarrt blieb er stehen. War die Miliz mit schwerem Gerät angerückt und grub sich ihren Weg durch die Tunnel? Doch es war nur das Pochen seines Herzens. Wiesel kicherte nervös. Weit war es mit ihm gekommen, wenn er sich schon vor seinem eigenen Schatten fürchtete. Bewusst fester auftretend, ging er weiter und sang aus voller Kehle einen Song seiner Lieblingsband – »Running Nowhere«.

»No love to give,
Since you've left me behind.
No worlds to share.
Searchin' and dreaming
And running nowhere.«

Leichtsinnig und albern, genau, das war er, dachte Wiesel und verstummte abrupt. Doch da war nur das bekannte Plätschern, Rascheln und Quieken. Leise ging er weiter. Er musste jetzt unmittelbar vor der Pladelu-Station sein. Konnte er es wagen, hier nach oben zu gehen? Besser nicht. Er schaltete kurz die Taschenlampe an, um sich umzusehen – Sunshine hatte ihm eingeschärft, sparsam mit der Batterie zu sein –, und tastete sich dann wieder im Dunkeln voran. In seinem Kopf sang er den Runners-Song weiter. Er hatte erfahren, dass er die Band nur um wenige Tage verpasst hatte. Sie waren in einem Club in der Stadt aufgetreten und, nachdem es gewaltigen Ärger mit ein paar Neo-Punks gegeben hatte, spurlos verschwunden. Irgendwie fand er es beruhigend, dass selbst jemand wie Blue nicht gegen die Seltsamkeiten des Universums gefeit war. Wiesel wiederholte den Satz laut, er hatte ihn einmal vom Raben gehört. »Was bedeutet das?«, hatte er gefragt. Der Rabe, der zu den raren Exemplaren gehörte, die Fragen beantworteten, sagte: »Es heißt, dass du dich nirgends verstecken kannst, wenn es Scheiße regnet.« Wiesel, der genau wusste, wovon der Rabe sprach, hatte zustimmend genickt.

Im Morgengrauen wurden sie von Sunshine geweckt. Faizul schrak hoch, als sich ihr eine Hand auf den Mund legte. Sunshine legte den Finger an die Lippen und bedeutete ihr, still zu sein. Faizul nickte, die Augen weit aufgerissen und hellwach. Die Hand wurde weggenommen.

Die anderen waren bereits wach. Die Tunnel-Soldaten machten sich abmarschbereit. Brad und Ali versuchten den Com-Link zu installieren, und dann war da noch das Mädchen aus Spitzbergen mit dem vorlauten Jungen. Anscheinend hatte sie einige Entscheidungen verschlafen. Sie ging zu Brad und Ali.

»Habt ihr die Daten von letzter Nacht schon überspielt?«, flüsterte sie.

Ali schüttelte den Kopf. »Wir werden von irgendwas abgeblockt. Die Trägerwelle bricht immer zusammen, kurz nachdem wie sie initiiert haben.«

»Vielleicht die Tunnelwände?«, mutmaßte Faizul.

»Das haben wir alles schon durchgerechnet. Es muss was anderes sein.« Brad zuckte ratlos mit den Schultern

»Was gibt's?« Sunshine deutete auf die Com-Link-Anlage. »Könnt ihr die Daten nicht rausschicken?«

Er erklärte ihr das Problem.

»Wir verschwinden sofort«, beschied Sunshine daraufhin. »Ich habe kein gutes Gefühl.«

»Ich könnte noch mal das –« Ali wollte eine neue Frequenz suchen.

»Nichts da. Sofort einpacken.« Sie drehte sich zu Skadi um. »Seid ihr dabei?«

»Wir kommen mit. Ob wir dabei sind, entscheiden wir später.«

Sie waren noch keine hundert Meter gegangen, als sie es hörten: Männer, viele Männer, kamen ihnen aus der Richtung der alten U-Bahnstation entgegen. Die Miliz hatte ihren Fluchtweg gefunden.

Sunshine signalisierte »sofort umkehren«. Nur Skadi war nahe genug, um die Besorgnis in ihrem Gesicht zu erkennen.

»Was können sie tun?«, fragte sie. »Haben sie Suchhunde?«

»Was für Hunde?« Sunshine starrte sie perplex an.

»Schon gut, vergiss es. Können sie uns hier drinnen entdecken?«

»Infrarot. Sie haben Infrarotdetektoren. Aber ob sie die dabei haben …« Sunshine zuckte die Schultern. »Sie werden wohl einfach Gas einleiten. Ist sicherer und geht schneller.«

Sie sprach mit einem Gleichmut, den sie nicht empfand. Doch was konnten sie schon tun, als immer weiter in die Tunnel einzudringen? Nachdem sie an zwei Abzweigungen vorbeigekommen und die dritte einige hundert Meter hineingegangen waren, ließ Sunshine die Gruppe anhalten. Sie konnten es einfach nicht riskieren, noch weiter in die Tunnel vorzudringen, da sie ohne Bingo nicht mehr herausfinden würden.

»Du«, sie zeigte auf Käppi, »und Jamila, ihr geht bis zur letzten Abzweigung. Sobald ihr was hört, sagt ihr Bescheid, alles klar?« Sie klatschten hoch-fünf ab.

»Wie lange wollen wir hier bleiben?« Brad setzte den Com-Link ab. »Ich würd gern noch mal den Transfer versuchen. Vielleicht ist der Block jetzt weg.«

»Mach, was du willst. Kann wohl nicht schaden.« Sie war mit ihren Gedanken woanders. Ob Wiesel noch rausgekommen war? Oder war er der Miliz direkt in die Arme gelaufen? So oder so, Hilfe konnten sie von ihm wohl kaum erwarten. Und überhaupt, wie sollte er sie in diesem Tunnelgewirr finden?

»Ich bin drin«, sagte Brad plötzlich, und einen Augenblick später meinte er verwundert: »Sie haben unseren Zugangscode gesperrt, ich komme nur in die Mailbox.«

»Lass sehen.« Ali beugte sich über die LED-Anzeige. »Was soll das jetzt?«

»Ich glaube, man hat uns gerade den Job gekündigt«, meinte Brad lässig. Und dann: »Scheiße, ich weiß auch warum!«

»McMillan seit zehn Stunden vermisst ...«, las Ali vor.

»Unser Star ist verschwunden?« Faizul machte große Augen. »Und deshalb haben sie uns gefeuert?«

»Ich weiß auch nicht, was da abläuft.« Brad loggte sich aus dem Com-Link aus. »Aber so wie ich das sehe, sind wir jetzt Freelancer.« Er klang unbeschwert, doch Faizul sah die Besorgnis in seinen Augen. Ohne die Rückendeckung des Senders waren sie genauso vogelfreie Terroristen wie die Tunnel-Soldaten.

»Wir haben immer noch unsere Story.« Faizul bemühte sich, aufmunternd zu klingen.

»Wie sieht's aus, könnt ihr ein Signal nach draußen schicken?«, fragte Sunshine.

»Ich weiß es einfach nicht.« Ali, der Techniker der Crew, klang ungewöhnlich kleinlaut.

»Denkst du an was Bestimmtes?«

»Wiesel hat einen *Cyber3*, wenn er ...« Sie brach ab, wenn er was? Ein Wunder in Cyberwonderland?

»Er hat was?« Brad glaubte, er hätte sich verhört. Aber andererseits, warum nicht, wenn einer diesen legendären Rechner hatte, dann diese Kinder. »Hast du seinen Com-Link-Code?«

»Schick es einfach ins www, wenn er noch lebt, wird er's kriegen.«

»Das www ist seit vier Jahren unten, was soll das?« Ali fühlte sich gerade ziemlich verarscht.

»Tu es einfach«, sagte Sunshine. »Er wird's schon kriegen, frag mich nicht wie. Sag ihm einfach, wo wir sind.«

Schritte, jemand rannte. Es war Jamila, gefolgt von Käppi. »Sie kommen, sie kommen. Sie tragen so komische Masken – Käppi hat's auch gesehen.«

»Gas! Nichts wie weg!«

Sie rannten los. Zuerst hörten sie die Stimmen ihrer Verfolger näher kommen – krächzende Befehle über Walkie-Talkies erteilt –, deren Echos hohl von Tunneln erwidert wurden. Bald wurden die Stimmen immer leiser, um schließlich ganz zu verstummen.

Keuchend hielten sie inne und lauschten in die Dunkelheit. Stille. Hatten sie es tatsächlich geschafft? Vor ihnen lag eine weitere Abzweigung. Wild flackerte das Licht von Skadis Sturmlampe über poröse und verrußte Wände. Ab und zu streifte der Lichtfinger seltsame Graffitos und Markierungen, waren es Wegweiser? Sunshine wünschte es sich so sehr. Unsicher sah sie sich um. Wohin nur? Bingo, ihr Führer durch die Tunnelwelt, war tot. Und doch waren die Tunnel ihre Rettung gewesen, sollten sie nun zu ihrer Falle werden? Sie spürte die erwartungsvollen Blicke der Gruppe auf sich. Sie, die Anführerin, musste doch wissen, wie es weiterging, oder?

Ein leises Fiepsen ließ die Gruppe zusammenfahren. Es schien von Brad zu kommen. Der klappte verwundert sein Com-Link-Gerät auf. Auf dem Display war ein froschgrüner Blimp zu sehen. Dann lief eine Schrift über den unteren Rand: »youtthiswayouthiswayouthiswayoutth«.

Sunshine lachte hysterisch vor Erleichterung. Das war so ganz Wiesel. Er hatte es geschafft – er und sein *Cyber*3!

Und dann hatte sie das Tageslicht wieder. Blinzelnd standen sie auf einem schuttübersäten Platz. Der Regen war vom Wind verweht worden und die Luft roch nach Ozon. Oben auf der Erde war das Leben weitergegangen. Es hatte ein Gewitter gegeben, Menschen hatten gelacht und geweint, und irgendwo war ein Stückchen Freiheit erkämpft worden.

Etwas wurde vom Wind gegen Garfields Beine gedrückt. Gedankenlos bückte er sich. Es war ein knallbuntes Flugblatt. Er kannte den Schriftzug. »Heute im Neuen Tempodrom – William Shakespeares *Romeo und Julia*«. Sie waren in der Stadt – konnte das ein Zufall sein? Garfield lachte und konnte überhaupt nicht mehr aufhören. Und dann lachten sie alle. Ja, das Leben ging hier oben wirklich weiter.

Fahrendes Volk

Den ganzen Abend hatte Luciu schon unter vier Augen mit Carlotta reden wollen. Sie mussten eine Entscheidung treffen, und diesmal würden sie nicht auf Tante Clara-Susanna Della Rosa hören, sollte sie wieder einmal anderer Meinung sein. In Hamburg hatten sie zwei Truhen mit Kostümen an die Flut verloren, nur weil sie zu lange mit der Abreise gewartet hatten. Den Jungen hatten sie auch verloren, doch Luciu war sicher, eines Tages würden sich ihre Wege wieder kreuzen.

Carlotta war vor zwei Monaten zu der Truppe gestoßen. Sie war in einem anderen Leben Tänzerin in einem Striplokal gewesen, doch das hatte sie nur Luciu erzählt. Alfredo und Paolo waren von Carlotta begeistert. Tante Clara-Susanna, wie konnte es anders sein, hasste sie. Doch seit Carlotta bei ihnen war, hatten sie nach langer Zeit wieder mehr zahlendes Publikum. Und dem hatte selbst die Tante nichts entgegenzusetzen.

Er hatte beim Zelt von dem Wettbewerb gehört. Sie waren erst vor drei Tagen in die Stadt gekommen, und Alfredo und Paolo waren zum Direktor gegangen, um die Gebühr für ihren Auftritt auszuhandeln. Luciu stand auf dem leeren Vorplatz und fröstelte, eigentlich hatte er nicht viel mehr zu tun, als auf die Ausrüstung zu achten. Diebe gab es überall, auch unter dem fahrenden Volk, und der viel gepriesene Ehrenkodex galt schon längst nicht mehr. Deshalb griff er automatisch zu seinem Springmesser, als ihn eine Stimme aus der nebligen Dämmerung unverhofft ansprach.

»Ho, ho. Luciu. Du willst doch einen alten, na ja, Saufkumpanen nicht einfach aufschlitzen!«

»Barbo, bist du das – warum drückst du dich da im Gebüsch rum?«

»Ich schulde dem Direktor noch Geld, oder einen Auftritt. Hab mich noch nicht, na ja, entschieden, ob ich bleiben oder gehen soll.«

Ein untersetzter Mann mit einem breiten, zahnlückigen Grinsen trat ins flackernde Licht der Reklametafel »Komming Attraktions« und schlug Luciu freundschaftlich auf den Rücken.

Barbo war Feuerschlucker und Dompteur. Doch eines Nachts hatte jemand – selbst ernannte Tierfreunde vermutlich – die Käfige geöffnet, und seine Löwen waren fortgelaufen. Barbo sorgte sich sehr um »seine Kleinen« – wie sollten sie in Freiheit an ihre Soja-Steaks kommen? Eines Tages würden ein paar Verrückte eine Treibjagd auf sie veranstalten, und er würde es nicht einmal erfahren, weil er gerade unterwegs war.

»Und, wie geht es der, na ja, Royal Shakespeare Company?«

»Theater Truppe«, verbesserte Luciu milde. »Wir schlagen uns durch.«

»Tun wir das nicht alle?«, erwiderte Barbo philosophisch. »Habt ihr ein Engagement im Zelt?«

»Sie verhandeln noch.« Luciu zuckte mit den Schultern. »Der Direktor will jedes Mal mehr. Alle wollen sie immer mehr, und dabei wissen wir kaum, wie wir die nächsten Monate über die Runden kommen sollen.« Luciu merkte, dass er jammerte, und verstummte abrupt. Was hatte es für einen Sinn, den gutmütigen Barbo voll zu quatschen?

»Und wie geht es der werten Tante, immer noch so, na ja, durchgedreht wie ein Sack voller Springmäuse?«

»Schlimmer.«

»Ja, ja so ist das wohl.« Barbo trat unschlüssig von einem Fuß auf den anderen. Es musste doch eine Möglichkeit geben, wie er den Freunden helfen konnte. Warum war er nur immer so langsam im Denken? »Warum kommt ihr nicht nachher auf ein Schlückchen bei mir vorbei?«, sagte er schließlich. »Ich hab mein, na ja, Quartier bei der Witwe des Boxers aufgeschlagen.«

»Der Witwe des Boxers, hm?« Luciu lachte. »Wärmst du ihr immer noch das Bett?«

Barbo errötete und starrte zu Boden. »Man tut, was man kann.«

»He, schon gut, Mann«, Luciu schlug ihm freundschaftlich auf den Rücken, »und danke für die Einladung.«

Die Forderungen des Direktors waren so unverschämt gewesen, wie sie befürchtet hatten. Dennoch hatte Alfredo von übermorgen an gerechnet für eine Woche abgeschlossen. Damit blieben ihnen zwei Tage, um ihre Handzettel in der Stadt zu verteilen.

Am gleichen Abend noch waren er und Carlotta zu Barbo und der Witwe des Boxers gegangen. Ein seltsames Paar waren die beiden schon – der robuste, gutmütige Feuerschlucker und sie so klein und zart, als könnte sie bereits ein leichter Windstoß umpusten, und doch voller Energie. Die Witwe des Boxers – ihr Name war Susi, doch in der Öffentlichkeit kannte man sie als Madame Esmeralda, die berühmte Wahrsagerin mit zufriedenen Klienten auf – man bedenke – sechs Kontinenten. Natürlich hatte Madame Esmeralda nie ihre zierlichen Füße auf das Schelfeis von Antarctica gesetzt, doch wer würde es wagen, das Gegenteil zu behaupten?

»Wir haben diese Anzeige gesehen«, sagte Susi und winkte Barbo. »Wo hast du sie nur hingelegt, du tapsiger Bär?«

»Hier ist sie schon, meine Hübsche.«

Luciu und Carlotta tauschten kurze amüsierte Blicke. Waren sie hier in die Inszenierung einer Boulevard-Komödie geraten?

»Wir haben sofort an euch gedacht, als wir ... nun, gib schon her.« Susi grabschte Barbo einen grellbunten Zettel aus den Händen. »Was bist du nur für ein Gastgeber! Schenk unseren Gästen von dem Wein ein, dem guten, hörst du?«

»Schon gut, mein Täubchen, dem guten. Wo ist nur die, na ja, Flasche?« Brummend kramte er in den Kisten und Kästen, die an der Wand entlang gestapelt waren.

»Ja, also. Wie ich schon sagte, haben wir sofort an euch gedacht, stimmt's, Bärchen?«

Zustimmendes Brummen aus Richtung der Kisten. Carlotta entfuhr ein Kichern. Entschuldigend legte sie die Hand vor die Lippen und zuckte mit den Schultern. Ausgesprochen hübsche Schultern, wie Luciu, vorübergehend abgelenkt, fand.

Endlich, nachdem sie den Wein ausgiebig gekostet und gewürdigt hatten, erfuhren sie, worum es in dieser ominösen Anzeige ging. Ein reicher Mann, ein sehr reicher Mann, wollte auf einer Insel namens Freezone ein großes Festival veranstalten und lud alle Künstler dazu ein.

»Alle Künstler?«, staunte Carlotta.

»Na, ihr wisst doch, wie diese Reichen sind.« Mit diesem lapidaren Satz erklärte Madame Esmeralda das Thema für beendet.

»Hm.« Luciu für seinen Teil hatte überhaupt keine Ahnung, wie die Reichen so waren. »Wie sollen wir denn zu dieser Insel kommen?« Er sagte das so, als würde er sogar an deren Existenz zweifeln. Freezone? Nie gehört.

»Wie auch immer«, schwang sich Susi zu einem abschließenden Kommentar auf, »wir haben uns jedenfalls vor einer Woche registrieren lassen, nicht wahr, mein Bärchen?«

Barbo-Bärchen brummte zustimmend. Doch dann hockte er sich zu Luciu und erklärte ihm haarklein, wie das mit dem Registrieren lief.

»Also, du suchst dir ein Cyber-Café und gehst auf die World-Net-Page – die haben nämlich die Rechte an dem Festival – na ja, da kannst du dich anmelden. Die sagen dir dann deinen Sammelpunkt, und dort wirst du dann eingesammelt – na ja, heißt ja auch schließlich Sammelpunkt – und dann bringen sie dich zur Insel. Kostet dich nichts, Essen und Unterkunft sind frei.« Das war mit Abstand die längste – na ja – zusammenhängende Rede, die Barbo je gehalten hatte.

Zwei Tage hatten sie vor leeren Stühlen gespielt – rechnete man die Zuschauer nicht mit, die nur hereingekommen waren, um dem ewigen Regen und der Kälte zu entfliehen –, dann hatten sie einstimmig beschlossen, die weite Reise nach Freezone anzutreten. Dort sollte es, so hatten sie gehört, wenigstens immer warm sein.

Als sie ihre Unterkunft verlassen wollten, entdeckte Alfredo eine vertraute Gestalt. Richtig blass und ganz klein stand er neben ihren Wagen: der Junge, der ihnen in der kurzen Zeit, die er mit ihnen verbracht hatte, richtig ans Herz gewachsen war.

Er sah ganz erbärmlich aus: verfroren, übermüdet und viel zu dünn. Doch die Hand, die Alfredos Arm packte und ihn zur Seite zog, war unerwartet kräftig.

»Ich brauche eure Hilfe.« Garfield kam gleich zur Sache. »Ich habe Freunde, die unbedingt aus der Stadt müssen.«

»Komm, wir reden drinnen weiter.« Alfredo bugsierte den Jungen in den Wohnwagen. Ihm waren die hektisch-besorgten Blicke, mit denen der Kleine die Umgebung absuchte, nicht entgangen.

Selbst als er in der relativen Sicherheit des Wagens war, brachte ihn die Anspannung zum Zittern. Alfredo sah es und brachte ihm einen Becher heißen Tee, der immer auf dem Kocher stand. Garfield trank gierig. Als er noch bei der Truppe gewesen war, hatte er das Gebräu verabscheut, nun meinte er noch nie etwas Köstlicheres getrunken zu haben.

Stimmen und schwere Schritte vor der Tür. Garfield sprang auf, verschüttete den Tee. Wo konnte er sich verstecken? Dann erkannte er die Stimmen: Luciu und Paolo. Erleichtert setzte er sich wieder.

»Seht mal, wer uns mit seinem Besuch beehrt.«

Großes Hallo und Umarmungen. Garfield wurde es eng im Hals. So war das wohl, wenn man nach Hause kam.

»Hat große Sorgen, der Junge«, sagte Alfredo. »Wird uns vielleicht noch erzählen, was ihn bedrückt.«

»Ärger mit der Bürgerwehr?« Paolo nickte wissend.

»Schlimmer.« Garfield sah zu Boden und schob seine Fußspitze auf dem löchrigen Bodenbelag hin und her.

»Freunde müssen aus der Stadt«, erläuterte Alfredo.

»Müssen aus dem Land.« Garfield hielt es für besser, nichts zu beschönigen. Alfredo hatte eh immer gewusst, wenn er flunkerte. Er holte tief Atem. »Habt ihr von dem Anschlag auf die Vierfing-Basis gehört?«

»Hängst du etwa da mit drin?«, fragte Luciu ungläubig. »Nun verstehe ich, weshalb dir die Schauspielerei zu langweilig wurde.«

»Aber so war das doch überhaupt nicht«, protestierte der Junge, der plötzlich merkte, wie ihm die Tränen in die Augen schossen.

»He, he, schon gut. Wir tragen dir nichts nach.«

Nach und nach holten sie die Geschichte aus ihm heraus. Doch erst nachdem er eine heiße Suppe gegessen hatte. In der Zwischenzeit war auch Carlotta zu der Gruppe gestoßen – Tante Clara-Susanna hielt zum Glück ihr Schläfchen in dem anderen Wagen der Truppe.

»Hab ich das richtig verstanden, ihr seid zu elft?«

Kleinlaut nickte Garfield. »Da könnt ihr wohl auch nicht helfen, oder?«

»Habt ihr Tausche?« Alfredo kam wie immer gleich auf das Wesentliche zu sprechen.

»Ich glaube schon.«

»Ohne Tausche kann ich nichts machen, das verstehst du doch?«

»He, Fredo, gib dem Kind doch mal Zeit zum Nachdenken. Der Kleine ist –«

»Ich bin nicht klein!«

»Unterbrich Carlotta nicht«, sagte Luciu streng.

»Wenn ich doch aber nicht mehr klein bin.«

»Wenn, wenn, wenn, dann hättest du dich wohl kaum so in Schwierigkeiten gebracht.«

»Bist du alleine gekommen?«

Garfield staunte nicht schlecht über diese Frage. Paolo konnte manchmal richtig hellsichtig sein. Oder hatte er Sunshine draußen getroffen?

»Sie wartet hinter dem Zelt.«

»Und worauf wartest du dann noch?« Alfredo winkte auffordernd. »Hol sie rein, damit mir zum Geschäft kommen.«

Sunshine war mindestens so müde und abgekämpft wie der Junge. Doch als sie da in dem engen Wohnwagen ruhig vor ihnen stand und stumm die abschätzenden Blicke der Schauspieler über sich ergehen ließ, war ihr nichts anzumerken von dem Blut und Tod der vergangenen Tage. Noch durfte sie sich nicht ausruhen, sie hatte Verantwortung.

»Der Junge sagt, ihr wollt aus der Stadt ...«

»Wir werden gesucht.«

»Das wundert mich nicht, nach dem, was ihr auf dem Stützpunkt angerichtet habt«, lachte Alfredo.

Sunshine warf dem Jungen einen scharfen Blick zu. Hatte er denn seinen Mund nicht halten können?

»Sie hätten's eh rausgekriegt«, interpretierte der dann auch ganz richtig. »Sie wollen wissen, ob ihr Tausche habt.«

»Möglich.« Sunshine versuchte die drei Männer und die Frau einzuschätzen. Ein schwer durchschaubarer Haufen, fand sie. Wenn sie bloß nicht so müde wäre.

»Wir wollen noch heute Nacht aus der Stadt, Richtung Küste.«

Luciu reichte dem Punkmädchen einen Becher Tee und streifte dabei scheinbar zufällig ihren Körper. Genau wie er gedacht hatte: Sie trug eine Waffe – mindestens eine Waffe, berichtigte er sich stumm. Sunshine, die das Manöver bemerkt hatte, grinste ihn an.

»Richtung Küste, das ist genau unsere Richtung.«

»Der Junge sagt, ihr seid zu elft?«

Sie nickte.

»Wir reisen zu fünft, in zwei Wagen. Den Jungen können wir mitnehmen, das ist überhaupt kein Problem –«

»Ohne Skadi komme ich nicht.«

»Wer ist das? Na, egal, darüber reden wir später. Also, hat jemand eine Idee?«

»Mit der richtigen Tausche ist doch alles möglich«, meinte Paolo.

Alfredo schüttelte den Kopf. »Je weniger davon wissen, desto sicherer sind wir.« Er packte Garfield am Arm und schüttelte ihn leicht. »Weißt du überhaupt, was du da von uns verlangst, Junge?«

»Er weiß es, Fredo, lass ihn los.«

Luciu starrte gedankenverloren an die Decke. Vor langer Zeit hatte da jemand alte Filmplakate angeklebt: *Casablanca, Star Wars* und *Der weiße Hai.* War es Alfredo gewesen oder womöglich einer der vielen Vorbesitzer des Wagens? Luciu konnte sich nicht erinnern, jemals in einem richtigen Kino gewesen zu sein.

»Wartest du auf eine Eingebung von da oben?«

»Komming Attraktions«, dachte Luciu laut und dann: »Barbo, wir müssen mit Barbo und Susi reden.«

»Die Witwe und der Feuerschlucker?«

»Sicher, das ist es.« Während er noch redete, nahm eine vage Idee immer festere Formen an. »Sie wollen auch heute Nacht aufbrechen. Eigentlich wollten sie schon vor drei Tagen los, doch an Susis Wagen war die Achse hin. Der arme Barbo, er hat fast die ganze Stadt nach Ersatz abgesucht.«

»Verrätst du uns auch, worauf du eigentlich hinauswillst, oder willst du weiter nur so drauflosschwadronieren wie der arme Barbo?« Carlotta sprach aus, was die anderen dachten.

»Nun, sie fahren mit zwei Wagen, sind aber nur zu zweit.«

»Wenn wir also den zweiten Wagen von ihnen mieten könnten …«, dachte Alfredo weiter.

»Dann könnten wir die Kinder darin unterbringen.« Das war Carlotta.

Sunshine schluckte schwer an dem Wort »Kinder«, doch der Plan klang einfach zu gut, um darüber eine Diskussion anzufangen. »Das VID-Team könnte sich selbst einen Wagen besorgen«, meinte sie daher nur.

Alles weitere war dann nur noch Verhandlungssache, das richtige Ausspielen der Tausche. Und so schlossen sich die überlebenden Tunnel-Soldaten dem fahrenden Volk an, wurden zu einer Zirkusattraktion, einer von vielen auf dem Weg zum Sammelpunkt. Skadi und der heimgekehrte Garfield wurden kurzerhand zu Mitgliedern der Royal Shakespeare Theater Truppe erklärt und das VID-Team blieb einfach, was es war. Um vier Uhr morgens passierten sie die äußere Stadtgrenze – sie waren noch einmal davongekommen.

Tonia hatte ihn eines Nachts damit konfrontiert. »Dein Bruder lebt irgendwo da unten«, eine vage Geste in Richtung Mole, »auf einem dieser Hausboote – voll auf Sklak. Aber das weißt du vermutlich schon, nicht wahr, Blue?«

Das war die Revanche für vergangene Nacht, oder war es die Nacht davor gewesen? Sie hatte reden wollen, er war einfach rausgegangen. Armes reiches Mädchen, wem wollte sie hier etwas vormachen?

»Wäre es nicht nett, wenn ihr Jungs euch wieder vertragen würdet?« Sie schaltete ihre Kleinmädchenstimme ein. »Ich war ja sooo enttäuscht, als ich hörte, dass ihr euch getrennt habt.«

Blue hörte die Worte, doch ihren Sinn verstand er nicht. Pierce hier, auf Freezone? Er glaubte es nicht, wollte es nicht glauben. Er griff sich eine Flasche Whiskey, ging rüber ins Studio, nahm wahllos eine CD und schaltete den Player auf Repeat. Er legte sich auf den Boden, spürte das Vibrieren des Basses am ganzen Körper, und während er trank, begann bereits das Vergessen. Alles nur ein Trick, sagte er sich, die Hand ist schneller als das Auge.

Es war während einer dieser nie endenden dunklen Nächte, in der er sich eingestand, dass er fast sein ganzes Leben in einer behüteten Traumwelt gelebt hatte. Da war immer sein großer Bruder gewesen, der auf ihn aufgepasst hatte, und später gab es zahllose Manager und persönliche Assistenten, die die Wirklichkeit von ihm fern hielten. Er war der sensible Künstler, der sorgfältig abgeschirmt wurde, ihr Goldesel, den nichts irritieren durfte. Mit der Zeit lernte Blue, die Realität auszublenden. Sie wurde zum weißen Fleck seiner Wahrnehmung – Orte und Menschen, die er nicht kannte, sah er einfach nicht. Und dabei hatte er geglaubt, er würde das Leben kennen. Was für ein Witz.

Das hier war allerdings auch nicht das Leben. Tonias Hazienda war nichts weiter als eine Vorhölle mit Designerinventar und Designerdrogen.

Jeder Tag, den er in der Sonne liegend verbrachte, entfernte ihn mehr von seinem Ziel, höhlte in aus. Die Band fiel auseinander. Zuerst ging Jaki. Sie hatte Shell eines Nachmittags mit zwei von Lilliths Mädchen in einer der Badehütten gefunden, alle drei völlig zugedröhnt und nackt. Als sie ging, sah Blue, wie Tonias Augen kurz aufleuchteten, und er erkannte, dass dies alles Teil eines Planes war.

Da hatte er zum ersten Mal eine Ahnung, wie es mit der Band weitergehen würde: Alles wäre nur noch ein großes So-tun-als-ob-Spiel. So-tun-als-ob sie neue Songs einspielten und so-tun-als-ob sie noch eine richtige Band waren.

Blue wurde mit der Zeit ziemlich gut darin, sich etwas vorzumachen. Die Drogen halfen ihm dabei. Und in Tonias Haus standen sie reichlich zur Verfügung. Sie machten das Vergessen so einfach. Sie machten das So-tun-als-Ob so viel leichter.

»Wir haben dort ein komplettes Studio, alles High-End, die neueste Soft- und Hardware«, hatte die schwarzhaarige Sirene Shell und Toto gelockt. Die beiden hatten es geglaubt. Blue hatte nicht einmal mehr zugehört.

Zuerst taten sie alle so, als würden sie Songs für eine neue CD einüben. Doch wer wusste besser als Blue, dass diese neuen Songs gar nicht existierten? Dann stand eines Tages dieser alte Mann im Übungsraum – Takaheshi Sakamoto – und erzählte etwas von einem großen Festival, *dem* Ereignis auf Freezone, live im World Net, und dass die Bladerunner dort auftreten sollten. »Natürlich nur in ihrer alten Formation«, hatte er lapidar hinzugefügt und damit Blues kurz aufflackernde Hoffnung abgewürgt. Er merkte, dass tief unter all dem Zynismus und der Desillusion immer noch ein kleines Kind auf das große Comeback der Band wartete.

»Klar, kein Problem, das kriegen wir hin«, hatte Shell nur gesagt, ohne auf Blues Blicke zu achten. In jenen Tagen reagierte Shell sowieso auf niemanden mehr. Jaki war vor ungefähr einer Woche abgereist. Blue hatte sie noch am Tag vorher in der kleinen Pension im Marktviertel besucht, wollte sie überreden, zu den Runners zurückzukommen, und versuchte zu übersehen, dass ihre Tasche bereits gepackt war.

»Wir brauchen dich, Shell braucht dich. Ich weiß, er kann manchmal ein richtiges Arschloch sein, aber …« Er hatte hilflos abgebrochen. Wie sollte er sie überzeugen, wenn er selbst nicht überzeugt war?

»Willst du es denn immer noch nicht wahrhaben, Blue?«, hatte sie traurig gesagt. »Mit den Runners ist es doch längst vorbei.«

»Wie kannst du so was sagen, nach all den Jahren, die du mit uns unterwegs warst«, brauste er auf.

»Diese Jahre sind Vergangenheit. Die Band ist längst Geschichte. Warum sonst, glaubst du, ist dein Bruder fort?« Sie war auf ihn zugegangen, hatte die Arme um ihn gelegt und ihn an sich gedrückt. »Willst du mir nicht Glück wünschen, Blue?«

Doch er hatte nur »Alle lassen mich im Stich« gemurmelt. Dabei tat es so gut, Jaki zu spüren, ihre Wärme und ihre aufrichtige Freundschaft.

Jaki hatte ihn lange nachdenklich angesehen. Dann sagte sie: »Weißt du, was dein größtes Problem ist? Du wartest immer auf jemanden, der dich rettet. Doch Louisa konnte dich nicht retten und Pierce wird es auch nicht tun. Die Wahrheit ist, dass niemand dich retten kann außer du selbst. Ich lasse dich nicht im Stich, Blue. Ich kann nur nicht länger mit ansehen, was du dir antust.« Sie löste sich sanft aus der Umarmung. »Und weißt du, was mich am traurigsten macht? Dass du dich selbst schon längst im Stich gelassen hast.« Das sollte das letzte Mal sein, dass er sie sah.

Vor einiger Zeit hatte er sich angewöhnt, in den frühen Morgenstunden an der Küstenlinie der Westseite entlangzugehen. Vorbei an Hans Gottschalks schwimmenden Wohnblasen, die müde in der Dünung pendelten, gerade so, als hätten sie um diese Tageszeit noch nicht ausgeschlafen, hinauf zu dem höchsten Punk der Insel. Dort war er allein mit seiner Vergangenheit und seinem Gewissen.

Und dort hatte er Rashala getroffen. Die Frau, die es geschafft hatte, in einem schillernden, oberflächlichen Ort wie Freezone zur Legende zu werden. Sie war alt. Das war das Erste, was ihm auffiel. Auf Freezone gab es keine alten Leute, sie passten nicht in das Gesamtkonzept der Insel. Takaheshi war auch alt, doch er war Geld, und Geld war alterslos. Rashala hatte es jahrzehntelang geschafft, sich den Blicken der Öffentlichkeit zu entziehen. Zeitlos und alterslos, war ihr Bild in den Medien das einer Frau von Mitte vierzig, einer Pop-Ikone. Nun war ihr Haar lang und weiß, aber immer noch von metallicfarbenen Strähnen durchzogen. Ihre Hände waren die einer

Künstlerin, schmal und dennoch kräftig genug, um aus Metall und Feuer ihre Kunst zu schaffen. Kunst, die vor sich hin rostete und protestierend schrille Disharmonien von sich gab.

Da stand sie nun und schaute aufs Meer. Sie sah nicht unglücklich aus oder gar so, als wollte sie sich vor der Welt verstecken. Nein, Rashala war da, wo sie sein wollte, so einfach war das. Blue überlegte, ob er sie ansprechen durfte. Da drehte sie sich um und sah ihm direkt in die Augen, sah in seine Seele.

»Seltsam, wie die Dinge immer wieder zu einem zurückkommen, nicht?«

Sie sagte es leichthin, die Stimme kaum erhoben, die Worte fast von ihren Lippen geweht. Aber Blue hörte sie überdeutlich. Er nickte – ja, es war schon seltsam. Pierce war gegangen und er war zurückgekommen, doch nur, um wieder zu gehen. Da sah er, wie Rashala die Arme ausbreitete und sich in die Tiefe fallen ließ. Doch anstatt zu fallen, glitt sie sanft auf dem Wind, der ihre Stimme hatte stehlen wollen, dahin. Stieg immer höher hinauf in den endlos indigoblauen Himmel. Blue blinzelte. Rashala stand immer noch auf den künstlichen Felsen und nickte ihm zu. Er meinte ein spöttisches Lächeln in ihren Mundwinkeln zu sehen. Und dann war sie endgültig verschwunden. Und Blue fragte sich, ob sie jemals da gewesen war.

Als er zur Hazienda zurückkam, erfuhr er, dass Jaki abgereist war. Niemand wusste wohin, fest stand nur, dass sie nicht mehr auf Freezone war, doch niemand schien es zu kümmern. Am allerwenigsten Shell.

Sie saßen seit Stunden im Übungsraum und spielten – nichts. Es waren nur noch drei Wochen bis zum Festival und sie hatten nicht mal den ersten Set festgeklopft, ganz zu schweigen von den neuen Nummern, die sie nach dem Break spielen wollten.

»Wir sollten wieder mit einem richtigen Drummer spielen«, sagte Toto gedankenlos. »Ich hasse diesen verfickten Drumcomputer.«

»Ich habe neulich am Kai diese komischen Metalldinger gehört. Wär doch irgendwie cool, wenn wir die zersägen würden und uns ein paar Stealdrums draus machen.«

»Mann, bist du gaga. Das ist doch Kunst, frag doch Blue, der kennt sich damit aus. Oder, Blue? Du kennst dich mit diesen kreischenden Mülltonnen da draußen aus.«

»Wenn wir das Solo von der Mitte nach hinten packen, würde der Song mehr Drive kriegen.« Blue hatte beschlossen, einfach so zu tun, als würden sie wirklich für ihren Gig auf dem Festival proben.

»Klar, Mann. Warum sagst du nicht gleich, dass ich mir die Nase pudern soll, während du deinen großen Auftritt hast.«

»He, fürs Nasepudern ist doch unser Blue zuständig, oder?« Toto lachte unbändig über seinen eigenen Witz.

War das immer schon so gewesen, dieser giftige Sarkasmus von Toto und Shell, der nur Scheiße im Hirn zu haben schien? War das immer schon so gewesen und Pierce hatte dafür gesorgt, dass die Runners als Band funktionierten? Blue dröhnte der Kopf, er musste an die Luft.

Mit den Runners ist es schon längst vorbei, warum, glaubst du denn, ist Pierce fort, hatte Jaki ihn gefragt. Rückblickend konnte er nicht sagen, was der Auslöser für Pierce' Ausstieg gewesen war. Rivalitäten hatte es schon immer zwischen ihnen gegeben, das war wohl so unter Brüdern. Vielleicht lag es daran, dass sie durch die Umstände ihrer Entstehung auf so symbiotische Art miteinander verbunden waren. Ein medizinisches Experiment, genau das waren sie, doch die Folgen waren nicht berechenbar gewesen. Pierce, der ältere der Zwillinge, und er, der auf Eis gelegte Zellklumpen, der auf seine Geburt wartete. Wann hatte es angefangen – im Reagenzglas, bei der künstlichen Befruchtung oder erst nach ihrer Geburt? »Vielleicht sind wir uns einfach zu ähnlich«, hatte Blue spekuliert, doch Pierce hatte ihn ausgelacht.

Pierce war immer der große Bruder gewesen, der auf ihn Acht gab, der seine Kämpfe austrug und seine gefährliche Seite lebte, während Blue selbstvergessen in seinen Traumwelten dahintrieb. Ohne ihn hätte Pierce Songs geschrieben, die seinen hohen Ansprüchen genügten, mit ihm stand er in ständiger, selbstzerstörerischer Konkurrenz, durch ihn wurde er immer dichter an den Abgrund getrieben. War es womöglich seine Schuld, dass sein Bruder mit Sklak angefangen hatte? Oder war es umgekehrt Pierce' Schuld, dass er, Blue, an dem Punkt im Leben angekommen war, wo er auf sich zurückgeworfen erkennen musste, dass er es nicht packte? Jeder hatte die Wahl, doch oft erkannte man nur rückblickend, wann der richtige Zeitpunkt gewesen war.

Blue hatte oft die Wahl gehabt und es nicht sehen wollen. So war es mit Louisa gewesen – warum musste er gerade jetzt an sie denken? Damals hatte er sich für die Runners entschieden und nicht für die Frau, die er liebte. Louisa hatte auch die Wahl gehabt, doch er konnte sie nicht mehr fragen, ob sie sich dessen bewusst gewesen war und ob sie ihre Entscheidung bereute. Hatte sie ihn womöglich zum Schluss so gehasst – oder hatte sie ihn so sehr geliebt –, dass sie sich selbst zerstören musste, um ihn zu bestrafen? Bedeutete Liebe, unglücklich zu sein?

»Every night I die,
When I cry out your name.«

Blue hatte den Song für Louisa geschrieben. Louisa mit ihren weißblonden Haaren und dem Körper einer Ballerina, seine kleine Meerjungfrau, die ihr Leben auf glühenden Kohlen tanzend verbrachte. Sie sah so zerbrechlich aus, dass Pierce ihn eines Tages unumwunden gefragt hatte, ob sie überhaupt Sex miteinander hätten. Doch ihr Körper war nicht zerbrechlich, das war das Schlimmste. Ihre Seele war zerbrochen, ihr Körper überlebte jeden Horrortrip. Zuerst hatte sich Blue die Schuld gegeben, sein Lebensstil, der sie aus ihrer gewohnten Umgebung gerissen hatte und den sie ihm zuliebe annahm. Doch dann erkannte er, dass sie schon lange vorher zerbrochen war, er war nur viel zu sehr mit seiner Musik beschäftigt gewesen, um es zu bemerken. Diese Erkenntnis machte es für ihn auch nicht leichter, sich nicht die Schuld an allem zu geben.

Sie hatte erst ihn verlassen und dann diese Realität, oder war es umgekehrt gewesen? Zuletzt hatte er sie in einer Zelle gesehen. Aufgegriffen, weil sie einen Mann mit einem Messer verletzt hatte. Blue wollte die Einzelheiten nicht wissen. Sie standen vor ihrer letzten großen Tournee, er hatte nur sein Geld zusammengesucht und dafür gesorgt, dass sie wieder einmal eingewiesen wurde. Als er nach Monaten zurückkam, war sie verschwunden, und niemand wusste wohin. Danach konnte er monatelang keine Louisa-Songs mehr spielen, bis er die CD aufnahm. »Every Night I Die« sollte der bisher größte Erfolg der Band werden.

Jede Liebe, die zu Ende ging, sollte zumindest für einen Song gut sein, hatte Pierce einmal gesagt. Louisa war gut für eine ganze CD mit drei Hit-Singles. »Lohnt es sich nicht, dafür etwas zu leiden?«, hatte Pierce zynisch gefragt. Er hatte nie begriffen, dass es Blue nicht um den Erfolg ging. Erfolg bedeutete nur, dass sie weiter ins Aufnahmestudio gehen konnten und er genug Geld hatte, um die Band zu bezahlen.

Sie hatte immer jemand anders sein wollen, ständig auf der Flucht vor sich selbst – das erkannte er erst, als es zu spät war. Denn bis er eines Nachts den Stoff in ihrer Tasche fand, war sie genau das gewesen, was er gesucht hatte, die Geliebte und Freundin, die immer auf ihn wartete, hinter der Bühne, im Hotel. Und wenn er ihre Songs spielte, stand sie neben Jaki am Mischpult, ihre leuchtenden Haare konnte er sogar noch von der Bühne aus erkennen. Wie hatte er nur glauben können, dass es immer so sein würde?

Nach Louisas Tod hatte Pierce etwas gesagt, das vermutlich auch zu ihrem Zerwürfnis beigetragen hatte. »Du liebst sie doch erst, seit es sicher für dich ist. Tote stellen keine Ansprüche. Früher hast du nie so von ihr gedacht, sei doch ehrlich, Blue. Louisa war einfach jemand, der da war und auf dich gewartet hat. Aber ist dir nie die Idee gekommen, dass sie vielleicht auch auf etwas gewartet hat?« Hatte er Louisa jemals gesagt, dass er sie liebte? Konnte Pierce Recht haben? War seine Liebe zu ihr wieder nur etwas, was er sich vorgemacht hatte, weil es so besser in sein romantisches Weltbild passte? Selbst jetzt noch, in seinen Erinnerungen, dachte er an sie als die entzückende Ballerina, das zerbrechliche, unwirkliche Wesen. Dabei war sie eine Frau gewesen mit ganz realen Hoffnungen und Wünschen, die er nur nie hatte wahrhaben wollen, weil es so viel bequemer für ihn gewesen war.

»Dreamin' 'bout my baby
I don't want you
I don't need your love
As long as I'm dreaming 'bout you, baby.
I keep pretending you're near.«

Und dann erkannte er plötzlich, in dieser seltsamen Nacht der Selbsterkenntnis und Schuld, was sein größtes Problem war: Er hatte seine Identität verloren. Er sah in einen Spiegel, und was er sah, war Blue. Er hatte sein innerstes Selbst gegen ein künstliches Abbild eingetauscht, welches andere für ihn erschaffen hatten. Er kannte ja nicht mal mehr seinen eigenen Namen! Gäbe es doch einen Weg, ihn zurückzubekommen, dann könnte er auch wieder in einen Spiegel sehen, ohne dass ihm ein Fremder entgegenblickte.

Das Wummern des Basses brachte seinen Schädelknochen zum Vibrieren. Der Augenblick der Erkenntnis war vorbei. Blue schwenkte langsam die Flasche vor seinem Gesichtsfeld hin und her. Sie war leer. Gut, dann wäre bald der Moment da, wo er nicht mehr zu denken brauchte. Irgendwann würde er in eine Koma-ähnliche Bewusstlosigkeit fallen und irgendwann würde er aufwachen und dann wäre er wieder Blue, Sänger der besten Rockband auf diesem Planeten. Er lächelte. Manchmal war es erstaunlich einfach, sich etwas vorzumachen.

Running Nowhere

Pierce ging auf sein Boot und fuhr los. Er steuerte aus der Mole und schaltete, sobald er auf offener See war, den Autopiloten ein. Ohne hinzusehen, hatte er einige Koordinaten eingegeben. Einfach nur weg von Freezone, ganz egal wohin. Blue, endlich hatte ihn die Vergangenheit eingeholt. Er hatte schon fast vergessen, wie schmerzhaft es war. Und er – er war wieder mal zu feige, und alles, was ihm einfiel, war wegzulaufen.

Er war am Mittag zur Hazienda raufgegangen, um mit Takaheshi wegen der Bergung der Panzer zu verhandeln. Der alte Mann saß im Schatten einer Pagode und ließ von einem der Bodyguards, Flyp hieß der Typ, eine Teezeremonie zelebrieren. Pierce konnte sich nur mühsam ein Grinsen verkneifen. Doch er hockte sich hin und trank seinen Tee. Wenn es um Geld ging, um viel Geld, konnte der Kunde, wenn es ihm denn gefiel, auch Pogo mit einer Horde Neo-Punks tanzen, er, Pierce, würde mittanzen. Dann ließ sich der alte Mann für einen Moment entschuldigen. Hat wohl eine schwache Blase, dachte Pierce. Nur gut, dass er sich vor dem Treffen noch einen Schuss gesetzt hatte, dies konnte ein langer Tag werden.

Der Bewacher-Typ suchte Blickkontakt. Pierce ignorierte ihn. Doch der gab nicht so schnell auf.

»Du siehst ihm wirklich ähnlich.«

»Wem?«, wollte Pierce automatisch fragen, aber er ahnte, dass er die Antwort bereits kannte.

»Ihr seid wohl beide große Schweiger?«

Pierce stand auf und streckte sich. Er wollte nicht zuhören, wollte nicht wissen, was dieser Idiot über seinen kleinen Bruder zu sagen hatte. Auf einmal hatte er ein ganz seltsames Gefühl, Vorahnungen der allerschlimmsten Sorte, wollte nur noch weg. Dies war ein ungesunder Ort, erkannte er selbst durch den wohltuenden Drogenfilter.

»He, warte.« Flyp packte seinen Arm.

Pierce schlug nur einmal kurz zu. Er wusste, wie ein Faustschlag zu sitzen hatte. Er und Blue kannten die Seitenstraßen und dunklen

Gassen hinter den schäbigen Musikclubs. Und Pierce hatte nicht vergessen.

Der Bodyguard japste wie ein Welpe und fiel gekrümmt auf die Knie. Er bewegte die Lippen, doch heraus kam nur ein schnarrender Laut. Sein Zwerchfell hatte vorübergehend den Betrieb eingestellt, doch seine Augen versprühten Hass.

Pierce drehte sich um und ging, ohne einen weiteren Gedanken an den Mann am Boden zu verschwenden. Da hörte er es:

»He asked her to dance,
But she said no with a smile.
He reached out for her
And she remained for a while.
Late at night she walked home alone
Still wondering why she said no ...«

Er hatte den Song zusammen mit Blue geschrieben – sie hatten ihm nie einen Titel gegeben. Pierce hatte nächtelang vergeblich an einem Arrangement gebastelt und eines wusste er ganz genau: Sie hatten den Song nie aufgenommen. Jetzt klang er irgendwie anders, rauer. Auch Blues Stimme klang rau. Was ging hier vor? Pierce stand wie gelähmt und sang stumm die Worte mit: »... why she said no, when she thought yes.« Die letzte Zeile stammte von ihm, erinnerte er sich. Blue hielt seine Lyrics lieber indifferent.

Wider besseres Wissen folgte er dem Klang der Stimme. Wollte sehen, was er nie mehr hatte sehen wollen. Drei Jahre reichten nicht, um zu vergessen, wie hatte er nur so naiv sein können?

Plötzlich brach die Stimme. Rückkopplungsgeräusche, als ob jemand achtlos seine Gitarre gegen einen aufgedrehten Amp lehnte.

»He, was soll das, Mann? Du kannst doch jetzt nicht einfach wegrennen!«

Das war Toto. Pierce wurde ganz übel vor Schuld und Sehnsucht. Mein Gott, wie hatte er die Jungs vermisst.

»Du siehst doch, dass ich es kann!«

Eine Tür knallte. Die Les Paul protestierte noch eine Weile, dann war Stille. Blue war fort.

Pierce rannte den ganzen Weg hinunter zur Mole. Auf seinem

Hausboot angekommen, warf er panisch seine Sachen durcheinander. Wo hatte er nur seinen Notvorrat versteckt? Der heutige Tag war definitiv ein Zuviel an Realität gewesen.

Kahia und Doc waren am Vormittag zu einem Streifzug über den Markt aufgebrochen. Anschließend wollten sie nach einer Unterkunft suchen. Doc hatte mit dem Gedanken gespielt, in eine der Wohnblasen zu ziehen – das musste doch wie ein überdimensionales Wasserbett sein, fand er. Pierce hatte seinen Vorschlag mit einem trockenen »Wenn man gerne schon vor dem Frühstück kotzt« kommentiert. Doc erkannte die Absurdität seiner Idee, doch gleichzeitig formierten sich in seinem Kopf einige verspielte Gedanken zu Sätzen. Sollten dies die ersten Anzeichen sein, dass sich sein *writer's block* auflöste? Doc sah dieser Entwicklung mit sehr gemischten Gefühlen entgegen. Seit er auf Freezone war, fühlte er sich zum ersten Mal seit langer Zeit wieder unbeschwert, und er genoss es, einfach nur in den Tag hinein zu leben. Vielleicht lag es an Kahia oder an der Umgebung – vielleicht lag es auch einfach an der Entfernung, die er zwischen sich und seine Erinnerungen gebracht hatte.

Pierce hatte das Powerbook am Vortag vor Doc auf den Tisch gestellt. Er hatte nichts gesagt, nur wissend gegrinst. Doc hatte allerdings so seine Zweifel, ob es in dieser verrückten Welt überhaupt noch Platz für einen SciFi-Schreiber gab. Vielleicht war dies der richtige Zeitpunkt, das Genre zu wechseln. Hatte nicht der alte Asimov mal gesagt, SF-Schreiber könnten alles schreiben? Nun, Freezone war eine Künstlerkolonie – machen wir also Kunst und schreiben Gedichte. Ob der alte Sakamoto auch Möchtegern-Dichter fördern würde? Doc musste laut lachen. Kahia warf ihm einen schrägen Blick zu und stimmte in sein Lachen ein.

»Was meinst du, könnte ich ein Dichter sein?«

»Das ist Freezone, hier kannst du alles sein.«

Als sie am Abend, bepackt mit Einkäufen und Geschichten, zurückkamen, lag das SunCo-Boot nicht mehr an seinem Ankerplatz. Pierce war fort.

Unterwegs

Garfield hatte es geahnt. Er war nicht sonderlich überrascht, als Skadi mit ihren gepackten Sachen vor ihm stand. Sie tauschten einen langen Blick, dann nahm Skadi ihn in die Arme und drückte ihn ganz fest.

»Ich würde nicht gehen, wenn ich nicht wüsste, dass du bei ihnen gut aufgehoben bist«, sagte sie.

»Ich weiß«, murmelte er und merkte, wie ihm der Hals eng wurde. Würde er jetzt etwa losheulen wie ein Baby? »Werden wir uns wieder sehen?«

»Ganz bestimmt.«

Wenn Skadi so selbstbewusst und zuversichtlich klang, durfte er nicht zweifeln. Er vergrub sein Gesicht in dem Robbenfell, das ihre Anorakkaputze umrahmte, und sog den Tiergeruch so tief ein, dass er niesen musste. Sie mussten beide lachen, dann weinten sie noch ein bisschen, lachten wieder und dann war sie plötzlich fort. Garfield sah ihr nach, wie sie den langen Pier entlangging und immer kleiner wurde. Ja, sie würden sich wieder sehen, so musste es einfach sein.

Ali setzte die Kamera ab, als Skadi in seinem Sucher nur noch ein kleiner Punkt war. Was für eine seltsame Art, eine Welt zu entdecken, was für ein seltsames Mädchen. Eines Tages, beschloss er, wenn sich die Dinge wieder normalisiert hätten (was für ein banales Wort angesichts der chaotischen Zeiten, die auf der Erde herrschten), wollte er in den Norden reisen, um herauszufinden, ob alle Menschen dort so ungewöhnlich waren wie Skadi.

Es war eine einstimmige Entscheidung gewesen: Sie würden die Tunnel-Soldaten nach Freezone begleiten und als Gegenleistung würden sie die Story des Jahrhunderts bekommen. Brad und er hatten nach kurzem Überlegen zugestimmt und Faizul schloss sich an. Nach dem Vorfall auf dem Flughafen und Sandrines mysteriösem Verschwinden hätten sie in der Stadt keinen so guten Stand mehr gehabt. Womöglich hätte man sie sogar verhaftet, weil sie zur richtigen Zeit am falschen Ort gewesen waren. Und Sunshine hatte ihnen versichert, dass die Tunnel-Soldaten ihren Kampf gegen die außerirdischen Invasoren fortsetzen würden.

»Hast du alles?« Brad war unbemerkt näher gekommen. »Sie fangen gerade mit dem Umladen an.«

»Na, dann los. Da kommt Sunshine.« Ali und Sunshine klatschten hoch-fünf ab. »Wo steckt eigentlich Faizul?«

»Was glaubst du?«

»Madame Esmeralda? Glaubst du, sie lässt sich die Zukunft vorhersagen?«

»Das, oder sie tauschen Schminktips aus.«

Sunshines Miene machte deutlich, dass sie beides für ausgemachten Schwachsinn hielt. Sie legte den Kopf in den Nacken und blinzelte in die Sonne. Nach all den Wochen, die sie auf der Reise zum Sammelpunkt in den engen, dunklen Wagen verbracht hatten, konnte sie sich nichts Köstlicheres vorstellen als eine frische Seebrise und Sonne.

Sie waren seit drei Tagen in Valencia. Die Hafenstadt glich einer Mischung aus Zirkusstadt und Open Air-Happening. Aus ganz Europa waren sie zum Sammelpunkt angereist – die Künstler und Schausteller – und warteten auf ihren Weitertransport nach Freezone. Für die Tunnel-Soldaten war die Insel ein Geschenk: Ein bunter, unorganisierter Haufen sollte dort leben, und eine Regierung gab es nicht. Dort würden sie ohne Probleme untertauchen können. Später würde man dann weitersehen.

Es waren Nummern ausgegeben worden und alles ging seinen anachronistisch anmutenden bürokratischen Gang. Faizul hatte mit einem der Sub-Organisatoren des Festivals gesprochen und sie hatten einen Vertrag als freies VID-Team erhalten. Eine Garantiesumme gab es nicht, aber freie Kost und Logis und die Überfahrt zur Insel.

Bevor sie an Bord gingen, setzten sie sich mit Wiesel zusammen. Jetzt, wo sie offizielle Berichterstatter waren, hatten sie auch wieder einen funktionierenden Com-Link-Zugang. Gemeinsam hackten sie sich bei sämtlichen Sendern ein – Wiesel hatte ihnen versichert, dass die Ladung nicht zu ihnen zurückverfolgt werden konnte – und schickten ihnen eine erste Version der Tunnel-Soldaten-Story, inklusive eines Teasers vom Angriff und der Zerstörung des Raumschiffs.

Takaheshi Sakamoto hatte zwei Containerschiffe gechartert, die einen regelmäßigen Fährdienst zur Insel aufgenommen hatten. Der Ansturm der Teilnehmer überraschte ihn nicht im Geringsten. Er wollte einen unvergesslichen Event und genau das würde es werden. Zu dumm nur, dass sich dieser Musiker abgesetzt hatte. Eine Reunion der Bladerunner hätte noch mal einen extra Media-Boost verursacht. Doch Takaheshi hatte schon vor langer Zeit gelernt, sich zu gedulden. Bis zum Festival war es noch drei Wochen hin, da konnte viel passieren.

Gestern hatte er beschlossen, sich das Spektakel vor Ort anzusehen, und seine Jacht im Hafen ankern lassen. Und nun war er mitten im Getümmel, hörte den Lärm, wurde von den schrillen Farben der Kostüme geblendet und rümpfte die Nase über das Gemisch von Kochdünsten, Treibgut und Müll. Dies war der Augenblick, in dem er sich voller Inbrunst in das sterile Weiß seiner Residenz auf Antarctica zurückwünschte. Und für einen kurzen, senilen Gedankensprung vergaß er, dass er nie mehr an seinen kalten Zufluchtsort zurückkonnte. Sie hatten ihm angeboten, ihn zu einer der Stationen zu bringen, er hatte abgelehnt. Tonia hatte es nicht verstanden. Wollte er denn nicht ewig leben? Wer wollte das nicht, hatte er geantwortet, aber ein ewiges Leben in Stumpfsinn wäre für ihn schlimmer als der Tod. Seine Nichte hatte gelacht. Was wusste er denn schon von dem Fluch des Überdrusses und der Langeweile?

Ja, Tonia wurde zum Problem. Mit der Distanz, die er zu Freezone hatte, wurde ihm dies immer deutlicher. Sein zauberhaftes, verzogenes Mädchen war dabei, über die Klippe zu gehen. Schade, aber vermutlich nicht mehr zu ändern. Verwandte waren eine Belastung, dachte Takaheshi. Immer wollten sie, dass man die Verantwortung für ihre Fehler übernahm. Zum Dank würden sie einen dann beerben.

Wie jeden Abend zur Zeit des Sonnenuntergangs saß er auf Deck der Jacht und ließ den Tag noch einmal vorüberziehen. Bedächtig hob er die Teeschale an die Lippen – selbst der Tee schmeckte anders. Er seufzte und klang wie der müde alte Mann, der er war. Einen Tag wollte er sich noch geben, mehr konnte er wegen der Strahlung sowieso nicht verantworten.

»Ahoi, da oben –«

Wer störte ihn da? Irritiert blinzelte Takaheshi in die Sonne und suchte den Besitzer der aufdringlich klingenden Stimme.

»Ja, genau, dich meine ich, alter Mann.«

So eine Respektlosigkeit! Da unten auf der schwankenden Laufplanke stand jemand. Einer von diesen lästigen Rucksacktouristen, wie konnte es anders sein!

Demonstrativ wandte er sich ab. Vergebens.

»Bitte, an Bord kommen zu dürfen.«

Der Ton ließ eher an einen Befehl als an eine Bitte denken. Nie war die Besatzung da, wenn man sie brauchte, dachte Takaheshi, der sich von der Situation sichtlich überfordert fühlte.

»Bitte, an Bord kommen zu dürfen!« Diesmal war der Ton noch lauter und noch nachdrücklicher.

Wenn es denn nicht anders ging. Seufzend drehte er sich um.

»Bitte gewährt.«

Kaum ausgesprochen, klapperten muntere Schritte auf der Gangway.

»Skadi Gunnarsdottir.« Eine Hand wurde ihm entgegengestreckt.

Takaheshi hasste Körperkontakt – hasste ihn so sehr, dass er unhöflich wurde. Die laute Touristin schien das nicht zu stören. Sie sah sich um, schien Maß zu nehmen. Wollte sie sich etwa auf seiner Jacht häuslich einrichten?

»Du reist alleine, alter Mann?«

Takaheshi seufzte erneut. Sie würde ihn wohl so lange »alter Mann« nennen, bis er der Höflichkeit genüge getan hatte. Er streckte vorsichtig die Hand aus und streifte ihre Fingerspitzen.

»Takaheshi Sakamoto.«

Skadi nickte. »Ich suche eine Mitfahrgelegenheit«, sagte sie dann.

»Aber dies ist ein Schiff.« Takaheshi war zu verblüfft, um irgendetwas Intelligentes zu sagen.

»Auf dem du irgendwann von da nach hier gereist bist, oder?«

»Schon –«

»Schön. Und wenn du nach dort aufbrichst, nimmst du mich mit. Das ist doch ganz einfach.«

»Was ist, wenn dir mein Dort als Reiseziel nicht gefällt?« Takaheshi wollte sich nicht so leicht geschlagen geben.

»Ich bin auf einer vorbestimmten Reise, ich gehe dahin, wo das Schicksal mich hinführen wird«, sagte Skadi schlicht.

»Such dir unterdecks eine Kajüte aus. Wir legen morgen früh ab.«

Takaheshi wusste, wann er geschlagen war. Doch er musste sich eingestehen, dass ihm diese dreiste Rucksacktouristin gefiel. Mit Skadi Gunnarsdottir würde die Fahrt sicher nicht langweilig werden – wohin auch immer sie der Wind führen würde, oder das Schicksal.

Twistin' Zombies

Sandrine MacMillan wusste nicht, ob sie lachen oder weinen sollte, also tat sie das Zweitbeste, was ihr in den Sinn kam: Sie bekam einen hysterischen Anfall. Ausgerechnet Erg Alonquin lief ihr im Foyer des Kempi über den Weg. Konnte das Zufall sein?

Das war vor – Sandrine überlegte angestrengt – einigen Wochen jedenfalls gewesen. Erg war wirklich ein feiner Kerl. Als Erstes hatte er ihr ein Zimmer mit fließendem Wasser besorgt und dann hatte er ihr noch eigenhändig die Haare schamponiert. Was für eine Wohltat, endlich kümmerte sich jemand um sie. Doch schon bald merkte sie, dass Erg sich irgendwie verändert hatte. Er war so zynisch, machte ständig irgendwelche Bemerkungen, die sie nicht verstand. Das musste daran liegen, dass er jetzt so viel mit diesen Musikern – den Masters, wie sie alle nannten – rumzog. Die sprachen einfach eine andere Sprache. Ja, so musste es wohl sein.

Er wollte auch nicht mit ihr schlafend. Das fand Sandrine allerdings ziemlich irritierend. Sie überlegte, ob Erg jemals zu ihren Lovern gezählt hatte. War im Sender nicht das Gerücht umgegangen, dass er schwul war? Seltsam, seltsam. Nun, sie würde schon noch dahinter kommen, ein cleveres Mädchen wie sie.

Dann waren sie ganz überraschend aufgebrochen. Sie hatte nicht einmal Zeit gehabt, sich beim Sender abzumelden. Erg sagte, das hätte er schon übernommen und sie sei für einen neuen Auftrag freigestellt worden. Was für ein Auftrag, hatte sie wissen wollen. Ein Festival auf Freezone, hatte Erg gesagt. Sandrine hatte noch nie von Freezone gehört. War ihr aber auch egal, nur weg aus diesem langweiligen, dreckigen Berlin.

Sie waren bereits einige Tage unterwegs, als ihr einfiel, nach dem VID-Team zu fragen. Erg zuckte nur die Schultern und meinte lapidar: »Die wurden von den Vierfingern gefressen«. Und dann wollte er sich ausschütten vor Lachen, und die stinkenden, ungewaschenen Masters lachten mit.

Sie versuchte auch ein paar Mal zu fragen, was denn eigentlich ihr

Assignment wäre. Doch wieder lachten Erg und die Masters nur dreckig. »Bleib einfach am Leben und sieh nett dabei aus, Baby«, sagte Erg schließlich und eine weitere Lachsalve folgte.

Sandrine versuchte nie herauszufinden, ob sie über sie lachten oder ob sie einfach nur lachten, weil sie zugedröhnt und eine dumme, arrogante Bande Rockmusiker waren. Scheiß MTV-Award.

Der Weltraum, unendliche Weiten

»Was machst du da?«

Doc klappte schnell das Powerbook zu und drehte sich zu Kahia um. Das Mädchen bewegte sich flink und leise wie eine Katze und war auch genauso neugierig.

»Nur ein paar Fingerübungen«, sagte er ausweichend und hoffte, dass nur er das Beben in seiner Stimme hören konnte.

Der gestrige Tag hatte damit angefangen, dass er sich mit dem Umgang von Pierce' Computer und seinem Textprogramm vertraut gemacht und einige vage Gedankenskizzen aufgeschrieben hatte. Es war, als würde er einen lange vernachlässigten Muskel anspannen. Nach nur zwei Stunden hatte er mit Kopfschmerzen aufgegeben und war zur Mole hinuntergegangen, um die Ankunft von Takaheshis Fähre zu beobachten.

Seit zwei Wochen unterhielten die beiden umgebauten Containerschiffe einen ständigen Pendelverkehr zwischen der Insel und dem Festland und spien ihre farbenfrohe, laute, menschliche Fracht in das Hafenviertel.

Doc schlenderte weiter und kaufte sich einen Snack an der Falafel-Bude. Die Preise der Garküchen hatten tüchtig angezogen, seit die Festivalteilnehmer Freezone belagerten. Doch Geschäfte waren nur mit den Hundertschaften auf hip gestylter Medien-Typen mit guten Spesenkonten zu machen. Die Künstler hingegen wurden, nachdem sie von Takaheshis Leuten zusammengetrieben worden waren, im so genannten Künstlerdorf versorgt.

In knapp drei Wochen sollte das große Ereignis steigen. Und bereits jetzt war die kleine Insel völlig überlaufen. Etwas wehmütig dachte Doc an die vergangenen ruhigen Tage. Wo mochte nur Pierce stecken? Er hatte sich erst gestern mit Kahia darüber unterhalten, doch sie war genauso ratlos gewesen. Sie schien allerdings froh zu sein, dass Doc immer noch auf dem Hausboot wohnte. Später war dann Jason vorbeigekommen. Er wusste, dass Pierce fort war, und er kannte auch den Grund.

»Blue ist hier.«

»Sein Bruder?«

Kahia sah ratlos vom einen zum anderen. Sie hatte keine Ahnung gehabt, dass Pierce einen Bruder hatte.

»Er hängt auf der Hazienda ab. Er und seine Band.« Genüsslich breitete Jason seinen Klatsch vor den beiden aus. »Sie streiten fast die ganze Zeit – das heißt, wenn sie nicht zu zugedröhnt sind. Takaheshi will, dass sie auf dem Festival auftreten, die Bladerunner in Ur-Formation. Der alte Mann ist ganz schön sauer, weil Pierce abgetaucht ist – der war nämlich mal der Drummer.«

»Pierce – ein Musiker?« Kahia kam aus dem Staunen nicht mehr heraus. »Hast du das etwa gewusst, Doc?«

»Running Wild, Running Nowhere, Every Night I Cry, City of Broken Dreams ...« Wie in Trance zählte Doc die Hits der Band auf. Warum sollte er es leugnen? Er war ein Fan.

»He, cool Mann.« Jason schlug mit ihm hoch-fünf ab. »Mal sehen, ob ich euch Freikarten besorgen kann.«

»Warum auf einmal so zuckersüß?«, stichelte Kahia, die sehr wohl wusste, dass Jason sie aus tiefster Seele, sofern er überhaupt eine hatte, verabscheute.

»Ich werd da oben verrückt. Sie tickt noch völlig ab«, sagte der Bodyguard mit schmeichlerischer Ehrlichkeit.

»Ich bin sicher, du kannst dich unten im Künstlerdorf nützlich machen«, grinste Kahia. »Wie ich hörte, suchen sie noch Typen mit Muskeln, die ihnen beim Aufbau helfen.«

»Miststück«, murmelte Jason.

»He, Kinder, streitet euch nicht«, lachte Doc. Insgeheim spielte er mit dem Gedanken, wie es wohl ausgehen würde, wenn Kahia und Jason aufeinander losgehen würden. Er war zu sehr Schriftsteller, um Situationen wie diese nicht zu schätzen zu wissen.

Kurze Zeit später ging Jason – doch erst nachdem er etliche giftige Blicke mit dem Mädchen getauscht hatte. Kahia ging in die Kombüse, um das Abendessen zu machen. Doc sah, wie sie breit grinste.

»Ich geh mal kurz ins Viertel und versuch einen Wein zu bekommen«, rief er ihr nach.

Die Medientypen hatten das Hafenviertel übernommen. Überall

hatten sie ihre Trailer, Kameras und Com-Link-Schüsseln hingeknallt. Wichtig aussehende Assistenten und Assistenten der Assistenten mit Headpieces und Kehlkopfmicros, wimmelten durch die engen Gassen. Sie suchten wohl das »authentische« Freezone.

Es war der Anblick der gigantischen Schüsseln, der Doc plötzlich an die Disketten denken ließ. Staatliche Kommunikationssatelliten in geostationärer Umlaufbahn – zwei Raumstationen, die längst in Vergessenheit geraten waren. Was mochte noch alles da oben sein, von dem man nie etwas erfuhr? Seit jener Nacht im E.T.-Camp hatte er das Vorhandensein der Datenträger erfolgreich verdrängt, zu brisant schien ihm der Inhalt zu sein. Doch was war der Inhalt eigentlich genau? Auf einmal wollte er es wissen.

Das Signalhorn an der Einfahrt zur Mole tutete penetrant. Das bedeutete, die Fähre manövrierte sich soeben an die Anlegestelle. Vorübergehend abgelenkt, beschloss Doc, sich das Spektakel anzusehen. Wenn er ehrlich war, hoffte er jedes Mal, ein bekanntes Gesicht unter den ankommenden Künstlern zu entdecken. Diesmal sollte er Glück haben, allerdings ganz anders, als er gedacht hatte.

Sie ging direkt an ihm vorbei: ein Gesicht – eher unauffällig –, die schwarzen Haare an den Schläfen ausrasiert, Knochenschmuck an den Ohren – misstrauische, wache Augen.

Es dauerte eine Weile, ehe er wusste, wo er dieses Gesicht schon mal gesehen hatte.

»Was wir Ihnen jetzt zeigen, wurde uns von der deutschen Sektion für Alien-Observation zur Verfügung gestellt«, sagte der Ranghöchste der Ray-Ban-Typen. »Das Mädchen, welches Sie gleich sehen, befand sich für sechs Monate auf einem Schiff der Außerirdischen.« Er schob eine DVD in den Player und dimmte das Deckenlicht. »Die Deutschen glauben, dass sie für den Anschlag auf einen Raumtransporter der Gamma-Klasse verantwortlich ist.«

Die versammelten SF-Schreiber beugten sich erwartungsvoll vor. Endlich wurde ihnen mal etwas geboten.

Auf dem Monitor erschien das deutsche Gegenstück der hiesigen Men in Black und leierte einen Text herunter. Doc vermutete, dass es sich um Datum, Uhrzeit, Ort und so weiter handelte. Dann zoomte die Kamera auf ein Gesicht. Übernächtigt, aber ungebrochen, starrten ihnen zwei grüne Augen entgegen. Die Kamera fuhr zurück. Jemand stellte in barschem Ton eine Frage. Das Mädchen, man konnte jetzt sehen, dass es ein Mädchen war, bewegte den Mund, doch nicht um zu sprechen – in hohem Bogen flog Speichel auf das Objektiv.

Jemand lachte, es war Dylan Jackson. »Hey, starker Auftritt.«

Doc erinnerte sich nicht mehr, ob bei dem Verhör etwas Wesentliches rausgekommen war. Doch eines wusste er genau: Er musste sie unbedingt sprechen. Sie kannte den Feind. Sie hatte gegen ihn gekämpft, hatte der Welt gezeigt, dass es machbar war. Dieses zähe, tapfere Mädchen hatte Angehörige jener Spezies getötet, die Anna und die anderen Crewmitglieder der Voyager ermordet hatten.

Fast hätte er sie in der Menge verloren. Sie ging neben einem schmächtigen Jungen, der eine ramponierte Golftasche, die irgendwann einmal pinkfarben gewesen war, und ein zusammengerolltes Deckenbündel trug. Sie stiegen in einen Zirkuswagen, auf dem die Aufschrift »Madame Esmeralda kennt auch Ihre Zukunft« prangte. Gut, so wüsste er, wo er sie finden konnte – später, morgen. Nicht jetzt. Doc brauchte Zeit zum Nachdenken, musste einen Plan machen – und den Inhalt der Disketten einlesen.

Kahia hatte ihn verwundert angesehen, als er Stunden später zum Hausboot zurückkam – Doc hatte auf einmal jegliches Zeitgefühl verloren, fast wie wenn er an einem Text arbeitete –, und stellte ihm das warm gehaltene Essen hin. Ihr Körper schien ein einziges Fragezeichen, doch sie bezwang ihre Neugierde. Morgen war auch noch ein Tag.

Doc aß mechanisch, während er eine Diskette nach der anderen in das Powerbook schob. Aus den meisten Dateien wurde er nicht schlau, doch dann stieß er auf etwas, was wie ein staatenübergreifendes Verzeichnis aller Shuttle-Flüge aussah. Seltsamerweise stammte die Datierung der Flüge aus der Zeit nach dem Eintreffen der Vierfinger – dem offiziellen Eintreffen, verbesserte er sich. Dabei hatten die Regierungen angeblich ein Moratorium beschlossen, welches bemannte Raumfahrt bis auf weiteres untersagte. Was noch eigenartiger war, waren die Mengenangaben über die Nutzlast, die in die Umlaufbahn gebracht wurde und dort verblieb.

Die ganze Nacht blieb er wach und brütete über den ominösen Daten. Doc ahnte, dass er über eine ungeheuer wertvolle Information gestolpert war. Nur wem konnte er sich anvertrauen – und wer konnte sie entschlüsseln?

»Nur ein paar Fingerübungen – und das die ganze Nacht?« Kahia glaubte ihm kein Wort.

»Wie denkst du eigentlich über die Aliens?« Ihm fiel plötzlich auf, wie wenig er über das Mädchen wusste.

»Siehst du hier irgendwo welche, Doc?«

Er schüttelte den Kopf. Gott, war er müde. In Momenten wie diesen spürte er sein Alter. Früher hatte es ihm nie etwas ausgemacht, die ganze Nacht am Computer zu sitzen und zu arbeiten.

»Und genau aus diesem Grund bin ich hier«, schloss Kahia.

»Ich möchte jemanden im Künstlerdorf besuchen und ich hätte dich gerne dabei.« Er bemerkte ihren erstaunten Blick und fuhr schnell fort: »Gestern ist jemand auf der Fähre gewesen, den ich unbedingt kennen lernen muss, aber ich glaube nicht, dass sie mit mir reden wird. Wenn du nun dabei –«

»Wenn du mir sagst, was das Ganze mit den Vierfingern zu tun hat, komm ich mit.«

»Genau das will ich ja herausfinden – was sie mit den Aliens zu tun hat.« Doc putzte abwesend seine zerkratzten Brillengläser. »Du musst wissen, dass die Aliens meine Frau umgebracht haben.«

»Das habe ich nicht gewusst, das tut mir aufrichtig Leid«, sagte Kahia ernst.

Doc holte tief Luft und stieß heftig hervor: »Ich hab mit denen noch eine Rechnung offen!«

»Oh, Mann! Weißt du, Pierce hat dich mal das tiefste aller stillen Wasser genannt. Ich glaube, damit meinte er, dass du noch für eine Menge Überraschungen gut bist.« Sie grinste ihn an. »Wenn dies so eine Überraschung wird, dann will ich auf jeden Fall dabei sein.«

»Machst du dir eigentlich keine Sorgen um Pierce?«, fragte Doc unvermittelt.

»Um Pierce braucht man sich keine Sorgen zu machen.«

Er starrte sie verdutzt an.

»Weißt du, Pierce hat schon vor langer Zeit aufgehört, sich Sorgen um sich zu machen, er hat sich entschieden. Und würde ich jetzt anfangen, mir wegen einer Entscheidung Sorgen zu machen, die schon lange, ehe ich ihn überhaupt getroffen habe, gefallen ist, würde ich doch nur verrückt werden. Nein, Pierce ist, was er ist, und tut genau, was er will. Und das ist mehr, als man von den meisten Menschen sagen kann.«

»Wie kommt es nur, dass du so furchtbar abgeklärt und klug bist, Kahia?«

Sie hatte nur mit den Schultern gezuckt und »Gehen wir?« gefragt.

Schwere Wetter

Die Katastrophenmeldungen der vergangenen Monate lasen sich wie das Treatment zu einem Desaster-Movie. Mit fast schon unheimlicher Regelmäßigkeit erschütterten bereits seit Jahren Seebeben die pazifischen Gräben. Tsunamis von bislang unvorstellbaren Ausmaßen spülten Inseln und Küstenstädte gleichermaßern fort. Hastig ins Leben gerufene Notstandsprogramme und unkoordinierte Evakuierungsaktionen sorgten zusätzlich für Chaos unter der betroffenen Bevölkerung.

In seltener Einstimmigkeit machten Politiker und Umweltaktivisten die globale Erwärmung für die Beben und ihre Folgen verantwortlich – das war bequem und außerdem konnte man es der vorherigen Generation in die Schuhe schieben. Besorgnis machte sich auch dann nicht breit, als sich die Beben auf andere Ozeane ausdehnten und Inselketten im Atlantik und im Indischen Ozean von der Landkarte wischten. Als die Flutwellen ausgerollt waren, existierten die Azoren, die Seychellen und die Malediven nicht mehr. Doch nachdem die Philippinen schon vor Jahren zum Notstandsgebiet erklärt worden waren und Japan immer noch unter den Folgen des großen Tokio-Bebens litt, betrachtete man den Verlust einiger Inseln wohl als natürlichen Schwund – als Vorzeichen einer neuen Eiszeit, wie die einen sagten, oder einfach als Pech.

Tödlich wie die Stacheln der Koralle

Pierce machte die »große Hafentour« – so nannte er es im Stillen. Jeder Hafen, der auf seinem Weg lag, wurde angelaufen und stracks suchte er die diversen einschlägigen Speluken auf. Egal in welchem Land, er fand sie immer, und immer sahen sie gleich aus und immer waren die Drogen gleich schlecht und teuer. Es war fast wie damals, als er noch mit den Runners auf Tour war. Blue hatte seine Aufpasser, die darauf achteten, dass er nicht entgleiste – als ob Blue das jemals getan hätte –, doch er, er war nur der Drummer und er hatte den ganzen Spaß. Nach ihren Auftritten war er oft mit den Jungs rumgezogen und sie hatten sich ordentlich zugeknallt. Blue hatte das nie verstanden. Pierce hatte es ihm erklärt: »Nichts schweißt eine Band mehr zusammen als ein gemeinsames Besäufnis. Solltest du auch mal ausprobieren.«

Pierce gefiel das Leben. Tagsüber die See und nachts die Drogen und manchmal auch Frauen. Solange er genug Tausche hatte, hätte er ewig so weiter machen können. Vierfinger ließen sich so weit südlich kaum blicken, ein weiterer Pluspunkt für seine Reiseroute, fand Pierce.

»Zum Seemann wird man geboren«, sagte sein Gegenüber gerade. »Mein Vater, meine Brüder, sie alle sind zur See gefahren bis –«

»Bis was?«, fragte Pierce mehr aus Höflichkeit denn aus echtem Interesse.

»Du weißt schon, bis sie kamen.«

»Versteh ich jetzt nicht. Was haben deine Verwandten mit den Aliens zu schaffen?«

»Das haben wir uns auch gefragt – wir alle.« Die Frau beugte sich über den Tisch und sagte in unheilschwangerem Ton: »Bis wir Angst bekamen, dass bald keiner mehr von uns übrig wäre. Und da haben wir unsere restlichen Boote an die verdammten Vierfings verkauft.«

In Pierce' ziemlich benebelter Vorstellungswelt lief ein putziger, kleiner Film ab: *Der Pate, Teil VII* – fiese außerirdische Mafiosi erpressen brave Fischer und bringen sie um ihren Lebensunterhalt.

Doch wozu? Er versuchte, das Gesagte in einen logischen Kontext zu bringen, was wirklich nicht einfach war.

»Bis keiner mehr übrig war – die restlichen Boote?«

»Hast du schon mal vom Bermuda-Dreieck gehört?«

Pierce nickte. »Aber ihr seid doch wohl kaum so weit rausgefahren?«

»Natürlich nicht! Ich versuche dir nur etwas zu erklären, anhand eines Beispiels, verstehst du?«

Die Frau redete auf die umständliche Art aller Betrunkenen. Pierce fand das recht anstrengend. Doch er nickte aufmunternd. Es war schon eine Weile her, dass er eine richtig gute Geschichte gehört hatte, und diese versprach echtes Seemannsgarn zu sein. Er bestellte noch eine Runde von dem widerlichen, selbst gebrauten, überteuerten Gesöff. Es grenzte schon fast an ein Wunder, dass er von dem Zeug noch nicht blind oder impotent oder beides geworden war. Bermuda-Dreieck! Pierce kippte den Drink. Was soll's, dachte er, jeder hat das Recht, sich die Parameter für seine Realität zu setzen.

»Sie verschwanden genau so, als wären sie in dieses verdammte Bermuda-Dreieck gefahren. Da war kein Unwetter und ihre Boote waren auch nicht einfach leckgeschlagen, wie uns dieser Regierungsarsch weismachen wollte. Nein, sie waren rausgefahren wie jeden Tag und nicht wiedergekommen.«

Sie sah Pierce eindringlich an, als wäre in ihren Worten ein tieferer Sinn verborgen. Für Pierce klang sie einfach nur konfus.

»Und dann fanden wir raus, das die verfluchten Vierfinger hinter all dem steckten.«

Pierce wurde plötzlich etwas schwindelig. Er hatte das Gefühl, als befände er sich auf einmal in einer völlig anderen Geschichte, hatte aber den Zeitpunkt des Wechsels verpasst.

»Die Vierfinger?« Wenn es ihm gelänge, eine gewisse Linearität in ihren Bericht zu bringen, würde vielleicht auch der Schwindel aufhören.

»Die kleinen Scheißerchen haben da draußen auf dem Meer irgendein Ding am Laufen«, nuschelte sie.

»Warum erzählst du mir das?« Pierce sah plötzlich den komischen Zauberhut auf dem Meeresgrund vor sich. Was auch immer diese Frau in ihrer Trunkenheit von sich gab – er kannte auch eine Geschichte über das Bermuda-Dreieck und sie machte ihm höllische Angst.

»Weil Durchreisende meine einzigen Zuhörer sind«, sagte sie schlicht. Sie beugte sich zu ihm und flüsterte: »Ich hab bei mir zu Hause eine Flasche echten Gin, hab sie gestern erst eingetauscht.«

Pierce senkte den Blick und starrte auf ihre Brüste. Da sah er es, auf ihren Schultern: seltsame, kreisrunde Wunden wie kleine, entzündete Einschusslöcher. Er wich hastig zurück. Die Wunden begannen sich um sich selbst zu drehen, wirbelten wie winzige Spiralgalaxien, wurden zu schwarzen Löchern, die ihn einsaugen wollten. Erneut wurde ihm schwindelig.

»'schuldigung. Glaub, ich muss kotzen«, murmelte er und taumelte ins Freie.

Pierce hätte nicht sagen können, wie viel Zeit vergangen war, seit er in die enge Gasse getaumelt war, um sich die Seele aus dem Leib zu kotzen. Irgendwann war die Frau gekommen, sah ihn im Dreck sitzen und half ihm auf die Beine.

Sie sagte: »Dich kann man auch nicht aus den Augen lassen«, und schlug vor, er solle bei ihr bleiben, bis es ihm besser ging. Ihm war, als hätte er sich dagegen gesträubt, an den Grund seines Protestes konnte er sich aber nicht mehr erinnern.

Am nächsten Morgen fühlte er sich gut, nein, er fühlte sich großartig. Euphorisch und voller Power. Wie konnte das angehen? Eigentlich musste ihm doch spuckübel sein. Stattdessen hatte er einen brüllenden Hunger.

Er setzte sich auf und sah sich um. Was für eine Bruchbude! Er merkte, dass er nackt war – seine Klamotten waren auf dem schmutzigen Boden verstreut.

»Pierce, Junge«, sagte er sich, »du musst mit der Sauferei aufhören. Wenn schon Drogen, nimm die teuren.«

Abwesend kratzte er die Stelle zwischen Hals und Schulterrundung. Das Jucken verschlimmerte sich, wurde zu einem schmerzhaften Brennen. Scheiße, was war das? Er tastete die Stelle ab, spürte klebrige Körperflüssigkeit an den Fingern. Blut und noch etwas anderes, Galertartiges. Was zum –? Ihm wurde wieder schwindelig. Er würgte sauren Mageninhalt hoch.

Pierce versuchte zu fokussieren – dabei ahnte er fast, was er sehen würde, hoffte jedoch inständig, dass ihn seine Ahnung trügen würde. Vergebens. Er starrte in seine Halsbeuge, das kreisrunde, wunde Loch starrte wie ein totes Auge zurück.

Der Adrenalinstoß ließ ihn endgültig munter werden, brachte ihn auf die Beine und in seine Klamotten. Die Frau, wo war sie – was hatte sie mit ihm gemacht? Pierce schrie und fluchte. Unbändige Wut überkam ihn. Wut, die ein Ventil brauchte. Systematisch zerschlug er jeden Gegenstand in der armseligen Wohnung. Zertrümmerte die billigen Möbel, zerfetzte die Bettdecke, schlitzte die Matratze auf und zerriss die bunten, abgetragenen Kleider der Frau.

Schwer atmend stand er in dem Chaos. Er fühlte sich besser, aber dieser Zustand verging schnell. Er versuchte, seine Gedanken zu ordnen. Es musste doch etwas geben, was er tun konnte. Die Frau finden – nein, die hatte sich vermutlich längst abgesetzt. Dann die Kneipe, vielleicht war sie dort bekannt. Er war bestimmt nicht ihr erstes Opfer gewesen. Doch Opfer von was – einer unbekannten Seuche? Einen Arzt, er brauchte einen Arzt.

Einen Arzt fand er nicht, aber einen Heilkundigen – wie sich diese Leute gerne nannten und wie auch auf dem handgemalten Türschild zu lesen war. Für Pierce klang es wie ein Euphemismus, aber er konnte es sich nicht leisten, wählerisch zu sein, zumal aus dem lästigen Jucken wieder ein schmerzhaftes Brennen geworden war.

Der Heilkundige – mit seinem langen, fleckigen weißen Kittel, dem schlammfarbenen Afro und den Schmucknarben sah er aus wie eine Mischung aus verrücktem Wissenschaftler und Voodoo-Priester– fühlte seinen Puls und leuchtete ihm mit einer trüben Taschenlampe in sämtliche Körperöffnungen. Dann untersuchte er die merkwürdige Wunde, kratzte etwas von der galertartigen Masse ab, strich sie auf einen Objektträger und legte sie unter ein Mikroskop, welches aus einem Biologiebaukasten zu stammen schien.

Er brummte und stöhnte eine Weile Besorgnis erregend und fragte dann Pierce nach seinem Befinden.

»Eigentlich so gut wie seit langem nicht mehr.« Pierce war selber erstaunt. Sonst hatte er um diese Zeit schon üble Entzugserscheinungen.

»Sie sind stark dehydriert. Wann haben Sie zuletzt etwas getrunken?«

»Gestern Abend – sofern Alkohol zählt.«

»In einer Bar?«

Pierce nickte verwundert, er hatte keine Ahnung, worauf die Fragerei abzielte.

»Gestern war Sankt-Brody-Tag, da ist öffentlicher Alkoholausschank verboten.«

»Was? Welcher Tag ist heute?«

»Sonntag.«

»Aber das würde ja bedeuten, dass ich vier Tage weggetreten war.« Pierce rieb sich die Stirn, als könnte er so sein Gehirn anregen, sich zu erinnern.

Der Heiler schien nicht überrascht zu sein.

»Ich sage es Ihnen nur ungern, aber dieses Zeug«, er deutete auf den Abstrich, »ist organisch.«

»Wo liegt dann das Problem?« Pierce verstand nicht. »Sollte ich nicht eher beunruhigt sein, wenn es nicht organisch wäre?«

»Lassen Sie es mich so sagen: Es ist organisch, aber nicht humanoiden Ursprungs.«

Pierce merkte, wie ihm ein Kälteschauer das Rückgrat hinunterlief, ein Gefühl, das er bis jetzt immer für ein billiges Klischee aus einem Horrorfilm gehalten hatte. »Was ist es denn, Tier-, Pflanzen- oder Mineralreich?«, versuchte er zu scherzen.

»Es ist außerirdisch.«

»Oh, Mann, oh, Scheiße!«

Pierce kotzte das reichhaltige Frühstück, das er vor seinem Arztbesuch gegessen hatte, in hohem Bogen auf das schmierige Linoleum. Keuchend und würgend hielt er sich den Bauch. Wer hatte gerade eben behauptet, ihm ginge es großartig?

Der Heilkundige drückte ihm eine angeschlagene Tasse mit einer stinkenden Flüssigkeit an die Lippen. Pierce schob sie zur Seite.

»Nein, trinken Sie. Es wird Ihnen gut tun.«

Pierce überwand seinen Ekel und kippte das Gebräu runter. Es half tatsächlich. Als sich sein Magen beruhigt hatte, fragte er wider besseres Wissen: »Ein Irrtum ist wohl ausgeschlossen?«

»Irren kann man sich immer«, sagte der Heiler mit fatalistischem

Gleichmut. »Aber ich habe diese Symptome im Laufe der vergangenen Monate schon öfter gesehen.« Er kramte in einer Schublade und holte eine Spritze und weitere Objektträger hervor. »Ich möchte noch Ihr Blut untersuchen.«

Pierce zuckte die Schultern – ihm war es gleichgültig.

»Gibt es denn kein Gegenmittel?«

»Sie haben keinen Virus. In Ihrem Körper lebt eine Art außerirdischer Parasit.« Er winkte Pierce. »Hier, sehen Sie selbst.«

»Wie in *Angriff der Körperfresser*?« Pierce merkte, dass er Unsinn redete. Er sah durch das Mikroskop. »Kann ich denn gar nichts tun?«

»Ich hatte einen Patienten, bei dem war die Infektion aber schon viel fortgeschrittener als bei Ihnen, der hat es mit Ausbrennen der Wunden versucht.«

»Ja, und?«

»Er blieb länger am Leben als die anderen.«

So war es also, wenn man erfuhr, dass man nicht mehr lange zu leben hatte, dachte Pierce, der sich seltsam losgelöst fühlte. Hatte er nicht immer gewusst, dass er nicht alt werden würde? Aber ein außerirdischer Parasit, Scheiße, das hatte er nicht verdient! Das hatte niemand verdient.

»Die anderen, wer sind die?«

»Hauptsächlich Bewohner der kleinen Küstendörfer. Deshalb dachte ich zuerst, dass es etwas mit der Verseuchung der Meere zu hatte.« Er kramte wieder in seinen Schubladen. »Vielleicht eine mutierte Korallenart – die Stacheln dieser Biester können gemeine Wunden machen. Aber sobald ich das Zeug unter mein Mikroskop legte –« Er zuckte hilflos mit den Schultern. »Außerirdische Parasiten, das ist ein paar Nummern zu groß für einen kleinen Heiler wie mich.«

»Wie wird es enden?«

»Das weiß ich nicht. Die Körper lösen sich einfach auf.«

Pierce unterdrückte einen neuerlichen Brechanfall.

»Ich weiß, das ist kein Trost, aber bis es so weit ist, werden Sie sich großartig fühlen. Irgendwas in diesem Glibberzeug regt die Endorphinbildung an.« Er gab Pierce noch ein paar Pillen. »Gegen die Infektion.« Aber er klang nicht so, als ob er von deren Wirksamkeit überzeugt wäre.

Pierce stand mit wackligen Knien auf, gab ihm die Hand und murmelte: »Danke, Doktor.«

Der Heiler sah ihn mitleidig an. »Tut mir Leid, dass ich Ihnen so wenig helfen konnte. Ich habe die Vorfälle gemeldet, aber es scheint niemanden zu interessieren.«

Mich interessiert es. Mich interessiert es sogar sehr, denn ich werde daran sterben, wollte er brüllen. Stattdessen zog er sacht die Tür ins Schloss, dankbar, dass der Mann seinen Händedruck erwidert hatte.

Am auffälligsten war der immerwährende Hunger, und solange er aß, fühlte er sich großartig. Essen, in der Sonne sitzen und verdauen und wieder essen. Eine eigenartige Lethargie hatte ihn befallen. Er ließ das Boot treiben, vermied es, die Küstenstädte anzusteuern, lebte von seinen Vorräten und hing seinen Gedanken nach. Erinnerungen an ihre Kindheit und den Beginn ihrer Karriere – beides eine geballte Ladung von Klischees – gehörten seltsamerweise auch zu den Dingen, die ihm durch den Kopf gingen.

Ihre Mutter war Modell-Schrägstrich-Schauspielerin gewesen. Irgendwann hatte sie zwischen zwei »Projekten« beschlossen, schwanger zu werden. Vielleicht dachte sie, ein paar Aufnahmen mit einem niedlichen Baby würden sich gut in ihren Set-Cards machen. Nein, wahrscheinlich dachte sie gar nichts. Er erinnerte sich kaum noch, wie sie als Mensch gewesen war. Gegenwärtiger waren ihm ihre Zustände – depressive Verstimmungen nannten es die diversen, teuren Ärzte. Hysterische Anfälle sagte ihr Vater. Pierce glaubte zumindest, dass der Mann ihr Vater gewesen war: schwarzhaarig, blauäugig, mit einem Hang zum Zynismus, einer guten Stimme, die er in einer Hobby-Rockband einsetzte, mit der er alte Doors-Nummern spielte, und einem gesunden Selbsterhaltungstrieb, denn als die Zustände ihrer Mutter zum Dauerzustand wurden, ging er. Pierce hatte sich oft gewünscht, dass er ihn mitgenommen hätte. Nicht so sein Bruder. Der hing an ihrer durchgeknallten Mutter.

Mit steigendem Drogenkonsum verschwand ihr gutes Aussehen und mit dem Aussehen verschwand auch das Geld. Die »Väter« wechselten immer noch in gleichbleibendem Rhythmus, doch auch sie verloren an Klasse. Einer dieser Väter hatte eine Gitarre zurückgelassen – ein schäbiges Ding, für das sich der Weg ins Pfandhaus wohl nicht mehr lohnte. Pierce lernte darauf zu spielen und Blue sang dazu. Ein anderer Vater schleppte sie zu einem Kumpel, der zufällig jemanden in der »Industrie« kannte, und eine Legende nahm ihren Anfang – oder so ähnlich. Die Imageberater des Labels verpassten ihnen eine typische Über-Nacht-Erfolgsstory-Bio, und sogar ihre Mutter bekam eine Rundumerneuerung. Sie traten in TV-Shows auf, hatten Gastauftritte in einigen Vorabendserien wie der »Benny B. Show«, und mit Blues Eintritt in die Pubertät verschwanden sie wieder in der Versenkung. Der Wohlstand hielt noch eine Weile an, aber mit Unterstützung der Väter zogen sie bald wieder in eine miese Gegend und ihre Mutter nahm sich noch miesere Liebhaber. Pierce hasste sie nicht dafür, er wusste schon damals, sie konnte einfach nicht anders. Was war er doch für ein kluger kleiner Scheißer gewesen.

Blue hielt all die Jahre an einem Traum fest, den Pierce nie teilte: seine eigene Band zu gründen und mit ihr eigene Songs spielen. Dass er bei den Runners einstieg, hatte eigentlich nur einen Grund: Er fühlte sich für seinen kleinen Bruder verantwortlich und wollte ein Auge auf ihn haben. Und jetzt hatte er ihn endgültig im Stich gelassen.

»Mit den Runners ist es vorbei.« Pierce schrak hoch und sah sich alarmiert um. Er war allein – natürlich war er allein.

Die Sonne stand eine Handbreit über dem Horizont und es wurde allmählich kühl. Er zog sich ein ausgeblichenes T-Shirt über – ein Fan-Artikel, der Schriftzug war kaum noch zu entziffern: »Running Wild-Tour«. Er hatte noch eine ganze Kiste von den Dingern.

»Die werde ich wohl nicht mehr auftragen«, dachte er und der Gedanke traf ihn wie ein Faustschlag. Würde er sich denn nie daran gewöhnen, dass es bald mit ihm zu Ende ging?

Seine Schulter juckte. Wenn er jetzt nicht bald etwas essen würde, käme erst das Brennen und dann die Schmerzen. Davon hatte ihm der Heiler nichts gesagt, vielleicht hatte er es auch nicht gewusst. Er hatte versucht, sich mit Drogen zu betäuben, doch sie waren auf einmal wirkungslos. Darin lag schon fast eine poetische Gerechtigkeit, fand Pierce. Statt dass er sich mit Alien-Drogen umbrachte, hielten ihn die Aliens von den Drogen fern und brachten ihn selber um.

Zuerst hatte er versucht, dieses Etwas in seinem Körper auszuhungern, doch die Schmerzen waren nicht zu ertragen gewesen. So beschränkte er sich auf das Ausbrennen der Wunde und hatte es zu einem Ritual der Selbstbestrafung stilisiert.

Pierce sah nach seinen Vorräten. In spätestens drei Tagen würde er den nächsten Hafen ansteuern und Lebensmittel eintauschen müssen. Er griff sich blind eine Konservendose und löffelte den Inhalt, ohne zuzuschmecken. Sein Parasit war nicht besonders wählerisch.

Kauend ging er an Deck und suchte mit dem Fernglas die Küstenlinie ab. Das Meer war glatt und leer wie ein Spiegel. Wo waren die ganzen Boote? Was hatte diese verfluchte Frau noch gesagt – sie sind rausgefahren wie immer und nicht wiedergekommen, und die anderen hatten ihre Boote an die Vierfinger verkauft. Der Heiler hatte ja auch erst gemeint, etwas aus dem Meer wäre die Ursache. Doch was, wenn dieser außerirdische Parasit aus dem Meer kam? Was bedeutete dieser seltsame Kegel auf dem Meeresgrund – konnte es da einen Zusammenhang geben?

Pierce gab sich nicht der falschen Hoffnung hin, dass er auf wundersame Weise von seiner Krankheit geheilt werden könnte. Es war eine beschissene Welt und beschissene Dinge passierten eben. Gäbe es jedoch nur den Hauch einer Chance, den Vierfingern heimzuzahlen, was sie ihm, was sie den Menschen angetan hatten, er wäre sofort dabei.

Er holte sein Tagebuch aus dem Versteck und studierte die Koordinaten, die er unter dem Stichwort »Abyss« eingetragen hatte. Es war sicher zu gefährlich, den Tauchgang allein zu machen. Was, wenn ihm etwas zustieß? Er konnte nicht darauf bauen, dass sein Glück ihn auch beim zweiten Mal nicht im Stich ließ – dann wäre seine Entdeckung für immer verloren. Er brauchte einen Verbündeten. Blue, jemanden wie Blue. Warum nur konnten sie keine Brüder mehr sein?

Cyberjockeys

Wiesel brannten die Augen. Seit fast drei Tagen und Nächten hatte er ununterbrochen auf den Monitor des *Cyber*3 gestarrt. Vor acht Stunden hatten die Halluzinationen eingesetzt. Und jetzt surfte er im Cyberspace wie Case, der Konsolenjockey aus *Neuromancer*.

Garfield rüttelte ihn sacht an der Schulter.

»Sie sagt, ich soll dir was zu essen bringen.«

Er stellte einen gefüllten Teller vor Wiesel. Dieser nickte ihm ein abwesendes Okay zu und starrte weiter auf den Monitor.

»Sie sagt auch, ich soll dabeibleiben, bis du alles gegessen hast«, beharrte Garfield.

Unwillig sah Wiesel auf. Seine Wahrnehmung bestand aus fragmentierten Teilen eines Ganzen – einem sechsfachen Garfield, der ihn mit eindringlicher Neugierde musterte. Zwölf ernsthafte, wache Augen – interessant.

»Sie ist verdammt stur, was?«

Garfield grinste unsicher. Er wusste nicht so recht, wie er sich Wiesel gegenüber verhalten sollte. Skadi hatte mal gesagt: »Es gibt Menschen, die geboren werden, um Helden zu sein«. Für ihn war Wiesel so ein Held. Warum das so war, konnte er allerdings nicht genau sagen. Sicher lag es nicht nur daran, wie er sie damals alle mit seinem *Cyber*3 durch die Tunnel gelotst hatte.

Luciu und Carlotta waren sehr nett zu ihm gewesen, nachdem Skadi fortgegangen war, und hatten ihn aufgenommen, obwohl er damals in Hamburg einfach so, ohne Erklärung und ohne auf Wiedersehen zu sagen, verschwunden war. Doch sie hatten ihr eigenes Leben und ein fremder Junge gehörte sicher nicht dazu. Zwar neigte Garfield nicht zu ausgiebigen Reflektionen über seinen Gemütszustand – er lebte im Hier und Jetzt, darin war er wie alle Jungen –, aber er vermisste Skadi, mit ihr war immer was los gewesen. Mit Wiesel zusammen zu sein stellte er sich ähnlich aufregend vor.

»Was machst du da eigentlich?« Das war sicher nicht die beste Art, eine Unterhaltung zu beginnen, aber etwas anderes fiel ihm so schnell nicht ein.

Wiesel seufzte. Erst hatten ihn Brad und Ali genervt und jetzt dieser Junge. Vielleicht fühlte der sich auch nur einsam, nachdem diese 'skimo-Tussi die Biege gemacht hatte.

»Ich will wissen ...«

»Was?«

Ja, was wollte er eigentlich wissen? Ob die Tunnel-Soldaten hier auf Freezone in Sicherheit waren? Das wäre eine mögliche Antwort, aber es wäre nicht die richtige. Wiesels Neugierde ging tiefer. Er wollte alles ergründen. Und der Rabe hatte ihm einen Schlüssel gegeben, mit dem er so gut wie jede Tür aufschließen konnte. Er brauchte nur noch das Schloss zu finden.

Vor ein paar Tagen hatten sich Faizul und Ali über Politik unterhalten. Wiesel interessierte Politik einen Scheiß, aus verständlichen Gründen hasste er Behörden und alles was damit zusammenhing. Doch Faizul hatte etwas gesagt, das ihn aufhorchen ließ.

»– finde, dass die Bundeskanzlerin seit einiger Zeit wie ein CGI rüberkommt.«

Ali hatte gelacht und gemeint: »Weißt du denn nicht, dass alle Politiker heutzutage im Rechner gebaut werden?«

Bei Wiesel hatte diese Bemerkung einen merkwürdigen Prozess in Gang gesetzt. Was wäre – ja, was wäre, wenn diese VID-Tante Recht hatte und die gesamte Menschheit von Avataren regiert wurde?

Er machte sich gleich an die Arbeit und ließ einen dieser Promo-Auftritte auf dem *Cyber*3 laufen und zerlegte ihn in einzelne Sequenzen. Doch so sehr er sich auch bemühte, er fand keinen einzigen Beweis für Faizuls Behauptung. Er analysierte unzählige Clips, und je unwahrscheinlicher die ganze Sache wurde, desto fester war Wiesel davon überzeugt, dass irgendetwas gewaltig stank. Es sah einfach zu gut aus, zu perfekt.

Endlich, nachdem er sein Material zu einer Endlosschleife geschnitten, in einzelne Pixels zerlegt und mit der Bilderkennungssoftware des *Cyber*3 wieder zusammengesetzt hatte, sah er es: die unverwechselbare Signatur einer Satellitenübertragung. Daran war eigentlich nichts weiter ungewöhnlich, wenn man davon absah, dass die Signatur mit keinem der bekannten Com-Links übereinstimmte.

»Na und, dann hat die Regierung eben ihren eigenen Satelliten, was findest du daran merkwürdig?«, hatte ihn Sunshine gefragt.

»Erinnerst du dich, wie ich mich in dieses Serviceprogramm gehackt habe? Damals dachte ich, ich wäre in irgendeiner Software der Vierfinger gelandet, weil ich es nicht lokalisieren konnte.«

Sunshine nickte. Wie könnte sie das jemals vergessen. Das war der Tag gewesen, an dem sie beschlossen hatten, die Basis der Aliens auf dem Flughafen Tempelhof anzugreifen.

»Ich war da wohl 'n bisschen voreilig.« Wiesel fiel das Eingeständnis sichtlich schwer. »Aber ich hatte so was noch nie zuvor gesehen.«

»Ich kapier immer noch nicht, worauf du eigentlich hinauswillst.«

»Weiß ich doch selber nicht.« Wiesel runzelte die Stirn. »Ich hab nur dieses dumme Gefühl –«

Sunshine war gegangen. Sie hatte ganz andere Sorgen, als sich über Wiesels diffuse, böse Ahnungen den Kopf zu zerbrechen. Käppi, Jamila und die anderen Tunnel-Soldaten erwarteten, dass ihre Anführerin ihnen sagte, wie es weitergehen sollte. Dabei hatte Sunshine nicht die geringste Idee.

»Ich will wissen, wo sie alle abgeblieben sind – die Politiker und all die reichen Ärsche.« Das war die richtige Antwort.

»Ja, aber – sind sie denn verschwunden?« Verdutzt starrte ihn Garfield an.

»Als Arbeitshypothese«, Wiesel war sich nicht so ganz sicher, ob er gerade das richtige Wort benutzt hatte, doch der Junge sah ihn nur neugierig an, »also, als Arbeitshypothese ist eine Vermutung ausreichend.«

»Wo, meinst du, sind sie denn hin?«

»Keine Ahnung. Antarctica vielleicht.«

Wiesel, der merkte, dass er sehr hungrig war, nahm den Teller und haute rein. Die Verpflegung in diesem komischen Künstlerdorf war wirklich erstklassig.

»Glaubst du, dass meine Eltern auch da sind?«, fragte Garfield schüchtern.

»Deine Alten sind abgehauen?« Neugierig sah Wiesel den Jungen an. »Vermisst du sie?«

»Manchmal«, gestand dieser. »Aber Skadi vermisse ich mehr.«

Ab und zu dachte er mit leichter Besorgnis daran, wie es weitergehen sollte. Skadi hatte wie eine große Schwester auf ihn aufgepasst. Zwar hatte sie versprochen zurückzukommen, aber so vieles konnte passieren.

»Die 'skimo-Tussi ist cool«, sagte Wiesel, der ahnte, was in Garfield vorging. »So eine lässt einen Freund nicht hängen.«

»Skadi ist in Ordnung.« Plötzlich hatte er eine Idee. Er kramte in seiner Tasche und zog ein Computerspiel hervor. »Kennst du das? Heißt Schach.«

»Wo hast du das denn her?« Skeptisch beäugte Wiesel das Spiel. »Sieht aus, als wär das was für Babys.«

»Nö. Ist ziemlich kniffelig. Willst du mal?«

Vier Stunden später spielten sie immer noch. Wiesel lernte schnell und hatte schon zweimal Remis erspielt. So entstehen wohl Freundschaften, dachte Garfield und fühlte sich zum ersten Mal, seit Skadi fort war, richtig gut.

Sie saßen auf Klappstühlen vor den Wagen der Schausteller. Doc wusste nicht recht, wie er das Gespräch beginnen sollte. Er sah zu Kahia, doch die zuckte mit den Schultern. »Ich bin nur mitgekommen«, schien diese Geste zu sagen. »Sieh zu, wie du klarkommst.«

»Vor ein paar Monaten war ich zusammen mit einigen Kollegen in einer – einer Art Einrichtung einer Regierungsstelle. Wir sollten Szenarien entwickeln, die mit den Aliens zu tun hatten.«

Die junge Frau sah in ausdruckslos an. Doc konnte nicht einmal sagen, ob sie ihm überhaupt zuhörte.

»Eines Tages zeigten sie uns –«

»Du bist Romanschreiber, stimmt's?«

Doc nickte verwundert. Er konnte sich den gereizten Ton in ihrer Stimme nicht erklären.

»Willst du uns hier deinen neuen Roman erzählen, oder was?«

»Nein, nein.« Er redete schneller. »Ich hab dich gesehen, ich meine, eine Aufzeichnung von deinem Verhör. Du warst bei den Aliens und –«

»– und was geht dich das an?«

»Sie haben seine Frau umgebracht und jetzt will er sie umbringen oder so, und du sollst ihm dabei helfen«, mischte sich Kahia wenig hilfreich ins Gespräch ein.

Sunshine verdaute das Gehörte, dann fing sie an zu lachen. Sie lachte laut und von Herzen – sie hatte seit vielen Monaten nicht mehr so gelacht und es war wie eine Befreiung.

»Du bist irre, oder?«, fragte sie, als sie wieder zu Atem gekommen war.

»Ich – nein, ich denke nicht.«

Brad und Ali kamen zum Wagen. Sie trugen ihre Ausrüstung und sahen nach Arbeit aus. Sie begrüßten Sunshine mit Handschlag und nickten Doc und Kahia neugierig zu.

»Da sitzt eure neue Story«, grinste Sunshine. »Ein echter Schriftsteller. Er will, dass ich mit ihm Vierfinger plattmache.«

»Nun, da könnte er niemand Besseren fragen«, meinte Brad lässig.

»He, von dir hab ich doch schon was gelesen.« Ali hatte gerade ein massives Aha-Erlebnis. »*Straßenschlau, verliebt und völlig durchgeknallt,* stimmt's?«

Doc nickte, gegen seinen Willen geschmeichelt. Mit einmal redeten alle durcheinander.

Sunshine: »Und du willst mir weismachen, dass du nicht irre bist?«

Ali: »Tolles Buch!«

Brad: »Wirklich? Worum geht's denn da?«

»Euch kenne ich doch«, sagte Kahia unvermittelt. »Ihr gehört doch zu dem VID-Team, das über die Gruppe in Berlin berichtet hat.« Sie drehte sich zu Sunshine. »Und du warst auch in dem Film!« Sie sagte es fast anklagend.

Sunshine starrte sie an. Ihr Gesicht war doch gar nicht zu sehen gewesen!

»Ich hab dich an der Art, wie du dich bewegst, erkannt.«

Das seltsame Mädchen schien ihre Gedanken zu lesen. Sie überlegte, wie weit sie den beiden trauen konnte.

»Nehmen wir mal an, ich bin diejenige, für die du mich hältst. Was willst du?«

»Ich suche Antworten. Und ehe du wissen willst, wie die Fragen lauten, hier sind sie: Wie ist es möglich, dass weltweit Shuttleflüge große Mengen Nutzlast in die Umlaufbahn gebracht haben, obwohl zum Zeitpunkt der Landung längst ein Moratorium über die bemannte Raumfahrt verhängt war?«

»Ein was?« Sunshine furchte die Stirn.

»Ein Verbot«, erläuterte Brad.

»Woher hast du diese Info?«

»Von dem Ort, wo ich auch die Aufzeichnung von deinem Verhör durch die deutsche Sektion für Alien-Observation gesehen habe. Nur –«, Doc hustete und versuchte damit ein ziemlich breites Grinsen zu überspielen, »diese Information wurde uns nicht gegeben.«

»Ich glaube, du solltest dich mal mit Wiesel unterhalten, der hat da auch so ganz abgedrehte Theorien.«

»Technologietransfer«, sagte Doc gerade. »Will sagen, dieses Serviceprogramm könnte genau das sein, wofür du es gehalten hast, nämlich außerirdischen Ursprungs.«

Seit knapp einer Stunde hockten er und Wiesel vor dem *Cyber3* und versuchten, ihre Daten abzugleichen. Sunshine, Brad und Ali hatten sich längst abgeseilt, nur Garfield und Kahia sahen den beiden gespannt zu.

»Hier«, Doc legte seine Disketten auf den Tisch wie ein Pokerspieler einen Royal Flush, »vielleicht kommst du damit weiter.«

»Disketten?« Wiesels Gesicht war ein einziges Fragezeichen. »Wie soll ich die denn einlesen? Wo hast du die Dinger her?«

»Ach, die lagen bei so einer Regierungsstelle rum«, sagte Doc vage.

»Regierung? Das sagt alles«, meinte Wiesel abfällig.

Garfield kicherte und fing sich prompt einen strafenden Blick von Wiesel ein.

»Du bist doch gar nicht hier.«

Doc baute das Powerbook auf.

»Wenn ich sie hier einlese, könntest du dir doch die Daten rüberkopieren.«

»Wird zwar ’ne halbe Ewigkeit dauern, könnte aber gehen.« Wiesel warf Doc einen abschätzenden Blick zu. »Brad sagt, du bist ’n Schreiber. Richtige Bücher und so ’n Zeugs?«

Doc nickte.

»Gab's mal was von deinem Zeug im Kino? Ich bin kein Buch-Typ, weißt du.«

»*Sternenjäger von Proxima* basiert auf einer meiner Shortstories.«

»He, das kenn ich. Da waren 'n paar klasse Songs von den Runners drin.«

»Du stehst auf die Runners?« Doc sah seine Chance, Punkte zu machen, als Wiesel heftig nickte. »Wusstest du, das Pierce auf Freezone lebt? Ich wohne zur Zeit auf seinem Hausboot.«

»Cool, Mann.« Jetzt war Wiesel beeindruckt. »Also ich find, als er noch dabei war, hatten die mehr Biss.« Das hatte zwar der Rabe gesagt, aber Wiesel fand, dass es nicht schaden konnte, sich mit diesem seltsamen Ami-Vogel gut zu stellen. »He, was soll denn das sein?« Er starrte auf die Zahlenkolonnen, die über das Display seines *Cyber* liefen.

»Ich glaube, es sind Raumkoordinaten.«

»Wie kommst du auf die Idee?«

»Ich weiß, es könnte vermutlich genauso gut die Jahresbilanz eines NASA-Ausstatters sein. Aber Anna, meine Frau, war Astrophysikerin, da bleibt so manches hängen.«

»Doktor Anna Voss, Wissenschafts-Astronautin auf der Voyager«, sagte Kahia unvermittelt.

Doc und Wiesel starrten sie an.

Kahia grinste und zuckte mit den Schultern, dann beugte sie sich wieder über das Schachspiel und sagte zu Garfield: »Wenn du nicht Acht gibst, hab ich dich in spätestens vier Zügen klein.«

»Ich könnte eine Abgleichung mit den Koordinaten aller bekannten Kommunikations-Satelliten versuchen«, schlug Wiesel vor. »Damit könnten wir rauskriegen, mit was für Zahlen wir es hier zu tun haben.«

»Wie lange dauert das?«

»Bin gleich fertig.« Wiesel schluckte laut. »Boa, Treffer und versenkt. Oh, Mann, oh, Mann!«

»Da oben ist was – hatte ich Recht?«

»Stimmt auffallend, da oben ist was – etwas ziemlich Großes – und nicht nur eins. Wir hatten beide Recht.«

Wiesel lehnte sich ächzend zurück. Er sah auf einmal ziemlich blass aus, fand Doc und merkte, dass ihm auch flau wurde. Das alles wurde langsam eine Nummer zu groß für einen minderjährigen Hacker und einen in die Jahre gekommenen Science Fiction-Schreiber.

»Raumstationen?«

»Raumstationen«, nickte Wiesel.

Als ob Doc noch eine Bestätigung gebraucht hätte. Er überlegte. Bestand tatsächlich ein Zusammenhang zwischen den Stationen und Wiesels haarsträubender Theorie von den Avataren?

»Kannst du dich noch mal in dieses Serviceprogramm hacken?«

»Kein Problem«, meinte Wiesel großspurig.

»Sei bloß vorsichtig«, mahnte Doc. »Nicht dass hier plötzlich irgendwelche fiesen Aliens mit Strahlenwaffen vor der Tür stehen.«

»Kein Problem«, wiederholte Wiesel mit mehr Zuversicht, als er in Wirklichkeit empfand.

»Halt, warte!« Doc hatte auf einmal ein ganz ungutes Gefühl. »Lass uns erst mal drüber schlafen. Ich glaube, wir wissen noch gar nicht, auf was wir da eigentlich genau gestoßen sind.«

»Ganz meine Meinung.« Erleichtert klappte Wiesel den *Cyber*3 zu.

»Und das war's jetzt – genug Verschwörung gespielt?« Kahia sah vom einen zum andern. »Gut. Dann können wir ja nach Hause gehen.« Sie versetzte Garfield einen Knuff. »Für einen Jungen spielst du gar nicht mal so schlecht.«

Unruhige Gedanken

Faizul war den ganzen Weg zum Künstlerdorf gerannt. Ständig sah sie zurück, sie hatte eine Scheißangst, dass er ihr gefolgt sein könnte. Dabei gab es überhaupt keinen rationalen Grund für ihre Angst und noch weniger war anzunehmen, dass er nichts Besseres zu tun hatte, als ihr nachzulaufen. Sie sagte sich immer wieder, dass alles nur Einbildung sei, doch gegen diese irrationale Angst kam sie einfach nicht an.

Der schlimmste Moment war gewesen, als sich Sandrine zu Erg umdrehte, ihn mit runden, erstaunten Augen ansah und vorwurfsvoll sagte: »Aber hast du nicht gesagt, sie ist tot?«

Erg hatte nur mit den Schultern gezuckt und »Irren ist menschlich« gesagt, und alle, die drum herum standen, waren in brüllendes Gelächter ausgebrochen.

Sie war mit Brad und Ali im Hafenviertel unterwegs gewesen – schließlich waren sie auf Freezone, um zu arbeiten. Für heute stand eine kleine »Wie das Festival das Leben der Einheimischen verändert«-Reportage auf dem Plan und sie taten, was all die anderen VID-Teams auf der Insel auch taten: Sie nervten die Caféhausbesitzer, die Kunsthandwerker und deren Kunden mit ihren abgestandenen Fragen.

Brad fluchte schon seit Tagen, erst lautlos und dann für alle unüberhörbar. Er hasste diese oberflächlichen Routine-Jobs. Zum Glück ließ ihnen die kleine Faizul ziemlich freie Hand, und wenn sie den »Brot-Kram«, wie er es nannte, aufgenommen hatten, zogen er und Ali durch die ehemalige Künstlerkolonie und suchten nach Spuren von Rashala und anderen berühmten Freezoniern.

Faizul hingegen streifte lieber durch die kleinen Boutiquen und Schmuckgeschäfte, nicht zum Einkaufen, sondern einfach nur zum Zeitvertreib. Und dort traf sie auf Sandrine – besser gesagt, sie hörte sie.

»– und warum wurde mir dann gestern gesagt, dass es heute in meiner Größe da ist?«

Faizul spähte um einen Ständer mit bunten Kaftanen, diese Stimme kannte sie doch. Sandrine MacMillan stand nur wenige Meter von ihr entfernt. Anklagend hielt sie ein undefinierbares Kleidungsstück in die Höhe, während die genervte Besitzerin der Boutique vergeblich versuchte, ihre aufgebrachte Kundin zu beruhigen.

»He, Kumpel, hier ist sie!«

Ein verwahrlost aussehender Mann brüllte quer durch den Laden. Sandrine ließ das Kleidungsstück fallen. Ihre Augen irrten durch den Raum, fast als würde sie nach einem Fluchtweg suchen, und erblickten Faizul.

»Hallo, wen haben wir denn da?«, sagte im gleichen Moment eine nur allzu vertraute Stimme in Faizuls Nacken. Sie konnte seinen Atem fühlen und erstarrte.

»Hallo, Erg«, murmelte sie matt.

»Die kleine Faizul, wer hätte das gedacht.« Er packte sie bei den Schultern und schwenkte sie herum. »Und sie freut sich ja so, mich zu sehen.« Er drehte sich zu dem Mann, der Sandrine entdeckt hatte, und rief: »Sag den anderen Bescheid, wir haben was zu feiern.« Er sah Faizul bohrend an. »Haben wir doch, oder etwa nicht?« Seine Hand legte sich an ihren Hinterkopf und ließ sie wie eine Marionette nicken. Dazu sagte er mit Fistelstimme: »Ja, Erg, das haben wir.«

Sie waren in eine der zahlreichen Hafenspelunken gegangen. Erg, Sandrine und vier durchgeknallte Typen – Mitglieder einer Gang oder einer Rockband, dachte Faizul, die wie in Trance mitging.

Irgendwann, Stunden später, hatte sie ihren Willen so weit wieder gefunden, dass sie sich bei der Gruppe entschuldigte und zum Klo ging. Ein schmales Fenster, das sich zu einer kleinen Gasse hin öffnete, diente als Fluchtweg. Und von da an war sie nur noch gerannt.

Faizul war nicht mutig. Für sie war es schon ein großer Schritt gewesen, mit dem Team nach Hamburg und Berlin zu fahren. Die furchtbaren Stunden in den Tunneln und der Angriff auf die Basis der Aliens – sie fragte sich, wie sie all dies hatte überleben können. Sie hatte noch nie zuvor einen Menschen sterben gesehen – all das Blut, es war so echt. Für sie war der Tod etwas, was von den VID-Teams vor Ort via Com-Link in die Sendezentrale überspielt wurde: Opfer von Umweltkatastrophen, Terroranschlägen oder Verkehrsunfällen. Nie hatte sie sich überlegt, was hinter den Toten stand – ihre Namen, ihre Hoffnungen, Freunde, die sie beweinten. Danuta, Bingo und Dreisatz. Wer würde um diese Kinder weinen, um ihre Träume und unerfüllten Wünsche? Dabei wollten sie so wenig, nur einen Ort zum Leben, einen Ort ohne außerirdische Invasoren.

Nein, mutig war sie nicht. Vielleicht hatte sie all ihren Mut bereits vor Jahren aufgebraucht, als sie mit ihren Eltern und ihren Geschwistern aus dem brennenden London geflohen war. Faizuls kleine Schwester war in einem Flüchtlingslager gestorben – an einer der vielen unbekannten Virusinfektionen –, so hatte man ihr erzählt. Seitdem hatte Faizul oft das Gefühle, sie würde ihr Leben nur einem seltsamen Zufall verdanken. Ihre Eltern, hochklassige Systementwickler, waren sehr wohlhabend und so war ihr Leben immer erträglich gewesen. Die diversen Durchgangslager hatten daran nichts geändert. Einige Jahre hatten sie in der Schweiz gelebt – sie und ihre zwei Brüder waren auf teure Internate gegangen –, dann hatten ihre Eltern das Angebot bekommen, für ein Konsortium auf Antarctica zu arbeiten. Faizuls Brüder waren mitgegangen. Sie hatte ein Praktikum bei Kanal 7 gemacht und sich binnen kurzem zur Producerin hochgearbeitet.

Und jetzt war sie hier auf Freezone und alles nur, weil sie Sandrines Gequatsche nicht mehr ausgehalten hatte und mit Brad und Ali zu diesen verrückten Kinder-Terroristen gegangen war. Und wer war noch auf Freezone? Das Leben war nicht fair. Ihre Karriere-Aussichten waren gleich Null, für Brad war sie immer noch ein kleines Mädchen und jetzt war auch noch ihre Vergangenheit in Verkörperung von Erg Alonquin hinter ihr her.

Keuchend blieb sie unter einem schattigen Torbogen stehen und hielt sich den schmerzenden Leib. Sie glaubte keinen Schritt weiter laufen zu können. Auch hatte sie in dem Gassengewirr des Hafenviertels schon längst die Orientierung verloren. Was, wenn sie plötzlich wieder am Ausgangspunkt ankommen würde? Nein, so durfte sie nicht denken. Sie holte tief Luft und rannte weiter und lief dem massigen Barbo direkt vor die Brust.

Sie stolperte und wäre lang hingeschlagen, hätte er sie nicht mühelos aufgefangen. Sie wollte sich panisch losreißen, doch er hielt sie fest.

»He, he, kennst du den alten Barbo nicht mehr?«

»Was? ’tschuldigung«, stammelte sie atemlos.

»Was ist denn passiert, Mädchen?«

»Frag bitte nicht. Ich glaub, ich hab mich verlaufen. Ziemlich albern, oder?« Sie lachte unsicher.

»Na, dann komm mal. Ich wollte auch gerade zurückgehen. Ist ’n ziemlich aufregender Ort für, na ja, ’n alten Mann wie mich. Kann man schon leicht den Überblick verlieren.«

Wenig später, in Barbos und Madame Esmeraldas Wagen, wo Faizul mit süßem Tee und pappigen Plätzchen gepäppelt wurde, redete sie sich ihre Sorgen vom Herzen.

»Er ist so – eigenartig, versteht ihr? Ich weiß nicht, wie ich es anders beschreiben soll.«

Madame Esmeralda nickte wissend. Ihr waren schon diverse eigenartige Männer begegnet, ihr verstorbener war auch so ein ganz spezieller Fall gewesen.

»Wie läuft es eigentlich mit dir und diesem gut aussehenden Burschen?«

Das war vielleicht nicht unbedingt der geschickteste Themenwechsel, aber zumindest brachte er Faizul vorübergehend auf andere Gedanken. Sie seufzte und verdrehte die Augen.

»Für ihn bin ich entweder das kleines Mädchen oder die nervige Producerin.«

»Schwieriger Fall«, befand Susi. Sie griff in ihre Rocktasche – wenn sie im »Dienst« war, trug sie phantasievolle, weite Gewänder – und holte ihre Tarot-Karten hervor. »Heb ab.«

»Ich hab ein ganz komisches Gefühl.« Faizul war mit ihren Gedanken immer noch bei der unerfreulichen Begegnung mit Erg Alonquin. »Ich erinner mich, wie er einmal sagte, dass er Sandrine hasst – und jetzt sind sie zusammen. Und dann diese – nein, ich mag gar nicht daran denken.«

»Liebe und Hass sind oft seltsame Bettgefährten.« Madame Esmeralda klang furchtbar weise und mindestens genauso platt. »Heb ab, Mädchen. Aha, der Prinz der Kelche. Ich glaube fast, mit dir und diesem Brad wird es doch noch was.«

»Ich hätte sie vielleicht mal besuchen sollen«, meinte Takaheshi nachdenklich und sah etwas wehmütig in den Sonnenuntergang. Sonnenuntergänge hatten manchmal diese Wirkung auf ihn, sie ließen ihn sentimental werden.

»Wenn du wieder auf Freezone bist, kannst du es ja nachholen«, schlug Skadi vor.

»Ich weiß nicht mal, ob sie noch auf der Insel lebt, und überhaupt – manche Dinge kann man nicht nachholen. Wenn der Zeitpunkt vorbei ist, dann ist er vorbei.«

Skadi prustete los. »So einen Unsinn habe ich noch nie gehört.«

»Solche Dinge lernt man, wenn man älter ist.«

Skadi beschloss, das Thema erst mal auf sich beruhen zu lassen. »War sie gut?«, fragte sie stattdessen.

»Gut? Sie war gigantisch!«

Sie hatten es sich angewöhnt, die Abende grünen Tee trinkend auf dem Sonnendeck zu verbringen. Manchmal erzählte Takaheshi aus seinem Leben und manchmal Skadi aus ihrem. Sie waren jetzt seit rund zwei Wochen unterwegs und gute Freunde geworden. Takaheshi fragte sich zuweilen, wie das passieren konnte. Vielleicht weichte ihn das Alter langsam auf.

Wie viele Jahre war es her, dass er zuletzt an Rashala gedacht hatte? Bewusst an sie gedacht, berichtigte er sich, denn irgendwie war sie immer in seinen Gedanken gewesen. Nicht wie eine wehmütige oder schmerzliche Erinnerung, eher wie ein Echo, ein Klang, der nur an bestimmten Orten hörbar wurde, genau wie ihre berühmten Skulpturen.

Der Sommer, in dem sie die erste ihrer Klangskulpturen schuf, war Magie gewesen. Er erinnerte sich noch gut daran.

Er war nach Freezone gekommen, weil er nichts Besseres vorgehabt hatte. Er hatte sich gleichzeitig ausgepowert und satt gefühlt. Dazu kam ein Überdruss, wie ihn nur die ganz Reichen kennen. Extremsport, Selbsterfahrungstrip oder Drogen lautete gewöhnlich das Rezept für solche Befindlichkeiten. Takaheshi fand alles drei langweilig und überflüssig. Er hasste Sport, kannte sich selbst zur Genüge, und

Drogen waren ihm, dem Kontrollfreak, ein Greuel. Irgendjemand hatte ihm dann von dieser verrückten Insel erzählt. Und mit einer ihm völlig uneigenen Spontanität war er hingefahren und hatte es gehasst. Freezone war laut und schmutzig, und die wenigen Gasthäuser waren überteuert und unkomfortabel. Die berühmten Künstler, mit denen seine Freunde so angegeben hatten und die von ihnen für viel Geld gesponsert wurden, waren nichts weiter als ein Haufen arroganter Arschlöcher. Am liebsten wäre er sofort wieder abgereist, doch seine Jacht lag mit einem Motorschaden im Hafen, die Klimaanlage an Bord war auch ausgefallen, Ersatzteile mussten vom Festland angefordert werden und einen Liefertermin wollte man ihm weder für Geld noch Drohungen nennen. Dann hatte er Rashala getroffen.

Sie lebte auf einem verfallenen Hausboot auf der Westseite der Insel. Eines Morgens war er grimmig vor sich hin starrend, wild entschlossen, sich an diesem schönen Frühlingstag so richtig missmutig zu fühlen, zwischen den künstlichen Felsen spazieren gegangen. Zuerst hörte er ihr Lachen – laut und ungezwungen, die pure Lebensfreude. Irritiert hatte er sich umgedreht. Da sah er sie zum ersten Mal. Ihre langen, von metallicfarbenen Strähnen durchzogenen Haare flatterten im Wind. Sie trug einen schwarzen Kaftan, der an den Seiten hochgeschlitzt war und ihre gebräunten Beine zeigte. Ihre Augen verbarg sie hinter einer Spiegelbrille. Eine von diesen durchgeknallten Neo-Hippies, war Takaheshis erster Gedanke. Doch da war etwas – er konnte nicht sagen, ob es an ihrer Haltung, ihrem Gesichtsausdruck oder einfach an diesem Lachen lag –, das ihn auf sie zugehen ließ. Und am Ende eines unvergesslichen Tages beschloss er zu bleiben.

Er zog zu ihr auf das Hausboot, und dass es dort weder Klimaanlage noch sonstigen Komfort gab, störte ihn nicht im Geringsten.

Rashala stand am Anfang ihrer künstlerischen Karriere – obwohl ihre Installationen in bestimmten Kreisen bereits als Geheimtipp gehandelt wurden. Sie hatte ihren Stil noch nicht gefunden, experimentierte mit verschiedenen Materialien und Ausdrucksformen.

Er war Zeuge gewesen, als sie die Inspiration zu der ersten ihrer Klangskulpturen erhielt. Wie jeden Abend waren sie an der Küste entlanggegangen. Sie sprachen selten, eine intimere Art der Kommunikation hatte die Worte verdrängt. Irgendjemand hatte aus Strandgut ein Windspiel gebaut und es auf einem der Wellenbrecher installiert. Ein harter Ostwind brachte es zum Vibrieren. »Es ist die Natur, die wir alle zu imitieren versuchen«, hatte Rashala gesagt. Noch am gleichen Tag begann sie mit der Arbeit an ihrer ersten Klangskulptur. Beide wussten, dass dies der Durchbruch war.

Rashala und er zählten bald zu den Lieblingen der Künstlerszene – und der Medien. Selbstredend sorgte Takaheshi dafür, dass in den entsprechenden »wichtigen« Publikationen über sie berichtet wurde, wobei er sich bewusst im Hintergrund hielt. Schon bald wurde ihr Name im Zusammenhang mit dem Begriff »Pop-Ikone« genannt, Galeristen, Medien-Typen und Fans kampierten vor dem Hausboot, nur um einen Blick auf sie zu erhaschen. Und so war es nur folgerichtig, dass sich Rashala aus der Öffentlichkeit zurückzog und damit noch mehr zur Bildung von Mythos und Personenkult beitrug.

Bevor Takaheshi Freezone verließ, kaufte er die Klangskulpturen und ließ sie in der Hafeneinfahrt aufstellen. Irgendwie gefiel es ihm, über die Jahre ihren allmählichen Verfall zu beobachten. Er schien zu einem Synonym für den Zustand der Insel geworden zu sein. Denn was war aus seinen Idealen, aus Freezone geworden? Kunst, sofern es sie überhaupt noch gab, war so banal und so lächerlich in ihrer selbstüberzeugten Wichtigkeit.

Die Welt braucht Neue Helden, dachte Takaheshi und kehrte seufzend in die Gegenwart zurück. Einzig der Rockmusik war es vereinzelt gelungen, etwas von der alten Magie einzufangen, etwas Echtes. Darum hielt er in jedem Hafen nach Pierce Ausschau. Ihm war sein Boot genau beschrieben worden – ein von Sonnenkollektoren betriebenes Auslegerboot mit dem sonderbaren Namen »ZACA«. Was er zu ihm sagen sollte, wenn er ihn fand, wusste er allerdings nicht. Noch viel weniger, mit welchen Argumenten er ihn zur Rückkehr und zu einem Auftritt mit seiner alten Band bewegen konnte.

»Hast du schon mal von einer Band, die sich Bladerunner nennt, gehört?«

Skadi schüttelte den Kopf. »Ich mach mir nicht besonders viel aus Musik. Gibt einfach zu viel davon und klingt auch alles gleich.« Sie sah Takaheshis entgeistertes Gesicht und musste lachen. »Ich glaube, du vergisst manchmal, dass ich nur ’ne dumme ’skimo-Tussi bin.«

»Ja, das vergesse ich manchmal«, schmunzelte Takaheshi. Sie spielten dieses Spiel schon eine Weile und für gewöhnlich forderte er sie auf: »Erzähl mir was von 'skimo-Land.«

Das Mädchen war im Laufe der Reise so etwas wie ein Medium für Takaheshi geworden. Wie liefen die Dinge in ihrer Welt? Sie, die von außen nach innen – auf die westliche Welt – sah, konnte die Antwort haben: Was war schief gelaufen, wieso hatten sich die Gesetze von Kaufen und Verkaufen so verschoben? Wo blieb die Herausforderung, wenn es keine Konkurrenz mehr gab? Jetzt ging es nur noch ums Überleben, wie langweilig. Die Menschen hatten den Spaß an schönen Dingen verloren. Lag das wirklich nur an den Besuchern? Er bezweifelte es. Die vergangenen Jahre der Stagnation hatten selbst ihn weich werden lassen. Etwas musste geschehen, damit er den alten Biss wieder fand. Wir brauchen wirklich Neue Helden, dachte Takaheshi. Irgendwie schien sich der Gedanke in ihm festzusetzen.

Seltsamerweise fiel es Skadi überhaupt nicht schwer, Takaheshi von daheim zu erzählen. Sie war sich seines aufrichtigen Interesses an ihrer Kultur bewusst. Er fragte nicht nur, um die Zeit totzuschlagen, wie sie dies bei den Europäern erlebt hatte, die in Longyearbyen aufkreuzten, um dann später in den Medien von den »Zuständen« zu berichten, ohne dass sich dadurch irgendetwas verändert hätte.

Und so hatte Skadi von daheim erzählt – wie ihre Vorfahren den langen Weg über das Eis angetreten hatten, von Grönland nach Svalbard, über die alte »Polarbärenroute«, um Arbeit in den Minen und später auf den Ölplattformen zu finden. Das war, nachdem ihre Heimat zum atomaren Wasteland geworden war – erst Thule und dann der Rest, und niemand wollte es gewesen sein. Grenzen verwischten sich, es gab keine Länder mehr, die Ansprüche auf die Polarregion anmeldeten. Endlich, nach all den Jahren, hätte sie wieder ihren ursprünglichen Bewohnern gehören können. Wären da nicht die Multis gewesen.

Doch Takaheshi wollte auch wissen, wie Skadis Leben auf Spitzbergen ausgehen hatte, wer ihre Freunde waren.

Und Skadi erzählte: »Åsgård wollte erst nicht, dass ich fortgehe. Ich war ihre Schülerin, musst du wissen.«

»Warst du eine gute Schülerin?«

»Ich glaube nicht.« Sie lachte. »Nein, war ich wohl nicht. Ich bin viel zu ungeduldig. Andererseits bin ich auch unglaublich neugierig. Aber das ist ja nicht verkehrt, oder?«

»Wahrscheinlich nicht.« Takaheshi drehte sein Handgelenk aus der Sonne, damit er den Display seines Mini-Com lesen konnte. »Wir könnten heute an Land zu Abend essen, in zwei Stunden erreichen wir Teneriffa.«

»Da waren wir noch nicht, oder?«

Skadi dachte plötzlich: Heute ist Donnerstag, also muss das hier Rom sein. Aber war sie nicht genau aus diesem Grund nach Europa gekommen, um wie eine Touristin herumzureisen? Und hatten sich ihre Erwartungen erfüllt? Sie konnte es nicht sagen. Sicher, auf der einen Seite war das Land genauso bizarr und seine Bewohner so merkwürdig, wie sie erwartet hatte. Doch dann hatte sie Sunshine und die Tunnel-Soldaten getroffen und gesehen, dass noch viel mehr dahinter steckte. Es wäre tatsächlich möglich, von hier aus die Welt aus den Angeln zu heben, dachte sie verwundert, und das machte ihre eine ziemliche Angst. Und so war sie wieder mal weggelaufen, feige ’skimo-Tussi, die sie war. Um Garfield machte sie sich keine Sorgen – der Junge würde immer auf die Füße fallen wie die Katze, nach der er sich genannt hatte –, aber vermissen tat sie ihn schon. Vielleicht hatte es Åsgård deshalb so ungern gesehen, dass sie nach Europa reiste, weil sie befürchtete, ihre Schülerin könnte Verpflichtungen und emotionale Bindungen auf jenem seltsamen Kontinent eingehen.

Doch noch war sie nicht so weit, Entscheidungen zu treffen. Etwas fehlte an dem Bild. Wenn sie nur herausfinden könnte, was es war.

»Gibt es auf Antarctica eigentlich Vierfinger?«

»Nicht dass ich wüsste«, antwortete Takaheshi und ihm war nicht wohl bei dieser Lüge.

»Bei uns im Norden auch nicht. Warum das wohl so ist? Womöglich vertragen sie keine Kälte?«

»Schon möglich«, sagte Takaheshi vage. Sollte er ihr etwa erzählen, dass die Besucher den Weißen Kontinent in eine Art High-Tech-Feriendorf für die ganz Reichen verwandelt hatten?

Seit einiger Zeit fragte er sich immer öfter, ob er richtig gehandelt hatte, als er dem Kreis beitrat. Früher waren ihm solche moralischen Bedenken fremd gewesen – das Alter machte schon seltsame Sachen mit einem, fand Takaheshi.

»Ihr müsst uns doch hassen für das, was wir mit eurer Welt gemacht haben«, sagte er unvermittelt. »Und euch wird nicht mal erlaubt, die Aliens dafür verantwortlich zu machen«, fuhr er fort. »Besucher – was für ein Euphemismus für die Ausbeuter eines ganzen Planeten!«

Skadi sah ihn verständnislos an. »Nicht die Vierfinger, sondern Nordöl und all die anderen haben uns ausgebeutet.«

»Hinter jedem Konzern steht heutzutage ein kleiner Alien. Das hat sich nur noch nicht herumgesprochen.«

»Was redest du da, alter Mann?« Skadi furchte ärgerlich die Stirn. Wollte er sich über sie lustig machen?

»Es ist schon vor langer Zeit passiert«, seufzte er. »Wir haben einfach nur da weitergemacht –« Er sah Skadi durchdringend an. »Meine Generation und die Generation davor, Männer mit Einfluss, Politiker, Industrielle – und bis zu einem gewissen Grad auch die Militärs und Geheimdienste –, wir haben die Erde verkauft.«

»An wen?« Skadi flüsterte, als könnte sie dadurch die Zeit anhalten, die Wahrheit noch einen Augenblick hinauszögern. Und dann war sie es, die es aussprach. »An die Vierfinger.«

Takaheshi nickte. »Ich bin zu alt, um noch etwas dagegen zu unternehmen«, sagte er. »Aber ich hoffe, dass irgendwann jemand aufsteht und schreit: Wir wollen unsere Welt zurück!«

Am nächsten Tag steuerten sie Fuerteventura an. Takaheshi hatte gemeint, Skadi müsse sich unbedingt die berühmten schwarzen Strände ansehen. Außerdem wurden die Vorräte – besonders das Wasser – allmählich knapp.

Sie saßen gemütlich auf Deck und nahmen ihr Frühstück ein, während die Jacht andockte. Der Hafen sah verrottet aus. Die Duckdalben waren geborsten, und die Kaimauer würde der nächste Sturm in die See waschen. Außer ihnen war weit und breit kein Schiff zu sehen. Sogar die üblichen Fischerboote und fliegenden Händler in ihren Schaluppen fehlten.

Am Kai warteten bereits zwei Männer in pseudo-amtlich aussehenden Uniformen auf sie. Wohl Angehörige der hiesigen Bürgerwehr, meinte Takaheshi.

»Sakamoto, sind Sie Takaheshi Sakamoto?«, rief der massigere der beiden in aggressivem Ton. Aus der Nähe konnte man sehen, dass seine Uniform schon viele Male ausgebessert und ursprünglich für jemand Kleineres angefertigt worden war.

Takaheshi blieb gelassen. Vermutlich ging es nur um das ortsübliche Bestechungsgeld. Doch der Mann sah zu den verfallenen Nutzbauten, die wohl früher als Lagerschuppen gedient hatten, und signalisierte ein »Er ist es«.

Skadi, die neben Takaheshi an der Reling stand, flüsterte: »Was geht hier vor?«

Eine Antwort erübrigte sich. Mit einem fiesen Quietschen rollte das Tor des größten Schuppens hoch und eine Gruppe Vierfinger marschierte in Kampfformation auf die Jacht zu. Als das Tageslicht in den Schuppen fiel, wurde im Hintergrund eine Raumfähre sichtbar. Anscheinend war dies eine geplante Aktion.

»Ruhig bleiben«, rief Takaheshi seinen Leuten zu, als er sah, dass diese nach ihren Waffen greifen wollten. »Erst mal hören, was sie wollen.«

»Los, lassen Sie uns sofort an Bord!«, blaffte der massige Uniformierte.

Takaheshi gab der Deckscrew ein Zeichen, die Gangway wurde runtergelassen und die seltsame Abordnung stürmte polternd an Deck. Skadi machte sich ganz klein.

»Mensch-Mann sagen wo Mensch-Mann!«, zischte einer der Vierfinger.

Takaheshi sagte etwas, was sich wie »eßgnich eßcorg« anhörte, doch das Alien zischte unbeeindruckt zurück und zielte mit einer Waffe auf ihn.

Daraufhin zuckte Takaheshi nur mit den Schultern und sagte: »Augen, sehen, alles Schiff.« Und an seine Mannschaft gewandt: »Bleibt vor allem ruhig, Leute, und geht ihnen aus dem Weg.«

Die Aliens spähten in jeden Winkel, durchwühlten jede Frachtkiste, warfen den Inhalt zu Boden und befingerten jeden Gegenstand an Bord. Die beiden Uniformierten standen dabei und sahen ihnen grinsend zu. Nach gut zwei Stunden gingen sie wieder von Bord.

Skadi kniete auf dem Boden ihrer Kabine und suchte ihre Habseligkeiten zusammen. Alles war so durcheinander geworfen, als hätte ein Rudel junger Schlittenhunde damit gespielt. Ein Wunder, dass sie ihren Schlafsack nicht aufgeschlitzt hatten. Sorgfältig schüttelte sie ihre Kleidung aus, ehe sie sie in ihren Rucksack packte.

»Ist es schlimm?« Takaheshi stand in der Tür. Er sah sehr müde aus, fand Skadi.

»Fehlen tut nichts«, sagte sie daher nur.

»Sie haben keinen Respekt mehr. Dies sind die ersten Anzeichen –« Er brach ab.

»Anzeichen wofür?«

»Die Invasion steht jetzt kurz bevor.«

»Die Invasion steht bevor?« Skadi war verwirrt. »Aber ich denke, die fand bereits vor vielen Jahren statt.«

»Das war nur der Anfang.« Takaheshi ging zum Bullauge hinüber und starrte aufs Meer. Er sprach zu niemand Bestimmtem. »Das war nur die Vorhut. Roswell und all die anderen Zwischenfälle, alles Kundschafter. Jetzt kommt bald die große Welle.«

»Aber – kann man denn gar nichts dagegen tun?« Unbewusst rang sie die Hände.

»Zu spät.« Er richtete sich auf. »Wir werden sofort nach Freezone zurückfahren. Ich habe mich um ein Festival zu kümmern.« Und mit einem kleinen Lachen: »Was für ein bizarrer Schwanengesang.«

»Ich komme nicht mit«, sagte Skadi und nahm ihren Rucksack auf. »Ich werde hier von Bord gehen.«

Sie bemerkte seinen erstaunten Blick und suchte nach einer Erklärung. Was sollte sie sagen? Sie konnte sich ihren Wunsch selbst nicht recht erklären. Eigentlich war es nur ein Impuls, der Ausdruck ihrer Wanderlust. Aber wer weiß, womöglich steckte doch mehr dahinter. Fühlte man sich so, wenn man seiner Bestimmung folgte?

»Du meinst, du musst gehen?«

Skadi nickte.

»Wir treffen uns wieder«, sagte er nur und drückte ihre Hand. »Auf Freezone.«

Es klang fast wie ein Schwur, oder wie ein Trinkspruch, fand Skadi. Daher sagte sie: »Auf Freezone.«

Tief unten, wo das Blau ganz schwarz ist

Teneriffa hatte ihn deprimiert – er war nur einen Tag geblieben, um seine Vorräte zu ergänzen. Wie überall in den einstigen Touristenhochburgen entlang der Küsten starrten ihn die Hotelruinen wie billige Mahnmale des Verfalls an. Pierce hatte genug von postapokalyptischen Szenarien. Er wollte weiter nach Norden, Madeira oder San Miguel – aber halt, die Azoren gab es ja nicht mehr –, doch bereits nach wenigen Seemeilen stellte er fest, dass ihm der Wasserhändler statt Frischwasser minderwertiges Brauchwasser in den Tank gefüllt hatte. Und so steuerte er Fuerteventura an. Früher wäre er vermutlich umgekehrt und hätte den Händler ordentlich verprügelt, heute schien es ihm die Mühe nicht wert.

Am späten Nachmittag lief er in den kleinen Hafen ein. Kein Mensch war zu sehen, nicht einmal die hiesigen Bakschischabgreifer – seltsam.

Aus alter Gewohnheit suchte er eine der zahlreichen Hafenkneipen auf, eine ehemalige Pizzeria, wie er der an die Wand geschriebenen Speisekarte entnehmen konnte. Er war der einzige Gast. Der Wirt, ein hektischer, mediterraner Typ, kam an seinen Tisch und rappte ihm die Tagesgerichte vor. Sein Wortschatz schien noch aus der Zeit des Massentourismus zu stammen, denn er beendete jeden Satz mit: »Und ein Softdrink gratis«.

Pierce bestellte und fragte: »Schlechte Saison oder wo sind alle abgeblieben?«

Der Wirt sah nervös über die Schulter und sagte dann mit gesenkter Stimme: »Ist besser, gestern zu gehen als morgen.«

»Verstehe«, meinte Pierce und verstand gar nichts.

Er trank – nicht den gratis Softdrink, sondern überraschend guten Wein – und sah aus dem Fenster. Der Himmel hatte inzwischen eine fahlgraue Tönung angenommen. Ein Sturm zog auf – ungewöhnlich für diese Jahreszeit. Aber andererseits spielte das Wetter schon seit vielen Jahrzehnten verrückt. Er fragte sich gerade, ob sein Boot auf offener See nicht besser aufgehoben wäre als an dem morschen Kai, da flog die Tür auf und ein Rucksack schob sich in die Kneipe. Dem

Rucksack folgte eine junge Frau, die auf exotische Art attraktiv aussah. Vielleicht würde der Abend doch noch ganz erfreulich werden, dachte Pierce und stand auf, um sie an seinen Tisch zu bitten.

Irgendwie kam er Skadi vertraut vor, obwohl sie sich erst vor wenigen Stunden begegnet waren. Vielleicht trug auch die seltsame Umgebung zu diesem Gefühl bei – draußen der Sturm und hier drinnen sie beide immer noch die einzigen Gäste. Er sprach leise und sein Tonfall war eindringlich, fast besessen. Er erzählte von dem geheimnisvollen Ort, zu dem er immer hinabstieg. Es dauerte eine Weile, ehe sie dahinter kam, dass er vom Tauchen sprach.

»Der einzige Ort auf diesem verdammten Planeten, wo sie einen in Ruhe lassen.«

»Die Aliens?« Ihre Stimme klang begierig, hoffnungsvoll. Bis zu diesem Augenblick hatte Skadi nicht gewusst, wie dringend sie nach so einem Ort gesucht hatte.

»Nein, die Träume.« Und wie zu sich selbst fügte er hinzu: »Einen Ort, wo einen die Vierfinger in Ruhe lassen, gibt es auf dieser Welt nicht mehr.«

Er stützte die Ellenbogen auf die Tischplatte und beugte sich zu ihr. Sein Lächeln war gewinnend, und sie überlegte gerade, ob sie die Nacht mit ihm verbringen sollte, da sah sie die Wunde.

»Hast du die Krankheit?«, fragte sie, nicht ängstlich, eher neugierig.

Er schüttelte den Kopf. »Die Krankheit, die ich habe, heißt Tod.« Er lachte, mit leicht hysterischem Unterton, wie Skadi fand. »Du redest gerade mit einem toten Mann, schon komisch, wenn man drüber nachdenkt.«

Skadi war den ganzen Tag auf der Insel herumgelaufen. Nichts, aber auch gar nichts wies darauf hin, dass dieser Ort eine besondere Bedeutung haben könnte. Entmutigt und hungrig hatte sie am Abend beschlossen, irgendwo einzukehren. Dass sie ausgerechnet jene Hafenkneipe auswählte, war wirklich Zufall …

Der schwarzhaarige Mann hatte sie höflich an seinen Tisch gebeten. Sie hatten zusammen gegessen und waren ins Gespräch gekommen.

Und irgendwann, nachdem sie beide schon einiges getrunken hatten, sah er sie an und sagte: »Du bist schön.« Aber es klang, als hätte er es schon viel zu oft und zu viel zu vielen Frauen gesagt.

Skadi zuckte unbehaglich mit den Schultern, sie hatte sich nie für besonders hübsch gehalten. Das Eskimo-Blut gab ihr hohe Wangenknochen und lackschwarze Haare und ihren Augen einen leicht asiatischen Schnitt. Das europäische Erbe verlieh ihrer Haut eine eigenartige Blässe und ihrem Körper lange Gliedmaßen. Doch irgendwie schien alles nicht so recht zusammenzupassen. Nein, schön war sie nicht.

»Ich möchte mit dir schlafen.« Auf einmal klang er fast schüchtern. »Aber ich weiß nicht, ob das hier ansteckend ist.«

Er hatte den Heiler gefragt, ob er wüsste, wie der Parasit übertragen wurde. Bei dem Gedanken, dass er ihn sich geholt hatte, als er mit der Frau Sex gehabt hatte, war ihm wieder übel geworden. Er sah das Bild vor sich: er und sie auf der schmutzigen Matratze, wie sein nackter Körper sich an dem ihren rieb, seine Lippen ihre Brüste und ihre Schultern küssten und er, betrunken, wie er war, nicht merkte, wie sein Mund über die offenen Wunden strich.

Er hob den Blick und bemerkte, dass die junge Frau ihn aufmerksam musterte – neugierig und mit freundlichem Interesse. Sie hatte ihn gefragt, ob er die Krankheit hätte, und er hatte etwas furchtbar Pathetisches erwidert. Doch dann hatte er ihr von dem Parasiten erzählt und dass der Heiler meinte, er sei außerirdischen Ursprungs.

»Schon verrückt, nicht? Da hängen einem diese fiesen Aliens das galaktische Äquivalent zum Plattwurm an«, versuchte er zu scherzen. »Und keiner kennt das Gegenmittel.«

»Hast du sie denn gefragt?«

Pierce starrte sie an. Sie hatte das Nächstliegende ausgesprochen. Warum war er bloß nicht darauf gekommen?

»Hier in der Gegend sieht man sie nicht«, redete er sich raus.

»Schön wär's«, meinte Skadi. »Sie sind heute Morgen auf Takaheshis Boot gekommen, haben alles durcheinander geworfen und sind wieder verschwunden.«

»Takaheshi – was macht der hier in der Gegend?«

»Ich glaube, er sucht nach dir«, sagte sie hellsichtig und furchte die

Stirn. »Wenn ich so drüber nachdenke, könnte ich fast schwören, dass die Vierfinger auf dem Boot nach dir gesucht haben.«

»Takaheshi sucht mich vermutlich, weil ich für ihn tauchen soll – aber die Vierfinger?«

»Er will, dass du Musik für ihn machst.«

»Das ist vorbei.«

Skadi zuckte die Schultern. Eine Menge Unausgesprochenes schwang in diesem Satz. Wovon auch immer gerade die Rede gewesen war, für sie klang es so, als wäre es noch lange nicht vorbei.

»Und du, warum bist du hier?«, steuerte Pierce die Unterhaltung in sicheres Fahrwasser. »Oder sollte ich sagen, wovor läufst du weg?«

»Ich glaube, jetzt laufe ich nicht mehr weg«, sagte Skadi schlicht.

Und sie erzählte ihm von ihren Begegnungen mit den Aliens. »Ich habe gesehen, was sie mit Menschen tun. Warum lässt man das zu?« Skadi sah ihn empört an. »Es sind doch gar nicht so viele, warum unternimmt niemand etwas?«

»Weil alle viel zu sehr mit Fortlaufen beschäftigt sind, glaube ich.«

»Die Tunnel-Soldaten nicht. Aber das sind fast noch Kinder und sie werden auch noch von den eigenen Leuten dafür bestraft.«

»Tunnel-Soldaten?«

So kam es, dass Skadi noch eine Geschichte erzählte.

»Und sind sie noch im Wir-retten-die-Welt-Geschäft, diese Tunnel-Kids?«, fragte Pierce, als Skadi schwieg.

»Ich weiß es nicht«, sagte Skadi. »Aber ich glaube, ich werde es bald wissen.« Und weil sie mehr als Neugierde hinter der Frage vermutete: »Warum willst du das wissen?«

»Ich habe da etwas gesehen –« Er brach ab. »Das ist jetzt nicht ungefährlich –«

»Sag schon!«

»Nein, du musst es sehen, um es zu glauben.«

»Dann zeig es mir.«

»Es ist da draußen.« Er zeigte auf die See. »Wir müssen rausfahren und tauchen.«

»Jetzt?« Skadi machte große Augen.

Der Sturm hatte in den vergangenen Stunden noch zugenommen.

Kleine, harte Wellen, in der Dunkelheit nur an ihren Schaumkronen zu erkennen, schlugen gegen die Kaimauer.

»Keine schlechte Idee.« Pierce stand auf und nahm seine Jacke. »Los, gehen wir.«

»Ja, aber müssen wir denn nicht noch bezahlen?«

Das war ihr nun alles viel zu überstürzt. Außerdem begann sich die Gaststube plötzlich beängstigend zu drehen – oder drehte sie sich? Sie hielt sich schnell an der Tischkante fest. Pierce beobachtete sie amüsiert.

»Die letzte Flasche Wein war wohl doch zu viel.« Er griff nach Skadis Rucksack und legte den anderen Arm um ihre Schulter. »Und jetzt einen Fuß vor den anderen – genau, so wird's gemacht.«

Skadi wachte auf, als ihr die Sonne ins Gesicht schien. Sie lag auf einer schmalen, aber bequemen Koje, das Bullauge war geöffnet und eine frische Brise umfächelte höhnisch ihren schweren Kopf.

Sie schaute sich neugierig um. Das hier war nicht Takaheshis Jacht, so viel stand fest. Wie eigenartig. Sollte sie jetzt beunruhigt sein? Sie setzte sich auf und machte eine kurze Bestandsaufnahme: Sie trug noch ihre Kleidung vom Vorabend, bis auf die leichten Stiefel, die standen ordentlich vor der Koje. Ihr Rucksack lehnte an der gegenüberliegenden Wand und auch sonst schien alles am Platz zu sein.

Das Boot befand sich auf Fahrt, wie sie an dem trägen Auf und Ab unschwer spürte. Auf Fahrt – wohin? Sie stand auf und sah durch das Bullauge auf den schwankenden Horizont. Wie gut, dass sie seefest war, dachte Skadi pragmatisch, denn dies wäre genau der richtige Zeitpunkt, um reisekrank zu werden.

»Kaffee?«

Skadi fuhr herum. Der schwarzhaarige Mann, Pierce, lehnte in der offenen Tür und hielt einen Becher in der Hand.

»Fahren wir nach Freezone?«

»Noch nicht.«

Da fiel es ihr wieder ein: Sie war auf seinem Boot und sie waren auf dem Weg zu »etwas da draußen«.

Sie nahm den Becher und pustete bedächtig auf das heiße Getränk. Es roch wirklich gut, ob es wohl richtiger Kaffee war? Sie kostete vorsichtig.

»Gut«, stellte sie erstaunt fest.

Sie trank aus und folgte Pierce auf Deck – ihrem Kopf ging es in der frischen Luft schnell besser. Sie befand sich auf einem robusten Auslegerboot. Auf dem Ruderhaus waren eine kompakte SunCo-Anlage und eine Satellitenschüssel montiert. Im Heckbereich waren eine Tauchplattform und ein Schwenkkran festgezurrt, und unter einer Abdeckplane erkannte sie die Umrisse eines Kompressors. Alles sah sehr zweckmäßig aus, stellte Skadi anerkennend fest. Sie ging ins Ruderhaus, wo Pierce, über alte Seekarten gebeugt, einige Peilungen machte.

»Wir erreichen die Koordinaten frühestens am Nachmittag«, sagte er. »Kannst du tauchen?«

Sie schüttelte den Kopf. »Da, wo ich herkomme, tauchen nur die Robben.« Sie sah sein enttäuschtes Gesicht und meinte: »Kannst du es mir nicht beibringen?«

»Nein, dazu reicht die Zeit nicht.« Er überlegte kurz. »Komm mit, ich habe eine andere Idee.«

Er ging zum Bug, schlug die Frachtluke hoch und ließ eine Strickleiter hinunter. Geschmeidig kletterte er hinab. Skadi folgte vorsichtig. Da unten war es stockfinster. Sie stieß an etwas, das einen tiefen, laut hallenden Ton von sich gab, und schrie überrascht auf. Was würde als Nächstes kommen – glitschige Seemonster, die nach ihren Fußknöcheln griffen?

»Willkommen in meiner Schatzkammer«, sagte Pierce und ließ den Schein einer Stablampe durch den Schiffsbauch wandern.

»Was ist das denn?« Entgeistert sah sie sich um.

»Das Kapital der Zaca und ihres Besitzers.« Stolz klopfte er an ein bauchiges Metallding, und wieder erklang der hallende Ton. »Eine Schiffsglocke – mindestens hundert Jahre alt. Und da drüben«, vage deutete er auf einen Berg Gerümpel, »Souvenirs aus dem Wrack einer britischen Militärmaschine. Stammt, glaube ich, noch aus dem zweiten Golfkrieg.«

»Ja, aber das ist doch alles Schrott. Was willst du denn damit?«

»Verkaufen«, sagte er knapp. Er stieg über einen losen Stapel Metallzylinder – waren das etwa Torpedos? – und bahnte sich einen Weg durch das Chaos. »Hier war doch irgendwo – ha, ich hab's doch gewusst! Komm mal her und pack mit an.«

Vorsichtig trat Skadi näher. Sie hatte immer noch dieses Bild von den glitschigen Seemonstern im Kopf. Was sie sah, war eine große Kugel mit Greifarmen, die sich zwischen Ankerketten und einer kleinen Schiffsschraube verkeilt hatten. Es war eine altmodische Taucherglocke, erkannte Skadi. Ähnliche Bathyscaph wurden am Nordkap zur Kontrolle der Plattformen eingesetzt. Sie hatte mal jemanden gekannt –

Pierce drückte ihr einen Schneidbrenner und eine Schutzbrille in die Hand und meinte: »Sieh mal zu, ob du das Ding da rausschneiden kannst. Ich mach inzwischen die Winde klar.« Und über die Schulter: »Und mach keine Löcher in die Hülle.«

Skadi signalisierte »alles okay«. Sie hatte sich bereits die Brille aufgesetzt und den Brenner angestellt. Daheim in Longyearbyen war es üblich, mit anzupacken, und sie wusste, wie sie mit dem Werkzeug umzugehen hatte.

Knapp eine Stunde später stand die Taucherglocke an Deck. Pierce hakte die Winde ab und sagte: »Ich werd das Ding erst mal sauber machen. Vielleicht willst du inzwischen deine Sachen in der hinteren Kabine verstauen, die ist etwas größer als die andere.«

Skadi nickte und stieg den Niedergang hinunter. »Lass dich nicht von dem Krempel da unten stören. Das ist mein Büro«, rief ihr Pierce nach.

Sie verstaute ihre Sachen in der Kajüte und sah sich neugierig um.

Pierce war ihr gefolgt und beobachtete sie. Wie lange war es her, dass er zuletzt einen Passagier an Bord gehabt hatte? Einen kurzen Moment lang überlegte er, wie es Doc und Kahia wohl gehen mochte.

»Was ist denn das?« Sie hielt ein zerknülltes Blatt Papier in die Höhe.

»Ach, das ist nichts weiter.« Zu seinem Missfallen merkte Pierce, dass er verlegen wurde. »Ich bin kein Dichter. Das sind Rock-Lyrics. Aber Musiker bin ich auch schon lange nicht mehr.« Und in Gedanken fügte er hinzu: »Und das letzte bisschen Kreativität hab ich auf einem meiner Trips in irgendeiner toten Ecke meines Hirns abgestellt.«

»Ich find's schön.« Sie las laut:

»Your eyes, doorways into the subconscious.
I looked at you and cried.
I fell on my knees, touched by your sweetness.
And I died.«

»Kein Versmaß, nur ein banaler Reim. Ich hab's dir gleich gesagt. Ich bin eben kein Dichter.«

»Ich find's immer noch schön.«

»Dann gehört es dir.«

»Kann man denn Gedichte verschenken?«

»Klar, warum nicht?« Er musterte sie. »He, du wirst doch jetzt nicht sentimental werden?«

»Warum bist du kein Musiker mehr?« Skadi entschied sich für eine Gegenfrage. »Wollte dir niemand zuhören?«

»Ich bin gegangen, ehe es so weit kam.« Er zuckte die Schultern. »Vielleicht hätte ich bleiben – nein, es war besser so.«

Ohne Jeff hatten sie nur noch miese Gigs an Land gezogen. An dem Tag, als Blue ihnen eröffnete, dass sie im Sommer für drei Monate durch Südamerika touren würden – als Support der »Benny B. Band« –, wurde Pierce klar, dass es mit den Runners definitiv zu Ende war. Er versuchte, mit seinem kleinen Bruder zu reden, und wie so oft in letzter Zeit war es zum Streit gekommen.

»Ausgerechnet die Benny B. Band, Mann, die sind doch nun wirklich Scheiße«, hatte er gebrüllt. »Und tu jetzt nicht so, als wüsstest du das nicht.« Blue war mit seinem üblichen Spruch »Eine Band muss spielen, sonst vergisst sie, dass sie eine Band ist« gekommen und Shell und Toto hatten sich aus allem ausgeklinkt, was auch nichts Neues war. Pierce hatte sich umgedreht und angefangen seine Schießbude zusammenzupacken. »Ohne mich, Mann«, sagte er noch im Rausgehen. Später warf ihm Blue vor, dass er ihn im Stich ließ. Vermutlich hatte er sogar Recht – aus seiner Sicht. Für Pierce war es einfach Zeit gewesen, einen Schlussstrich unter einen Kindheitstraum zu ziehen, der nie der seine gewesen war. »Werd endlich erwachsen, Blue«, waren die letzten Worte, die er zu seinem Bruder sagte.

Stunden später waren sie im Zielgebiet angekommen. Die Sonne war hinter bleigrauen Wolken verschwunden – sie hatten die Sturmfront, die den ganzen Tag vor ihnen gewesen war, fast eingeholt. Pierce, der bereits in seinem Neoprenanzug steckte, ließ das SunCo-Boot in der Dünung treiben und programmierte das Gasgemisch seines Rebreathers. Dann kletterte er auf den Ausleger und erklärte Skadi, wie sie den Schwenkkran zu bedienen hatte.

Mit einem viel zu harten Ruck wurde die Taucherglocke angehoben. »Du musst sie langsam kommen lassen«, brüllte Pierce, »sonst ist zu viel Spannung auf dem Seil.«

»Ich versuch's ja«, brüllte Skadi zurück, die auf einmal furchtbar nervös war und das nicht nur wegen des bevorstehenden Tauchgangs. Die Luft schien auf einmal statisch aufgeladen zu sein, sie sah, wie sich die Haare an ihren Armen aufrichteten. »Da kommt ein Sturm auf«, rief sie zu Pierce hinunter. »Ist es denn sicher zu tauchen?«

»Da unten merkst du davon nichts. Mach einfach weiter.«

Als die Taucherglocke herabsank, lehnte er sich mit seinem ganzen Gewicht gegen die pendelnde Kugel, damit sie nicht auf den Ausleger krachte. Mit einem satten Platschen schlug sie stattdessen auf der Wasseroberfläche auf.

»Bist du da oben so weit, Skadi?« Er beugte sich zum Wasser runter und spülte seine Taucherbrille aus. Und über die Schulter rief er: »Vergiss die Kamera nicht.«

»Hab sie.« Etwas außer Atem stand sie neben ihm auf dem schwankenden Ausleger und umklammerte mit einer Hand die Verstrebung. »Warum nehmen wir nicht die Plattform?«

»Gut möglich, dass wir einen schnellen Abgang machen müssen. Da bremst uns das Ding nur.« Er ignorierte ihre besorgten Blicke, angelte nach dem Halteseil und klappte die Taucherglocke auf. »Hüpf rein.«

Skadi stellte zaghaft ein Bein ins Innere, unsicher, ob sie es wagen konnte, den Griff um die Verstrebung zu lösen.

»So geht das nicht. Gib mir die Kamera.«

Schließlich hockte Skadi in der bauchigen Kugel. Pierce reichte ihr die Kamera.

»Denk dran – immer draufhalten, egal was passiert. Ich glaube nicht, dass wir noch eine zweite Chance bekommen.« Er griff nach der Einstiegsluke und hielt kurz inne. »Du weißt noch die Signale?«

Skadi nickte. Pierce verriegelte den Einstieg, klinkte die Kugel aus, ließ sich ins Wasser fallen und folgte Skadi nach unten.

Als es vor den runden Bullaugen stetig dunkler wurde, kamen Skadi schon einige seltsame Gedanken. Vor nicht einmal vierundzwanzig Stunden hatte sie noch sicheren Boden unter den Füßen gehabt und jetzt? »Wir spielen ein bisschen Captain Nemo«, hatte Pierce gesagt. Und nun spielte sie mit. Dabei wusste sie überhaupt nicht, wer dieser Nemo war. Diese Europäer und ihre seltsamen Allegorien würden ihr wohl ewig ein Rätsel bleiben.

»Immer draufhalten«, lautete Pierce' Anweisung. Aber sie wusste immer noch nicht, was sie da unten eigentlich erwartete.

»Besser, du weißt es nicht. So kannst du dir selber ein Bild machen.«

»Aber werde ich denn wissen, worauf ich zu achten habe?«

»Du wirst. Da sei ganz unbesorgt.«

Und während sie so nach unten schwebte, wurde ihr auf einmal klar, warum Pierce sie dabeihaben wollte. Er brauchte eine Zeugin. Da unten war etwas so Unglaubliches, dass er seinen eigenen Augen nicht traute.

When The Music's Over – Turn Out The Lights

»Wenn dieser Gig vorbei ist, sind wir weg«, sagte Toto.

Blue schrak zusammen. All die Wochen hatte er damit gerechnet, doch als es so nebenbei ausgesprochen wurde, konnte er es nicht fassen.

Toto schaltete den Amp ab und stöpselte seinen Bass aus. Alles geschah beiläufig, automatisch, Bewegungsabläufe, die er schon hundertmal ausgeführt hatte. Aber auf einmal hatte jede Geste eine Bedeutung, wirkte endgültig.

Shell hockte auf dem Boden und zog neue Saiten auf seine Strat. Er wirkte, als würde ihn all dies schon längst nichts mehr angehen. Seit ihrem letzten heftigen Wortgefecht hatte er sich geweigert, auch nur mit Blue zu reden. Und dabei konnte Blue sich nicht einmal mehr erinnern, worum es bei diesem Streit gegangen war. Auf einmal hatte er das Gefühl, dass es unglaublich wichtig war, die Ursache ihres Zerwürfnisses zu ergründen. Vielleicht war das der Punkt ohne Wiederkehr gewesen. Und wenn er vor diesen Punkt zurückgehen konnte – vielleicht –

»Können wir nicht darüber reden?« Er hörte, wie hilflos er klang.

»Es ist vorbei, Mann. Kapier's doch endlich!« Toto klang verächtlich. Jegliches Zusammengehörigkeitsgefühl war aus seiner Stimme, aus seiner Körpersprache verschwunden. Sie waren jetzt drei Einzelwesen, keine Band.

»Aber – was soll denn werden?« Er musste es wissen, wollte aus ihrem Mund hören, dass sie ihn nicht mehr brauchten.

»Wir steigen bei den Masters ein. Eigentlich wollten wir's dir nicht sagen, aber wenn du schon so fragst –«

Blue ließ die Worte einsinken. Das Schweigen in seinem Kopf schien endlos anzudauern, dann kamen die Fragen. »Warum? Wie konnte das passieren – ausgerechnet die Masters?« Und ein banales »Habt ihr mit Jeff gesprochen, wie geht es ihm?« Doch die Fragen blieben in Blues Kopf, er konnte sie einfach nicht aussprechen. Hätte er es getan, wäre es ein Eingeständnis gewesen, ein Akzeptieren des Endgültigen.

Er zuckte zusammen, als er das Schnappen der Riegel an Shells Gitarren-Case hörte. Shell ging, ohne Blue eines Blickes zu würdigen, an ihm vorbei. In der einen Hand trug er den Gitarrenkoffer, die andere war hinter seinem Rücken verborgen. Plötzlich schnellte er ihm seinen Arm entgegen. Blue wich reflexartig aus – da flog auch schon eine Whiskeyflasche auf ihn zu – mit dem gleichen Reflex fing er sie auf. Die Flasche war voll.

»Einen schönen Tag noch, Blue.« Das sollten die letzten Worte sein, die Shell an ihn richtete.

Wortlos nahm Blue eine CD und legte sie auf. Zeit für das nächtliche Ritual. Zeit zu vergessen. Der Whiskey war gut. Shell hatte Geschmack, wer hätte das gedacht? All die Jahre, die sie zusammen unterwegs waren, all die endlosen Stunden im Tourbus, und doch hatte er nicht einmal das gewusst. Aber was hieß das schon. Mit Pierce hatte er fast sein ganzes Leben verbracht, und kannte er ihn etwa?

»Mit den Runners ist es doch längst vorbei«, sagte eine Stimme. Vorbei, vorbei. Wie ein trauriges kleines Echo schwebten die Worte durch das Studio. Jaki hatte sie zu ihm gesagt. Auf einmal klangen sie wie eine Grundwahrheit, nicht wie eine böse Prophezeiung. Etwas war passiert, irgendwann vor langer Zeit, und hatte seinen Endpunkt gefunden: Übermorgen um diese Zeit würden die Runners nicht mehr existieren.

Er stand auf einer Bühne. Der Punktscheinwerfer, wie ein Laserschwert auf seinen Oberkörper gerichtet, verengte sich, bis er nur noch seinen Kopf erfasste. Blue sang. Er war nichts als Stimme, kein Mensch, kein Mann – nur Stimme. Er versuchte, die Band im Dunkel der Bühne auszumachen, aber er konnte sie nicht sehen. Er lauschte auf den Sound. Gott, klang das gut. Er hörte den unverwechselbaren, coolen »Tscha dum schahka dum«-Rhythmus von Pierce' Drums. Alles war gut. Die Band war zusammen, alles war gut. Blue fühlte sich glücklich und vollkommen. Das war seine Welt, sein eigenes Universum aus Licht und Sound, nur in ihm konnte er sich verlieren. Auf einmal drang nur noch weißes Rauschen aus dem Sound System. Er starrte in die Dunkelheit – starrte in einen Abgrund voll pathetischer Hoffnungslosigkeit. Er hatte seine Band verloren. Es war so schnell gegangen, er hatte es nicht einmal mitbekommen. Blue bewegte seine Lippen – Stille dröhnte in seinen Ohren. Er schrie einen stummen Schrei. Er war ein Niemand, nichts hatte mehr Bedeutung.

Den Schrei noch in der Kehle wachte er auf. Der Traum, er hatte wieder diesen Traum gehabt. Nach einem kurzen Augenblick der Desorientierung fiel es ihm wieder ein: Jetzt war es kein Traum mehr. Die Runners gab es nicht mehr. Daran würde auch ihr letzter gemeinsamer Auftritt nichts ändern.

Blue war immer noch im Studio. Ein grünlicher Mond schien durch die offene Tür. Selbst der Mond war nicht mehr derselbe, seitdem die Aliens auf die Erde gekommen waren, dachte er zusammenhanglos. Sein Kopf dröhnte, die Bässe hämmerten immer noch auf ihn ein. Schon seltsam, dass er in all dem Lärm von Stille geträumt hatte.

Stunden später kam er zu sich. Flyp stand über ihm und sah mit einem zynischen Grinsen auf ihn herab.

»Los, aufstehen, Sonnenschein, sie will dich sehen.«

»Verpiss dich!«

Blue rollte sich zusammen. Sein Kopf dröhnte, kalter Schweiß sammelte sich zwischen seinen Schulterblättern. Oh ja, er wusste, wie er sich am besten fertig machte. Dazu brauchte er keine Anleitung von seinem großen Bruder.

»In zwei Stunden willst du doch wohl auf der Bühne stehen, oder wurde der große Auftritt etwa abgesagt?«

»Was?« Blue merkte nicht, dass er brüllte. »Was sagst du da? Morgen – oder – ich –« Was lief hier ab? Er hatte doch keinen ganzen Tag verloren. Ihm wurde schwarz vor Augen. Panik drohte ihn wie eine ölige, undurchdringliche Flutwelle zu überrollen. Taumelnd versuchte er auf die Beine zu kommen.

»Wie schön, dass du aufgewacht bist.« Flyp bleckte die Zähne zu einem aufgesetzten Lächeln. »Also, hübsch die Beinchen in Bewegung gesetzt, du weißt, sie wartet nicht gerne.«

»Dann ist heute nicht –« Blue wollte sich auf ihn werfen, doch der Bodyguard fing ihn auf halbem Weg ab.

»Sie will, dass du gut aussiehst, also bring mich nicht dazu, dich einzubeulen. Ich warne dich!«

Tonia lag träge auf ihrem breiten Bett, langweilte und ärgerte sich. Seit Tagen war sie nicht mehr aus ihrem Zimmer gekommen. Sie war übellaunig, die Dinge entwickelten sich nicht so, wie sie es geplant hatte. Sie hatte gehört, dass ihr Onkel wieder auf Freezone war. Warum meldete er sich nicht bei seiner Lieblingsnichte? Und Blue – mit ihm war auch nicht mehr viel anzufangen. Er war überhaupt nicht unterhaltsam. Sie war mit ihm nach Freezone gekommen, um Spaß zu haben, um vor ihren Freundinnen mit ihm anzugeben, dem introvertierten Rockstar, nach dem sich die weiblichen und männlichen Fans gleichermaßen verzehrten. Aber was musste sie feststellen? Freezone war nicht länger hip. Alle wichtigen Leute waren entweder auf die Stationen gegangen oder in die Enklave nach Antarctica. Und dann war da dieses alberne Festival! Wen interessierte denn das?

»Was willst du?« Blue klang mürrisch.

Die zugezogenen Vorhänge schlossen das Sonnenlicht aus, was er einerseits als angenehm für seinen schmerzenden Kopf empfand, auf der anderen Seite verlieh das Halbdunkel dem Schlafzimmer eine gruftartige Atmosphäre, die ihn erdrückte.

Wie immer trug sie ihr Alien-Schmuckstück, sie legte es nie ab. Ein Talisman, ein lebendiger Talisman, unbezahlbar und deshalb noch wertvoller für eine Frau wie Tonia Sakamoto. Manchmal konnte Blue sehen, wie sich das kleine gefangene Wesen vergeblich gegen seinen Sarg stemmte – glaubte fast, das Schaben der Fühler zu hören. Das bin ich, dachte er. Ich bin genauso bemitleidenswert und jämmerlich wie dieser Alienkäfer.

»Du schuldest mir noch Geld für die Studiozeit, die ich dir und deiner Band zur Verfügung gestellt habe.« Tonia ließ sich die Worte genüsslich auf der Zunge zergehen, und als sie Blue schockiertes Gesicht sah, fühlte sie sich gleich viel besser.

»Du hast uns das Studio zur freien Nutzung überlassen«, sagte er schließlich. Doch er schien an seinen Worten zu zweifeln.

»Nur wenn eine vermarktungsfähige CD dabei rauskommt.« Sie lächelte kokett und wackelte mahnend mit dem Zeigefinger. »Du hast wohl das Kleingedruckte nicht gelesen.« Sie winkte Flyp zu sich heran. »Hol schon mal die Gitarre«, und zu Blue: »Als kleine Anzahlung.«

Blue sah aus, als wollte er ihr gleich die Kehle zudrücken. Tonia beobachtete ihn, sie genoss die Situation sichtlich.

Er verbarg die Hände hinter seinem Rücken und versuchte sich zu entspannen. Nein, er würde jetzt nicht die Fassung verlieren. Und nein, er würde es nicht darauf anlegen, von ihren Bodyguards verprügelt zu werden. Das Ganze wirkte wie eine billige Daily-Soap. Er war es so leid, mit seinem Verhalten jedes Klischee zu erfüllen. Er würde sich einfach umdrehen und gehen – nichts sagen, einfach nur gehen.

Flyp machte eine Geste, als wollte er ihn aufhalten. Doch Tonia sagte: »Lass ihn gehen, er kommt ja nicht weit.«

Er kommt ja nicht weit, er kommt ja nicht weit, er kommt – Die Worte hämmerten sich mit jedem Schritt in Blues dröhnenden Schädel. Er kommt ja nicht weit. Pierce, wo bist du, dachte er unvermittelt, ich brauche deine Hilfe. Hol mich hier raus, Mann.

»Jetzt wissen wir, woran wir sind. Doch was können wir dagegen tun?« Auffordernd blickte Sunshine in die Runde.

Dicht gedrängt saßen sie auf dem Sonnendeck der Jacht und redeten sich seit Stunden die Köpfe heiß. Vergangene Nacht war das Sun-Co-Boot mit Pierce und Skadi an Bord auf der Westseite vor Anker gegangen – Takaheshi hatte den Ort vorgeschlagen, und nur Skadi und er kannten den Grund. Ihr Eintreffen hatte die Geschehnisse auf dem Festival in den Hintergrund treten lassen.

»Also, mir würde dazu 'ne Menge einfallen«, meinte Käppi. »Fragt sich nur, wo wir die Knallfrösche hernehmen sollen.«

»Knallfrösche?« Fragend sah Takaheshi zu Sunshine, dann begriff er. »Ihr meint, um ein kleines Feuerwerk zu veranstalten?«

»Ein paar Unterwasserminen mit verzögerter Zündung wären auch nicht schlecht.« Pierce richtete seine Bemerkung an niemand Bestimmten.

»Mit der entsprechenden Tausche kann man auf Freezone alles besorgen.« Sunshine bekam einen träumerischen Blick.

»Davon habe ich auch gehört«, sagte Takaheshi ausweichend. War er schon so tief verwickelt, dass es kein Zurück mehr gab – und wenn ja, wollte er überhaupt zurück? Dies war der Scheideweg, das war im bewusst, jetzt ging es darum, Stellung zu beziehen. »Sie« hatten ihn im Visier. Den Transfer zur Station abzulehnen war ein Fehler gewesen, er hatte nicht dem Muster entsprochen. Der Überfall auf seine Jacht war eine ernst zu nehmende Warnung gewesen. Bald würden seine Privilegien beschnitten werden, es war nur eine Frage der Zeit. Aber noch konnte er umkehren ... Er musste unbedingt in Ruhe darüber meditieren. Takaheshi stand auf und sagte: »Wir reden morgen weiter.«

Sunshine machte den Mund zu einem Protestruf auf, doch Doc signalisierte ihr ein »jetzt nicht« und sie blieb stumm.

Nachdem Skadi von Bord gegangen war und während seine Leute versuchten, das Chaos, das die Aliens hinterlassen hatten, aufzuräumen, war er zu einem ausgiebigen Spaziergang aufgebrochen. Zum ersten Mal seit langer Zeit ging er offenen Auges durch die Welt, und was er sah, erschreckte ihn und brachte ihn zum Nachdenken. Es machte keinen Sinn, die Dinge zu beschönigen. Der Planet war zu einem Ramschladen geworden und wer am besten feilschte, erhielt den Zuschlag.

Er hatte immer schöne Dinge geliebt, allem voran die Kunst. Und nun, nachdem das Festival so einen tragischen Auftakt gehabt hatte, war ihm nicht einmal sein Schwanengesang als großer Mäzen vergönnt. Warum also sollte er den Tunnel-Soldaten und Pierce nicht helfen? Er hatte die Kontakte, den Einfluss und das Geld.

»Sakamoto – sind Sie Takaheshi Sakamoto?« Wie aus dem Boden gewachsen stand plötzlich ein VID-Team von WNN vor ihm. »Was sagen Sie zu dem gestrigen Abend und dem tragischen Tod von Sandrine MacMillan?«

So hatte sie also geheißen: Sandrine. Jetzt hatte das Gesicht einen Namen. Takaheshi beschleunigte seine Schritte. Ein nutzloser Versuch, das Team folgte ihm mühelos.

»Stimmt es, dass ursprünglich die Bladerunner den Opening-Act machen sollten und nicht die Masters of Pain?«

Takaheshi blieb stehen. Er sah direkt in die DigiCam und fragte: »Was wollen Sie von mir? Soll ich Ihnen sagen, dass ich das Gefahrenpotential, das in solchen Massenveranstaltungen steckt, unterschätzt habe, dass die Sicherheitskräfte versagt haben oder dass Bands wie die Masters nicht nach Freezone gehören?«

Der Reporter wollte etwas sagen, doch Takaheshi fiel ihm ins Wort. »Sehen Sie sich doch an. Sie laufen mir nach, weil Sie glauben, dass ich eine Story bin. Ich bin nur ein alter Mann. Die Art Storys, die Sie suchen, die haben sich gestern Abend auf der Hauptbühne abgespielt. Und wissen Sie warum? Damit Leute wie Sie darüber berichten können! Wer war denn da bis zuletzt auf der Bühne? Einer von Ihnen, einer mit einer DigiCam, der den Tod einer jungen Frau ungeschnitten und in Farbe über Com-Link gebeamt hat.« Er wandte den Blick von dem Kameraauge ab und sah den Reporter direkt an. »Und jetzt lassen Sie mich in Ruhe!« Und ganz leise, für alle anderen unhörbar: »Verpiss dich, Arschloch!«

Takaheshi setzte seinen Spaziergang fort, ein breites Grinsen auf dem Gesicht, obwohl ihm überhaupt nicht zum Lachen war. Aber der fassungslose Ausdruck auf dem Gesicht des VID-Typen war köstlich gewesen.

Am späten Nachmittag des vergangenen Tages: Takaheshi hielt sich immer noch auf seiner Jacht auf. Auf der Hazienda hätte er sicher mehr Komfort gehabt, doch ihm stand nicht der Sinn danach, seine Nichte zu sehen. Vor einer Stunde war einer der Sub-Organisatoren des Festivals an Bord gekommen. Er brachte schlechte Nachrichten: Zwei Mitglieder der Runners waren am Mittag im Hauptquartier aufgekreuzt und hatten erklärt, dass ihr Bandleader nicht in der Lage sei, am Abend auf einer Bühne zu stehen.

»Ich konnte die Geschichte nicht einmal nachprüfen, weil mir niemand sagen konnte, wo dieser Blue steckt.«

Takaheshi hätte es ihm sagen können, doch er meinte stattdessen: »Haben wir Alternativen?«

»Die Masters of Pain sind seit einigen Tagen auf der Insel. Ein seltsamer Mensch – war mir richtig unheimlich, der Typ, ich glaube, er ist der Roadmanager der Gruppe – sagte, dass sie auftreten würden, wenn die Rahmenbedingungen stimmten.«

»Und – was wollen sie?«

»Alle Rechte an ihrem Auftritt.«

»Scheint so, als hätten sie uns an den Eiern«, sagte Takaheshi trocken. Wie überaus ärgerlich, schließlich war WNN, die die Vermarktungsrechte an dem Festival hatten, eine der zahlreichen Tochterfirmen von Sakamoto Industries. »Sieh mich nicht so schockiert an, X'haro. Mach einen Vertrag mit diesem – wie heißt er?«

»Er nennt sich Draco.« X'haro hob entschuldigend die Schultern. »Wie ich schon sagte, ein seltsamer Mensch.«

»– mit diesem Draco und schieb die Runners nach hinten.«

»Wirklich? Ich meine –«

»Tu es einfach.« Und nach einer kurzen Pause: »Wie viele Künstler sind jetzt eigentlich auf der Insel?«

X'haro sah auf sein MiniCom. »Fast eintausend«, sagte er dann überrascht.

»Das ist gut. Ich will, dass es ein unvergessliches Ereignis wird.«

Und das sollte es auch werden. Doch ganz anders, als Takaheshi sich erhofft hatte.

»Nebelwerfer«, brüllte Erg. »Wir brauchen hier vorne noch mehr Nebel.«

»Und Rot, sag ihnen, sie sollen nicht so sparsam mit dem Rot sein, Draco.«

»Ihr habt den Mann gehört, Leute. Mehr Rot.« Er lauschte in sein Headset und brüllte dann: »Ist mir so was von scheißegal, wie ihr das macht, macht's einfach. Ist das klar?«

Mittlerweile machte ihm die Rolle des Roadmanagers richtig Spaß. Selbst Momente wie diese, wo Zebo ihm die Show mit seinem »Rot«-Gequatsche zu stehlen versuchte, konnte er mit Gleichmut wegstecken. Lästige Interferenzen, die keinen Einfluss auf das große Ganze hatten.

Zwei Stunden später war der Lightcheck zu ihrer Zufriedenheit gelaufen und Shell und Toto kamen zum Soundcheck auf die Bühne. Erg passte es überhaupt nicht, dass die beiden Ex-Runner jetzt schon zur Truppe stießen. Sie waren ein unberechenbarer Faktor. Andererseits, ohne ihren Einstieg würden die Masters nicht den Opener des Festivals machen. Fast tat es ihm ein bisschen um die Runners Leid. In ihrer Hochzeit hatte er mal ein Interview mit ihrem Drummer gemacht, was damit ausklang, dass sie mit drei geilen Runners-Groupies um die Häuser gezogen waren.

»Wann komme ich dran?« Sandrines nörgelnde Stimme unterbrach seine Gedanken.

»Womit dran?«

Sie zeigte vage auf die Bühne. »Mit dem Licht und dem Nebel und so«, sagte sie.

»Das hast du nicht nötig. Du wirst wie immer Spitze aussehen, Baby.«

Und das war nicht mal gelogen. Wenn Sandrine eines konnte, außer allen auf die Nerven zu gehen, dann war es toll aussehen. In zwei, spätestens drei Jahren würde ihr Pillenkonsum allerdings ernste Folgen zeigen. Schon jetzt wirkte sie bei ungünstiger Beleuchtung etwas aufgedunsen, fand Draco.

»Ich möchte aber trotzdem so einen Check. Ich würde mich einfach sicherer fühlen.« Sie bedachte ihn mit einem Heißkalt-Augenaufschlag.

»Wird schon alles klappen. Vertrau mir einfach, okay?«

Sie nickte. Sie vertraute ihm tatsächlich. Und für einen kurzen Augenblick fühlte er sich richtig schlecht.

»Hast du meinen Trailer gesehen? Kein Kühlschrank, kein Aircondition und nicht mal Com-Link-Anschluss. Also wirklich, Erg, so kann ich einfach nicht arbeiten!«

Der Augenblick verging.

Faizul hatte ihr Glück gar nicht fassen können. Sie hatten die besten Presseplätze bekommen, gleich neben World Net News. Sie wollte den Medien-Koordinator gerade darauf aufmerksam machen, dass es sich nur um einen Irrtum handeln könne, als Ali sie mit einem kräftigen Seitenhieb zum Verstummen brachte.

Die Hauptbühne war dunkel. In der dicht besetzten Arena herrschte gespannte Stille. Dann durchbrach eine hoch lodernde Fackel die Dunkelheit. Barbo war auf die Bühne gekommen. Die Auftrittsfolge der Kleindarsteller war mittels Losentscheid festgelegt worden. Und der Feuerschlucker hatte die etwas zweifelhafte Ehre, den Warm-up zu machen. Noch höher schoss die Flamme, das Publikum klatschte und gröhlte – Barbo kam gut an.

Zehn Minuten später: Nebel wallten, zuckende blutrote Laserfinger strichen durch die Arena, die Eröffnungstakte von »Twistin' Zombies« dröhnten aus den Boxen. Die ganze Insel schien von dem Sound zu vibrieren. Als sich die Nebel senkten, wurden die Masters of Pain sichtbar: Zardos, der Frontmann und Sänger, Zebo, Zonk und die Verstärkung: Toto und Shell. Hinter ihnen, auf einem gigantischen Screen, wurden hektisch geschnittene Clips aus Horrorklassikern – durchsetzt mit Erg Alonquins eigenem Material – abgespielt.

Faizul erstarrte. Sie hielt den Atem an und beugte sich vor. Nein, es war keine Sinnestäuschung. Er war da, Erg Alonquin war auf der Bühne. In der Hand eine DigiCam, schnitt er den Auftritt der Masters mit.

»Schau an, unser Ex-Kollege ist immer noch im Clip-Geschäft«, brüllte Brad in ihr Ohr.

Faizul nickte abwesend. Von dem Auftritt der Masters bekam sie überhaupt nichts mehr mit. Sie ließ Erg keine Sekunde aus den Augen. Die seltsamen Ahnungen, die sie seit jener Begegnung vor ein paar Tagen gehabt hatte, ließen sie nicht los. Im Gegenteil, sie schienen sich in diesem Moment auf der Bühne zu manifestieren.

Der Song war zu Ende, und ohne abzusetzen wechselte die Band zu einer kranken Cover-Version von »Pain Is So Close To Pleasure« – das Stilgefühl der Masters war legendär. Es folgten: »Carving Into Your Flesh«, »Dead Babies Lullaby« und »I'll Pierce Your Heart At Midnight« in der Siebenundzwanzig-Minuten-Version.

Plötzlich wurde es auf der Bühne stockdunkel, aus den Amps kam nur noch statisches Rauschen. Faizul sah sich nervös um. Gehörte dies noch zur Stageshow, oder war die Elektronik zusammengebrochen? Vom Publikum kam keine hörbare Reaktion, doch die Spannung in der Arena stieg beinahe körperlich spürbar an.

Brad und Ali schienen davon unberührt, sie unterhielten sich in lautem Flüsterton über den nächsten Act.

Dann krallte sich ein einzelner Spot ins Zentrum der Dunkelheit. So grell, dass zuerst keine Einzelheiten erkennbar waren. Erst allmählich schälten sich die Umrisse einer Gestalt heraus. Gleichzeitig drosch Shell ein disharmonisches Riff durch die Amps. Rückkopplungen huschten durch die Menge wie bissige kleine Gremlins. Faizul merkte, wie sich ihre Kopfhaut zusammenzog. Unbehaglich rutschte sie hin und her.

Jetzt stiegen Zebo und Toto ein und gaben Zonk den Beat vor. Von der linken Bühnenseite klang ein hartes Stöhnen, das sich zu einem orgastischen Aufschrei steigerte. Jetzt stieg die Menge voll ein, sie erkannten den Song.

»Red love, dead love«, grunzte und keuchte Zardos. Er klang wie Frankensteins Monster auf Ecstasy. »Red dead love.«

Der Spot tastete die Gestalt ab. Es war eine Frau. Sie trug ein langes, fließendes weißes Kleid. Wieder strich der Spot über ihren Körper, voyeuristisch und begehrlich umtanzte er sie und ließ sie im Gegenlicht nackt aussehen.

»Sandrine«, keuchte Faizul. »Das ist Sandrine.«

»Lick your blood. I wanna lick your blood«, schrie Zardos und trat zu Sandrine in den Spot. Er hob den Arm und zeigte auf die

Frau. Ein gleißendes Licht blitzte auf, zu schnell fast, um noch richtig wahrgenommen zu werden.

»Blood, blood«, kreischte Zardos und Shells Strat antwortete ihm in gedehntem Gis7.

»Blood! Red! Dead!«

Die Frau warf theatralisch den Kopf zurück und ihr Mund öffnete sich zu einem nie vollendeten Schrei.

Brad erkannte als Erster, was da auf der Bühne passiert war. Nichts wie raus, dachte er, ehe Panik ausbricht. Er packte Faizul am Arm und zog sie hoch.

»Lauf, lauf!« Er stieß sie grob durch die Menge. Er wusste, es war zwecklos, zu den Ausgängen zu rennen. Das würden sie nie schaffen. Die einzige Hoffnung war, rechtzeitig den Backstage-Bereich zu erreichen. Er hörte Ali hinter sich fluchen.

Und dann standen sie auf einmal zwischen den Trailern und Cateringzelten. Sie hatten es geschafft.

»Ist da eben passiert, was ich denke, dass es passiert ist?« Ali setzte sich schwer atmend auf einen umgekippten Müllcontainer.

»Ich weiß es nicht, ehrlich.« Brad sah aus, als würde ihm gleich schlecht werden. »Und ich will es, glaube ich, auch gar nicht wissen.«

»Er hat sie umgebracht. Erg hat sie umgebracht.« Faizul sah anklagend zu ihren beiden Kollegen. »Warum habt ihr das zugelassen?«

»He, das wissen wir doch alles nicht.«

»Ach, nein?« Anklagend zeigte sie mit dem Finger auf Ali. »Hast du ihn nicht neulich erst einen durch und durch kranken Bastard genannt?«

Ali wollte zu einer heftigen Entgegnung ansetzen, doch der aus der Arena dringende Tumult ließ ihn verstummen.

»Los, machen wir, dass wir hier wegkommen!«

Brad wollte nicht erst das Eintreffen von Sakamotos privater Anti-Aufruhr-Einheit abwarten.

Draco hatte die Luft angehalten. Er wusste zwar, Sandrine würde alles tun, solange eine Kamera auf sie gerichtet war, aber wenn man das Spontane, den ultimativen Take wollte, konnte man nie hundertprozentig sicher sein. Doch die kleine Schlampe hatte ihre Sache wirklich gut gemacht. Sie war eben ein echter Profi.

Anschließend hielt er noch auf die panische Menge – erst die Totale, dann ein paar aussagefähige Close-ups. Draco war zufrieden. Und was das Beste war: Man würde es nie beweisen können, aber es war Mord gewesen. Der erste Mord, der live und mit Vorsatz vor einem Millionenpublikum ausgeführt worden war. Zardoz hatte das Messer in der Hand gehabt, doch er, er hatte Regie geführt!

Seine Finger rasten über die Tastatur. Im Online-Modus schnitt er den Beitrag und beamte ihn live über Com-Link, und diesmal gab es keinen Job, aus dem man ihn feuern konnte.

Genau sechzehn Minuten später unterzeichnete er einen Exklusivvertrag mit WNN. Jetzt war er wieder Erg Alonquin und ganz oben.

Dreißig Minuten nach dem »Zwischenfall« saß er mit den Masters auf der Pressekonferenz. Sakamotos Leute hatten effizient eingegriffen – es hatte weniger als hundert Leicht- und Schwerverletzte gegeben, davon nur sechzehn in kritischer Verfassung – und in der Arena ging die Show bereits weiter.

»Ich dachte, es war eins von diesen Trickmessern, so eins, wo die Klinge dann reingeht.« Zardoz machte es vor: »Zisch, klick, zisch, klick, zisch.« Allen Anwesenden ging das Geräusch auf die Nerven. »Ein Unfall, das war eindeutig ein Unfall, stimmt's, Draco?« Unterstützung heischend sah er zu Erg hinüber. Der nickte ernst.

»Wir alle haben Sandrine geschätzt. Ihr tragischer Tod ist ein großer Verlust.«

Erg wusste, wie man so etwas wirkungsvoll sagte. Nur Zonk, der Drummer der Masters, verdarb fast alles mit seinem wiehernden Gelächter. Wie er diese Musiker hasste! Was wäre, wenn sie einen Unfall hätten – wenn, sagen wir, ihr Hubschrauber auf dem Weg zum Festland einen Motorschaden hätte. Eine gute Story wäre es sicher. Er müsste nur noch die Details ausarbeiten, lästige Kleinigkeiten wie »Wie schaffe ich es, den Crash zu überleben und live auf Sendung zu bleiben?« Nach dem heutigen Tag fühlte er sich jeder Herausforderung gewachsen. Alles eine Frage der Logistik, dachte Erg. Doch zuerst hatte er noch etwas anderes zu erledigen. Schließlich bastelte er an seiner Unsterblichkeit, und Legenden entstanden nicht dadurch, dass man auf seinem Hintern saß und abwartete.

Takaheshi Sakamoto war jetzt seit einer Stunde ziellos die künstlichen Klippen entlanggelaufen. Die VID-Typen hatte er abgehängt. Sie waren die lästige Randerscheinung eines Mediums, das er selbst erschaffen hatte. Engagierte er sich deshalb so für die Kunst, um Abbitte für das sensuelle Fastfood zu leisten, das er auf die Menschheit losgelassen hatte? Ein interessanter Gedanke. Und dann dieser irre Roadmanager, dem er eigenhändig die Rechte an dem Auftritt der Masters of Pain abgetreten hatte – doch dies war nicht der richtige Zeitpunkt für Selbstbezichtigungen.

Er blieb stehen und sah sich um. Ja, genau hier war es gewesen. Hier war das Konzept für die Klangskulpturen entstanden.

Fast hätte er sie übersehen, so reglos stand sie da – nur wenige Meter von ihm entfernt – und sah aufs Meer. Sie trug einen langen schwarzen Kaftan, ihre Haare, von metallicfarbenen Strähnen durchzogen, flatterten im Wind. Mit einer ungeduldigen Geste strich sie sie sich aus dem Gesicht.

»Ganz wie in alten Zeiten, nicht?«, sagte er unvermittelt zu der stummen Gestalt.

Rashala drehte sich um. Sie lächelte. »Du neigst immer noch zu Übertreibungen, Taka, auch wie in alten Zeiten.«

Langsam ging er auf sie zu. Schüchtern und ungelenk wie ein Junge bei seiner ersten Verabredung. Dies war der Augenblick, der alle Träume der letzten Jahre auf einen Schlag zerstören konnte und die Magie, die er immer zwischen ihnen empfunden hatte, auf die Affäre eines heißen Sommers reduzieren. Auf einmal wusste er, warum er in all den Jahren nie versucht hatte, sie zu finden. Nun war es zu spät.

Falls Rashala die gleichen Gedanken hatte, so ließ sie es sich nicht anmerken. Unbefangen schlang sie die Arme um ihn, drückte ihn an sich und küsste ihn.

Takaheshi seufzte. Sie fühlte sich an wie die Frau, die er all die Zeit in seinen Erinnerungen gehütet hatte, und sie roch und schmeckte auch so.

»Komm, trinken wir einen Tee.« Ein beiläufiger Satz, der die Brücke von der Vergangenheit in die Gegenwart schlug.

»Ja, gehen wir und trinken wir Tee«, sagte er.

Die Hand ist schneller als das Auge

Der Lärm hörte nicht auf. Er durchdrang den Nebel, der die Stelle des letzten Alptraums eingenommen hatte, und bohrte sich beharrlich in sein Bewusstsein.

»Licht«, wollte er rufen, doch aus seinem trockenen Hals kam nur ein stimmloses Keuchen.

Tonia schlief. Seltsam, hörte sie den Lärm nicht – oder war der nur in seinem Kopf? Blue konnte sich nicht erinnern, wie er in ihr Bett gekommen war, doch das war nichts Neues. Seit jenem Tag, an dem ihm klar wurde, dass er den letzten Auftritt der Runners verpasst hatte, war er nicht mehr nüchtern gewesen. Erst Alkohol, dann Koks und dann abwechselnd alles beides.

Da draußen war ein gigantisches Festival und er, er war nicht dabei. Doch das war überhaupt nicht von Bedeutung, nichts war mehr von Bedeutung. Er lebte in einem anderen Universum und die Schnittstelle zur Realität war hinter mehreren Dämmschichten verborgen. Er fühlte sich nicht richtig wohl in diesem Zustand, doch es war sehr bequem so, hielt es ihn doch davon ab, allzu viel nachzudenken oder sich komplizierte Entschuldigungen für sein Versagen zurechtzulegen.

Das Festival, das war es, dachte Blue plötzlich. Feuerwerk, wie dumm von ihm, natürlich, Feuerwerk und keine Schüsse. Aber es klang fast so, als wäre es hier im Haus – seltsam. Wieder rief er »Licht«, und diesmal schaltete das Serviceprogramm die Nachtbeleuchtung ein.

Fast rechnete er damit, dass Tonia aufwachen und sich über das Licht beschweren würde. Doch sie rührte sich noch immer nicht.

Wieder zerschlug ein schussartiger Knall, gefolgt von einem abfallenden Schrei, die Stille. Vielleicht waren auch Einbrecher im Haus, überlegte er träge, und vielleicht sollte jemand nachsehen, was da draußen vorging. Er setzte sich auf und sah auf die schlafende Frau. Mit zwei Fingern hob er eine schwarze Locke an und ließ sie wieder fallen. In den vergangenen Tagen hatte er die merkwürdigsten Wahnvorstellungen gehabt, eine handelte von Tonias Haaren: Sie hatten sich in lebende Schlangen verwandelt und krochen über ihn, drangen in seine Körperöffnungen und – dies war gewöhnlich der Augenblick, wenn er schreiend aufwachte. Er war sicher, dass es eine Phantasie nach ihrem Geschmack war.

Es dauerte eine Weile, bis er merkte, dass sie nicht mehr atmete. Blue nahm es eher beiläufig zur Kenntnis. »Überdosis«, dachte er und: »aber das war ja zu erwarten«. Er fühlte sich eigenartig – nicht erleichtert, das kam erst später –, sondern eher losgelöst und unbeteiligt.

Er schwang die Beine aus dem Bett und stand auf. Er lief um das Bett herum und beugte sich über die Tote. Eine fast obszöne Neugierde ließ ihn in ihr Gesicht sehen. Sie hatte die Augen geöffnet, sah ihn mit diesem selbstgefälligen Ausdruck an, den sie extra für ihn reserviert zu haben schien.

Blue war kalt. Er sah an sich hinunter. Er war nackt, aber irgendwie auch wieder nicht. Er tastete verwundert seinen Körper ab. Eine klebrige Substanz blieb an seinen Fingern hängen. Blut. Überall war Blut! Ein Teil von ihm stellte sachlich fest: »Also doch keine Überdosis.« Aber dann gewann die Stimme in seinem Kopf, die schrie: »Du hast sie umgebracht!«, die Überhand.

Mit der Stimme kamen die Schuldgefühle und aus der Schuld resultierte das Gefühl, beobachtet zu werden. Er sah sich um und sah sich ins Gesicht. Schlagartig durchbrach er die Schnittstelle und die Wirklichkeit sprang ihm entgegen – nein, nicht die Wirklichkeit, verbesserte er sich noch, ehe er aufschlug, es war der Fußboden.

Pierce dachte: So ist das wohl, wenn man am Ereignishorizont angelangt ist. Es gibt kein Zurück, die Kräfte ziehen einen unwiederbringlich hinein.

Blue so plötzlich gegenüberzustehen hatte ihm einen Schock versetzt.

Vor zwei Tagen noch war er mit der kleinen Grönländerin auf der »Zaca« unterwegs gewesen, hatte ihr den Zauberhut gezeigt und sich die Bestätigung geholt, dass er nicht halluziniert hatte, als er das erste Mal dort unten gewesen war.

»Wir müssen dem ein Ende bereiten«, hatte sie ernsthaft gesagt, als die Taucherglocke wieder sicher an Deck stand und sie ihm mit einer fast schon zeremoniellen Geste die Kamera zurückgab. »Es ist alles drauf.«

»Damit kommen wir sicher in die Abendnachrichten«, sagte Pierce trocken. »Und jetzt sieh zu, dass du unter Deck kommst, gleich wird es hier sehr ungemütlich.«

Wie zur Bestätigung schlug ein Blitz in die Satellitenschüssel auf dem Ruderhaus. Es stank nach Ozon und verschmorter Elektronik.

»Scheiße, Scheiße, Scheiße«, brüllte er und stürzte zur Steuerkonsole.

Skadi war ihm gefolgt. »Was ist passiert?«, fragte sie zaghaft.

»Die Navigationsanlage hat's erwischt. Der Autopilot ist auch hin«, zählte Pierce grimmig auf. »Zum Glück war die Solareinheit runtergefahren. Aber ich werde auf alle Fälle ein paar Selbsttests initiieren, wenn es wieder aufgeklart hat.«

»Und was heißt das genau?«

»Dass wir wohl genug Saft haben werden, um zu fahren. Die Frage ist nur wohin«, antwortete er lapidar. »Aber andererseits hat das Navigationsprogramm noch nie was getaugt.«

»Was wollen sie wohl da unten?«, fragte Skadi, als sie später am Abend in der Kombüse hockten und ihr Abendessen aus ein paar lauwarmen Konserven löffelten.

Pierce zuckte die Schultern. »Darüber habe ich mir noch nicht den Kopf zerbrochen. Wer kann schon sagen, was die kleinen Scheißerchen bezwecken?«

Und plötzlich musste er wieder an diese Frau denken – sie hatte die Vierfinger so genannt – und daran, was der Heiler gesagt hatte. »Ihre Körper lösen sich einfach auf.«

Seit er Skadi getroffen hatte, war es ihm fast gelungen, den Gedanken an den Alien-Parasiten zu verdrängen. Zur Strafe überfiel ihn die Wahrheit wie ein unerwarteter Angriff aus der Dunkelheit, so wie jetzt.

»Manchmal wache ich auf und denke, ich habe alles nur geträumt, und dann wieder glaube ich, dass alles vorbei ist und dass mir jemand so eine Art Anti-Alien Kur verpasst hat. Aber dann fällt es mir wieder ein: Es gibt keine Kur und ich werde sterben.«

Skadi sah ihn an und sagte nichts.

»Ich habe nie darüber nachgedacht – wie es sein wird zu sterben, meine ich. Wenn man Drogen nimmt, verlieren diese Urängste ihre Schärfe.« Er drehte gedankenlos die leere Konservendose in den Fingern. *Refried Beans* las er auf dem zerkratzten Etikett. Himmel, wo hatte er die denn eingetauscht? »Wenn Blue nicht wäre ...«

»Blue?«

»Mein kleiner Bruder. Er ist irgendwo da draußen und kommt mit sich und der Welt nicht zurecht.« Er sagte es mit spöttischem Tonfall, doch dadurch war es auch nicht leichter auszusprechen.

»Und du –«

»Ich? Oh, Mann.« Er beugte sich vor und verbarg sein Gesicht in den Händen. Was machte dieses Mädchen nur mit ihm? »Ich dachte, wenn ich einfach wegging, dann könnten wir jeder unser eigenes Leben führen.«

»Was willst du jetzt tun?«

Ja, was wollte er tun? Blue suchen, ihn finden, ihm die Nase abwischen, und alles würde wieder von vorne beginnen. Aber, halt, einen Neuanfang würde es nicht geben, jedenfalls nicht für ihn. Was hatte er also zu verlieren?

»Weißt du, wie das ist, wenn da immer eine Stimme in deinem Kopf um Hilfe ruft?« Die Frage war rein rhetorisch. Doch Skadi schüttelte den Kopf. »Du denkst jetzt vermutlich, ich drehe durch –«

»Tu ich nicht. Wem gehört die Stimme, deinem Bruder?« Sie las die Antwort in seinen Augen. »Dann sollten wir wohl zu ihm fahren.«

Damit war es entschieden. Am nächsten Morgen fuhren sie in Richtung Freezone – Pierce meinte jedenfalls, dass es der richtige Kurs war, und er sollte Recht behalten.

Er war von hinten durch den Zen-Garten gekommen. Die Tür war angelehnt gewesen, eine Alarmanlage konnte er nicht sehen. Also stieß er die Tür auf und trat in die Dunkelheit.

Stille umfing ihn, doch unter der Stille atmete das Haus in kurzen, furchtsamen Stößen. Etwas Schlimmes war hier vorgefallen. Seit Pierce den Alien-Parasiten in sich hatte, waren seine Sinne fast übernatürlich geschärft. Das nennt man wohl poetische Gerechtigkeit, sinnierte er. All die Jahre hatte er Drogen genommen, um die harte

Realität draußen zu halten, und jetzt bekam er ständig eine Überdosis Wirklichkeit.

Abrupt blieb er stehen und sog scharf die Luft ein. Süßlich und metallisch bitter zugleich: Blut. Darunter, wie ein dezentes Gewürz, der Geruch von Kordit. In diesem dunklen, stillen Haus war vor noch nicht allzu langer Zeit eine große Menge Blut vergossen worden. Pierce unterdrückte seinen Fluchtinstinkt und tastete sich vorsichtig weiter.

Auf einmal ging die indirekte Beleuchtung an. War er an einer Lichtschranke vorbeigekommen? Er blinzelte und versuchte die grellbunten Lichter vor seiner Iris zu vertreiben. Er hörte ein Geräusch. Schritte – erst verstohlen, dann betont selbstsicher. Noch jemand war in diesem Raum und es war nicht sein kleiner Bruder.

Als Pierce seine Umgebung endlich deutlich wahrnahm, sah er als Erstes die auf ihn gerichtete Waffe. Dann sah er den Mann, der die Waffe auf ihn richtete. Sah seine blutbeschmierte Kleidung, sah den Irrsinn hinter seinen Augen.

»Dich kenn ich doch irgendwoher«, sagte er.

Sein Gegenüber lachte herzhaft. »Ich habe alle deine CDs und jetzt muss ich dich erschießen. Ist das nicht komisch?«

Pierce ignorierte die Waffe. »Du bist der Roadmanager von dieser Clownstruppe. Zullie, Zanny und Zip – so heißen sie doch?«

»Mach mich nicht wütend. Sonst stirbst du nur noch schneller.«

»Du bist lächerlich Mann, einfach nur lächerlich.« Pierce lehnte sich mit verschränkten Armen an die Wand, ganz lässig, so als würde er mit seinem Gegenüber Party-Smalltalk machen. So ist das wohl, dachte er, wenn man keine Angst vor dem Sterben hat, weil man längst tot ist. Er grinste Erg an. »Sogar diese Kanone ist lächerlich.«

Plötzlich schnellte sein Fuß hoch und er kickte Erg die Waffe aus der Hand. Nie hätte er gedacht, dass er solche Reflexe hatte. Die Waffe flog in hohem Bogen auf ihn zu und landete in seiner ausgestreckten Hand. Wow! Was für ein geiler Zirkustrick. Reflexartig krümmte sich sein Finger um den Abzug und er drückte ab.

Erg wurde zurückgeworfen. Blut quoll aus einer Brustwunde. Pierce, ernüchtert, ließ die Waffe fallen. Skadi hatte gesagt: »Ich hätte nie gedacht, wie einfach es ist, einen Menschen zu töten.« Er hatte ihr nicht glauben wollen. Doch sie hatte Recht gehabt. Er sah auf

Erg. Wollte nicht zusehen, wie der Mann vor seinen Augen starb, und konnte den Blick dennoch nicht abwenden.

»Tut mit Leid, Mann«, sagte er und merkte im selben Augenblick, was für einen Scheiß er von sich gab. Nein, es tat ihm nicht Leid, diesen Irren umgebracht zu haben – überhaupt nicht Leid. Im Gegenteil, er fühlte sich sogar richtig gut. Vielleicht würde er später den Moralischen kriegen, doch eigentlich bezweifelte Pierce auch das. Das Leben ist einfach zu kurz, um Mitleid mit Arschlöchern zu haben, dachte er – besonders mein Leben.

Erg starrte ihn vorwurfsvoll und voller Empörung an. »Das darfst du nicht! Ich bin noch nicht fertig.« Er starb mit dem Gedanken: »Das Leben ist doch nicht fair.«

Er trug Blue den ganzen Weg bis zu seinem Hausboot. Durch seinen Kopf wirbelten Bilder, Szenenfolgen wie aus einem Horrorfilm. Das Haus, dunkel, bedrohlich und still. Erg Alonquin, der etwas von CDs faselte – Schüsse. Überall hatte er Leichen gefunden. Jason und Flyp und zwei weitere Männer, die er nicht kannte. Weitere Bodyguards oder Dealer, es hatte ihn nicht interessiert. Er war immer weitergegangen, dem Endpunkt entgegen. In dem hinteren Schlafzimmer fand er Tonia Sakamoto und Blue.

Blue, der auf seine blutbeschmierten Hände starrte – totale, zugedröhnte Verständnislosigkeit in den Augen. Blue, der bei seinem Anblick bewusstlos auf den Boden knallte. »Freut mich auch, dich zu sehen, kleiner Bruder«.

»Oh, Mann, oh, Mann. Ich fass es nicht!« Doc starrte auf das Standbild des Zauberhuts. »Hast du eine Ahnung, was das sein soll?«

Pierce schüttelte den Kopf. Warum fragten sie ihn alle dasselbe? Dass er das Ding zuerst gesehen hatte, bedeutete doch nicht, dass er automatisch wusste, was es damit auf sich hatte. Er hatte beschlossen, für sich zu behalten, dass er das Ding für eine Art Alien-Brutmaschine hielt. Das ging nur ihn etwas an.

»Ich dachte, du bist hier der SciFi-Fachmann.«

»Sehr komisch.« Lief hier jetzt dieselbe Nummer wie im E.T.-Camp ab? »Ich hab euch alles gegeben, was ich hatte.«

»Ein paar Disketten, na und?« Käppi starrte ihn streitsüchtig an. »Glaubst du, damit kann man einen Krieg gewinnen?«

»Ich hab Hunger.« Das kam von Garfield.

»Dann geh und schmier dir 'ne Stulle.«

»Mach mir auch eine mit«, sagte Jamila.

»Wird das hier jetzt 'n Picknick oder 'ne Lagebesprechung?«

»Essen wir alle was und machen dann weiter.«

»He, das sieht aus wie eine Maschine der Morloks«, sagte Garfield plötzlich. Alle starrten ihn an. Er wand sich unbehaglich unter der Aufmerksamkeit. Vielleicht war es doch keine so gute Idee gewesen, sich durch alle Klassiker der Weltliteratur in diesem verlassenen Haus zu fressen. »Na, ich dachte doch nur«, meinte er entschuldigend.

»Schon gut«, sagte Doc, der sofort wusste, worauf der Junge hinauswollte. »Du könntest womöglich Recht haben. Nicht mit den Morloks, aber was wäre ...« Er beugte sich vor und fixierte den Monitor mit dem eingefrorenen Bild. »Kann ich den ganzen Film noch mal sehen?«

Doch auch beim x-ten Durchlauf enthüllte der Zauberhut nicht seinen Daseinszweck.

»Man müsste da noch mal runter und ein paar Messungen machen«, schlug Doc vor.

»Ohne mich!«, blaffte Pierce. »Du hast doch gehört, was Takaheshi sagt: Die Vierfinger suchen überall nach mir.«

»Es könnte mit dem Deal zusammenhängen«, meinte Takaheshi vorsichtig.

»Welchem Deal?« Sunshine setzte sich auf, hellwach und nicht mehr hinter aufgesetztem Desinteresse versteckt.

»Die große Welle«, sagte Skadi.

»Das habe ich schon mal irgendwo gehört.« Doc rieb sich die Schläfen. »Aber wo?«

»Ich hielt es immer für ein Synonym für die zweite Welle der Invasion. Aber was wäre, wenn es überhaupt keine Invasion gibt?«

»So einen Scheiß muss ich mir nicht anhören!« Wütend sprang Sunshine auf.

Dies war ihr zweites Treffen und sie drehten sich immer noch im Kreis. Wurde so Revolution gemacht? Als sie noch die Tunnel-Soldaten waren, war alles viel einfacher gewesen. Auf der einen Seite war der Feind, den man mit Brandbomben bewarf, und auf der anderen Seite stand die Gemeinschaft.

Und was war das hier? Sie warf Wiesel einen scharfen Blick zu, doch der hatte sich hinter seinem *Cyber*3 verschanzt und hielt sich aus der Diskussion raus.

Sunshine trat an die Reling. Vom anderen Ende der Insel klang Musik: das Festival. Morgen war der letzte Tag, dann sollten diese Runners auftreten, von denen Wiesel so beeindruckt war. Sie starrte aufs Meer. Die Erdoberfläche ist zu über siebzig Prozent mit Wasser bedeckt, das hatte sie in der Schule gelernt. Der blaue Planet, Tiefsee, unerforschte Gebiete – was mochte noch alles da unten versteckt sein außer dem komischen Ding, das dieser Mann den Zauberhut nannte?

Ihre Gedanken kehrten zur Gruppe auf der Jacht zurück. War sie etwa nur sauer, weil sie nicht mehr die Anführerin war? Dabei hatte sie doch nichts sehnlicher gewollt, als von der Verantwortung befreit zu werden.

»Wenn die Vierfinger tatsächlich hinter Pierce her sind, ist unsere Lage hier ziemlich exponiert«, sagte Doc gerade.

Sunshine drehte sich wieder um. Ihr war, als wäre sie auf etwas Bedeutsames gestoßen, kurz bevor sie wieder an die Gruppe gedacht hatte. Es hatte mit der See zu tun – mit der Tiefsee. »Tief unten im Meer, tief unten im Meer«, ein albernes Kinderlied drängte sich an die Oberfläche ihrer Assoziationskette. Nein, so ging es auch nicht. Schule, lernen. Sie legte einen neuen Gedankenpfad an. Manganknollen, Morlokmaschinen …

»Bodenschätze«, sagte sie unvermittelt. Und alle drehten sich zu ihr um. »Was wäre, wenn die Vierfinger da unten irgendwelche wertvollen, wie sagt man …«

»Rohstoffe?«, half Doc aus.

»… Rohstoffe fördern?«

»Und die holen sie direkt aus der Erdkruste, und darum haben wir so ungewöhnlich viele Seebeben«, spann Brad den Faden weiter.

»Also, das ist doch nun wirklich Science Fiction«, sagte Doc und alle lachten.

»Angenommen, es stimmt, was nützt uns diese Information?«, brachte Skadi es auf den Punkt.

»Nun, zum einen wollen die Aliens nicht, dass ihnen jemand draufkommt, sonst wären sie nicht hinter Pierce her, oder?« Garfield sah etwas unsicher in die Runde. Hatte er jetzt wieder etwas Dummes gesagt?

»Sei's drum«, meinte Pierce. »Es kann sicher nicht schaden, wenn wir das Ding mit ein paar netten Unterwasserbomben in die Luft jagen.«

Die Tunnel-Soldaten nickten beifällig. Diese Sprache verstanden sie.

»Ehe wir anfangen, Bomben zu werfen, sollten wir vielleicht einen Plan machen«, meinte Takaheshi lapidar. Alle verstummten und sahen ihn aufmerksam an. Ohne es zu wollen, hatte er plötzlich die Führung übernommen. »Was wissen wir eigentlich genau und was sind bloße Vermutungen?«

»Erzähl ihnen, was du weißt, Taka.« Rashala sah ihn ermutigend an. Während der ganzen Diskussion hatte sie sich beobachtend im Hintergrund gehalten. »Erzähl ihnen von Antarctica und dem Deal.«

»Gut. Ich werde mich kurz fassen.« Takaheshi sah in die gespannten Gesichter dieser Kinder. Erwarteten sie jetzt eine Gutenachtgeschichte? »Es wurden bestimmte Privilegien ausgehandelt, zwischen den Aliens, einigen Regierungen und einflussreichen Leuten. Ich gehöre wohl zu der letzteren Gruppe. Technologien gegen Rohstoffe, so lautete der Verkaufsslogan – und der Köder: Unsterblichkeit.«

»Unsterblichkeit?« Garfield riss die Augen auf. »Ihr seid jetzt alle unsterblich?«

»Die Raumstationen«, sagte Doc, dem jetzt einiges klar wurde. »In Schwerelosigkeit verlangsamt sich der Alterungsprozess.«

Takaheshi nickte.

»Du hast doch gesagt, ihr habt die Erde verkauft. Was heißt das?«

»Diese Aliens, was wollen sie noch – unseren Planeten für irgendein Siedlungsprojekt?«, führte Doc Skadis Frage aus. Vor seinem inneren Auge sah er feurige *Krieg der Welten*-Szenarien.

»Also ich glaube, die wollen doch nur 'ne schnelle Tausche durchziehen«, sagte Wiesel. »Und wenn wir denen zu viel Stress machen, verschwinden sie.«

»So könnte es sein«, meinte Takaheshi nachdenklich. »Genau so. Und das ist unsere einzige Hoffnung.«

»Hilf uns, Obi Wan Kenobi«, sagte Garfield keck und fing sich einen tadelnden Blick von Skadi ein. Die anderen ignorierten ihn.

»Also, wann fangen wir an?«

»Stellt euch das nicht so einfach vor.«

»Was einmal geklappt hat, warum sollte das nicht wieder gehen?«

»Das Raumschiff in Berlin war bestimmt defekt oder so.« Ali meldete sich zum ersten Mal zu Wort. »Oder glaubt ihr ernsthaft, dass ihr mit ein bisschen Sprengstoff ein außerirdisches Raumschiff in die Luft jagen könnt?«

»Woher willst du das wissen?« Käppi sprang empört auf. »He, Sunshine, sag ihm, er soll nicht so einen Scheiß erzählen.«

»Er wird wohl Recht haben.« Sunshine fühlte sich auf einmal so unendlich müde. Da saßen sie nun auf einer Insel, die nicht mal eine richtige Insel war, ein Haufen Kinder und Loser, und überlegten, wie sie die Erde von den Vierfingern befreien konnten. Und dabei waren die auf Einladung der Regierungen und der reichen Ärsche da und machten ihre kleinen Geschäfte. Und keiner kümmerte sich darum, weil sowieso alles im Arsch war. Der ganze Planet war im Arsch. Oh, Mann.

»Ja, aber was war denn mit dem anderen Schiff? Dem, aus dem du abgehauen bist?«

»Ich kann mich nicht mehr dran erinnern.«

»Immer wenn es wichtig wird, kannst du dich nicht mehr erinnern. Das ist doch kompletter Scheiß!« Käppi brüllte jetzt. »Woher wissen wir denn, ob du nicht in Wirklichkeit auf der Seite der Vierfings bist. Du sagst doch selbst, dass sie da in dem Schiff was mit deinem Kopf gemacht haben!«

Diese Konfrontation hatte sie schon lange erwartet. Es verwunderte sie nur, dass es nicht eher dazu gekommen war. Sunshine zuckte die Schultern. »Kannst du nicht wissen, weiß ich ja nicht mal selber.«

Käppi und die anderen Tunnel-Soldaten starrten sie entgeistert an. Nur Wiesel nicht, der drückte stumm ihre Hand.

»Ja, aber ...«

»He, mach's wie ich, denk nicht dran.«

»Du warst in so einem Raumschiff?« Garfield versank fast vor Ehrfurcht. »Konntest du denn die Konstruktionspläne mitnehmen oder so was?«

»Alles, was ich mitnehmen konnte, steckt hier.« Sie klopfte sich an die Stirn. »Und das habe ich auch schon längst vertickt.«

»Was würde denn passieren, wenn Wiesel so einen Virus in die Bordcomputer der Schiffe einschleust. Würden die dann nicht einfach abstürzen – und diese ganzen Raumstationen gleich mit?«

»He, das wäre echt cool!« Garfield geriet fast aus dem Häuschen. »Kriegst du so was hin, Wiesel?«

»Warum schaut ihr euch nicht wenigstens gute SF-Filme an anstatt diesen Müll?«, blaffte Doc. »Warum, bitte schön, sollte ein irdischer Computervirus Alien-Technologie ausschalten können?«

»Weil ... na, weil ...« Wiesel lag die Antwort schon fast auf der Zunge, aber nur fast, Mist.

»Meine Eltern würden das bestimmt hinkriegen«, sagte Faizul. »Die sind die Besten in Antarctica.«

»Hast ihnen wohl nicht ab und zu über die Schulter gekuckt?«

Sie schüttelte bedauernd den Kopf. Wie gerne hätte sie Brad bewiesen, dass mehr in ihr steckte, als ein paar Beiträge zu produzieren.

»Gib mal deinen Zauberkasten her, Junge.« Auffordernd streckte Takaheshi die Hand nach dem *Cyber*3 aus.

»Warum?« Misstrauisch beäugte Wiesel den alten Mann.

»Los, gib ihn schon rüber.« Sunshine gab ihm einen ermunternden Schubs.

Unter den wachsamen Blicken des Hackers klappte Takaheshi den

Cyber3 auf, zog eine Lupe aus seiner Tasche und studierte sein Innenleben. Garfield kicherte und fing sich prompt einen strafenden Blick von Skadi ein.

Nach einer endlos erscheinenden Zeit – zumindest Wiesel kam sie endlos vor – stieß Takaheshi einen »Hab ich's mir doch gedacht«-Seufzer aus und sagte: »Irrtum ausgeschlossen, das ist das Design von Antidot. Hier, da ist seine Signatur auf dem Chip.«

»Antidot hat die Kiste designt?« Ali stieß einen lautlosen Pfiff aus. »Dann wundert mich überhaupt nichts mehr.«

»Wer ist dieser Antidot?« Es schmerzte Wiesel, seine Unwissenheit so offen zuzugeben. Doch er war einfach zu neugierig, um den Mund zu halten.

»Der genialste Hardwaredesigner, der jemals über diesen Planeten gelaufen ist«, sagte Takaheshi, und unverhohlene Bewunderung schwang in diesen Worten. »Er hat für Sakamoto Industries gearbeitet. Ohne ihn hätten wir die Alien-Technologien nie für uns nutzen können.«

»Bis er eines Tages verschwunden ist«, ergänzte Ali. »Und niemand weiß, wo er abgeblieben ist.«

»Und jetzt taucht auf einmal dieser Prototyp auf.«

»Dieser Antidot, ist das so 'n Hippie, der auf Punkrock steht?«

Takaheshi nickte.

»Dann weiß ich, wo der abhängt«, sagte Wiesel lässig. »Der nennt sich jetzt Rabe und hat 'n Kramladen für PC-Schrott.«

»In diesem Prototyp steckt wohl 'ne Menge Alien-Zeug?«, fragte Brad nachdenklich. »Dann könnte unser Freund hier vielleicht doch einen kleinen Virus basteln. Das kannst du doch, oder?«

»Kleinigkeit«, sagte Wiesel einen Tick zu cool. Er war sich nämlich überhaupt nicht sicher.

»Wir könnten mit so einem Virus die Serviceprogramme für die Raumstationen außer Betrieb setzen. Die laufen mit der gleichen Software, wie sie die Enklave auch benützt.«

»Aber wie kommen wir da rein?«

»Ich hab einen Zugang auf der Jacht. Bleiben immer noch die Schiffe …«

»Spitzbergen neunzehnsiebenundvierzig und neunzehnzweiundfünfzig«, sagte Doc unvermittelt.

»Was heißt das?«

»Ufos. Der Legende nach, sollen in diesen Jahren auf Spitzbergen Ufos gecrasht sein.« Er zuckte entschuldigend mit den Schultern. »Das stand jedenfalls in den Foldern, mit denen sie uns im E.T.-Camp zugemüllt haben.«

»Und wenn das Schiffe der Vierfinger waren und wenn sie noch da sind, könnten wir ...«, träumte Sunshine laut.

Alle sahen Skadi an. Garfield sprach es aus: »Du kommst doch von da. Was weißt du darüber?«

»Legenden, die man sich bei uns während der Polarnacht erzählt, nichts weiter«, sagte Skadi leichthin, doch sie fühlte sich überhaupt nicht wohl bei dieser Lüge.

»In Legenden steckt bekanntlich oft ein wahrer Kern.« Doc musterte die junge Frau aufmerksam. Skadi hielt seinem Blick stand. »Wenn ...«

»Das ist doch jetzt totaler Blödsinn.« Käppi fühlte sich auf einmal sehr erwachsen. »Wenn da jemals ein Ufo abgestürzt ist, dann haben die Regierungstypen das doch schon längst auseinander genommen und weggeschafft.«

»In den Unterlagen stand was anderes.« Doc nahm seine Brille ab und rieb sich die Augen. »Wenn ich mich nur an den genauen Wortlaut erinnern könnte ...«

»Zu viele Wenns, wenn ihr mich fragt.« Pierce stand auf und streckte sich. »Sagt mir einfach, wie's ausgegangen ist«, sagte er zu niemand Bestimmtem. »Ich sehe mal nach meinem kleinen Bruder.«

Die eine Hälfte von zweien

Zuerst hatte er gedacht, er würde halluzinieren. Da war dieses schwarzhaarige Mädchen. Als sie sich über ihn beugte, ein feuchtes Tuch in der Hand, glaubte Blue, Tonia wäre gekommen, um ihn zu ersticken, und schlug schreiend um sich.

Dann war plötzlich Pierce an seiner Seite und redete beruhigend auf ihn ein. Sein Bruder war zurück. Endlich, endlich konnte er wieder ruhig schlafen. Und mit diesem Gedanken schlief er dann auch ein.

Stunden später wachte Blue auf. Er hatte Durst. Er stand auf und trat in eine klebrig feuchte Flüssigkeit. Blut. Tonias Blut. Hatte er sie umgebracht? Er wusste es einfach nicht. Zu erschöpft, um weiter darüber nachzudenken, legte er sich auf den Boden und döste wieder ein. Bis er aufwachte und Durst hatte. Er stand auf und trat in Tonias Blut.

Später hätte er nicht sagen können, wie lange er sich in dieser Alptraumschleife befunden hatte. Irgendwann kam wieder das schwarzhaarige Mädchen, wusch ihn, zog ihn an, gab ihm zu essen und zu trinken und stellte ihn auf die Füße.

Und dann war da Pierce, der sagte: »Zeit für deinen Auftritt, Mann. Die Jungs warten schon.«

Als er auf der Bühne stand, war sie wieder da, die alte Magie. Der Schweiß lief ihm übers Gesicht, doch es war guter Schweiß, nicht der aus seinen Alpträumen. Er war am Leben, endlich.

Er wechselte zu »Heart Like A Child«, einem neuen Song, den er noch während der letzten Tour mit den Runners probiert hatte. Die Worte waren nicht neu gewesen. Pierce hatte den Text vor langer Zeit geschrieben, und wie seine Lyrics immer waren die Worte um vieles härter und echter als alles, was Blue jemals zustande bringen würde. Er hatte einige Textzeilen geändert und das Arrangement für den Drum-Computer umgeschrieben. Ein Mehr an Kreativität hatte er nicht aufbringen können.

»Your innocence kills me
Cruelty's the essence of your live
Giving freely and with lust
Your love cuts like a knife
My heart's an open wound
And I'm begging you, beg you
Please, please – don't do it, do it
Should have left you long before
Now I'm begging you,
Yes, I'm begging you for more.«

Die Band fiel in Stücke, die beiden Gitarren umtanzten sich wie zwei kämpfende Königskobras. Blue spürte, wie seine Finger immer ungelenker wurden, die Saiten immer glatter.

»I'm begging you for more«, wiederholte Blue. Der Song löste sich in Klangfragmente auf. Disharmonien, dann Töne, geisterten über die Arena. Er setzte ab und sah zu Shell. Der spielte selbstvergessen auf seiner Strat – immer die gleichen drei Akkorde: Fmaj7, d-Moll und E-Dur – wie unter Zwang. Fmaj7, Dm und E. Blue ertappte sich, wie er Worte aus den drei Buchstaben zu bilden versuchte und sich dabei in Shells Endlosschleife einloggte. Verdammt.

Unruhe entstand im Publikum. Doch es waren keine wütenden Schwingungen, die aus der Menge zu ihm drangen, sondern freudige Erwartung. Er sah sich um. War dies immer noch Teil seines Traumes? Würde er je wieder zwischen den Realitäten zu unterscheiden wissen?

Das Publikum johlte und klatschte jetzt. Da sah er seinen Bruder. Zusammen mit einem rothaarigen Mädchen und einem dünnen Typen mit Brille kam er auf die Bühne. Vereint schleppten sie seine Drums und bauten unter dem rhythmischen Klatschen der Festivalbesucher die Schießbude auf. So und nicht anders hatten sich alle die Reunion der Bladerunner vorgestellt.

Als hätte es nie eine Unterbrechung gegeben – eine Unterbrechung des Songs und eine Unterbrechung ihres Lebens –, spielten sie den Refrain. Und Pierce sang mit ihm Harmonies, gerade so, als wäre er nie weg gewesen. Endlich waren die beiden Hälften wieder eins.

»Heart like a child
Only you could do this to me.
Heart like a child
If I only knew this would be
The end of innocence.«

Blue war es völlig egal, in welcher Realität er sich gerade befand. Nur, falls dies ein Traum war, so durfte er niemals aufhören.

Er nahm alles um sich herum überdeutlich wahr, gleichzeitig haftete dem Ganzen eine traumartige Unwirklichkeit an.

Es war wie zu den allerbesten Zeiten der Runners. Die Chemie stimmte wieder, sie waren ein Körper, ein Kopf, ein Song, eine Band. Blue und Pierce verständigten sich ohne Worte und Gesten. Die telepathische Telefonverbindung war klar und deutlich, keine knisternde Statik und keine Rückkopplung.

Sie spielten sieben Zugaben – »Running Wild« spielten sie sogar dreimal. Blue konnte sich kaum noch auf den Beinen halten. Pierce und Toto stützten ihn, als er von der Bühne taumelte.

»Starker Auftritt, Mann«, sagte Shell und grinste ihn an.

»Danke, Mann.« Blue drückte seinen Arm. Und mit diesen Worten war ihr Streit begraben. Jetzt war alles wieder gut. Die Leute da draußen im Stadion wollten die Runners, und er würde sie ihnen geben – zusammen mit Pierce.

Takaheshi hatte ihm am nächsten Morgen genau erklärt, wie der Sprengstoff anzubringen war.

»Das sind Binär-Waffen, die Komponenten vermischen sich erst, wenn sie scharf gemacht sind. Damit vermeiden wir, dass die Aliens sie mit ihrem Resonator vorzeitig zünden.«

Die Punkerin hatte zu jedem seiner Worte ernst genickt und meinte: »Es ist wirklich idiotensicher. Du bringst die Dinger nur dicht genug ran, alles andere macht die Fernzündung – bumm.« Und nachdenklich fügte sie hinzu: »Ich wünschte, wir hätten die Dinger schon in Berlin gehabt, dann wären Bingo und Danuta auch hier.«

Pierce hob die Minen abschätzend an. »Das müsste mit einem Tauchgang zu machen sein.« Er verdrängte den Gedanken, dass er sein Glück, von den Aliens unentdeckt zu bleiben, womöglich schon ausgereizt haben könnte.

»Woher wissen wir, dass wir damit nicht eins dieser schweren Seebeben auslösen?« Doc sah alarmiert von einem zum anderen. »Ich meine – was ist das eigentlich da unten?!«

»Da unten ist der Feind«, sagte Sunshine lakonisch, »und mehr brauchen wir nicht zu wissen.«

Doc fand, dass die junge Frau eine geradezu gefährliche Intensität ausstrahlte. Sie war wie ein Fusionsreaktor, und jeder in ihrer Nähe wurde entweder von ihrer Hitze angezogen und zu etwas Neuem umgeformt oder verbrannte zu mikroskopisch feiner Materie.

»Und wenn diese Beben auf das Konto dieses komischen Dings gehen, sollten wir es doch wohl schnellstens zerstören, oder?«, setzte Sunshine noch einen drauf.

Zustimmendes Nicken der Tunnel-Soldaten.

»Mir geht das alles zu schnell«, beharrte Doc.

Skadi, die die ganze Zeit nur zugehört hatte, sagte: »Manchmal kann man auch zu lange abwarten.« Und sie sah wieder die verbrannten Körper ihrer Freunde in Longyearbyen vor sich. »Wir müssen verhandeln, wir müssen eine gemeinsame Basis finden«, hatte die Anweisung von Vibke, ihrer Sysselfrau gelautet. Gewaltlosigkeit, die mit Gewalt beantwortet worden war. Auch Vibke war unter den Opfern gewesen. Sie hatte nicht mehr mit ansehen müssen, was mit den Streikenden passierte.

»Finde ich auch«, sagte Pierce entschlossen. Und für sich fügte er hinzu: »Wer weiß, wie viel Zeit uns überhaupt noch bleibt.«

Damit war es entschieden. Pierce würde den Zauberhut sprengen, und die Tunnel-Soldaten würden mit Takaheshi, Skadi, Garfield und dem reduzierten VID-Team – Ali hatte ein Angebot von World Net News bekommen und angenommen – ins Polarmeer fahren.

»Du kannst ja hier bleiben, wenn dir das alles zu schnell geht, alter Mann«, sagte Wiesel zu Doc und merkte gar nicht, wie gönnerhaft er klang.

»Ihr glaubt doch nicht ernsthaft, dass ich mir die Gelegenheit entgehen lasse, ein richtiges Raumschiff anzukucken!«

»Nö, eigentlich nicht.« Wiesel grinste ihn breit an. Er fühlte sich richtig gut. Endlich kamen die Dinge wieder in Bewegung. Unten am Kai konnte er Sunshine sehen, die zusammen mit Takaheshis Männern das Verladen der Fracht überwachte – Ausrüstung und Waffen. Alles im großen Stil, beste Qualität. Als Gegenleistung hatten sie nur ihre Unterschrift unter einen Vertrag von Sakamoto-Cyber-Media zu setzen brauchen, der sie zu Popstars machen würde – na ja, oder so was Ähnliches. Der alte Japaner hatte irgendwas von »Neuen Helden« gemurmelt und etwas dumm vor sich hin gegrinst. Selbst als Doc ihm den Wisch mit den Worten »nie wieder Hollywood« ohne Unterschrift zurückgab, hatte er nicht aufgehört zu grinsen. Sei's drum, die Waffen waren cool.

»Es hat was für sich, mit Sponsoren zu arbeiten«, hatte Sunshine zu ihm gesagt. »Schade, dass wir da nicht schon eher drauf gekommen sind.«

Kahia wollte auf Freezone bleiben, ebenso die Theaterleute und Barbo und Madame Esmeralda. Takaheshi hatte den Künstlern angeboten, auf der Hazienda zu wohnen, und sie hatten begeistert zugestimmt.

Rashala stand auf ihrem Lieblingsplatz, den künstlichen Klippen, und sah der Jacht hinterher. Takaheshi hatte sie gefragt, ob sie ihn begleiten wollte, doch er hatte nicht mit einem Ja gerechnet. »Ich bleibe, damit du einen Grund hast, da oben auf dich aufzupassen, Taka.« Und das klang fast so gut wie ein Ja.

»Wo sind die Songs geblieben?« Blue hockte an Deck des SunCo-Bootes und zog neue Saiten auf seiner Gibson auf. Er sah aus wie jemand, der sich gerade von einer langen Krankheit erholte und selbst noch nicht recht daran glaubte, dass es vorbei war.

Nach dem Auftritt der Runners hatte er fast zwei Tage geschlafen. Er streckte seinen Arm und sah auf seine Finger – kein Zittern, gut. Eigentlich hatte er allen Grund, zufrieden zu sein, wäre da nicht diese ständig wiederkehrende Frage gewesen. »Weißt du es?« Gegen die Sonne blinzelnd sah er zu Pierce auf. Wenn sein großer Bruder keine Antwort wusste, wer dann?

Der zuckte nur mit den Schultern und sagte lapidar: »Keine Ahnung.«

»Willst du es denn nicht wissen?«

»Ich hab irgendwann aufgehört, darüber nachzudenken.«

»Das ist nicht gut.« Blue klang vorwurfsvoll.

Pierce überlegte, dass das Klischee stimmte. Die Zeit reichte nie, um das zu sagen, was man sagen wollte. Während all der Monate, die er allein draußen auf dem Meer verbracht hatte, hatte er sich manchmal vorgestellt, wie ihr Wiedersehen verlaufen würde. Doch nie kam in diesen Gedankenspielen das Danach vor. Würde Blue ihm jetzt wieder die gleichen Vorwürfe machen, mit den gleichen Anschuldigungen bewerfen?

»Ich bin ausgebrannt. Mir fällt einfach nichts mehr ein. Ich schreibe nur noch Scheiß zusammen.« Auf einem tiefen, gequälten Atemzug stieß Blue die Worte heraus.

Alles andere hatte Pierce erwartet, nur nicht dieses Geständnis. Er war verwirrt. Blue war sich seiner immer so sicher gewesen, wenn es um seine Qualitäten als Songschreiber ging. Sicher, an der Oberfläche waren all die Zweifel gewesen, doch tief in ihm gab es die Gewissheit um seinen Daseinszweck. Was war geschehen?

»Bist du deshalb nach Freezone gekommen?«

»Weshalb?« Blue sah ihn verwundert an. »Ich war mit der Band im Studio. Wir hatten einen Vertrag ...« Unsicher brach er ab.

»Einen Vertrag mit Sakamoto Industries?« Pierce konnte es nicht fassen. War sein kleiner Bruder schon immer so naiv gewesen? »Ich weiß nicht, was in deinem Kopf rumgeht. Wenn ich ehrlich bin, habe ich es nie so genau gewusst. Aber ich werde nicht wieder den großen Bruder spielen, der dich aus der Scheiße holt, in die du dich ständig bringst.«

»Aber du bist mein großer Bruder, oder?« Blue legte die Gibson in ihren Koffer und stand auf. Er war bis auf zwei Millimeter genauso groß wie Pierce. Er starrte ihn aus seinen intensiven blauen Augen an. »Du brauchst mir keine Vorwürfe zu machen. Wenn ich dich so ansehe, scheinst du dich auch ganz schön in die Scheiße gebracht zu haben.«

»Stimmt.« Plötzlich musste Pierce lachen. Die ganze Situation war ihm auf so absurde Art vertraut. Blue fiel mit ein. Und so lachten sie beide, schütteten sich aus vor Gelächter, bis ihnen die Rippen schmerzten. Und dann umarmten sie sich, und all die harten Worte und Vorwürfe verblassten.

»Du bist zurückgekommen und hast mich gerettet«, sagte Blue schließlich. »Ich weiß nicht, was ich ohne dich getan hätte.«

»Ich bin zurückgekommen, um mich zu retten.« Bis zu diesem Augenblick hatte Pierce es selbst nicht gewusst. »Dich retten, das kannst nur du selbst. Das kann dir niemand abnehmen.«

Blue erwiderte nichts. Ob er ihn überhaupt gehört hatte? Sein kleiner Bruder hatte es schon immer gut verstanden, die Dinge, die nicht in seine Welt passten, auszublenden.

Verdammt, jetzt tat er es schon wieder. Fiel in dieses Großer-Bruder-Klischee.

»Was ist passiert?« Blue sah ihn neugierig an. Er wollte es wirklich wissen.

Und Pierce erzählte es ihm. Erzählte von dem Alien-Parasiten, von den Tunnel-Soldaten und ihrem seltsamen, mutigen Kampf gegen die Vierfinger und von dem Zauberhut auf dem Meeresgrund, dem einzigen Ort auf dem Planeten, an dem er Seelenfrieden gefunden hatte und der ihm jetzt genommen war.

Blue sagte lange Zeit nichts. »Und jetzt willst du dahin zurück.« Es war keine Frage. Blue brauchte keine Antworten – er kannte seinen Bruder.

»Ich habe mich nie gefragt, wo die Songs geblieben sind«, sagte Pierce. »Aber vielleicht habe ich doch eine Antwort.«

Er ging zum Bug und stieg in den Frachtraum. Nach kurzer Zeit kam er mit einem Gitarrenkasten unter dem Arm zurück.

»Hier, kleiner Bruder. Frag mich nicht, was es mich gekostet hat – der Halsabschneider, dem die Pfandleihe gehört, hat wahrscheinlich das Geschäft seines Lebens gemacht –, aber ohne sie bist du mir nie mehr vollständig vorgekommen.«

Es war seine Martin. Völlig unbeschädigt lag sie in dem Flightcase wie ein Juwel auf blauem Samt, und nun musste er mit seinen Tränen die Politur versauen.

»Jetzt hast du keine Ausrede mehr und mich brauchst du auch nicht. Jetzt kannst du selber herausfinden, wo die Songs geblieben sind.« Pierce grinste ihn an, und es war, als würde Blue in einen Spiegel sehen. Auf einmal war alles möglich und die bitteren Jahre dazwischen hatte es nie gegeben.

Der Augenblick ging vorüber. Es war zu spät. Sie hatten eine zweite Chance erhalten, doch sie würden sie nie mehr nutzen können.

»Ich werde bald sterben«, sagte Pierce. »Wirst du ohne mich da draußen überleben?«

Blue wusste es nicht. Aber er würde es versuchen, und das sagte er auch seinem Bruder. Er nahm die Martin auf, strich über die Saiten – sie waren kaum verstimmt – was für ein unglaubliches Instrument.

»Ich würde gerne mit in den Norden fahren. Glaubst du, die können da oben einen Bandleader ohne Band gebrauchen?«

»Frag sie einfach.«

Blue nickte, unsicher, was er sagen sollte. Er hatte nie gelernt, Abschied zu nehmen.

»Lebe einfach, Blue. Du hast eine Menge zu leben. Ich erwarte von dir, dass du mein Leben mitlebst, hörst du?«

Blue nickte wieder. Überwältigt von Gefühlen, konnte er nicht sprechen. Er spürte nur das brennende Verlangen, den Augenblick des Abschieds hinauszuzögern.

»Nimm dein Zeug und mach, dass du von Bord kommst«, presste Pierce mit rauer Stimme hervor. »Ich gehe jetzt den Kurs programmieren, und wenn ich wiederkomme, bist du verschwunden. Ist das klar?«

Blue blieb am Pier stehen und sah dem SunCo-Boot beim Ablegen zu. Dieses Bild – sein Bruder mit den beiden Gitarrenkästen – war ein gute Erinnerung, fand Pierce. Er wollte es im Gedächtnis behalten bis zu jenem Moment …

Pierce erreichte die Koordinaten mitten in der Nacht. Er überlegte, ob er noch etwas schlafen sollte, ehe er sich an den Abstieg machte, entschied sich aber dagegen. Während der ganzen Fahrt hatte er unentwegt den Horizont abgesucht. Diesmal hielt er weder nach Frischfleischpiraten noch nach Planktonschleppern Ausschau, sondern nach Schiffen der Aliens.

Seit ihm Skadi erzählt hatte, dass sie bereits nach ihm suchten, rechnete er sozusagen stündlich damit, dass über seinem Kopf ein Scoutschiff auftauchen würde, um ihn abzugreifen. Er hatte mit dem alten Sakamoto über den Parasiten geredet, doch der hatte noch nie davon gehört. Pierce glaubte ihm. Noch ein Grund mehr, die Vierfinger von diesem Planeten zu sprengen, ehe sie aus der Erde ein gigantisches Versuchslabor machten.

Er hatte berechnet, wie lange er brauchen würde, um die Unterwassersprengladungen zu platzieren. Wenn alles glatt lief, konnte er in einer Stunde fertig sein. Takaheshi hatte ihm Jets gegeben. Doch die zu benutzen würde das Risiko einer Entdeckung unproportional steigern. Auch wenn er seine Chancen, noch lange auf diesem Planten zu sein, als eher klein einschätzte, hing er doch genug am Leben, um seine letzten Tage oder Wochen nicht leichtfertig aufs Spiel zu setzen.

Er ließ sich einige hundert Meter von dem Zauberhut entfernt hinabsinken – und landete sozusagen direkt auf der Türschwelle. Waren seine Berechnungen so schlecht gewesen? Das Wasser war trüb. Irgendetwas wirbelte den Meeresboden auf, etwas Mächtiges. Pierce spürte, wie der Boden unter ihm vibrierte. Er streckte die Hand aus und berührte die seltsame Alien-Konstruktion. Die Vibrationen nahmen ihren Ausgang von dem Zauberhut. Was ging hier vor? War dies eine der berüchtigten Resonator-Waffen? Nun, er würde sich jedenfalls nicht damit aufhalten, das Rätsel zu lösen.

Er brauchte länger als geplant. Die automatischen Zünder reagierten geradezu hysterisch auf die Vibrationen, und er entschloss sich, die Sequenz, die die Binär-Waffen scharf machte, von Hand auszulösen. Takaheshi hatte ihm den Vorgang genau erklärt. Nicht zum ersten Mal hatte sich Pierce gefragt, welche interessante Geschichte der alte Mann wohl zu erzählen hätte. Dass es da eine andere Version gab außer der offiziellen »Vom unterbezahlten Webdesigner zum Medienmogul«-Story, davon war er überzeugt.

Mittlerweile war er über eine Stunde unten. Kein Grund zur Beunruhigung: Seine Tanks waren voll gewesen, und durch das Helium-Gemisch verkürzte sich die Dekompressionszeit. Aus Gewohnheit checkte er die Anzeigen im Display seiner Maske. Das konnte doch nicht angehen – die Sauerstollwerte waren im roten Bereich! Im gleichen Augenblick kam ein mahnendes Piepsen über sein Headset. Seine Gedanken überschlugen sich. Wenn die Anzeigen stimmten, würde er es wahrscheinlich nicht mehr rechtzeitig schaffen. Was aber, wenn alles okay war – vielleicht brachten diese Vibrationen auch seine Anzeigen durcheinander. Er hatte die Wahl: entweder die Sprengladungen scharf machen oder auf Nummer sicher gehen und nach oben steigen. Pierce entschied sich für die Waffen. Warum, vermochte er nicht zu sagen. Vielleicht wollte er nur einfach einen runden Abschluss. Das Meer den Meeresbewohnern oder so.

Er merkte, wie ihm schwindelig und seltsam leicht wurde. Er atmete jetzt nur noch seine recycelte Atemluft und das Gasgemisch des zweiten Tanks. Aus dem mahnenden Piepsen war ein schrilles Pfeifen geworden. Also doch nicht die Vibrationen, dachte er pragmatisch.

Er sah nach oben, wo er den ersten Schimmer des Tageslichts ahnte. Er fühlte Bedauern. Es wäre sicher ein schöner Tag geworden, wie gemacht dafür, einfach rauszufahren und nichts zu tun. Pierce hatte sich nie vorgestellt, wie sein Leben sein würde, wenn er älter wäre. Auf einmal, in diesen letzten Momenten, wusste er es. An Deck sitzen, die Beine hochlegen, eine kühle Dose Bier in der Hand – in seiner Phantasie wurde er auf seine alten Tage zum Biertrinker –, in die Sonne blinzeln und einfach nur zufrieden sein. Eines wusste er mit Sicherheit: Zum Helden war er nicht geboren. Und nun starb ausgerechnet er den verdammten Heldentod!

Hätte er nicht genug damit zu tun gehabt, nach Luft zu ringen, er hätte über das Absurde der Situation gelacht.

Was für ein scheißblöder Abgang für einen Rockmusiker!

Schiffbrüchige

Die Jacht mahlte und stampfte, bäumte sich auf und schob sich ächzend und krachend durch das Treibeis des Polarmeeres. Metall rieb sich an Eis, Metall an Metall.

»Das klingt nicht gut.« Besorgt lauschte Doc auf das schrille Knirschen.

Takaheshi lachte. »Nur keine Sorge, wenn wir runter nach Antarctica fahren, ist es oft noch schlimmer.«

Seit er sich entschlossen hatte, die Tunnel-Soldaten in ihrem Kampf gegen die Aliens zu unterstützen, fühlte er sich so lebendig wie seit Jahren nicht mehr. Viel zu lange hatte er das zurückgezogene Leben eines reichen alten Mannes geführt. Das Leben eines Mannes, der mit sich nichts mehr anzufangen wusste, weil er schon alles auf der Welt gesehen hatte. Oder fast alles. An diesem Ende der Welt war Takaheshi noch nie gewesen, und wenn er ehrlich war, hatte dieser Umstand mit den Ausschlag gegeben, für die Reise in Skadis Heimat zu votieren. Das und Skadis beiläufige Bemerkung, dass sie, bis sie nach Hamburg gekommen war, noch nie einen Vierfinger gesehen hatte.

»Was auch immer wir da oben vorfinden werden«, hatte er gesagt, »es kann auf keinen Fall schaden, wenn wir uns in nächster Zeit etwas unsichtbar machen.«

Vor sechs Tagen hatte das seismische Gerät der Jacht ein starkes Seebeben angezeigt – das Epizentrum lag bei den Koordinaten des Zauberhuts. Pierce war es demnach gelungen, die Alien-Konstruktion zu zerstören. Takaheshi hoffte, dass die Tsunamis Freezone verschont hatten. Allerdings hatte er die schlimmsten Befürchtungen, da die Com-Link-Verbindung zur Hazienda seit einigen Tagen gestört war. Er behielt seine Gedanken jedoch für sich.

»Ist das denn wirklich nötig?«, sagte Doc gerade und zeigte auf Takaheshis schwer bewaffnete Leute, die, seit sie Freezone verlassen hatten, unterstützt von den Tunnel-Soldaten, auf Deck patrouillierten. »So weit nördlich kann es doch gar keine Piraten mehr geben. Wen sollten die denn schon aufbringen?«

»Uns«, stieß Takaheshi knapp hervor. Diese Amerikaner! Auf der einen Seite unselbständig wie kleine Kinder, stolperten sie andererseits angefüllt mit arrogantem Selbstvertrauen durchs Leben. Wie dieser Schreiber die letzten Monate hatte überleben können, war ihm ein Rätsel.

Skadi stieß die Tür zum Ruderhaus auf und kam mit einem Schwall arktischer Kälte und einem aufgeregten Garfield herein. Seine Augen leuchteten. Die Reise war ein Abenteuer nach seinem Herzen.

»Wir haben eben einen Eisbären gesehen«, rief er.

»Na ja, es war wohl eher ein Yeti«, schwächte Skadi ab. Doch sie knuffte den Jungen, der sie mit einem breiten Grinsen anstrahlte.

Skadi sah mit sehr gemischten Gefühlen auf das Treibeis, den grauen Horizont und ihre Zukunft. Zum einen fühlte sie sich an den Beginn ihrer Reise erinnert, doch andererseits hatte sie nicht geplant, so bald schon zurückzukehren. Was hatte Åsgård ihr noch mit auf den Weg gegeben? »Du wirst nach Svalbard zurückkommen, wenn die Zeit reif ist.« Wann immer die alte Schamanin in solchen orakelhaften Sätzen sprach, wollte Skadi am liebsten aufspringen, ihre Schneeschuhe anschnallen und nur noch rennen, rennen. So lange rennen, bis sie »oben« ankam.

Skadi stellte sich neben Takaheshi und studierte die Anzeigen des Seismographen, der gerade eine Reihe kleinerer Nachbeben aufzeichnete. Sie konnte nur ahnen, worum es sich bei dem Gerät handelte, doch sie sagte: »Er ist tot, nicht wahr? Pierce ist tot.«

»Ich weiß es nicht«, antwortete Takaheshi, und das war nicht gelogen. Doch Skadi sah in seinen Augen, dass er das Gleiche vermutete wie sie.

»Weiß er es?« Sie meinte Blue.

»Er ist, seit er an Bord gekommen ist, nicht aus seiner Kabine gekommen«, sagte Doc. »Vielleicht sollte mal jemand nach ihm sehen.« Er ließ offen, wen er damit meinte.

»Er wird kommen, wenn nachts das Licht tanzt.« Nun war es Skadi, die in Orakeln sprach, und sie merkte es nicht einmal. Doch Takaheshi hatte verstanden und nickte zustimmend.

»Sag, wann sind wir da? Wann sind wir in Svalbard, Skadi?« Garfield zupfte an ihrem Anorak. Seit sie auf die Reise gegangen waren, war er wieder mehr und mehr zu ihrem kleinen Bruder geworden – vorwitzig, begeisterungsfähig und manchmal ganz schön lästig.

»Wirst es schon merken.«

»Sag, Skadi, was heißt eigentlich Svalbard?«

»Das ist die Sprache der Alten und bedeutet kalte Küste.«

Und kalt war es auf Spitzbergen, eiskalt. Seit der Golfstrom umgekippt war, hatte sich die Polarzone immer weiter ausgedehnt und die Durchschnittstemperatur war um rund zehn Grad gesunken. Aber das war lange vor Skadis Geburt gewesen. Damals hatte man die Kohleminen wieder aufgemacht und Longyearbyen war wieder zur Bergwerkssiedlung geworden. Immer weiter ins Hinterland und in die Bergketten von Holtdahlfonna hatten sich die Maschinen gefressen. Doch reich war dort oben niemand geworden, und die Kälte konnte man auch nicht vertreiben, die ging bis auf die Knochen, und dort blieb sie, bis man starb.

Sie kamen mitten in der Nacht – lautlos, unerwartet und präzise. Keine Piraten – Schiffe der Aliens. Drei Orbitaljäger, die sofort das Feuer auf die Jacht eröffneten. Diesmal gab es keine verschleierte Durchsuchungsaktion, diesmal war das Ziel die Zerstörung der Com-Link-Anlage. Dadurch waren sie nicht mehr in der Lage, sich in die Raumstationen zu hacken.

Die Schiffe umkreisten die Jacht einmal im Tiefflug und stießen dann in Dreiecksformation mit Mach 6 senkrecht in den Himmel. Der Überschallknall fetzte über das Wasser.

Takaheshis Leuten und den Tunnel-Soldaten gelang es nicht, auch nur einen Schuss auf die Schiffe abzugeben. Wie ein nächtlicher Spuk waren sie aufgetaucht und wieder verschwunden. Nur verschmorte Elektronikbauteile und zusammengebackenes Silicium blieben zurück.

»Was jetzt?« Diese Frage stand allen ins Gesicht geschrieben, nachdem der Schock über den Angriff der Vierfinger langsam abgeklungen war. Wie hatten sie sich nur so überrumpeln lassen können? »Wie geht es weiter?« Und, die schlimmste Frage von allen: »Sollen wir umkehren?«

»Niemals!« Sunshine schrie es allen entgegen. Jetzt aufgeben? Niemals!

»Niemals, niemals!«, skandierten die Tunnel-Soldaten.

Faizul fragte sich im Stillen, ob die Truppe nicht eine Show für die Kamera abhielt, die Brad auf sie richtete. War sie wirklich schon so zynisch geworden?

»Ich frage mich, warum sie uns nicht gleich völlig zerstört haben«, überlegte Takaheshi.

Skadi zeigte zum fernen Horizont, der auf einmal von einem geisterhaften, elektrisch-grünblauen Glühen erleuchtet war.

»Sie haben Angst«, behauptete sie dramatisch. »Diese Außerirdischen haben Angst vor dem Licht.«

Doch niemand hörte ihr zu. Alle starrten wie hypnotisiert auf das wabernde Polarlicht.

»Wunderschön«, sagte Faizul andächtig – und: »Hast du alles?«

Brad setzte die Kamera ab und nickte. Er hauchte in seine Handflächen und rieb sie dann kräftig aneinander. »Wenn das Equipment in der Kälte nicht schlappmacht, ist alles drauf.«

Sie standen wohl eine halbe Stunde und sahen den Lichtern zu. Und allen gingen irgendwie die gleichen Gedanken durch den Kopf: Das war ihre Welt. Und sie war schön, trotz all dem Chaos, all den schlimmen Dingen, die passierten. Und die Vierfinger hatten hier nichts zu suchen.

Blue spürte es auch. Obwohl er abseits von den anderen stand. Da gab es auf einmal dieses Zusammengehörigkeitsgefühl, das weit über die Gruppe hinausreichte. Eine Art Einssein mit einander und mit der Welt. Er sah auf die Lichter und fühlte zum ersten Mal seit langer Zeit ein tiefes Gefühl der Zufriedenheit. Er dachte an seinen Bruder und merkte, wie der Schmerz anfing zu verblassen. Pierce hätte es so gewollt. Pierce hatte schon immer genau gewusst, was er wollte.

Skadi sah ihn an. Auch sie fühlte sich eigenartig von dem für sie recht alltäglichen Phänomen berührt. Doch diesmal war es anders. Diesmal schien der ganze Himmel zu singen und zu tanzen. Und dieser Mann, der da so still und abseits stand, er hatte die Macht, all diese Gefühle in Worte und Musik zu fassen, wenn die Zeit reif war. Und noch etwas wusste sie: Sie würde dabei sein.

Sunshine atmete tief durch. Auf einmal war sie überzeugt, was auch immer sich ihnen in den Weg stellen würde, sie würden es schaffen. Sie würden diesen Planeten denjenigen zurückgeben, denen er gehörte.

Schneeblind

Sie legten in dem alten Industriehafen von Longyearbyen am Verladekai der Minengesellschaft an. Es war später Vormittag und die Temperatur betrug minus zehn Grad. Ein scharfer Wind trieb Schneeschleier über den Pier – der Windchillfaktor lag bei minus dreißig Grad. Kurz gesagt: Es war ein ganz normaler Sommertag auf Spitzbergen.

»So sieht bei euch der Sommer aus?« Garfield war fassungslos. »Dann könnt ihr doch gar nicht baden.«

»Ihr habt Sommer da unten und könnt trotzdem nicht baden.«

»Können wir doch!«, behauptete Garfield. »Es ist nur verboten, weil man krank davon wird.«

Skadi sog tief die Luft ein. So roch die Heimat: Frost, Kohlenruß, Diesel und etwas Unbestimmtes, aber dennoch Vertrautes.

Hinter ihr standen die Tunnel-Soldaten und traten unbehaglich auf der Stelle. Die karge Winterlandschaft erschlug sie förmlich. Misstrauisch musterten sie die rostigen Snow Scooter, die Skadi und Brad aus einem Lagerschuppen geschoben hatten.

Skadi gab allen eine kurze Einweisung: »Kräftig an dem Griff ziehen, dann springt der Motor an. So!« Knatternd und stinkend erwachte der Motorschlitten zu mechanischem Leben. »Links Gas, rechts Bremse. Ist wirklich kinderleicht. Und denkt dran: immer mit dem Körper mitgehen. Falls ihr trotzdem Probleme bekommt – das ist die Nottaste.« Sie schlug auf einen roten Knopf und der Motor wurde abgewürgt.

Sunshine winkte ihren Leuten. »Aufsitzen«, sagte sie knapp.

Ihr Ziel war die ehemalige Sendestation von Isfjord Radio in Kapp Linné – ein paar Stunden die Küste runter.

»Möglich, dass sie immer noch funktioniert«, hatte Skadi gesagt. Und sie alle waren nur zu begierig gewesen, ihr zu glauben.

Takaheshi und Sunshine hatten beschlossen, dass eine Gruppe vorausfahren sollte, um die Anlage zu checken, während Wiesel an Bord blieb. Er saß immer noch über dem Virusprogramm, mit dem sie die Raumstationen lahm legen wollten – und, mit viel Glück, auch die Schiffe der Aliens.

Die Markierungsstecken für die Scooterløype waren schon vor Jahrzehnten von Winterstürmen umgeweht und vom Eis bedeckt worden. Doch immer entlang der Küste zu fahren konnte nicht so schwer sein, fand Sunshine. Sie richtete sich auf und warf einen raschen Blick zurück.

Käppi und Jamila waren dicht hinter ihr. Eine dichte Schneewolke aufwirbelnd, überholten sie sie mit einem breiten Grinsen. Drei weitere Scooter mit Takaheshis Leuten folgten. Die Schneebrillen vor den Augen, dick in polartaugliche Coveralls eingepackt, bewaffnet mit Gewehren und Leuchtspurmunition, boten sie einen seltsamen, wild-romatischen Anblick.

»Haltet ja die Augen auf«, hatte Skadi gesagt. »Es gibt immer noch Polarbären in der Gegend.« Und sie hatte nicht geklungen, als würde sie einen Scherz machen.

Sunshine gab Gas, um sich wieder an die Spitze zu setzen. Doch sie kam nicht weit. Vor ihr kämpfte Hiroku, die Kommunikationsingenieurin der Jacht, mit ihrem Motorschlitten. Sie hatte sich in einer Bodensenke festgefahren, die Raupen drehten durch und das Fahrzeug gab schrille Protesttöne von sich. Das fing ja richtig gut an. Fluchend bremste Sunshine ab und stieg von ihrem Schlitten. Gemeinsam hievten die beiden Frauen das Fahrzeug wieder auf die Piste.

Sie waren wohl zwei Stunden unterwegs, als sie die umgestürzten Träger und zerborstenen Förderkörbe sahen. Zusammen mit den dicken Metallseilen und rostigen Winden wirkten sie wie Installationen eines durchgeknallten Bildhauers. Sunshine studierte die Wegbeschreibung, die Skadi ihnen mitgegeben hatte. »Barentsburg umfahren«, stand da. »Man weiß nie, wer da durch die Ruinen der alten russischen Minensiedlung geistert«, hatte Skadi gesagt und offen gelassen, ob sie damit zwei- oder vierbeinige Geister meinte.

Käppi maulte zwar, als Sunshine den Konvoi zum Halten brachte und ihnen die Lage erklärte – immerhin würden sie durch den Umweg länger zur Sendestation brauchen –, doch sie machte bestimmt nicht den Fehler, hier draußen in der Wildnis schlauer als Skadi sein zu wollen. Sunshine beneidete die ’skimo-Tussi, die so eine ganz andere Art von Taffheit an sich hatte. Skadi konnte überall überleben, da hatte sie nicht die geringsten Zweifel. Die Tunnel-Soldaten hingegen waren echte Stadtkinder: taff, schnell und straßenschlau, aber völlig untauglich für das Leben an einem Ort wie Spitzbergen.

Sie sahen die Station schon von weitem: zwei große Parabolantennen und ein paar Baracken. Was für ein Anblick – mitten in der Eiswüste ein Stück High Tech. Jetzt galt es nur noch zu überprüfen, ob die Anlage noch funktionsfähig war. Von weitem sah alles richtig gut aus, fand Sunshine, die sich im Stillen sogleich berichtigte: »Als ob ich das beurteilen könnte.«

Froh, endlich am Ziel zu sein, fuhren sie mit Vollgas drauf zu – und verloren plötzlich die Gleitfläche unter den Kufen. Einige Scooter blieben so abrupt stecken, dass sie umkippten. Heulend drehten die Raupen durch. Das Schrillen der Warnanlagen war ohrenbetäubend. Alle schrien und fluchten lauthals und standen ratlos neben ihren Schlitten. Schließlich schlugen sie nacheinander auf den Notabschalter. Schlagartig wurde es still. Dann redeten wieder alle durcheinander.

»Was war denn das?«

»Eine Art Störfeld?«

»Unsinn, das ist doch keine Militäranlage.«

»Los, stehen wir hier nicht rum. Das kleine Stück können wir ja wohl noch laufen.«

»Wie müssen erst wissen, warum die Scooter liegen geblieben sind.«

Die Tunnel-Soldaten steckten mitten in einer ihrer Diskussionen.

»Ich sage ...« Benson, einer von Takaheshis Leuten, stampfte ärgerlich mit dem Fuß auf und versank eine Handbreit im Schnee. Doch sein Stiefel steckte nicht in einer Schneewehe – mit einem schmatzenden Geräusch löste er sich aus dem matschigen Boden. »He, was zum ...?!«

»Ich denke, der Boden ist hier überall bis zu vierzig Meter tief gefroren.«

»Hier jedenfalls nicht«, kam es sarkastisch von Benson.

»Hier stimmt was nicht.« Sunshine kam sich ziemlich dämlich bei dieser Feststellung vor. Dass hier etwas nicht stimmte, war nur zu offensichtlich. Unter der dünnen Schneedecke war der Boden mehrere Zentimeter tief aufgeweicht.

Doch was wirklich passiert war, sollten sie nur allzu bald merken. Je näher sie der Sendeanlage kamen, desto aufgeweichter wurde der Boden. Vor den Baracken wateten sie förmlich in Schlamm, dampfendem Schlamm.

Ahnungsvoll stieß Sunshine die angelehnte Tür zur Trafostation auf. Nichts – nur ein zerschmolzener Klumpen Elektronikteile und Plastik, von dem noch Rauch aufstieg. In den anderen Baracken sah es ähnlich aus. Genau wie auf Takaheshis Jacht nach dem Angriff der drei Scoutschiffe.

Mutlos stocherte Hiroku in den Überresten. »Da kann ich nichts mehr machen.«

»Die können noch nicht lange weg sein.« Käppi sprach aus, was alle dachten.

»Aber warum – ich meine, wie konnten sie wissen, dass wir hierher wollen?«

»Die wollten einfach auf Nummer sicher gehen«, meinte Sunshine. »Vielleicht haben sie mitgekriegt, dass Wiesel sich bei ihnen eingehackt hat.«

»Und – was sollen wir jetzt machen?« Käppi stand vor Sunshine, das Kinn aggressiv vorgereckt. »Diese ganze Spitzbergen-Nummer war doch von Anfang an Scheiße. Da hätten wir besser zu Hause bleiben sollen.«

»Wann kapierst du es endlich? Bis die Vierfings weg sind, haben wie kein Zuhause mehr!«, brüllte Sunshine.

»Wollt ihr hier noch länger rumstehen und euch anbrüllen? Besser, wir verschwinden«, sagte Benson.

Damit war alles gesagt. Sie stapften durch den überfrierenden Matsch zu den Scootern zurück. Inzwischen war der Wind fast zum Sturm geworden und peitschte den Schnee von den Berghängen ins Tal, nahm ihnen die Sicht, löschte die Schlittenspuren und verwehte die Piste. Vor der Gruppe lag ein harter Rückweg.

Sunshine sah auf die Anzeigen ihres Scooters: noch drei Stunden bis Sonnenuntergang. Wenn sie nicht bei der Station übernachten wollten, würde es verdammt knapp werden. Skadi hatte ihnen eingeschärft, keinesfalls nach Einbruch der Dunkelheit unterwegs zu sein.

»Machen wir, dass wir verschwinden, ehe sie zurückkommen«, sagte eine bekannte Stimme aus den Schneewirbeln.

Als der Wind zum Sturm wurde, war Skadi ihnen gefolgt. Sie traute den Europäern nicht zu, allein den Weg zurück zu finden.

Sunshine drehte sich zu ihr um. Sie versuchte gar nicht erst, ihre Erleichterung zu verbergen.

»Wohin, in den Ort?«

Skadi schüttelte den Kopf: »Fremde sind in Longyearbyen nicht gern gesehen«, sagte sie. »Die Erinnerung an das Embargo ist noch zu frisch.«

Sie zog den Anlasser. Dicke Rauchschwaden ausstoßend, sprang knatternd der Motor an. »Wir fahren zurück zum Hafen«, überbrüllte sie den Lärm.

Diesmal fuhren sie ohne Umweg direkt durch die verlassene Minensiedlung. Die verkohlten Ruinen bildeten einen gespenstischen Kontrast zu dem blau schimmernden Schnee. An so einem Ort war alles möglich.

»Bleibt dicht hinter mir.« Skadi kniete auf dem Sitz ihres Motorschlittens und drehte sich ständig nach der Gruppe um. Sie war in einer seltsamen Stimmung. Einerseits war sie noch nicht bereit für die Verantwortung – hier zu sein, in der Heimat, die sie erst verstoßen hatte, nur um sie dann wie ein Magnet wieder an sich zu ziehen –, und dennoch fühlte sie sich am Platz und richtig.

Entscheidungen waren gefallen, ohne dass sie getroffen worden waren. Vielleicht war es wirklich an der Zeit. Und wo sonst konnten sie noch hin? Skadi zweifelte nicht daran, dass die Aliens wiederkommen würden. Und diesmal würden sie sicher nicht nur ein paar Kommunikationsgeräte einschmelzen.

Åsgård, sie musste mit Åsgård reden. Wenn sie die Gruppe zur Jacht zurückgebracht hatte, würde sie in die Siedlung fahren. Sie mussten gewarnt werden. Alle waren in Gefahr. Und sie, Skadi die Ausreißerin, hatte sie in Gefahr gebracht – sie hatte die Gefahr nach Svalbard gebracht. Und diesmal waren es nicht die Einsatztruppen der Öl-Multis.

Åsgård hatte sich geweigert, mit ihr zu sprechen. Sie hat ihre Gründe, wurde ihr ausgerichtet. Vor kurzem noch wäre sie bestürzt über diese Botschaft gewesen, doch jetzt verstand Skadi. Sie war es, die Entscheidungen zu treffen hatte. Die Zeit war gekommen.

Im Morgengrauen fuhren sie los. Vorbei an Longyearbyen, hoch ins Hinterland, rauf nach Åsgårdfonna. Diesmal blieb keiner an Bord zurück. Die Anhänger der Schlitten waren voll gepackt mit Kletterausrüstungen, Waffen, Treibstoff, Proviant und was man sonst noch zum Überleben in der arktischen Wildnis brauchte. Niemand wusste, ob und wann sie zurückkehren würden.

Takaheshi hatte nicht gezögert, als Skadi ihm die Lage erklärte. Und sogar Sunshine hatte ohne Diskussion zugestimmt.

Doc bedauerte nicht zum ersten Mal, dass er sich der Gruppe angeschlossen hatte. Abenteuer am Schreibtisch zu erleben war um so vieles bequemer, als live dabei zu sein, dachte er innerlich fluchend, als sein Scooter wie eine Saturn-Rakete aus einer Bodensenke schoss. Wiesel, der ihn lenkte, stieß schrille »Yeeha«-Schreie aus. Das war ja besser als die Achterbahn auf dem Jahrmarkt!

»He, Doc.« Jetzt drehte er sich auch noch in voller Fahrt nach ihm um! »Ist doch irre was?!«

Doc nickte verbissen. Ohne seine Brille konnte er kaum was erkennen, nur riesige, weiße Flächen, die auf ihn zurasten.

Sie machten kurz Rast, um zu essen und die Scooter aufzutanken, dann ging es weiter.

Der Sturm hatte sich während der Nacht ausgetobt und hohe Schneewehen in den Tälern zurückgelassen.

Skadi, die am Kopf des Konvois fuhr, versuchte sich zu erinnern. Wie lange mochte es her sein, dass sie so weit »oben« gewesen war? Hier war die Luft klar, roch nur nach Kälte und reinem Wasser, und der Schnee auf den Berghängen schimmerte blau und rosa im polaren Tageslicht. An dem Tag, als ihre Eltern gestorben waren, war die Schamanin zum ersten Mal mit ihr hierher gefahren. Sie hatte nicht gesagt, was sie erwartete. Und das war gut so gewesen. Sonst wäre Skadi wohl schon damals fortgelaufen.

»Ihr habt ein echtes Raumschiff versteckt?« Garfield war schwer beeindruckt. Die 'skimos hier oben mussten wirklich cool sein.

Skadi hatte lächelnd genickt. Das war am vergangenen Abend gewesen. Doc hatte sie etwas unsicher angesehen. Er war nicht ganz sicher, ob er nicht gerade Opfer eines kleinen Scherzes wurde.

»Die Crashs von neunzehnsiebenundvierzig und neunzehnzweiundfünfzig – es gibt tatsächlich noch Überreste?«

Doc hatte die Unterlagen der Men in Black mit dem Interesse eines Science Fiction-Autors studiert. Obwohl er an der Existenz außerirdischer Lebensformen nie gezweifelt hatte, war ihr plötzliches Auftauchen damals ein großer Schock für ihn gewesen. Und den Gedanken, dass womöglich all die Geschichten gekidnappter Hausfrauen, die behaupteten, Sex mit kleinen grauen Männchen gehabt zu haben, auf Tatsachen beruhten, fand er sehr irritierend. Sollte das wirklich alles sein, was sie dort draußen in der unendlichen Galaxis erwartete – kinky Aliens und dealende Käfer?

Skadi schüttelte den Kopf. »Alles, was von ihnen übrig geblieben ist, sind Gerüchte«, sagte sie.

»Ja, aber ...« Doc und auch die anderen hatten sie ratlos angesehen.

»Es gibt Geheimnisse, die sind so groß, dass sie immer Geheimnisse bleiben«, meinte Skadi ominös. »Und ja, es gibt ein Raumschiff. Ich werde euch den Weg dahin zeigen.« Und in Gedanken setzte sie hinzu: Und wenn ihr es gesehen habt, werdet ihr nicht mehr dieselben sein.

… wo nie ein Mensch zuvor gewesen ist

Kurz vor Sonnenuntergang hatten sie den Åsgårdgletscher erreicht. Sie machten Halt und stellten die Zelte auf. Takaheshis Leute und die Tunnel-Soldaten hielten abwechselnd Wache. Unbewusst spürten sie alle, dass die Zeit knapp wurde. Zu oft schon waren sie den Vierfingern um Haaresbreite entkommen.

Sunshine lag schlaflos in ihrem Zelt. Neben sich hörte sie Wiesel vor sich hin murmeln. Er brütete immer noch über seinem Computer. Sie fragte sich, wie er es schaffte, mit dem Druck klarzukommen. Von ihm hing in letzter Konsequenz ab, ob es ihnen gelingen würde, die Aliens nachhaltig zu schlagen. Ob er jemals darüber nachdachte? Vermutlich nicht. Wiesel gehörte nicht zur grüblerischen Sorte. Sunshine drehte sich in ihrem Schlafsack und versuchte es noch mal mit Einschlafen. Sonst hatte Wiesels Gemurmel immer eine beruhigende Wirkung auf sie –

Faizul konnte auch nicht schlafen, doch aus anderen Gründen. Sie hockte auf ihrem Schlafsack, eine extra Decke um die Schultern gewickelt, und brütete sorgenvoll vor sich hin. Seit Stunden schon liefen in ihrem Kopf kleine »Was-wäre-wenn«-Spielchen ab. Was wäre, wenn sie morgen sterben würde und Brad nie gesagt hätte, was sie für ihn empfand – wenn sie nie die Chance gehabt hätte, mit ihm zu schlafen. Und, der Gedanke setzte ihr am allermeisten zu, was wäre, wenn er das Gleiche fühlte und sie es nie wissen würde. Und was wäre, wenn alles gut ausginge, wohin würde sie als Nächstes gehen und würden sich ihre Wege dann für immer trennen?

Sie starrte gegen die Zeltwand, als könnte sie mit ihren Blicken, ihren Gedanken ins nächste Zelt dringen, in seinen Kopf, und rausfinden, was in ihm vorging. Ob er schon schlief? Oder überlegte er, wie er am nächsten Tag die Aktion aufnehmen wollte? Sie wollte zu gerne rübergehen und es selber herausfinden – neben ein paar anderen Dingen, die sie noch viel lieber gewusst hätte. Warum musste sie sich immer alles so schwer machen? Was konnte denn schon passieren? Klar, er konnte sie auslachen, im schlimmsten Fall. Nein, noch schlimmer wäre es wohl, wenn er sagen würde: »Warum musstest du unsere Freundschaft kaputtmachen!«

Doch warum konnte sie eigentlich nicht zu ihm gehen? Sie könnte ja sagen, dass sie den Ablauf mit ihm durchgehen wollte. Nein, das wäre viel zu durchsichtig. Warum nur musste sie so feige sein. Feige, feige, feige!

Hiroku, die Kommunikationsspezialistin, schnarchte in ihrem Schlafsack. Hatte sie denn gar keine Ängste, Wünsche oder Hoffnungen, über die sie in dieser Nacht nachdachte?

Blue hing ähnlichen Gedanken nach. Er war allein in seinem Zelt. Bensons Schlafsack war leer. Blue hörte ihn draußen durch den Schnee stapfen. Bedächtig klappte er seinen Gitarrenkoffer auf. Seit er die Martin von Pierce zurückbekommen hatte, war sie immer bei ihm. Fast so, als müsste er sich beweisen, dass er diesmal auf sie aufpassen konnte. In dem Zweimannzelt lag die Innentemperatur bei plus vier Grad und auf dem Holz der Gitarre hatte sich ein feiner Schweißfilm gebildet. Seine schwarze Gibson war an Bord der Jacht geblieben. Würde er sie jemals wieder spielen, und wenn ja, wer würde er dann sein?

Der morgige Tag würde sie alle verändern, hatte Skadi gesagt. Sollte er durch diese vage Andeutung beunruhigt sein? Früher, in seinem anderen Leben, wäre das sicher der Fall gewesen. Jenem Leben, in dem andere all die unbequemen Dinge für ihn regelten.

Er stand auf und trat vor das Zelt. Benson fuhr herum, als er ihn hörte, hob das Gewehr und senkte es, als er ihn erkannte. Er nickte ihm kurz zu und nahm dann seinen Rundgang um das Camp wieder auf.

Blue ging langsam um die Zelte herum. Er genoss das Geräusch des knirschenden Schnees und den Anblick des mondbeschienenen eisigen Weiß auf den Berghängen. Was für ein eigenartiger Ort dies doch ist, dachte er – und weiter: Was für ein eigenartiges Leben mochte auf ihn warten?

»Dein Bruder hat gemeint, dir würde es hier oben gefallen«, sagte Skadi hinter seinem Rücken. Er hatte sie nicht kommen hören. »Aber ich bin mir nicht sicher, ob er nicht einen Witz gemacht hat.«

»Ja, so ist Pierce – so war er. Für ihn war das Leben immer eine Art absurder Witz.«

»Ich mochte ihn«, sagte Skadi schlicht.

Blue fühlte sich auf seltsame Art mit der jungen Frau verbunden. Ob es daran lag, dass sie die letzten Wochen mit seinem Bruder verbracht hatte? Wochen, die eigentlich ihm gehört hätten, wenn – Nein, er durfte nicht zulassen, dass Schuld die Erinnerung an seinen Bruder trübte.

»Bleib im Licht«, sagte Skadi und ging zu ihrem Zelt zurück.

Sie meinte vermutlich, dass er sich nicht zu weit von dem beleuchteten Camp entfernen sollte. Doch für Blue lag eine besondere Poesie in diesen Worten, eine Botschaft, die nur für ihn verständlich war. »Bleib im Licht.«

Brad fluchte lauthals. Bereits zum dritten Mal verlor er das Gleichgewicht und rutschte auf dem Eis aus. Seine Koordination war miserabel, das Gewicht der Kamera behinderte ihn und ließ ihn ungelenk dahinstolpern. Er drehte sich zu Faizul um, die direkt hinter ihm war. Sie sah blass aus, als hätte sie die ganze Nacht wach gelegen – so wie er. In was für einer Zeit lebte er eigentlich, in der man für eine Story buchstäblich bis ans Ende der Welt gehen musste? Vielleicht hatte Ali die richtige Entscheidung getroffen, als er das VID-Team in Freezone verließ. »Nein, natürlich nicht.« Er merkte, dass er laut gesprochen hatte, und grinste Faizul verlegen an.

Sobald es hell wurde, waren sie aufgebrochen und zu dem Gletscher hochgefahren. Der Einstieg lag auf einer Bergkuppe und war völlig zugeeist. Ohne Skadis Führung hätten sie ihn niemals gefunden.

»Das Raumschiff ist da drin? In dem Berg?« Ungläubig sah Sunshine zu Skadi. Doch die nickte nur.

Takaheshi wollte seinen Leuten schon Befehl geben, den Eingang mit Eispickeln freizulegen, da holte Skadi einige Stückchen Kohle und Papier aus ihrem Rucksack und machte ein Feuer. Die anderen sahen ihr verwundert zu. Nur der alte Mann nicht – in dessen Gesicht zeichnete sich Verstehen ab.

Garfield stand staunend neben Skadi. War dies wieder eins ihrer Hexendinger? Wenn ja, dann musste es schon ein richtig gutes sein. Wie sollten sie sonst zu dem Raumschiff gelangen? Dass in dem Gletscher tatsächlich ein Ufo war, daran zweifelte er keine Sekunde.

Skadi hatte es gesagt, und was die 'skimo-Tussi sagte, stimmte. So einfach war das.

Als das Feuer erloschen war und Skadi die Glut verteilt hatte, gab sie Takaheshis Leuten ein Zeichen und sie schlugen mit den Eispicken auf die Wand ein.

Ein dunkler, senkrechter Schacht tat sich vor ihnen auf. Nacheinander seilten sie sich und ihre Ausrüstung in die Tiefe ab.

Das Innere der Eishöhle sah aus wie der Bauch eines Urzeittieres. Und je weiter sie vordrangen, desto bizarrer wurde die Umgebung. Wellenförmig schraubten sich die Gänge durch den Gletscher. Die Helmlichter tanzten über braun, orange und weiß gestreifte Sedimentschichten, die sich mit blau glühenden Eiswänden abwechselten und sich korkenzieherartig in die Höhe schraubten. Wie Rippenbögen wölbte sich rund zwanzig Meter über ihnen die Decke des Gletschers.

Jetzt mussten sie schon Stunden in den engen, vereisten Gängen herumgekrochen sein – jedenfalls kam es Sunshine so vor.

»Wie lange denn noch?«, fragte sie, nachdem sie sich an einer weiteren Eiswand abgeseilt und durch einen weiteren engen Tunnel gezwängt hatten. »Wann sehen wir endlich dieses geheimnisvolle Raumschiff?«

»Wir sind schon eine ganze Weile drin«, sagte Skadi.

»Das ... Was ...?«, stammelte Sunshine.

Und dann redeten sie wieder einmal alle durcheinander.

»Wo soll das ein Raumschiff sein? Ich sehe hier nur eine Eishöhle!«

»Wenn es ein Witz sein soll, gefällt er mir nicht.«

»Sieht aus, als hätte uns die 'skimo-Tussi am Arsch.« Das war Käppi.

»So darfst du nicht ... wage es ja nicht!« Das war Garfield. Er wollte sich auf Käppi stürzen.

Skadi hielt ihn zurück. Sie verstand die ganze Aufregung nicht.

»Wenn das ein Raumschiff ist, dann gehört es definitiv nicht den Vierfingern«, überlegte Doc laut. »So etwas haben sie uns im Camp nicht gezeigt. So etwas vergisst man nicht.«

Er tastete die vereisten Wände ab und meinte ganz tief drinnen eine Art Pulsieren zu fühlen.

»Ist es organisch?«

»Wenn du meinst, ob es lebt – ja«, nickte Skadi. »Es ist seit vielen hundert Jahren in einer Art Winterschlaf – es heißt, das Schiff war schon da, ehe Menschen nach Svalbard gekommen sind – und manchmal kann man es aufwecken.«

»Das soll ein Raumschiff sein?« Sunshine tastete jetzt ebenfalls die Wände ab. »Wo ist dann die Steuerkonsole, wo der Maschinenraum und – nur ganz bescheiden gefragt – wo sind die verdammten Computer?« Sie schrie die letzten Worte heraus. »Das ist doch SciFi-Scheiße.«

»Ihr wolltet ein Raumschiff, und jetzt ist es das falsche?«

War ein Raumschiff nicht so gut wie jedes andere? Skadi war ratlos. Vielleicht war dies wieder so eine unbegreifliche europäische Sache. Nach all den Monaten, die sie da unten verbracht hatte, hatte sie geglaubt, diese seltsamen Leute könnten sie nicht mehr überraschen.

»Wir brauchen ein Schiff der Vierfinger, damit ich den Virus einschleusen kann«, belehrte sie Wiesel und er klang ziemlich genervt.

»Und warum macht ihr es nicht mit diesem?«

»Das geht nicht!«, behauptete er kategorisch.

»Hab ihr es denn ausprobiert?« Jetzt klang Skadi auch ungeduldig.

»Was denn ausprobiert? Hier ist doch nichts!«

»Doch, komm, ich zeige es dir.« Sie schob Wiesel zu einer Eisspalte. »Das Schiff muss deinen Herzschlag spüren. Sonst spricht es nicht zu dir.«

»Da soll ich rein? Du spinnst doch.«

»Ich war drin.«

»Einen Augenblick.« Das war Takaheshi. »Was genau tun wir hier gerade?«

Skadi versuchte es ihm zu erklären. Doch wie konnte sie etwas beschreiben, was jenseits des menschlichen Verständnisses zu liegen schien? Diese Europäer waren so kopflastig, in ihrem Leben gab es keinen Platz für Magie. Garfield hatte ihr in Berlin von *Star Trek* erzählt – von Captain Kirk und Mister Spock. Warum dachte sie ausgerechnet jetzt daran? Na, weil die Europäer wie diese Vukanier sind, logisch und stur, gab sie sich selbst die Antwort. Nur dieser in sich gekehrte Mann, er schien anders zu sein. Wenn sie ihm sagte, was zu sagen war, ob er es dann für die anderen in die richtigen Worte bringen konnte?

Sie sah Blue an. »Du gehst hinein und dann ist es in dir – in deinem Kopf, überall.«

»Eine Symbiose«, nickte Blue. »Auf telepathischem Weg.« Er verstand das Konzept und es erschreckte ihn nicht.

»Das Schiff geht in seinen Kopf?« Takaheshi versuchte das Gesagte rational zu erfassen. Wenn dieses Mädchen Recht hatte, dann standen sie gerade auf der Brücke eines uralten Raumschiffs, eines Schiffes, das eine Art schlafender Organismus war. »Das Gehirn als Interface. Das ist wirklich ein faszinierendes Konzept.«

»Mal angenommen, ich sag ... nur mal angenommen, ich gehe da wirklich rein ...« Wiesel streckte vorsichtig seinen Arm in die Öffnung und schwenkte ihn auf und ab.

Skadi nickte ermutigend. »Es tut dir nicht weh, es will lernen – glaube ich. Vielleicht ist es auch einsam. Es ist schon sehr alt.«

»Du warst da wirklich drin? Kein Scheiß?«

Skadi nickte.

Wiesel schwankte. Wenn die 'skimo-Tussi die Wahrheit sagte, müsste die ganze Angelegenheit doch ein Spaziergang sein. Ins Interface mit einem Raumschiff, das klang schon ziemlich abgefahren. Aber ...

»Wie soll dann der Virus eingespeist werden?« Wiesel war ratlos.

»Ich weiß, wie.« Sunshine klappte die Rückseite des *Cyber*3 auf. »Wenn das hier auf Alien-Technologie beruht, dann ... Hier ist es!« Sie zog ein dünnes gewundenes Kabel, das an zwei bewegliche Fühler erinnerte, aus dem Laptop. »Du musst dir die Enden in die Nase stecken.« Sie winkte Garfield. »Und du startest das Programm und lädst es in Wiesels Kopf.«

»Also, das ist doch nun wirklich ziemlich krank«, schnaubte Wiesel, den so leicht nichts erschüttern konnte. »Ich soll mir das Virus-Programm durch die Nase ziehen?«

»Wisst ihr eigentlich, was ihr da vorhabt?« Doc hob die Stimme, um sich Gehör zu verschaffen. »Ihr hantiert da mit Alien-Technologie, so als ginge es nur darum, einen Videorecorder zu programmieren.«

»Was ja auch nicht so ganz einfach gewesen sein soll«, versuchte jemand einen Witz zu machen.

»Sunshine kennt sich mit diesem Alien-Zeug aus«, sagte Wiesel prompt.

»Ja, genau. Die kennt sich aus, wenn es darum geht, sich von Aliens das Hirn verknoten zu lassen«, sagte Käppi höhnisch und fing sich von Wiesel eine ein. »He, ich hab's doch nicht so gemeint«, protestierte er.

»Ihr habt hier eine Menge Wenns und Vielleichts«, fasste Sakdi zusammen. »Aber habt ihr eine Wahl?«

»Ja, genau, haben wir die Wahl?«

Sunshine sagte es mehr zu sich. Wenn sie die Wahl gehabt hatte, dann hatte sie vor langer Zeit gewählt. Konnte sie Wiesel zumuten, den gleichen Weg zu gehen? Sie waren so weit gekommen. Zusammen waren sie unbesiegbar. Auch wenn das furchtbar kitschig klang, dachte Sunshine, war es doch die Wahrheit.

»Ist das eine Maschine zum Gedankenlesen?« Garfield beäugte misstrauisch die beiden Fühler. Fast schien er zu erwarten, dass sie ein Eigenleben entwickelten.

»Es ist eine Lernmaschine der Aliens«, sagte Sunshine. »Und ich glaube, es könnte funktionieren.«

»Du *glaubst*, es *könnte?«*

»Ich weiß es.« Sie war auf einmal davon überzeugt. Die Monate auf dem Schiff hatten sie eines gelehrt: Die Technologie der Vierfinger, so seltsam sie auch daherkommen mochte, funktionierte für Menschen genauso wie für Außerirdische.

»Na, dann gib her.« Wiesel sah sie fest an und schob sich die Fühler in die Nase, ehe ihn jemand daran hindern konnte. »Wehe, das klappt jetzt nicht«, dachte er. Dann plötzlich waren alle sensorischen Wahrnehmungen wie abgeschnitten. »Da hat wohl jemand auf Stand-by gedrückt«, war sein letzter Gedanke. Er merkte nicht mehr, wie er zu Boden fiel.

Sunshine und Benson fingen ihn auf. Vorsichtig schoben sie ihn in die Eisspalte. Es schien fast, als würde sich das Eis um ihn schließen, doch das musste wohl eine optische Täuschung sein, dachte Sunshine. Sie hoffte, dass es eine Illusion war. Denn ihr nächster Gedanke wäre zwangsläufig gewesen, dass sie Wiesel an das Ding, von dem Skadi behauptete, es sei ein Raumschiff, verfüttert hätte. Sie sah zu Garfield, der ihren besorgten Blick mit der Ernsthaftigkeit eines Kindes erwiderte. Wusste er, welche Verantwortung auf ihm lag? Wiesel hatte ihr versichert, dass der Junge mit dem Virus-Programm umgehen konnte.

Wiesels Körperwärme meldete dem Organismus, der ein Raumschiff war, dass jemand Kontakt aufnehmen wollte, und er erwachte aus seinem Winterschlaf und antwortete auf den Kontaktversuch.

Wiesel fühlte sich immer noch von allen Sinnen abgeschnitten, doch während er noch darüber nachdachte, ob dies wohl ein Effekt der Alien-Lernmaschine war, kamen die Eindrücke zurück. Er fühlte, wie sich das Schiff um ihn schloss, wie sich etwas nach seinem Bewusstsein ausstreckte, die Wärme, das Leben aus ihm sog. Das war nicht richtig.

»Die Kälte«, dachte er, »so kalt darf es doch hier drinnen gar nicht sein.«

Das Schiff verzeichnete sein Unwohlsein und erhöhte die Temperatur in dem Kokon. »Schon besser«, dachte Wiesel.

Das Schiff initiierte sein Analyse-Programm. Wiesel hatte auf einmal einen süßlichen Geschmack auf der Zunge. »Himbeermarmelade«, dachte er, und sofort lieferte sein Gehirn das Bild einer riesengroßen stilisierten Comic-Himbeere an das Schiff. Das Schiff empfing das Bild und scannte die Oberfläche des Objekts, versuchte es in seine molekularen Bestandteile zu zerlegen. Das Schiff entschied, dass es mehr Daten brauchte.

Das war lustig! Wiesel dachte sich einen großen Soja-Burger mit Cola und schmeckte, roch und sah seine »Bestellung«.

»Ich will Achterbahn fahren – nein, halt. Ich will zum Mond fliegen.« Doch der Flug zum Mond war wie eine Achterbahnfahrt. Dumm gelaufen, dachte Wiesel. Aber was hatte er erwartet – schließlich konnte sein Hirn ihm keine Mondfahrt liefern, weil er daran keine Erinnerungen hatte.

»Das ist wie Kino im Kopf. Ich könnte hier bleiben und mir meine eigene Welt denken«, überlegte Wiesel. »Nein«, berichtigte er sich, »auf Dauer würde das langweilig werden.«

Seine Gedanken verloren ihre Struktur, und das Schiff schickte ihm neuen Input – simulierte den Bereich des Gehirns, in dem sein Langzeitgedächtnis lag, und erhöhte gleichzeitig die Endorphinausschüttung.

Wiesel war nicht beunruhigt über die Vorgänge, alles schien irgendwie so seine Richtigkeit zu haben. Essen, trinken, Liebe machen mit Sunshine – das erste Mal, der alte Eisenbahnwaggon. Sein Alter, der ihn anbrüllte – wie lange hatte er nicht mehr an sein altes Leben gedacht? Der Angriff auf das Alien-Schiff. Bingo, der ihn ansah, die Augen voll Regen. Klares Wasser, Luft, die nach Hoffnung schmeckt. Die Runners – ihr letztes Konzert auf Freezone. Er war dabei, stand direkt vor der Bühne, einen Backstagepass um den Hals und ein breites Grinsen im Gesicht. Sang lauthals »Running Nowhere«.

Leben ohne Furcht. Einfach nur zufrieden sein. Woher kamen diese Gedanken? »Wir wollen unsere Welt zurück«, laut und fordernd. Das war Sunshine. »Zeitraffer«, dachte er, »das dauert doch alles viel zu lange. Noch mal im Rücklauf, ein verkratztes Videoband, ich … bin …« Sunshine, die ihn ansah, fast flehend, fast ein »Tu es nicht« rufend, als er in den Eiskokon stieg. Sunshine, die ihm …

Etwas Fremdes überlagerte seine Bilder. Fremd und faszinierend. Es wollte Beachtung, es wollte Anerkennung.

Gleißendes Licht, geordnete, gerade, logische Pfade. War das schön! *Er* hatte das gemacht. Wiesel war stolz. So sah es also aus. Der Junge … Ich … bin … die Schnittstelle. Das Lernprogramm, der Virus, Bedrohung von außen.

Wiesel gelang es, eine Gedankenkette in die Datenmenge einzubauen, die von dem *Cyber*3 über sein Gehirn zu dem organischen Computer floss.

Das Schiff schmeckte, verdaute, analysierte. Das war ein neues Aroma. Krisp und klar, wie die Schutzhülle, die es seit Jahrtausenden umgab. Es beschloss, dass es den Geschmack von Wiesels Virus-Programm mochte.

»Wir wollen unsere Welt zurück.« Da war es wieder. Das Schiff hatte keine Parameter für »wir« und »zurück«. Es dachte nicht in solchen Begriffen. Es spürte nur die Dringlichkeit und die emotionale Dichte, die hinter diesen Worten stand. Es versuchte die Daten einzuordnen.

Das Schiff hatte schon längst vergessen, woher es stammte. Die alte Programmierung wurde von neuem Input überlagert. Suchen, finden, analysieren. Seit es das letzte Mal aufgewacht war, hatte sich etwas verändert. Etwas störte sein Gleichgewicht.

Die Flotte der Alien-Schiffe erreichte den Norden von Spitzbergen am späten Nachmittag. Die Computer des Mutterschiffes hatten seltsame Signale aus diesem Gebiet aufgefangen, die sie nicht verifizieren konnten. Zur gleichen Zeit kamen beunruhigende Störungsmeldungen von den Raumstationen, die um den Orbit der Beute-Welt kreisten. Die Mensch-Männer waren befragt worden, doch sie hatten keine Erklärung für die Vorkommnisse. Oder aber, dieser Gedanke sorgte für Irritationen, die Mensch-Männer wollten nicht sagen, was vor sich ging.

Sie hatten Rückschläge erlitten. Teure Hardware war zerstört worden. Der Profit würde geringer ausfallen als berechnet. Die neue Droge war ein Fehlschlag, sie zerstörte den Wirt. Mehr Irritationen, das war nicht gut. Die Spezies verhielt sich unlogisch.

Was du nicht kennst, töte. So einfach und effektiv war die Programmierung der Waffensysteme. Das Unbekannte wurde von den Sensoren erfasst und die Zerstörung wurde initialisiert.

Das Schiff erkannte den Angriff als das, was er war, und bereitete Gegenmaßnahmen vor. Doch es war zu langsam. Seine Abwehrsysteme waren in Stasis, waren ein Teil des Gletschers. Es bootete sein Diagnoseprogramm. Irgendwann würde die Störung beseitigt werden. Bis dahin würde es im Standby-Modus verharren. Das Schiff hatte kein Konzept für Zeit, es war ewig.

»Hat Ewigkeit kein Ende, oder keinen Anfang?« Wiesel war in einem Zustand völliger Entspanntheit. Sein Bewusstsein driftete zwischen dem Input des *Cyber* und dem des Schiffes. Plötzlich versiegte der Datenstrom des Computers. Wiesel fühlte sich unwohl. Etwas stimmte nicht. Zaghaft versuchte er die Kommunikation wieder aufzubauen. Vergeblich – der *Cyber* war off-line und das Schiff wollte Harmonie.

Durch den Beschuss der Vierfinger hatte sich die Außentemperatur erhöht. Der jahrtausendalte Eispanzer begann zu schmelzen und konnte seine Funktion als erweiterte Außenhülle nicht länger erfüllen. Nacheinander erwachten die verschiedenen Sektionen des Schiffes. Wiesel spürte den Vorgang. Es war wie das Kribbeln eines eingeschlafenen Fußes, der plötzlich durchblutet wurde.

Die Temperatur stieg immer noch, und mit ihr erhöhte sich der sensorische Input. Wiesel konnte in seinem Kokon plötzlich die anderen hören und sehen.

»Wir müssen hier sofort raus!« Er kannte die Stimme, es war Käppi.

»Nicht ohne Wiesel!«

»Lass mich, ich bin noch nicht fertig.« Garfield sprach die Worte aus, die Wiesel gerade dachte. Für ihn war das Virus-Programm nichts weiter als ein neues, buntes Computerspiel, welches er mit schlafwandlerischer Sicherheit beherrschte. Nur Reflexe, Präzision, kein langes Nachdenken und Kalkulieren. Krach, bumm, bäng. Der *Cyber*3 war auf einmal wieder on-line. Garfield hatte sein Ziel erreicht. Er war der Beste auf diesem Planeten.

»Das Wasser ...«

»Das ganze verdammte Ding hier schmilzt.«

»Ich schmelze, ich schmelze.« Wiesel musste kichern. Das Schiff war verwirrt, es konnte die Datenflut nicht verifizieren. Es beschloss, dass es einen Puffer brauchte, um die Harmonie wieder herzustellen.

Wiesel verlor das Bewusstsein.

Er war jetzt Teil des Organismus. Das Schiff hatte ihn in seine Systeme integriert.

Jenseits der Angst

Sie kämpften sich durch den Fluss aus eiskaltem Schmelzwasser. Das Wasser kam jetzt von allen Seiten. Es strömte an den Innenwänden des Raumschiffs hinab und fräste sich ein neues Bett durch die Gänge.

Immer schneller stieg das Wasser. Das Vibrieren des erwachten Schiffes hatte eine hörbare Frequenz erreicht. Was, wenn es beschloss, sie als feindlich anzusehen?

Sie konnten nur vermuten, was sie an der Oberfläche erwartete – das Schiff isolierte sie von dem Geschehen. Doch hier unten ertrinken – dann schon lieber den Kampf gegen die Aliens aufnehmen.

Entschlossen drängten sie sich ins Freie. Skadi zog den widerstrebenden Garfield, der den *Cyber*3 umklammerte, mit sich. Zwei von Takaheshis Leuten trugen den schlaffen Körper des Hackers. Sunshine wagte nicht einmal, seinen Puls zu fühlen. Sie konnte nicht sagen, ob er überhaupt noch am Leben war.

Das Schiff schüttelte sich, die engen Gänge pulsierten und pressten das Schmelzwasser nach draußen und mit ihm die seltsamen Eindringlinge.

Die Scoutschiffe feuerten sofort. Fast schien es, als hätten sie auf sie gewartet. Hiroku, Jamila und drei weitere von Takaheshis Leuten starben bei dem Angriff. Sie hatten nicht einmal die Chance, ihre Waffen einzusetzen.

Zwecklos, sich in dem Einstieg zum Gletscher zu verschanzen, die Wassermassen hätten sie sofort mitgerissen.

Über ihnen flogen die Angreifer eine weite Schleife, um sich für die nächste Attacke in Position zu bringen.

In wilder Flucht rannten sie den Hang hinunter, versuchten die Snow Scooter zu erreichen. Doch wie sollten sie den wendigen Schiffen entkommen?

Brad, der nach oben gesehen hatte, stolperte und stürzte in einem endlos scheinenden Fall nach unten.

Und dann griffen die Aliens wieder an.

Nebel stieg von dem verdampfenden Schnee auf und nahm den Menschen die Sicht. Die aufsteigende Wärme hatte auch einen Vorteil:

Sie behinderte die Infrarot- Zielerfassung der Vierfinger. Und so traf der Schuss, der für Sunshine bestimmt war, nur den Felsen neben ihr.

Sunshine hatte den Einschlag nicht einmal bemerkt. Sie hatte nur ein Ziel: Wiesel heil zu den Scootern zu schaffen.

Es war Doc, der sie im letzten Moment aus der Schusslinie warf. Er wurde nicht getroffen, doch er hatte im Augenblick des Einschlags zu dem Felsen gesehen, und von dem unirdisch grellen Lichtblitz, der beim Verdampfen der Materie entstanden war, wurde ihm schwarz vor Augen.

Schrill pfeifend fetzten die Steinsplitter wie Schrapnelle durch die Luft und bohrten sich in Sunshines Beine. Zuerst spürte sie keinen Schmerz, so aufgeladen war sie mit Adrenalin. Unbeholfen zog sie den Raketenwerfer hinter sich her. Was für eine nutzlose Last.

Sie hob den Kopf. Sie kreisten über dem Hang, hässliche, blutfarbene Aasfresser aus Metall. Sie schrie und schluchzte ihre Wut und ihren Schmerz hinaus. Nein, so sollten sie sie nicht erwischen! Der harte Umriss des Scoutschiffes verdunkelte den Himmel. Sunshine richtete sich auf, stemmte sich breitbeinig in den Schlamm, hob den Raketenwerfer und feuerte.

Mit einem gigantischen Knall explodierte das Schiff. Treffer! Sunshine tanzte wie eine Irre, rutschte auf dem Matsch aus, fiel hin, rappelte sich auf und tanzte und schrie weiter. Und über ihr verging ein Schiff nach dem anderen in einem Feuerball. Die Berge dröhnten von den Echos und die Erde bebte. Brennende Trümmer regneten auf den Åsgårdgletscher. Und dann war es plötzlich still.

Schon seltsam, dachte Sunshine, wir sind wieder mal davongekommen. Lief es immer nur darauf hinaus – zu entkommen? Nein, das stimmte nicht ganz, berichtigte sie sich, diesmal gab es Hoffnung.

Sie waren die ganze Nacht durchgefahren. Der Himmel war von einem orbitalen Feuerwerk erleuchtet gewesen. Es waren die auseinander brechenden Raumstationen. Wiesels Virus hatte tatsächlich funktioniert. Ob es auch für die Selbstzerstörung der Raumschiffe verantwortlich war – wer konnte das sagen. Egal.

»Die Vierfinger sind weg und wir haben die Erde wieder«, hatte Sunshine gedacht.

Sie war auf eine bedröhnte Art glücklich. Bedröhnt deshalb, weil sie unter Morphium stand. Sie hatte von dem Angriff eine tiefe Wunde im Oberschenkel davongetragen. Glück gehabt, dachte sie immer wieder. Brad trug den Arm in der Schlinge und Doc hatte einen Kopfverband. Doch sie hatten Glück gehabt. Sogar Wiesel, immerhin lebte er.

Sie fühlte sich irgendwie leicht – das Gefühl hielt nun schon seit Wochen an und hatte gar nichts mehr mit Drogen zu tun. Vielleicht lag es daran, dass sie nur noch die Verantwortung für sich selbst trug. Für sich, und ein ganz klein bisschen für Wiesel. Seit jenem Tag lag er im Koma. Niemand konnte vorhersagen, was aus ihm werden würde.

Doc hatte sie unbeholfen zu trösten versucht und gemeint: »Er ist ein zäher Bursche, er wird es schon durchstehen.« Das musste einfach stimmen. Sie hatten so viel zusammen erlebt, da hatten sie sich eine Zukunft wirklich verdient.

Die Tunnel-Soldaten waren fort – zusammen mit Takaheshi. Sie wollten irgendwo abgesetzt werden, »wo es cool war«.

Käppi hatte es auf den Punkt gebracht: »Die Luft ist doch raus aus den Tunnel-Soldaten, aus der ganzen Bewegung.« Doch Käppi wusste, irgendwo auf diesem Planeten musste es mächtig abgehen, und er war entschlossen, diesen Ort zu finden. Und wer weiß, vielleicht würden sie sich eines Tages wieder sehen.

Bevor sie Spitzbergen verlassen hatten, errichteten sie aus den Trümmern der Alien-Schiffe ein Denkmal für die Toten. Für Dreisatz, Bingo und all die anderen, die für die Große Sache gestorben waren.

Sunshine ging langsam zur Bucht hinunter. Sie bewegte sich immer noch unbeholfen. Wahrscheinlich würde sie für den Rest ihres Lebens humpeln. Das war in Ordnung. So hatte sie etwas, was sie immer an den Großen Tag erinnerte. Den Tag, an dem sie die Aliens von der Erde vertrieben hatten.

Sie sah auf das blaugrüne Wasser. Nur noch vereinzelt war Treibeis zu sehen. Endlich, nach all den Monaten, wurde es doch noch Sommer. Das Warten hatte sich gelohnt, dachte sie unvermittelt.

Vor einigen Tagen waren Skadi und Garfield von Åsgårdfonna zurückgekommen. Skadi berichtete, dass das Raumschiff wieder vollständig im Eis eingeschlossen war. Sunshine war sich nicht sicher, ob das eine gute oder eine schlechte Nachricht war. Das lebende Schiff barg ein großes Geheimnis. Doch manchmal war es besser, dass Dinge geheim blieben. Ein ungewohnter Gedanke.

Die Aliens waren verschwunden, niemand hatte sie seit jenem Tag gesehen. Die Menschen waren noch mal davongekommen. Blue wiederholte den Satz – er klang wie ein dummes Klischee und wahrscheinlich würde aus dieser Sache auch nichts als Dummheit herauskommen. Er überlegte, ob der Satz gut genug für eine Zeile in einem Song klang. Es wurde Zeit, dass er wieder zu dem wurde, was er einmal gewesen war. Nun, vermutlich nicht ganz. Zu viel war passiert, zu viele Wunden – und zu viele davon selbst zugefügt. Aber irgendwo in ihm drin war immer noch dieser verborgene Schatz, sein Talent. Vielleicht. Er brauchte Zeit zum Nachdenken.

Die Sonne ließ die Dinge freundlicher aussehen, fand er, irgendwie hoffnungsvoll. Er fühlte sich befreit und unsicher zugleich.

»Wohin gehst du?«

Er drehte sich um und sah sie an. Seltsam, wenn er an sie dachte, war sie da. »Ich weiß es noch nicht – alles scheint möglich.« Er zuckte mit den Schultern. »Und du?«

Skadi schaute auf die am Boden verstreuten Gepäckstücke. Erstaunlicherweise schien Blues Gitarre den Angriff der Aliens heil überstanden zu haben. Nachdenklich sah sie zu ihm auf. Dann, mit einem Lächeln: »Wo nie ein Mensch zuvor gewesen ist?«

»Klingt gut.« Blue erwiderte ihr Lächeln, und irgendwie schien alles auf einmal anders zu sein.

Die Sternschnuppen regneten noch die nächsten Wochen vom Himmel, so viele und so hell, dass sie sogar noch am Tag zu sehen waren.

Und während die Menschen in den Himmel sahen, warfen Roboterschiffe ihre Fracht über den beiden marsianischen Polen ab. Automatische Fertigungsgänge wurden in Bewegung gesetzt, kompakte Maschinen bohrten sich in den Permafrostboden des roten Planeten und begannen mit ihrer Arbeit – die interplanetaren Goldgräber hatten einen neuen Claim abgesteckt.